U0012710

6
EDDIE FLYNN BOOK

艾迪・弗林
系列6

魔鬼的代言人

THE DEVIL'S ADVOCATE

STEVE CAVANAGH

史蒂夫・卡瓦納——著
楊沐希——譯

獻給約翰、麥特與亞倫，感謝他們的友誼。

序言

阿拉巴馬州艾斯康比亞郡霍爾曼矯正機構

這一刻，蘭道・孔恩已經等了整整四年。

他雙手抱胸，站在死刑執行室，盯著椅子看。這張椅子有近百年歷史，由桃花心木打造，後來用跟運輸部借來的路面號誌專用顏料將其漆成亮黃色，該部門距離霍爾曼矯正機構僅僅相隔幾條街。此後，人稱該椅爲「黃色大媽」。

一百四十九人坐過這張椅子，沒有一個人再度起身。

牆上的數位時鐘顯示二十三點四十五分。

時間快到了，他走出磚牆空間，站在沒有上漆的空心磚走廊上。左手邊的門通往椅子控制室，也就是電纜室。他沒進去，反而逕自前往走廊盡頭的空間。這裡有兩張面對面的沙發。神父坐在其中一張，另一張上則是執行小組，其中包含四位懲教員，他們的訓練要求他們在兩分鐘內，將犯人從死囚室轉移到椅子上，且束縛好他。

孔恩向死刑執行小組揮揮手，爲首的獄警點頭回應。他對神父視若無睹。兩座沙發後方是一條往左拐的窄窄走廊。走廊盡頭是一間小小的鐵柵牢房，坐在其中行軍床上、看著電視的是達瑞斯・羅賓森。他已經吃完人生最後一頓飯——炸牛排、玉米麵包配百事可樂。神父也已經進行過最後的儀式了。他的頭髮與左小腿腿毛剃得乾乾淨淨。有人擋在羅賓森與黃色大媽之間。

這位仁兄就是寇帝・華倫。

寇帝在牢房外頭，打著牆上的固定電話。孔恩很清楚寇帝在忙什麼。他這是打給州長辦公室，等候克里斯・派契特州長審閱寇帝送去的暫緩行刑上訴文件。寇帝在阿拉巴馬這個死刑州經驗老道，只有他能夠說服州長救他客戶一命。

孔恩動也不動，站在原地。他又高又瘦，身上沒有多少肌肉組織與體脂肪。他沒有規律健身，只是吃得少，效果顯著，高高的顴骨足以削斷紐約客牛排，臉上也沒有明顯的皺紋，有人說他這張臉就像古怪的陶瓷娃娃。深色的頭髮梳成旁分，金屬細框眼鏡小心翼翼地擱在鼻梁上，他看起來像霸佔年輕肉體的老靈魂。孔恩的雙眼又小又黑，蓋在上頭的眉毛彷彿是要掩蓋他的目光。他的嘴唇只是臉上一道深色的裂口。如果他朝體育發展，兩百公分的身高充滿優勢，但這樣的肉體待在幽暗的室內，閱讀、學習、思考，彷彿上了年紀的蜘蛛，只能在目光所及之處結網。

二十五歲的達瑞斯・羅賓森四年前遭謀殺罪名起訴，獲判死刑。他的上訴迅速被拒。死者是二手車銷售員，在劫案中胸部中彈身亡。凶手名波特，開槍當下還搶了對方五千現金。羅賓森聲稱自己開車送波特往返車場，不知對方有槍，以爲只是送人去買車。搶案發生二十四小時後，警方擊斃波特。羅賓森告訴陪審團他身上沒有槍，甚至沒踏進二手車場，他全程都留在車上，直到聽到槍聲，才曉得波特計畫搶劫。他表示，凶案發生後，波特甚至威脅，若不立刻驅車離開，他也得吃子彈。

烈日郡不在乎這種事。該郡的地方檢察官蘭道・孔恩說服陪審團，羅賓森參與搶劫，也清楚波特具械。就共犯法條而言足以處死羅賓森，讓他得到開槍之人的同等待遇。阿拉巴馬州的死刑都在艾斯康比亞郡的霍爾曼執行，也就是烈日郡隔壁的地區。

孔恩明白，因爲實際扣下板機的人是波特，羅賓森的死刑可能減刑。

寇帝較孔恩年長，六十三年的風霜統統寫在臉上，額頭上爬滿深刻的線條，眼周充滿魚尾紋，但這雙眼睛相當明亮，抱持希望。他的西裝外套與領帶一起擱在塗過油漆的地面上。他將額頭上的汗水往白髮裡抹，然後將話筒拿回耳邊。寇帝．華倫是優秀的律師，雖然不能讓羅賓森無罪開釋，他卻有信心保住客戶這條命。

「州長那裡有消息了嗎？」孔恩問。

寇帝轉身，搖搖頭，望向手錶。距離午夜只剩十分鐘。距離達瑞斯．羅賓森拖著最後的腳步，登上那張椅子，也只剩十分鐘。牆上的電話就是用來聯絡州長辦公室的，但多數律師跟寇帝一樣，一直處在等待通話接通的狀態裡，聽著死寂的空氣，等著州長大發慈悲。

「他會替我減刑，我很清楚。我是無辜的。」一個聲音開口。孔恩轉頭，看到牢房裡的羅賓森，死囚緊握鐵柵，都差點跳起來了，他齜牙咧嘴，克制住自己的期待。雖然走廊這裡陰陰涼涼，但他滿臉是汗。等著一通決定你是生是死的電話會逼瘋一個人，這種緊繃的精神狀態在羅賓森身上展露無遺。

孔恩從外套裡掏出手機，滑開螢幕，點了幾下，然後將裝置放到耳邊。

「派契特副州長。」孔恩說。「我跟寇帝．華倫，以及咱們的風雲人物羅賓森先生在一起。我相信華倫先生一直嘗試想聯絡上你們。」

阿拉巴馬州正在進行州長彈劾聽證會，但因爲州長請病假，聽證會延期舉行。正牌州長正在阿肯色州的醫院休養，不在的這段期間，接替的是副州長。

孔恩再度按下螢幕，打開擴音，讓寇帝、羅賓森一起聽。

「我還在考慮。想先聽聽你的意見。」派契特說。

「當然，讓我跟華倫先生討論一下眼前的狀況。我先擱置一下通話。」

華倫將話筒重重掛回去。他等接通州長辦公室的電話已經等了快一個小時，孔恩這是在讓他知道，檢察官立刻能夠聯絡上州長。這點小小的權力遊戲讓孔恩體驗到短暫的快感。

「孔恩，聽著。無論你有什麼打算，他在搶案裡的角色都無足輕重。他不該死，這點你很清楚。他還年輕，眼前有大好人生，我相信未來還會有新的證據出現，可以洗刷他的污名。拜託，給他一個機會。」華倫如是說，他尖銳的嗓音講到破音，為了拯救達瑞斯・羅賓森，不讓他坐上電椅，他已經忙了整整五天。

孔恩的神情依舊冷漠，那個不帶感情的陶瓷娃娃神情。他沒有答覆，反而享受起華倫屏住呼吸、與他對視的探尋，尋找答案，尋求希望。

沒人開口，沒人膽敢喘息。只要孔恩願意，他可以完全不動站在原地，這是他另一項看起來有時不怎麼像人的特質。不祥的靜默籠罩他們，充斥了可能性與提心吊膽。孔恩大力吸吮起這股不祥的沉默，彷彿是在死水中徜游一樣。

與此同時，靜默破裂。羅賓森吸了口氣，深呼吸，很大一口。彷彿是行星核心坍塌時太空中暫時的眞空一樣，將一切吸入破裂的中心點，隨即爆炸。

「波特搶劫後，用槍指著我！要是我不載他走，他就會殺了我。我不知道他打算持槍搶劫。我發誓我不知道！」羅賓森高喊，每一個字都充斥著滿滿的恐懼與絕望。

「我相信你。」孔恩說。

「什麼？」華倫問。

「我相信他。代理州長會聽我的話。我這就恢復通話。給我一秒鐘，一切很快就會結束了。」孔恩說。

淚珠從達瑞斯．羅賓森臉上滾落。

寇帝．華倫雙肩癱軟，彷彿肩頭忽然卸下兩百公斤的重擔。他望向天花板，低聲對上蒼道了聲謝，閉上雙眼。他拯救了一位年輕人的性命。此刻，這是天底下最甜美也最讓人解脫的事。

他走向死囚牢房，雙手伸進去，捧著客戶的臉，說：「一切都沒事了。」

孔恩用拇指按壓手機螢幕。「州長，你還在線上嗎？」

「我在。蘭道，時間緊迫，你要我怎麼處理？根據華倫先生的看法，我傾向減刑，但如果你抱持強烈意見，那我不會跟我的地方檢察官唱反調。你怎麼說？」

孔恩退了一步，欣賞眼前的景象。華倫跟羅賓森隔著牢房鐵柵互相擁抱，潸然淚下。

「我跟華倫先生談過了，他很有說服力。他替羅賓森減刑的理由很充分。我明白州長也這麼想。以正義之名取人性命的確不是輕鬆的決定。」

華倫與羅賓森現在破涕為笑。先前籠罩他們幾個禮拜的巨大、未知恐懼此刻煙消雲散，徹底解脫。

「但這正是我們要堅持原判的原因。」孔恩說。

華倫率先理解孔恩剛剛的話語。他猛一轉頭，雙眼死死盯著地方檢察官。

「陪審團判定羅賓森先生謀殺，處以死刑。如果讓他活下來，我們就是不尊重陪審團，更不尊重羅賓森的受害者。不，就我看來，達瑞斯．羅賓森今晚就得死。」

華倫朝孔恩走去，但兩名獄警擋在中間，牢牢拉住華倫，不讓他前進。

「我說了，蘭道，我會照你的意思來。行刑會如期舉行。上訴無效。」派契特說。

矯正署的工作人員爲了今天已經進行了爲期數週的演練，確保繫帶綁得夠緊、頭部的海綿沾了足夠的鹽水、電擊貼得夠牢。他們在兩分鐘內完成訓練有素的工作，然後走出死刑執行室，只剩羅賓森一人戴著眼罩被綁在黃色大媽上。

這個空間本身不大。磚牆空間裡只有中央面對巨大觀察窗的電椅。控制電流的裝置在另外的獨立空間裡。孔恩透過控制室門上的玻璃面板，目睹行刑過程。

羅賓森穿的是經過修改的監獄制服，左腿褲腳剪到膝蓋部位，電極固定在那隻小腿上，還抹了導電凝膠。厚厚的皮帶緊緊勒在他腳踝上的銀色扣環裡。腹部、胸部、雙臂與額頭也用皮帶固定。精準吸收八十八點七二毫升鹽水的海綿已經擺在他們所謂的「頭盔」電極上，這個頭蓋會將多數的電流導向羅賓森的軀體之中。如果海綿裡的鹹水太多，電極會短路；太少，羅賓森的腦袋就會著火。

人犯制服的腋下跟胸膛區域已經有潤溼的斑塊。隔著衣服都看得到羅賓森汗流不止。雖然已經被牢牢固定住，但他還是跟孩童握著的手槍一樣，抖個不停。

拉下控制室的拉桿，死刑執行室的簾幕開了，出現的是玻璃牆面以及後方的人。只有六位見證人，他們跟波特謀殺的二手車銷售員沒有親屬關係。不，他們是專業見證人與記者。寇帝・華倫不在場，他被迫離開大樓。孔恩看著這幾位見證人，他們看不見他。他的觀察窗是單向玻璃。

獲判死刑的男人現在可以說他的遺言。

「我是無辜的，他們都知道。」

孔恩也清楚，但他不在乎。在死刑州當上檢察官的他不在乎犯人有罪還是無辜。吸引他的是制度，正義只是用來掩蓋他內在本質的幌子罷了。

完全靜默。接著他聽到機器運作起來的聲音。

孔恩也聽到另一個聲音，低低的隆隆聲，忽然間變成巨響，此時，羅賓森的左肩抽搐起來，然後猛烈撞在椅背上。

黃色大媽的第一個循環開始了。

現在差不多有兩千五百伏特的電流流經羅賓森的軀體。孔恩睜大雙眼，嘴唇微開。他嚐得到嘴裡那類似金屬的味道。空氣凝重，充滿靜電。

頭兩秒，彷彿什麼無形的力量將羅賓森的肩膀壓在椅背上。又過了兩秒，他的身體猛力痙攣，宛若有人將手提電鑽插進他腹部。第一波電流應該要讓他暈過去，讓他心跳停止。偏偏事情沒有那樣發展。人類頭殼的導電功能不是特別好。

又過了五秒，電流停下。重新供電時，這次電流低得多，只有七百五十伏特。這個行程會持續三十秒，然後機器會自動斷電。要是羅賓森這時還沒斷氣，那整個流程就要再來一遍。

孔恩站在窗口，全程緊盯，眼睛一秒也沒有從羅賓森身上移開。

目光完全沒有離開過電椅上的男人。

他的皮膚開始冒煙，電流炸斷了他的左腿脛骨，血沫從他口中噴出，這些時刻，孔恩都沒有錯過。

於此同時，孔恩覺得電流彷彿也流淌在他自己的血管裡。強大的原始能量在他體內流竄。身為地方檢察官，他可以用細長、扭曲的雙手決定一個人的生死。他喜歡這種力量。他殺了這個人，就跟朝對方腦袋開槍一樣，想到這裡就讓他飄飄然了起來。對孔恩來說，開槍射擊某人或用刀刺死是另一回事，太野蠻了。孔恩動用的是地檢署的權力、他的心智與技能殺人。這點賦予了他難以想像的快感。此時此刻，他願意讓羅賓森活久一點，一點點就好。足以痛苦到嚥下最後一口氣爲止。

結束後，黃色大媽冒起煙來，孔恩氣喘吁吁。

達瑞斯·羅賓森花了九分鐘才斷氣。

在這痛苦至極的九分鐘裡，蘭道·孔恩覺得自己眞切活著。

五個月後

絲凱拉・愛德華茲

絲凱拉・愛德華茲躲進霍格酒吧的廚房角落，用兩隻拇指繕打起手機訊息。每次敲擊螢幕發出的打字聲只是音效，類似老式鍵盤的聲音，但這種音效的確傳達了她訊息裡的憤怒。打完了，她按下發送，將手機塞回牛仔褲口袋裡，免得酒吧老闆過來找她。

午夜將至，廚房幾個小時前就不供餐了，配不太上「主廚」這個頭銜的人在用髒抹布擦完燒烤架後就已經下班。除了得到五分鐘沒人管的時間使用手機外，她實在沒理由來廚房。回應也不用等太久，她的男朋友蓋瑞・史卓不會發長訊息，只用表情符號或動畫圖來掩飾每拼必錯的文字。絲凱拉沒時間等他回覆，她推開雙扉推門，進入走廊，經過廁所，穿過另一扇門，回到吧檯。

三位客人剛進來，都是巴克斯鎮的人。吧檯角落的喇叭放著軟式搖滾，但客人根本無心欣賞，他們全都盯著電視看。

「這個，雷恩，可以放大聲點嗎？」坐在吧檯盡頭的大塊頭男人開口。幾乎每晚他都坐在這個位置，吃完晚餐後，他會一邊喝薑汁啤酒佐蘇打水，一邊工作。她之前就見過他。他通常會在店裡沒什麼人的時候來，做點文書工作，看場球賽。不怎麼帥，但他身材健壯，小費也不會吝嗇。

雷恩將兩杯滿滿的啤酒放在另外的客人面前，應話說：「當然好，湯姆。」湯姆，他叫湯姆。她知道他在地檢署擔任檢察官的工作，曾在電視上看過他，他們甚至討論過五個月前他經手的某個案子。那個男人在艾斯康比亞郡執行死刑，湯姆協助定罪。他沒透露多少，但話又說回來，湯姆本就話不多。酒吧老闆雷恩．霍格對他總是格外客氣。

她抬頭看向電視，雷恩正關掉音樂，調大吧檯上平板電視的音量。新任州長派契特在新聞上再次提到工廠。

「……我會竭盡所能保住『索能化學』裡的工作機會……」

「他們要關閉工廠？」雷恩問。

「已經吵了好幾年了。如果這次州長介入，看來大概是玩眞的。」湯姆說。

絲凱拉收拾起桌上的酒杯，餘光也望向電視。她的父親法蘭西斯就是化學廠的員工，替他們開貨車。這份工作他幹了二十年，攢夠了絲凱拉的大學學費。絲凱拉聰明歸聰明，卻沒有得到獎學金，她的父親只能掏腰包繳學費。要是他失業，她很可能就得休學了。多了一件要擔心的事情。

手機在她口袋裡震動起來。她轉身背對雷恩，掏出手機。雷恩．霍格不是壞老闆，時薪比一般酒吧高，也不會抽她小費。雖然他沒有說過什麼不得體的話，也沒有對她毛手毛腳，但她有時會注意到他在看她。不是老闆盯員工是否浪費時間傳訊息給男朋友的那種神情，只是一種眼神，但她總會覺得有點噁心。

她打開訊息，愛心圖示跟一句「拜託快點過來」。蓋瑞的妹妹多麗今晚辦了派對，他央求絲凱拉今晚請病假，她卻說她必須去工作，他因此不高興。他哀求她提早下班過去。絲凱拉不想讓蓋瑞抱持不切實際的期待，她累了，實在不想去派對玩。這個派對他已經提了好幾天，所以她傳訊息問多麗，她下班後，派對是否還沒結束。

「那是『兩根拇指對話』嗎？」安迪問。

她認得他的聲音，轉頭用笑臉迎他。安迪手上端著一堆用過的啤酒杯。她分心時，他已經清完剩下的座位。

「什麼意思？兩根拇指對話？」她問。

「妳跟蓋瑞吵架時，就會用兩根拇指打訊息。有時，我覺得妳打得好快，螢幕都要裂了。」他說。

她露出溫暖的笑容。有安迪．杜瓦在，她才比較能忍受霍格酒吧的工作。他稍微小她一點，九月才要上大學，聰明，心地善良。比絲凱拉還聰明，因爲他得到了全額獎學金。她不怨他，因爲唯有如此，安迪才可能上大學。安迪與母親相依爲命，巴克斯鎮有中產階級白人，好比說絲凱拉的父母，生活過得去，還能存點小錢，另一邊則是貧窮黑人跟移民家族待的地方，他們的日子可不好過。大學一畢業，絲凱拉就會離開這個鬼地方。她曉得安迪也會走，而且會帶著他媽一起。

安迪笑著轉身，將用過的杯子拿進吧檯。她看到他塞在牛仔褲後方口袋裡的平裝本小說。只要工作一得閒，安迪就會讀書。他沒有手機。絲凱拉想過，如果她跟安迪一樣，把時間花在閱讀上，而不是盯著手機看，她或許也能領到獎學金。不過呢，這倒是提醒了她，下個月她可以換新手機了。她決定要把舊手機送給安迪，外加一些預付點數。

絲凱拉收拾完最後的酒杯，雷恩客氣地暗示吧檯高腳椅上的兩位客人，酒吧差不多要打烊了。

這兩位先生人高馬大。一個人很高，另一人身高一般，但他們四肢粗壯，爬滿肌肉。兩人都是警察，但穿便裝，已經下班。

高個是萊納副警長，他有一頭紅髮、鬍子，還有頤指氣使的態度，特別是針對安迪。另一人則是雪普利副警長，他那雙小小的深色雙眼彷彿是要用奇怪的角度捕捉光線一樣，好像他眼球深處有一團火，偶爾會閃一下。他沒有萊納那麼暴躁，但絲凱拉懷疑這個人更危險。

他們是店裡常客，總會坐在吧檯高腳椅上，這樣就不用給女服務生小費。吧檯的小費雷恩不會拿出來分。桌上的小費是絲凱拉跟安迪的，壓在吧檯上的紙鈔則是老闆的。

「嘿，絲絲，妳老爸還在工廠工作？」萊納問起。

他叫她絲絲，其他人都不會這樣叫她，但她還是跟平常一樣，面露笑容回答問題。

「當然囉。」她說。

「接下來很多人都不好過囉。」雪普利說，然後他們繼續先前的對話。絲凱拉將酒杯放進洗碗機裡，湯姆收拾文件、埋單，大步從正門離開。雷恩開始熄燈，雪普利與萊納識趣離去。他們整理了一下吧檯，然後雷恩對絲凱拉和安迪說，他們可以下班了。

他們一起離開，約莫在十二點十五分左右，踏進溫暖的夜晚之中。她向安迪道晚安，他要開始步行回家，這段路可不短。她的手機震動起來，訊息來了。

多麗回應起：什麼派對？

絲凱拉用手指梳起頭髮，咒罵起來。她螢幕截圖多麗的訊息，正要傳給蓋瑞，加上一句「搞什麼？派對是騙人的？」這時，她手機響了起來，是多麗打來的。她連忙接起。

「噢，我的老天，我很抱歉。拜託過來。我搞砸了。」多麗說，背景有吵雜的搖滾樂。

「他到底在搞什麼鬼？蓋瑞跟我唸這個在妳家舉辦的派對已經唸好幾個禮拜了。」

「對啊，妳過來就是了。」她語帶遲疑地說。

早在認識蓋瑞前，絲凱拉跟多麗就是朋友。她很了解多麗，聽得出來這位朋友此刻有所保留。

「怎麼回事？現在就告訴我，不然我就打給蓋瑞，然後——」

多麗打斷她的話。

「我在巴迪酒吧，蓋瑞一個人在我家，妳得——」

「告訴我是怎麼回事，不然——」

「他買了戒指。」多麗說。

絲凱拉伸手掩嘴，喘起大氣，手指緊緊抵著嘴唇，彷彿是不能讓任何一口氣逃脫一樣。這個姿勢她維持了好一會兒。

「對不起，我徹底搞砸了。拜託妳現在就過去。他打算給妳驚喜。拜託裝得像一點，別告訴他是我告訴妳的。」

「不敢相信他這麼做……」

「他計畫了好幾個禮拜。今天是你們認識的五週年紀念日，就在我家，所以他想搞得特別一點。」

多麗的語氣此刻變得很溫暖，絲凱拉感覺到熱淚盈眶，喜悅在腹部炸開，黏膩的感覺往上爬升，卡在她的喉頭。她跟蓋瑞的週年紀念日，這是他們首度約會的日子。她甚至不記得他們一開始是什麼時候認識的，但他記得，太貼心了，他還大費周章搞了這一齣。

「我們要成爲眞正的姊妹了。」絲凱拉說。

「這代表妳會答應！」多麗說。

「我當然會答應。」

她們又聊了一會兒，然後絲凱拉掛斷電話。她得走了，去找蓋瑞，實在難掩欣喜。霍格酒吧位在聯合公路上，也就是巴克斯鎮鎮外三公里處，隔壁是加油站。

絲凱拉站在路邊，想著接下來的打算。

她可以步行回城裡，之前走過。不過今晚很熱，她又連續站了十小時。公路上車很多，但進入巴克斯鎮的方向限速五十五公里，她要招便車容易得很。

她之前就搭過便車。鎮上只有一間計程車公司，那種數位計程車公司還沒來阿拉巴馬州這裡拓展業務。這裡的人就算醉了，還是會開車上路。

絲凱拉站在路邊，等著清醒、友善的駕駛人出現。

她開始傳訊息給她父親，要他別等門，這時，一輛半掛式卡車放慢了速度。車子閃起頭燈，停在她身旁，副駕駛座的門開了。絲凱拉拉著門把，爬上階梯，這才好望向黑暗的駕駛座。

司機戴著鴨舌帽，看不清楚他的臉。他一手擱在方向盤上，一手擺在大腿上。

「小姑娘，要搭便車嗎？」他說。

這人感覺不對勁，是駕駛座裡的味道。她父親正是卡車司機，所以她習慣了汗水、咖啡與口嚼菸草的氣味。都不是，是別的味道，壞掉的味道。

她父親不喜歡她搭便車，他很容易操心，說她太輕易信任他人。她必須堅強起來，不然其他人會踩在她頭上，或遇上更糟糕的狀況。當然啦，這話絲凱拉沒放在心上，但此刻，她覺得父親大概言之有物。她可以想像自己爬上卡車，只要幾分鐘就能進入鎮上，同時一隻手會朝她的座位伸去。接著，卡車不會在鎮上停留，她再也不會與蓋瑞見面，甚至不會訂婚，她的照片最後會出現在小房子牛奶包裝盒上。話說回來，她不確定她這種年紀的人照片是否還會出現在牛奶盒上。也許沒這種事了吧？也許只有失蹤兒童才會出現在牛奶包裝盒上？

她大腦負責分析的區域開始運作。在短短路途裡，陌生人對她做什麼壞事的機率實在很低，非常低，好比說百萬分之一吧？她不用擔心，快點上車就好。

司機伸手要協助她上車。

他的皮膚上有污垢，她看到他掌心的汗水，手微微顫抖，彷彿很興奮，居然有年輕女性願意搭他的車，年輕貌美的女性。

她內心大喊起：不！

「你知道嗎？還是算了。先生，抱歉。我剛收到男友的訊息，他要來接我了。」她一邊說，一邊從階梯退下來，回到路邊的柏油上。

司機咒罵一聲，但她剛好關門，沒聽清楚。他猛力發動引擎，揚長而去，絲凱拉則平復起自己的呼吸。

她隨即聽到另一輛車開過來的聲音，車子停在剛剛半掛式卡車停靠之處。她望進去，看到了駕駛。

沒問題，不是陌生人。也許不是她期待會遇見的對象，不過也不用擔心上他的車。她認識這位駕駛，二十分鐘前，她才在霍格酒吧裡，一邊聽著他的交談聲，一邊收拾用過的玻璃杯。

當然啦，他提議送她一程。

絲凱拉坐進副駕駛座，說她只是要進城，然後開始傳訊息給她爸。

別等我回家。我搭便車進城，駕駛是

絲凱拉沒有打完訊息。

因爲駕駛一拳朝她的臉掄去，她的手機掉進副駕駛座與中控台之間的空隙，然後一直待在那裡。

絲凱拉沒有時間尖叫、思考或感受。

她到不了多麗家，再也不會親吻蓋瑞，或親耳聽到他的求婚，更無法將自己的答覆與心交給他了。

三個月後

1

艾迪

我不用找麻煩，完全沒這個必要。麻煩總有辦法找上門來。

如果有錢賺，那也就算了。某些人當律師是期待賺大錢。別誤會，有錢是不錯，我也希望自己跟旁邊那個人一樣口袋滿滿，但我也期待晚上能夠心安理得睡個好覺。口袋裡鈔票越多，你就得放越多壞蛋回歸社會，這樣你就越睡不好。要衡量辯護律師的財富，可以參考他們銀行帳戶餘額及靈魂背負的重擔。直到那神奇的一天到來之後，你就不在乎了。那時重點只剩錢，良心什麼的都擺一邊去吧。

我沒走上那條路，讓有罪的客戶逍遙法外不合規矩。我的規矩。這點讓我成為世界上最差勁的辯護律師，或是最優秀的，端看你觀察的角度。我偶爾認眞盤算，若我手頭**眞的**很緊，我大可週末去拉斯維加斯賭桌上玩兩把，那樣基本上錢就夠了。犯罪生意青黃不接時，當過騙子這點就挺方便的。目前我還過得去。我的新合夥人凱特．布魯克斯帶來大量業務，她的業務大多是大公司或企業內性騷擾的集體訴訟，她的表現也可圈可點。跟凱特一起加入的調查員布洛克是我見過最善用資源的私家偵探。布洛克跟凱特是兒時好友，這點顯然鬆動了布洛克的舌頭。她話不多，主要只跟凱特溝通。這不代表她不友善，她只是必要時才開口，她說的話也值得一聽。

我的犯罪律師執業生涯也蒸蒸日上。紐約退休法官哈利·福特現在是我的顧問，我在中央街與布魯克林法院疲於奔命的時候，他可以在辦公室替我約見客戶。哈利比較喜歡待辦公室，這樣他才能跟他的狗克萊倫斯在一起，現在這條狗已經差不多成了辦公犬。

新公司唯一缺的就是一位好秘書，可以接電話、打字、替我們將這裡整理得井然有序。律師的行政技能沒有那麼好，在那方面也不夠精明。

凱特在網路上刊登法律秘書的徵人啟事，收到不少應徵履歷。今早有人約好要來面試，凱特要我在場。我們是共同合夥人，什麼都一半一半，包括決策。無論結果好或是壞，責任各半。預計等下九點十五分開始。我們事務所位於翠貝卡的一間刺青館樓上。凱特原本希望辦公室可以在接近華爾街的嶄新高樓裡，全部都是玻璃、松木、皮革那樣。但在那種地方我無法工作，是凱特可憐我，允許我們租下「騷刺青」樓上的跳蚤窩。

凱特跟布洛克在影印機旁笨手笨腳地塞紙，哈利跟克萊倫斯一起坐在小小接待區的沙發上。他替克萊倫斯買了一條有GPS定位的時髦項圈，已經花了十分鐘啟動，至今卻尚未成功。而我想讓咖啡機泡點不要磨掉我口腔裡三層皮膚的東西。這時，樓下有人按響門鈴。

「艾迪，可以請你去應門嗎？我猜是丹妮思。」凱特說。

「誰？」

「丹妮思·布朗，要來應徵秘書的人。你沒看她的履歷嗎？」

「妳有給我履歷？」

「上週給的。大概還在你桌上。」

我不記得審閱過，這不代表我沒收到。行政工作本來就不是我強項。

我按下按鈕，開了樓下大門，在樓上門口等。

沉重的腳步聲讓我懷疑丹妮思是不是穿靴子。我越過扶手望過去。哎啊，爬樓梯上來的是我這輩子最不想見到的人。

他戴了短沿紳士帽，穿了一身老舊的灰色雨衣，這件雨衣肯定是過世配偶送給他的，不然一個人根本沒理由穿這種東西。雨衣之下是訂製西裝，西裝裡則是八十五公斤棘手的大麻煩。

「除非你是為了秘書工作而來，不然恐怕就要送客了。」我說。

他抵達二樓，點了點帽子，對我微笑，樣子讓我想起即將要咬我屁股的鱷魚。

「我的秘書技能沒有過往那麼好囉。」他說。

「你會打字、泡咖啡嗎？如果會，那就沒問題。薪水很差，但工作內容更可怕。」

「艾迪，我的確是為了工作而來，但跟打字無關。我可以進去嗎？」

他叫亞歷山大．柏林。上次見面時，他替國務院工作。我聽說之後他到處流轉——中情局、國安局、司法部。他負責解決問題，此刻無論是哪個政府機構碰巧雇用他，為了達到結果，他都會扭曲法律，暗地裡搞些動作。政府的骯髒祕密他瞭若指掌。要是他打算給我工作，那我可是一點興趣也沒有。

「無論是什麼案子，我都不需要。我的答案就是不。」

「你還沒聽說是什麼樣的案子呢。讓我進去，只要十分鐘跟一杯熱騰騰的咖啡。不接？沒問題。那我之後就直接走人，沒有不滿，不會記仇。」

「不記仇？這樣說有點言之過早，你還沒喝到我的咖啡呢。而且你不會喜歡我的答案。

柏林，我沒興趣。」

外頭下雨，他的舊雨衣溼透了，水滴在樓梯地毯上。我們還沒有時間清理地毯，雨衣滴的水在污垢上形成了一塊乾淨的區域。

「艾迪，請你聽我解釋。」柏林說。

「給我一個我爲什麼要聽你說的理由。」

柏林摘下帽子，讓我看到那雙沉重、潤溼的雙眼，說：「因爲如果你不幫忙，一個十九歲的孩子就會遭到謀殺。」

「謀殺？凶手是誰？」

「理論上來說是我。」

2 艾迪

柏林的雨衣掛在角落的衣帽架上，水滴在我的辦公室地板上。

他從口袋裡掏出眼鏡，開始用領帶尾端擦拭。如果舊雨衣是愛人的禮物，那領帶看起來像是不共戴天之仇的人所贈。我讓他喘口氣，闔上桌面的檔案，專注望著他。

「這孩子是誰？你爲什麼要爲他的死負責？」

「說來話長。你知道我在政府裡擔任何種職務嗎？」他問。

「實在說不上來。」

「沒錯，我也不能解釋，否則就會洩露機密訊息，犯下叛國罪。我只能告訴你，我在各個政府部門間遊走，解決問題。」

「我知道你負責解決問題，但你都解決哪種問題？」

「全美五百大企業與政府政策相左的那種問題，執法單位綁手綁腳沒辦法解決的問題，我們兩年前有過的那種問題。」

首次認識柏林是在紐約州北部，當時一位聯邦探員遭到槍擊。柏林協助我們善後。

「你的狗又發瘋囉？」我問。

他搖搖頭，說：「這麼說吧，我這角色的部分職責是維持現狀。政府不喜歡變動。無論白宮當家的是誰，日復一日的監督與司法工作需要秩序與一致性。這次是國家與聯邦層級的事，我們的職權範圍沒有疆界。阿拉巴馬州烈日郡有位地方檢察官，蘭道．孔恩，我很清楚他必須改選。」

「你連地方檢察官選舉都操縱？」

柏林翻起白眼。

「艾迪，拜託。我們在各個國家操縱的重要選舉數量我數都數不完。這只是個小人物。有些企業會資助我們的政治人物，他們有時也會干預地方選舉。某些有錢有勢的人反對孔恩，而我打了幾通電話給這位年輕人的支持者，請他們掏出支票本。就是這麼簡單。在美國花錢就能贏得選舉。通常下得最重本的人會贏。」

「好啊，然後呢？」

「然後我有點好奇，孔恩在烈日郡擔任地方檢察官的十七年間，他任內的多數犯罪數據達到該郡的歷史低點，所以我們喜歡他。對生意好，對該地的房價好，對投資者也好。維持現狀。選舉過後，我就不該糾結，但這傢伙有問題。我繼續深挖，發現了令人不安的現象。」

「什麼現象？」

柏林開口前，他遲疑了，辦公室外頭的聲音讓他分心，那是常有的騷動。我起身將門打開一道小縫，看看發生什麼事。哈利咒罵起他替克萊倫斯買的新數位項圈，看來他還是無法在手機上啟動定位訊號。他的不滿讓狗狗無奈，每次哈利一「髒」口，狗狗就會叫；影印機再度卡紙，布洛克用拳頭捶打機體側面；電話響了，凱特接起，她另一隻手抱著筆電，肩頭夾著手機。組織條理上的浩劫。我關上門，坐回位置，示意要柏林繼續。

「外頭聽起來很忙碌。」他說。

他在拖延，有些話他必須說，卻覺得說不出口，時機還沒到。

「把整件事解釋給我聽。這裡適用客戶保密原則。這個空間是安全的。」

柏林轉頭望向我辦公桌上的照片，我的女兒艾米在夏令營划獨木舟。我不再擺放前妻的相片，她已經跟另一個男人展開新生活了。

「女兒挺可愛的，多大？」柏林問。

「十五歲。夠了，顧左右而言他已經花了夠多口水，現在可以把話講清楚了沒？」

他閃爍的雙眼與我四目相視。這雙眼睛泛紅，充滿不安。下方的眼袋似乎忽然變得好沉重。

「烈日郡死刑判決數量為全美之冠。該郡附近有幾個大鎮，但還稱不上城市。蘭道・孔恩是史上送最多人進死囚室的地方檢察官。根據目前統計，全美每二十個死囚裡，就有一人是孔恩的傑作。十七年間定罪了一百一十五起。」

我啞口無言。我聽說過南方地區狂熱的檢察官，大談什麼都比不上婚姻、教堂、家庭、殺傷性武器及死刑的重要性。就算如此，這種數據也不太對吧？

「全美百分之二到三的郡要替多數死刑犯定罪負責，烈日郡位居榜首。我發現這個現象時，跟你現在的想法一樣——放屁，怎麼可能？不過，艾迪，這個數字完全正確，我已經核對過紀錄了。」

「肯定有哪裡搞錯了。」

「聽著，你知道檢察官將重罪改判為死罪需要多謹慎。孔恩每次起訴謀殺案，都會上升到死刑級別。上訴都不會成功，他也沒有輸過任何一件案子。」

「他爲什麼每次都要訴諸死罪？而且之前怎麼會沒人注意到？」

「噢，有人注意到了。我在調查孔恩的時候，發現先前留下的蛛絲馬跡。多虧了我，孔恩依舊是地方檢察官，而那些線索完全派不上用場。你問爲什麼這傢伙每次都訴諸死罪？還不夠明顯嗎？」

「我是看不出來。」我說。

「人爲什麼會從軍？多數人會說他們想報效國家，許多人是因爲家庭因素，更多人是因爲報酬與訓練，但有比例很小的一群人，差不多百分之二，他們加入軍隊的理由很簡單，因爲他們想殺人。」

「你是說這個孔恩，當地方檢察官是想取人性命？」

「不，這不是我說的，他自己說的，他老掛在嘴邊。他是死囚室之王，得意得很。我先前對付過壞人，一陣子後，看著他們的眼睛就曉得他們有問題。孔恩是殺人凶手，還是在我的監督下殺的人。」

「這個要被執行死刑的孩子是怎麼回事？」

「他叫安迪．杜瓦，一週後會因謀殺案出庭。他是無辜的，孔恩只是想烤了這個孩子。我注意到孔恩的時候，就找人盯著他的案子。這個孩子被控殺害公路廉價酒館的年輕女服務生。安迪連蒼蠅都揮不死。我此刻沒有手段能夠搞掉孔恩，但我有過機會，所以我請了烈日郡當地的律師代表安迪。這位律師名叫寇帝．華倫，他把案件檔案統統複印給我了，東西此刻就在我車上。可我已經一週沒有華倫的消息了。他秘書說他三天前失蹤。我猜他死了。」

「哇，這什麼跳躍式思考？律師鬧失蹤，你就覺得他掛了？怎樣？你覺得是孔恩殺的？」

不曉得是不是窗戶上百葉窗的光影產生的把戲，但柏林的神情似乎黯淡下來，他壓低聲音說：「孔恩負責烈日郡最大的鎮，巴克斯鎮，他跟郡警警長的關係也很密切。他嗜血、思想扭曲、冷酷無情。辯護律師在他的地盤無故失蹤只是遲早的事。如果孔恩不是親自動手，那他肯定有幫手。我覺得孔恩可以安排華倫消失，連眼皮都不會眨一下。」

「聯邦調查局也可以。」我說。

「調查局會直接掃蕩那個鎮，花半年時間搗亂那個地方，結果依舊一無所獲。我不需要上牛刀，我只要一個聰明人，能在法庭上扳倒孔恩，救下那孩子即可。如果華倫眞的出了什麼事，那誰也找不到他。孔恩非常謹慎。對於華倫，我愛莫能助。我想知道的是，你願不願意去阿拉巴馬州救這孩子一命？」

「我對此案一無所知。如果這孩子有罪呢？我不喜歡死刑，但如果他有罪，我不會爲了讓某些人高興，就保他一條命。」

「你哪裡沒聽清楚？我調查過了，我相信他是無辜的。我想你也會信。他們把他關在郡立拘留所，不讓任何人接觸他。艾迪，這是你強項。」

辦公室外頭的喧鬧變得更大聲了。

「我得考慮考慮，但我想知道你爲什麼要插手。無意冒犯，但你幹了這一行，意味著你進門時就把良心晾一邊去了。」

柏林眺望遠方，他的目光距離我一千六百公里，回到二十年前。他開口：「我搞掉孔恩的對手時，不曉得他是這樣的人。每個人都有自己的底線。當一個施虐狂擁有判人生死的權力，還是我賦予的權力，其中就牽扯到了個人責任。很久很久以前，我首度領槍的時候，我發過誓。是我給他這次任期的，所以我們的命運部分相連。我需要證據，足夠勁爆，能夠讓我打幾通對的電話，讓他默默退休。」

「這是爲了自保。」我說。

「不只如此。如果時間充裕，我會對孔恩立案調查。放慢速度，罪證確鑿，一點一滴他媽的整理出來。不過此刻時間緊迫，實在不能等。我得在他送那孩子進死囚室前採取行動，就算只能拯救一條命……」

柏林目光望向我，與我四目相視，不願移開。

我認得這個眼神。

有人犯錯，有人因此受傷。到了某個時刻，你會驚覺你已經錯過交流道出口太久了，你無法倒轉光陰，只能竭盡所能，阻止另一個靈魂因你受傷或喪命。柏林良心發現，幹他那種工作是有代價的，而償還的時刻差不多到了。到頭來每個人都會尋求救贖，那首歌是這樣唱的。同一首調子，我已經唱了很久。

「我得跟合夥人及事務所其他同事談談。」我說。

「我等你。」柏林說。

他不打算離開再過來，他當場就要答案。說不定覺得我上勾了，他不能冒險失去這個優勢。我起身，開門，然後愣在原地，感覺怪怪的。我一度不曉得發生什麼事，但隨即恍然大悟。

外頭辦公區靜悄悄的，沒有大吼大叫，沒有掄拳捶打，沒有咒罵或狗吠。

我把門開大一點，滿心期待外頭沒人。

克萊倫斯的新項圈戴好了，哈利樂得操作起手機；影印機發出順暢的運轉聲，一一送出紙張，布洛克站在一旁，臉上露出滿意的笑容；凱特靜靜坐在辦公室裡，敲著筆電，還有一位我不認識的女士坐在我們的接待櫃檯旁。她約莫四十好幾，一頭短短金髮，微笑整理桌上的文件，偶爾抬頭望向面前的電腦螢幕。

克萊倫斯走到她身邊，她低頭說：「眞喜歡你的新項圈。哈利，手機程式操作還需要我幫忙嗎？」

哈利說：「不用了，女士，謝謝妳。妳一早施展的奇蹟已經夠多了。噢，艾迪，這位是丹妮思，她成爲我們的新同事了。」

她轉頭離開克萊倫斯，起身向我迎來。她伸出手，我回握住她。

「我是丹妮思，我喜歡你的事務所。」

「我也開始喜歡這裡了。」我一邊說，一邊聽到凱特過來。

「艾迪，我知道我們說過要討論秘書職位的人選，但丹妮思——」

「讓我猜猜，她修好了克萊倫斯的項圈，搞定影印機，還把妳的案件資料都歸檔了。」

「同時也修好了咖啡機。」丹妮思爽朗地說。

我花了點時間看著面前這幾張臉。這是我們進駐新大樓後，每個人首度展現出平靜、愉悅的神情。

「丹妮思，妳不只得到了這份工作，這輩子也不準妳離開這裡了。」我說。

「現在事情終於上軌道了。」凱特說。

「這個嘛，我猜是時候告訴各位，我打算離開一陣子。我們可能有紐約州之外的案子，死刑案。我可能也需要援手。」

「我下週有重要離婚官司要打。」凱特說。

「別擔心，我跟哈利可以搞定。」

「什麼案子？」哈利問。

「年輕人因爲沒犯下的罪行而面臨死刑。這是公益性質，但有位朋友可以負擔開支。」

「你認識這位年輕人嗎？」凱特問。

「見都沒見過。」

「所以你離開紐約，爲一個見都沒見過的小鬼無償打死刑官司？」布洛克從廚房開口。

「對，這份工作不是爲了幫助認識的人，而是要協助素昧平生的人。」

「去吧，我想我們這邊都沒問題。」凱特說。

我望向丹妮思說：「我想的確如此。聽著，還有件事，這孩子原本的律師失蹤了，這個案子可能帶來危險。」

「不危險就不會是你的案子了。」哈利說。「艾迪，只不過有個問題，你沒有在紐約州外執業的執照。」

柏林從我的辦公室走出來，揮舞著從外套裡掏出來的牛皮信封，說：「那個今天下午三點前就可以搞定。」

第一天

3 孔恩

早上九點零一分，蘭道．孔恩有點瘸拐地穿過烈日郡地檢署大門，他逕自前行，默不作聲，穿過一排排座位上的書記官與助理檢察官。沒有互打招呼。還有工作要做，再說，他無須開口。

大家都感覺得到他出現了。

孔恩私人辦公室的半格玻璃門有至少七十年的歷史，烈日郡令人景仰的地方檢察官姓名會隨著任期寫在窗格上，之後又洗掉，再重新油漆上新人的名字。等到蘭道一手搭在門上時，他的一位助理檢察官已經抱著文件跟在後頭了。孔恩坐進寬敞桃花心木辦公桌後方的綠色皮椅，椅面上還有鈕扣裝飾，他抬頭望向助理檢察官，這位同僚三十幾歲，身穿白色短袖翻領襯衫，還打了條藍領帶。湯姆．溫菲爾德是孔恩的首席助理。他將卷宗交給孔恩。

「這是杜瓦一案要給陪審團的索引卷宗？」

湯姆點點頭。

「我們跟安迪．杜瓦進行到哪兒了？」孔恩問。「湯姆，別敷衍，我想知道局勢走向。三天後就要選陪審團了。」

湯姆扯了扯領帶的領結，拉緊一點。他最近增重了，一有機會就灌蛋白質奶昔，整個人變很壯。他一開始也不瘦弱，但現在他的手臂跟肩膀看起來彷彿打了氦氣。湯姆不在辦公室的時候，就跑去健身房舉重。他的襯衫很舊，還依舊記得纖瘦時期的湯姆，以及沒那麼緊繃的袖子、沒有拉扯的胸膛鈕扣。

「鑑識專家準備好了，報告完成，證人待發。攝影師按照你的要求，將命案死者照片放得很大……」

「多大？」

「真人尺寸或差不多那麼大。陪審團會覺得他們是在看實際的屍體。」

「記得我要求增加對比嗎？提醒他照做。我要她臉上的血看起來是鮮紅色的。這種照片會嚇到陪審團。這是第一步，記得嗎？」

湯姆點點頭。

孔恩花了點時間教育他的助理檢察官，該如何在死刑案中得到定罪結果。選好陪審團，說服他們送一個人去死，這不是什麼輕而易舉的事情。陪審團會傾向於留住這條命，這似乎是人類預設的反應。首要工作是盡可能嚇嚇他們，最好是利用會讓他們永生難忘的畫面來達成這個目標。照片越可怕、越血腥，效果理當就越好。

接著，提供他們憎恨的對象。被告就是造成那可怕、血腥畫面的元凶。其中的部分關鍵在於將受害者提高到接近聖人的層次，將他們描繪爲活生生的人，社區裡正直、善良、虔誠的成員。讓受害者與陪審團平起平坐，讓他們熟悉死者，讓每位陪審員想起自己的配偶、孩子或父母。

陪審團越愛受害者，他們就會越恨被告。

最後一步則最爲艱難，有兩種手段。要是陪審團裡的基督徒很多，孔恩就會仰賴這幾年來，他選擇性背誦的《聖經》復仇段落，什麼「以眼還眼」之類的。除了《聖經》，還要提升到個人層面。讓陪審團覺得，要是他們不能採取行動保護社會，處死這頭惡魔，那他們自己的骨肉、配偶跟父母可能就是下一位受害者。

主導死刑案件就是要貶低被告，不把他當人看，將其視爲必須害怕、必須處死的禽獸。一旦這些元素說服了陪審團，要讓他們覺得被告有罪就簡單多了。只要陪審團害怕被告，他們就會宣判有罪。憎恨是強大的催化劑，但不足以讓陪審團取人性命。恐懼則好用得多，恐懼是種利器，孔恩許久以前就知道該如何操縱的利器。

「杜瓦的律師寇帝．華倫呢？他有出現的跡象嗎？」孔恩問。

「完全沒消息。他的秘書已經好幾天沒見過他了。錢德勒法官說，無論他是否出現，案子都會繼續進行。」

「很好。」孔恩說。

「不過還有一件事。」湯姆說。他有點遲疑，食指伸到唇邊，閉上雙眼。彷彿是有什麼看不見的力量阻止湯姆開口一樣。也許是職責使然，又一件孔恩要訓練他的事。

「昨晚我在法官辦公室聽到幾名書記交談，看來他們似乎批准了一張客座律師許可。」

「外地的律師來物色集體訴訟官司？」

湯姆說：「不，至少我不這麼想。就我聽到的對話，這個人打紐約來，是來替安迪．杜瓦辯護的。」

「你什麼時候聽說的？」孔恩沒好氣地說。

「昨天很晚的時候。我關辦公室回家時聽到的。」

「紐約來的律師？誰？」

「某個叫艾迪．弗林的傢伙。」

孔恩雙眼深處燃起小小一陣野火。他舔舔嘴唇，說：「盡量查清楚。不能小看弗林，我聽說過他的幾個案子，我要掌握一切。弗林跟杜瓦之間肯定有什麼連結。杜瓦名下沒幾個錢，他請不起律師。美國公民自由聯盟也不會出資找弗林，他們會派自己的律師過來。也許是寇帝．華倫那邊的關係？但看起來不像。去跟那幾個書記、法官談談，找得到誰都問一問，搞清楚弗林爲什麼要來這裡代表這位微不足道的殺人凶手。」孔恩說完又望向卷宗，翻起內頁。

「沒問題，我盡量去查。他是誰？我沒聽說過艾迪．弗林這個人。」

「他就是一顆手榴彈。有些傳言。有人說他在當律師前是騙子，之後開始欺騙曼哈頓陪審團。」

溫菲爾德點點頭，離開辦公室，讓孔恩一個人沉浸在思緒之中。

辦公室很樸素，一邊是檔案櫃，另一邊則是孔恩與多位市長、州裡政治人物的裱框合影。他旋轉椅子，看著座位後方牆上掛著的一百一十五張犯人大頭照。這些人處在各種不堪的狀態裡，不是雙眼睜得老大，充滿恐懼，就是醉醺醺半瞇著眼。欣賞這面牆讓他挺直身子，心跳加速。這是他對人類帶來的影響，他的畢生傑作，這些是他送進死刑室的人。他目睹了其中七十九人斷氣的過程。這樣不夠，完全不夠。

他的父親滿腦子只在乎家族名聲，父親靠股市賺得大筆財富，多數財產在遺囑裡留給了兒子。不過孔恩對父親或其他人的錢不感興趣。要錢總是可以弄到很多錢，所以金錢對他沒有吸引力。銀行存款高達三千萬，他也不在乎。孔恩放在心上的是父親所謂的家族影響力，這才重要。

兒子，過世時擁有多少錢不重要。堆在保險箱裡的錢不是衡量一個人的方法，而是你一路走來，留下多少殘破對手的屍體，這才是衡量一個人生命的尺度。最後，只剩你沒有倒下，幹掉所有競爭者，這時你就知道自己最強。

孔恩從被他處死的亡者面孔中得到力量。達瑞斯．羅賓森是上一個提供他私密愉悅的人，安迪．杜瓦將會是掛在牆上的下一張臉。

他拿起電話，撥去警局，找羅麥斯警長。稍微等候一下，電話就轉過去了。

「你也早啊。」羅麥斯開口就是低沉的鄉村腔調。

「我想了解咱們失蹤的律師有什麼進展？」

「恐怕什麼進展也沒有。我們會繼續找人，繼續聯絡。我已經派幾名優秀同僚去查了。」

「很高興聽到你這麼說。對了，這個週末釣魚釣得如何？」

「還不錯，釣到一隻大鯰魚，差點折斷我的釣竿。」

「繼續尋找寇帝．華倫，一找到他立刻通知我。我祈禱他平安歸來。」

「孔恩，我們都這麼想。」

「警長，祝你今天愉快。」孔恩如是說，然後掛斷電話。

十分鐘後，孔恩開著他的捷豹繞過鄉村道路的細窄彎道，前往巴克斯鎮的郊外。他在越來越窄的道路上轉了好幾個彎，直到他抵達一條似乎不能通往任何地方的泥巴路。在這條路上繼續開十分鐘，一側厚厚的樹林稍微有點空隙，然後這條路會彎向洛思哈奇河。巴克斯鎮位於烈日郡中央地帶。往北是塔拉迪加森林末端，這座森林是五十英畝的松樹林。往南則是洛思哈奇河氾濫沖積出來的沼澤地。巴克斯鎮東面是肥沃的農田，西側則是郡裡的工業重鎮，有一間煉鋼廠，還有一間一直處在關閉邊緣的巨大化學處理廠。

孔恩停車，走了下來，穿過稀疏的林木線。這裡的樹很老，還掛著松蘿菠蘿。洛思哈奇河從此處變窄，然後銜接上更南邊的大河道。河岸旁是滿溢出來的咖啡色湍急水流。孔恩在曼哈頓下城能夠俯瞰東河的公寓長大，少時好奇的他經常從臥房窗戶看著暗色的急流，思索河底埋藏了哪些祕密。他想知道爲什麼這條河能夠如此泥濘污濁，以及他父親又讓多少人從布魯克林大橋的頂端一躍而下，跳進那冰冷的深淵之中。

隆隆流水聲讓他回到當下，水聲也成了背景，搭配一早還在歌唱的蟋蟀與知了。新的聲音加入這場交響樂，V8引擎緩緩前進。引擎熄火，開車門時發出刺耳的聲響，然後是甩門聲，最後則是穿過灌木的腳步聲。

4

羅麥斯

柯特．羅麥斯接近河岸時，就聞到腐臭的氣味。他在泥巴路上停好警局巡邏車，步行前往見面地點。孔恩來電時問起了釣魚的事，這是暗號，代表要來此處會面。如果他問的是打保齡球的那隻手感覺如何，他們就會去保齡球場的停車場見面。類似的會面地點還有簡餐店停車場、湖邊船棚跟舊磨坊。釣魚代表河邊，所以他來這裡。

孔恩行事謹慎。

植被因高溫與潮溼腐爛，但羅麥斯穿過灌木時聞到越來越強烈的惡臭可不是來自於此。松蘿菠蘿與河水的甜膩朽爛味還挺宜人的，這是不一樣的氣味。他有時會覺得自己聞到的是孔恩的味道，彷彿這個人從裡到外腐爛了一樣。聞到時，他都會告訴自己這只是想像，沒有人可能這麼臭，除非是倒在河裡好幾天，體內充滿氣體的時候。

他來到河岸一處小小空地，看到孔恩高瘦的身軀正躲在松樹下方遮陽。

「比地獄還熱。」孔恩說。

他的口音很亂，有時他會展現徹頭徹尾的烈日郡口音，在此出生、成長的感覺，但偶爾曼哈頓口音會從某個字詞上冒出來，足以提醒羅麥斯，孔恩不是當地人。羅麥斯懷疑孔恩是不是這輩子都在裝烈日郡口音，他是永遠爲看不見的觀眾扮演這個角色，而在某些短暫的時刻，面紗會落下，露出孔恩的眞面目。

檢察官面色蒼白、滿臉是汗。他不胖，一點也不胖，看起來卻一直瘦巴巴、病懨懨的。他那副骨瓷皮膚上似乎永遠沾著一層薄汗。孔恩不喜歡待在太陽下。他從胸膛口袋抽出手帕，擦拭脖子與額頭。

「你早該習慣溫度了吧？」羅麥斯說。

「討厭死了，沒喜歡過。」

「怎麼了？我已經跟你說寇帝．華倫『冰封』了，沒有人找得到他。」

「這與華倫無關，呃，還有別的事。」

又來了，那股惡臭襲來，羅麥斯彷彿一頭撞上一堵磚牆。

「不，這次見面是要談頂替他的律師。我聽說某個大人物要從紐約來，在杜瓦一案上修理我們。」

「我不會太擔心。杜瓦被我們收服得服服貼貼。無論這個大城市律師有多行，有認罪自白，杜瓦是不可能無罪釋放的。」

「我不是擔心這個。杜瓦在紐約沒有親人或關係，他老媽口袋裡一個蹦子也沒有。我關切的是，一開始是誰雇用這個律師的。其中有我們不清楚的狀況，我們沒注意到的狀況。」

「你要我跟杜瓦談談嗎？」

「去談，也許順便讓他知道，他此刻最不需要的就是置他於險境的華麗大律師。這倒是提醒了我，爲了出庭，我還要替杜瓦的老獄友勞森準備證人說詞。」

「有了勞森的證詞跟其他的證據，這樣應該足以讓陪審團站在我們這一邊。別擔心這個城市男孩。」

孔恩迅速從樹蔭中走出，站在警長面前。羅麥斯心跳加速，後退一步。必要時，孔恩可以移動得非常快，就跟察覺到蒼蠅掉到網上的蜘蛛一樣。羅麥斯是這樣想的，他彷彿在細絲上造成震動，喚醒了隨時能夠吞噬他的飢渴生物。他臉上冒起大汗，口乾舌燥到不行。

孔恩開口時，聲音相當低沉，彷彿是在訓練一條狗。

「你覺得我怕紐約先生？我在那裡長大，我了解那些人。在法庭隨時擊退他們都是易如反掌的事。你千萬別搞錯了。」

「孔恩先生，沒有冒犯的意思。」羅麥斯連忙將目光移開，這樣就不用繼續盯著孔恩死氣沉沉的雙眼。「我只是說這件事不能倉促進行。要是同一個案子的先後兩位律師都鬧失蹤，聯邦調查局會爬滿這個鎮的。」

孔恩點點頭，說：「我明白你的觀點，但調查局什麼也找不到。就跟上次一樣。如果我覺得必須『冰封』弗林，你也會動手，對吧，警長？我們之前說好了，司法的敵人就是我們的敵人。你看到杜瓦是怎麼對待絲凱拉．愛德華茲的，不能讓他逍遙法外。要是有人擋我們的路……」

羅麥斯點點頭，他的目光飄向遠方。尋獲死者屍體時，他是第一個到場的警察。他親眼目睹她身上的慘狀。沒花多久時間就逮捕了安迪．杜瓦，羅麥斯也迅速得到他的認罪自白。然後那份該死的法醫報告出現，杜瓦的嫌疑沒有一開始那麼大了。只不過報告來得有點遲，男孩已經遭到起訴，而孔恩認定杜瓦就是凶手。他們雖曾短暫討論過是否進一步調查凶手另有其人，但孔恩聽都不聽。杜瓦的自白本身就會削弱對另一名嫌犯的調查立案。

「我們不會讓任何人阻止我們處死杜瓦。在那之前，看看你能查到弗林哪些資訊。查到後就打給我，噢，還有件事……」

羅麥斯嚥了嚥口水，他的喉頭又乾又痛。

「確保弗林抵達時得到溫暖的歡迎。」

語畢孔恩轉身走回車上。羅麥斯喘起大氣，他鬍子上的汗珠噴灑到空中。他摘下帽子，發現汗都滲出來了。

羅麥斯離開前，又看了河水一眼。這裡只有鱷魚、烏龜跟死掉的生物。草沼上掛著一片低低的霧氣，加上披在樹木上的松蘿菠蘿，彷彿是結在土地上的細細蜘蛛網。

隨著孔恩逐漸離去，朽爛的氣息隨之減弱。羅麥斯慢條斯理沿原路回去，開門、上車。轉動車鑰匙時，收音機響了起來。這禮拜的經典搖滾電台是滾石樂團特別節目。他右手搭在副駕駛座椅背上，望著車尾擋風玻璃，沿著泥巴小徑將車倒出來，同時樂團主唱米克·傑格禮貌地唱起他能不能來個自我介紹。

他在小巷倒車回到可以掉頭的空間時，他的腳忽然放開了油門。他聞到離合器空轉的焦味，但這不足以阻止他。

一個念頭讓他猛然停車。

他將鑰匙從鎖孔拔出來，他用粗糙、泛紅的手指翻起一支支鑰匙。鑰匙圈上掛著一個兔腳，這是他當差第一天太太露西送他的禮物。她說兔腳可以保佑他們兩個人一起幸運。當然啦，羅麥斯每天執勤結束後都能平安健康到家，對露西來說就不是這麼回事了。

在手指之間摩挲兔毛讓他呼吸和緩，他覺得冷靜下來了。他把鑰匙插回去，發動車子，驅動車輪掉頭。有些時候，他期待能夠掉頭的不只是車子。他走的某些路是單行道，不能停下，也無法回頭。

有些事就是覆水難收。

幾分鐘後，他就抵達巴克斯鎮的郊區。他在第一個紅綠燈前駛離道路，朝自家前進。他家是老式的殖民風格建築，前幾年曾重新修整。每一塊木板都換過、再度上漆。這是會出現在明信片上的那種美輪美奐房舍，有四個房間，但他只使用了一間。他在車道上停車，下來就看到露西坐在門廊上。新裝的紗網替她抵擋了最凶狠的蚊蟲。她坐在前高後低的阿第倫達克木椅上，織毛線的針擱在大腿上，編織圖樣則跟一捲新的紅色羊毛毛線一起擺在腳邊。

「外頭眞熱，我碰巧經過，想說回來喝點檸檬茶。」他說。

露西六十出頭，對丈夫瞭若指掌。她抬頭對他笑，或至少是在抬頭時擠出笑容。

「少來了，柯特，但去吧，去冰箱裡倒點涼的。也給我一杯。」

他一手輕輕攬著她的肩，彷彿她的肩膀是玻璃做的，然後說：「妳確定要喝？」

她點點頭。

屋內廚房還是他今早出門前的樣子。她的燕麥擱在桌上，動也沒動。藥丸旁邊是依舊滿滿一杯柳橙汁。比較小顆的藥丸擺在盤子上，其他的則用兩根湯匙壓碎了。他今早才精心梳整過她的假髮，但假髮現在依然掛在她餐椅的椅背。他倒了兩杯檸檬茶，回到外頭的高溫裡。他將一杯飲料交給露西，然後在她旁邊的位置坐下。

「親愛的，妳都沒吃藥。」他說。

「肯定沒有。」她低聲地說。

羅麥斯每天早晚都會擺好露西的藥物，好幾十顆。有些她吞不下去，他便會用兩根湯匙或廚房的平面刀刃壓碎這些大顆的藥。其他的藥可以直接切成兩半。吞嚥現在是個大問題。

「露西，妳要把藥吃了，醫生說——」

「柯特，醫生說六個月，而那是六個月前的事了。我的時間已經過完了。」她用手指摩挲起頭皮，還有幾縷頭髮連著她蒼白的頭殼，無法遮掩此刻在她皮膚上看起來相當顯眼的一條一條藍色靜脈。

「這我們談過了。」羅麥斯說。

「沒錯，這是我的決定。我們試過化療，不管用，我不會再來一遍。藥物把我搞得比原本還不舒服，反應更遲鈍。我想織毛線，但藥物讓我抖成這樣，根本辦不到。我要麼是步履蹣跚，跌跌撞撞，要麼就是噁心想吐，除此之外只能睡覺。痛楚感覺沒有那麼糟，因爲痛讓我曉得自己還活著。」

她伸手輕輕碰觸他的手。接觸到他皮膚的彷彿是一陣微風，她的碰觸輕柔又冰涼。

「我想再當個稱職的妻子，就算只有一下下也好。」

「但總會有新藥與新療法問世，我們可以有其他的選擇——」

「不。」露西說，這個字比她許久以來說的話都大聲。「我們已經花了夠多錢了。十幾萬美金，換來的是什麼？柯特，我要死了，我的時間到了。你該明白這點，並且接受它，就算是爲了我，好嗎？」

羅麥斯沒有聽到那杯檸檬茶從他指尖脫落、砸在門廊木頭地板上的聲音。他聽到的是妻子微弱的話語，感覺到的是她的碰觸。他想哭，但他不能哭，不能在她面前哭。他發過誓，絕對不會在她面前掉一滴淚，絕對不行。那樣只會讓她更難過。他嚥下席捲而來的失落感。

他知道這天終究會來。

他也清楚這是因爲他幹的那些壞事，上帝在懲罰他的罪過。還有他在工作上撒的那些謊，傷害的那些人。他從孔恩那裡拿的錢，那些錢買了房子，卻也讓露西生病。那筆錢用在她的醫療上。這不是因果業力，對羅麥斯來說，這叫佛教狗屁，不，這是上帝給他的訊息，而他不喜歡這樣。

羅麥斯希望能繼續沿著道路前進，用兔腳保佑他每晚平安回家，就跟過往一樣。在他們於巴克斯鎮的老房子裡照顧他的妻子，且分毫不取孔恩的錢。

起風了，他察覺到空氣裡夾雜著死亡的氣味，他因此想起寇帝．華倫。一把史密斯威森點二二手槍就完成這項任務。他將槍口抵在律師頭殼上，捕捉到男人眼裡的恐懼，然後扣下板機，將那驚懼的神情永遠鎖定在華倫臉上。這是羅麥斯幹過最困難的事情。之後他不舒服了好一陣子，再也睡不好。

當孔恩決定要起訴安迪．杜瓦的時候，隨之推動的是一連串的事件。每件事都自然而然地接踵出現。鑑識報告對杜瓦有利，所以孔恩修改了內容；羅麥斯已將杜瓦屈打成招，所以也不能放他走。當寇帝．華倫即將挖掘出眞相時，他也得處理掉。

本案與其他命案不同，絲凱拉．愛德華茲的謀殺案縈繞在羅麥斯心頭。殺戮手法的殘暴與詭異讓他不安。於是他無視孔恩將罪責推到杜瓦身上的建議，羅麥斯私下繼續調查，孔恩並不知情。

他很清楚如果他將調查交給孔恩，會引來怎樣的結果。證據會遭到埋沒，大概羅麥斯本人也會跟著一起入土，因爲他無視孔恩的命令。他也不能冒險將自己的調查結果交給聯邦檢察官辦公室。孔恩掌握羅麥斯的黑料足以讓這位警長坐牢好長一段時間，到時誰來照顧露西？他深陷在這個謊言之中，他因此必須奪取一位律師的性命。安迪．杜瓦很快就會成爲壓在羅麥斯心頭另一個死氣沉沉的重擔，只是爲了隱瞞這件事而發生的另一件事。這就是妥協一次的結果，重點永遠不是證據首次弄丟，而是想要徹底掩蓋侵蝕靈魂原罪的努力，就是這種種的努力讓你再也無法回頭。

他曉得自己所作所爲帶來的罪惡感與恥辱感遲早會減退，就跟上次、上上次一樣，屆時他就能夠承受了。他別無選擇，只能繼續跟著這條路前進。就算這樣意味著之後還會有更多律師死於非命也在所不惜。

5 艾迪

我討厭飛行。

我討厭機場，是因爲空調、過高的票價，還有在磁磚地板上發出喀啦喀啦聲響的行李箱轉輪。

從紐約拉瓜地亞機場到北卡羅來納州的夏洛特要兩個小時，短暫停留，接著再飛兩個小時抵達阿拉巴馬州的莫比爾。我在飛機上研究案件資料。飛機艙門一關，機艙開始加壓，我翻開檔案，哈利就開始點頭。等到機輪收起時，他已經開始打鼾了。

柏林將擺在他車子後行李箱的檔案交給我。昨天我將出門後無法處理的案子交給凱特時，哈利已經看過這些資料了。

總共差不多有五百頁。從我讀到的一些證詞裡，我逐漸建構出烈日郡這位安迪·杜瓦的樣貌。

安迪是派翠西亞與法蘭柯的獨生子，但老爸沒待多久。安迪差不多會走路、說話的時候，法蘭柯就離開他的生命了。安迪的父親搶了土桑的一間加油站，結果被散彈鉛彈打了一肩膀，還得在州立監獄待上十五年。進了監獄，法蘭柯的運氣還是很背。入獄一年後，有人發現他在操場上，差點被斷頭。其他獄友在幫他「舉重」。四個人將法蘭柯壓在重訓座椅上，至少另外有兩個人，將一百三十六公斤的槓鈴朝他頸子上扔。

法蘭柯葬禮費用由州政府包辦，葬禮就在監獄土地上舉行。派翠西亞不願取回屍體。她已經與他斷絕關係，不願意爲了這個人再花一毛錢。派翠西亞相信法蘭柯對兒子幹過最好的事就是死在監獄裡。她不希望安迪在酒精、毒品、謊言間長大，也不希望這三樣壞東西所帶來的苦澀與痛楚伴隨著他。

打從安迪出生那天起，她就知道他會是個好孩子。

安迪的律師寇帝·華倫準備了派翠西亞的長篇證詞，光是讀這些內容，我就曉得這個案子會讓我內心深處失去一點什麼。某些案子會奪走你內心的一部分，而這個部分是永遠不會復原的。有時只是一小塊，有時是一大塊。隨著我研究得越深入，我就越是願意付出這種代價。

派翠西亞·杜瓦

我的安迪不太會接球，也不太會丟球，他的身材也沒有高大到可以擒抱住人，但老天，他眞的很愛讀書。他小時候把能看的東西都看遍了。他是好孩子，我的南方大紳士。書卷氣，我是這樣說他的。那個男孩差不多讀完了教堂街圖書館的每一本書，卻不記得過馬路時要查看路況，沒生活常識，腦袋飄在雲端，我的孩子。不過，他在學校很認眞，第二名畢業，得到蒙特瓦洛大學獎學金。我還是不敢相信我的男孩要上大學了。他在那間酒吧工作得也很認眞，每分錢都存下來。然後發生這種事。我兒子沒有殺死那個女孩。他每個禮拜天都會在教堂祈禱，他不會傷害任何人。他甚至不會跟人打架。我可以告訴你另一件事，那就是，安迪絕對、絕對不會傷害女人。

我繼續翻閱案件受害者的資料。

她叫絲凱拉．愛德華茲，二十歲，就讀阿拉巴馬大學。她主修化學，每天通勤去學校。她父母並不富有，我好奇資料裡沒有提到獎學金，他們又是怎麼供她上學的？藍領階級勞工要送子女上大學實在太困難了。她在酒吧打工。她的父親法蘭西斯．愛德華茲是長途卡車司機。母親艾絲特是家庭主婦。我找不到她的聲明。法蘭西斯說起五月十四號晚上的情景。

法蘭西斯．愛德華茲

她在霍格酒吧打工，那是卡車司機會去的酒吧。她負責端盤子、送啤酒，將小費存起來上大學。她一週工作四天，從七點到凌晨一點。有時忙起來會更晚才下班。絲凱拉買不起車，所以有時差不多了，她會打電話給我，我就開車過去接她回家。通常她會跟那個男孩安迪一起等我。我送他回家過兩次，下雨的時候，載他回他住的那個鬼地方，但你知道，那裡跟我們家是反方向。他不是我的責任，所以多數時候，我懶得管他。總之呢，那天晚上絲凱拉沒打電話回來。當時已經過午夜了。她媽艾絲特睡不著，便起床在廚房裡不知搞啥。她叫我打電話給絲凱拉。我想說酒吧大概很忙，再給她一點時間。老天，多少個夜晚過去，我只希望我打了那通電話。你知道，也許一切都會不一樣？如果她電話響了，也許那男孩就不會揍她、殺害她了？艾絲特至今沒有原諒我。我在一點半的時候開車過去，酒吧已經關門了，附近都沒人。我打給絲凱拉，她沒接電話。我一路開進城裡，說不定她搭便車去主街喝杯深夜小酒。

這樣很不像絲凱拉，她都會讓我們知道她人在哪裡。艾絲特報警。我找了她一整天。結果，夜裡我們接到電話，有人找到她了。

我覺得你從艾絲特嘴裡問不出什麼。你們各位，我是說警長辦公室的人帶著噩耗上門的時候，醫生給了她鎮定劑。她一直哭、一直哭。待在絲凱拉房裡好幾天都不肯出來。你知道，艾絲特沒有工作，絲凱拉就是她的一切。她爲那個小女孩而活。現在絲凱拉不在了，我不曉得她該怎麼辦。我們的小女孩被那樣無情地帶走，遭到謀殺，這樣不對。那個男孩，安迪，對我們女兒做了那種事，我希望他們烤死那個男孩。

我翻過內頁，看到酒吧老闆雷恩．霍格的陳述。

雷恩．霍格

絲凱拉替我端盤子工作了三年，她是不錯的員工，總是準時出現，對客人很客氣，就算是吵鬧的客人也一樣。你知道，她可以照顧好自己。總之呢，我差不多在十二點左右打烊。她跟安迪一起整理環境，午夜過後，他們就離開了。我記得他們是一起走的，這並不罕見。有時如果下雨，絲凱拉她爸會載他一程。多數時候，他都會陪她等到她爸出現。那天夜裡，他們離開前起了爭執。別問我在吵什麼，我不知道，沒聽見。不過安迪對她大小聲，我只記得這樣。這很不像安迪，他是很文靜的孩子，每次都在該拖地的時候，埋首於書本之中。總之呢，絲凱拉看起來很害怕。他們一起離開，而我再也沒有見過那個女孩。

絲凱拉失蹤了整整二十四小時，然後才有人發現她的屍體。尋獲她的人名爲泰德．巴斯頓，當地卡車司機。五月十四日，他把聯結車停在霍格酒吧，也就是絲凱拉失蹤當天，車子停在該處一整天，他找地方休息。等到五月十五號晚上回來開車時，他就在碎石與泥巴停車場後面的沼澤地上看到了什麼東西。

一開始，他以爲有人趴在長長的雜草間，要爬出來。他拿起手電筒，過去一探究竟。這時他發現了兩隻烏龜正在探索絲凱拉．愛德華茲的屍體。起初他不曉得那是絲凱拉，他只有看到她從地面上冒出來的腳掌。他報警，是警方把她挖出來的。

絲凱拉遭到垂直掩埋。她整個人掉進一個又窄又長的墳坑之中，頭先下去。不過，這個洞挖得不夠深，也不夠寬，沒辦法彎曲她的腿，所以她的腳才從地面冒出來。她腳踝附近的泥土壓得很嚴實，她是以倒栽蔥的方式被埋起來的。

我瀏覽起驗屍報告。傷勢的猛烈程度相當嚴重。她遭到燙傷，她的臉、軀幹、雙腿都有，但只有正面，背面沒有燙傷。驗屍官普萊斯小姐猜測那應該是太陽的曬傷。普萊斯發現她左手斷了兩根手指，兩隻前臂都有瘀青，是她企圖自衛時留下的，臉上也有撞傷。她的手腕與腳踝上有綁縛的痕跡。驗屍官認爲死因爲窒息。她描述對方力量強大，足以對喉嚨造成傷害，掐斷頸骨。

我很謹愼，沒有讓機上其他人看到照片。部分曬傷且血淋淋的屍體大特寫。犯罪現場目錄，詳細註明每一位員警、法醫、警長抵達的時間，以及最後封鎖現場的時間。就像調查的粗略日記，凌晨兩點，警長發現受害者可能是絲凱拉．愛德華茲，他們在屍體不遠處找到一個女用小提包。

提包的內容物，登記在同一份目錄下：

一串鑰匙（三支鑰匙）、皮夾（四十九又二十五美分現金。美國銀行提款卡、富國銀行提款卡、巴克斯鎮圖書館借書證、阿拉巴馬州立大學學生證、駕照，統統在絲凱拉．愛德華茲名下）、護唇膏、小手鏡、粉底、口香糖。

生命走到盡頭時沒有擁有太多物品。我翻起內頁，找到更多照片。有一張絲凱拉參加學校舞會的照片，金髮向後紮成馬尾，臉上掛著大大的笑容。藍色洋裝看起來廉價，但很漂亮。她顯得相當興奮，朝氣勃勃，充滿活力。她的舞伴是蓋瑞．史卓，高中美式足球四分衛。他看起來彷彿打過類固醇，正式西裝下鼓起的是肌肉，臉上爬滿粉刺，笑著站在絲凱拉身邊。還有幾張絲凱拉跟家人一起在家的照片。

我胸口破了一個洞，我發現自己吞嚥困難。往常的念頭爬上心頭，怎麼會有人對無辜女孩做出這種事？

烈日郡警方在尋獲屍體後，隨即進行逮捕。雷恩．霍格說看到他們深夜的爭執，大概這就是讓安迪一開始遭到逮捕的原因。絲凱拉的男友蓋瑞有一份簡短的說明，他原本要在那晚跟她求婚。她卻遲遲沒有出現。

我稍微闔上檔案，整理思緒。其中沒有太多證據對安迪不利，目前頂多就是一些間接證據。

我再次翻開資料，讀了起來。

該死。

我將檔案放去一旁，向後躺在椅背上，剩下的旅途閉目養神。

他們有足夠的證據起訴安迪。

安迪的血出現在絲凱拉的指甲縫。名爲雪柔．班布里的鑑識專家證實了DNA吻合。她的報告簡短卻帶來重大影響。

鑑識生物學系首席分析師，分子生物鑑識專家雪柔．班布里博士

烈日郡州警警長柯特．羅麥斯提供受害者右手的斷裂指甲。他確認指甲縫裡有泥土跟類似血跡的物質。我檢視封裝在CL12物證袋裡的指甲碎片，有以下發現：

血液、皮膚、一般的碎屑、粉末殘留。

粉末殘留經過化驗包含抗膽鹼劑（四成）、抗憂鬱藥物舍曲林（一成）、硫酸嗎啡（四成）、啡噻哄（主要應該是丙氯陪拉辛，一成）。

柯特．羅麥斯警長同時也提供嫌犯安迪．杜瓦的DNA拭子，編號CL28。

對所有的樣本進行DNA分離，以單基因做聚合酶連鎖反應技術分析判斷出基因屬性。兩邊樣本裡共比對出二十一個聚合酶連鎖反應標記，同時還有對照實驗，完全獨立進行。生物統計學分析CL12跟CL28的DNA吻合度百分之九十九點九九九九。

我不太在乎粉末殘留，受害者讀的是化學系，我猜她的確會接觸類似的物品。要命的是DNA，天底下雖然沒有完美的DNA比對。報告只有說，就科學家分析的角度，絲凱拉指甲上的血符合安迪的血。安迪肩上也有相應的指甲抓痕。深到抓出血來。看來絲凱拉抓了攻擊她的人，而這個人就是安迪。

安迪在五月十六日提供給羅麥斯警長完整且詳細的認罪自白，也就是絲凱拉屍體尋獲後

一天。我看不太下去，眼前的內容不像是年輕人寫的，更像執法人員代筆。大概是條子寫好，讓安迪簽名而已。

不過，自白不只一份，他的獄友可以證實安迪說過自己殺害了絲凱拉，因爲她不肯跟他上床。我覺得噁心，但也充滿希望，眞是奇怪。

這個案子裡並非一份，而是兩份不可靠的自白。一是警察在逮捕安迪時寫的，另一份大概是一週後，由監獄告密者提供。爲什麼他們需要兩份自白？

我得跟安迪談談，了解他這個人。我得與他面對面。我得確定他是無辜的。只要跟他談談，我就能確定他是否無辜。

有一件事現在已經毋庸置疑，那就是，如果我決定替安迪辯護，那此案很可能會是我生涯中最難打的一場官司。

6 艾迪

我們在八點左右抵達莫比爾機場，提好行李，我用公司信用卡去租車。租車公司送我跟哈利前往偌大停車場盡頭，停在一輛狀況曾經好過的Prius油電混合車旁。哈利從高爾夫球車上下來，看著Prius，眼神彷彿是在看自家兒子有哈佛不讀，跑去編草籃一樣。

「我以為我們租的是一輛車。」他說。

「這是一輛車。」我說。

「不，才不是，這是有輪子的電池，加上玩具車引擎。根本沒靈魂。」

「你也沒有。把東西放進後車廂，快去巴克斯鎮吧。我開車。」

「不，我來開。這樣我就有理由抱怨這輛車，你也有理由抱怨我的駕駛技術，我們都會稱心如意。」

車上的衛星導航似乎是以占星學與期待運作，而不是真正的GPS系統，等到我們找到高速公路時，再走一下就到烈日郡了。哈利一直踩油門，抱怨車壞了。

「車沒壞，這是混合車。」

「跟什麼混合？騾子？我告訴你這玩意兒就是壞了。」

巴克斯鎮的交流道告示牌上有三個彈孔，邊緣都生鏽了。三個洞口都打在巴克斯鎮（Buckstown）的O上。我們抵達一條兩線道筆直柏油路，兩旁都是樹。沒多久，樹木敞開，出現的是一片低霧籠罩的田野。然後霧氣動了起來，逐漸起伏，彷佛土地中藏了千隻鬼魂一樣。

那不是霧氣，是我沒見過的東西。

「棉花田。」哈利說。「在月光下看起來特別詭異，對嗎？」

「毛毛的。」我說。

「我曾祖父在阿拉巴馬州摘過棉花，很累人的工作。只不過，那不算眞正的工作，因爲他沒有獲得任何酬勞。」

他的聲音變得無力低沉，他說：「這片土地上灑過太多鮮血，這個地方感覺……好像有毒。我的父親在整個阿拉巴馬州傳過教。我們在這裡待了五年。實在不能說我想念這裡。」

一陣冷顫爬過我的後背。

「這個案子一結束，我們就立刻閃人，再也不回來。」我說。

田地朝四面八方延伸好幾公里，直到我們抵達一處山脊，面前是一片樹林。道路沿著巨大的橡樹、柳樹蜿蜒，樹上掛著松蘿菠蘿。樹枝有如哥德風格的面罩，延伸到柏油路上。道路一旁有舊時的木屋，單層樓建築。每棟都沒有像樣的屋頂，更不是穩穩直立的。似乎遭到遺棄，或至少看起來如此。幾棟房子裡居然還有燈亮。某些房子沒有窗戶玻璃，只糊了防水紙，後方的光線透照出來，看起來詭異也美麗。

「檔案文件你都看完了？」哈利問。

「對，你怎麼看？」

「如果他說他是無辜的，那我們就有大山要爬了，大概錯不了。你遇過棘手的案件，我也碰過，但沒有這麼棘手的。我們甚至還沒開始，就有兩份自白扔出來。一是獄友，一是那個警長。」哈利說。

「我們得跟他談談。如果他說是警方的認罪自白是被迫簽署的，那我們也需要證據。另一份自白來自監獄告密仔，應該比較好解決。」

「我覺得這孩子沒有殺害那可憐的女孩。」哈利直截了當地說。

「你怎麼這麼確定？」我說。

「這整件事感覺不對勁。我看過警察在站不住腳的案件上加料，塾些僞造的證據，但沒有這麼離譜的。他們在受害者指甲上找到安迪的血跟DNA，孩子肩上還有抓痕。那爲什麼不只一份，還搞了兩份虛假的認罪自白？這樣不對。」

「不對的是過幾天我們就要面對死刑官司。我們沒報酬，跑來這鳥不拉屎的鬼地方，客戶還坦白行凶兩次。這整件事哪裡對了？」

「全都亂了套。受害者是案件關鍵，我們得了解她的一切，檔案裡沒提多少。」

汽油站標示著小鎮到了。哈利沿著GPS所顯示的主街前進。除了一間酒吧跟一間7-11便利商店，整個地方都打烊了。建築物稀稀疏疏。街道外緣最後一棟房舍外頭停了三輛郡警巡邏車，那裡就是警局。長長的兩層樓磚造建築跟個大屁股一樣凸出來。二樓漆成白色，底部則是半露出來的磚塊。主街中段有一個十字路口，巴克街與主街彷彿步槍的十字準線。我上網查過了，鎮上唯二兩間旅館都在巴克街上。沒有網站可以線上預約，我早先打電話時，他們也不接電話。我們只能臨場發揮。

哈利喜歡我們看到的第一間旅館，雞油菌旅社，然後把車停在外頭。那頂多只是間大一點的殖民風格房屋，白漆已經褪色，門廊上有一張翼背椅。窗上的招牌寫著「有空房」。

我一打開車門，阿拉巴馬州的天氣就噴得我滿臉汗。溼度百分之八十九，還熱得要死。在紐約待過夏天，溼熱我習慣了，但這裡的天氣完全不一樣。這裡的空氣潮溼又凝重，完全沒有微風帶動，宛如朽爛墓穴裡的空氣。而且到處都有蟲。

我跟著哈利穿過前門，抵達桃花心木的接待櫃檯，櫃檯人員也呈現同樣的色調。她藍色洋裝上的名牌說明她叫克萊拉，曾是白人，但經過六十幾年的日曬、抽駱駝牌香菸，她的膚色跟家具相差不遠。桌面看起來更年輕、更乾淨呢。

「大名？」她用死氣沉沉的聲音開口。她的金色髮尾捲捲的，彷彿是不想接觸到皮膚一樣。

「在下哈利．福特，很高興認識妳。這位是我的同事艾迪．弗林。」

克萊拉抽了長長一口駱駝牌香菸，對著「請勿吸菸」的牌子吐出一團灰藍色的菸霧，咳嗽起來，然後說：「抱歉，兩位，我們客滿了。」

語畢，她在菸灰缸裡捻熄香菸，埋首進《大都會》雜誌裡。

「抱歉，女士，外頭的招牌說還有空房。」哈利說。

「招牌不管用。」她說，目光完全沒有從標題為「不可或缺比基尼款式」的文章上移開。

哈利對我投來心知肚明的眼神。他似乎了解了什麼，但無論到底是什麼，我還是一頭霧水。

「我想我明白這裡有什麼誤解了。女士，我們理解這是講究傳統的鎮。我跟艾迪是同事，不是情侶，當然那樣沒有什麼問題。不過我們還是想要兩間獨立的房間。」

「我們客滿了。」她說。

哈利靠向前，我卻拉起他的手臂。

「我們試試另一間吧。」我說。

我並不期待在雞油菌旅社過夜。我們走去外頭，哈利輕點我的肩膀。

「你以爲她是因爲我們是同志才不讓我們入住？」

我搖搖頭，說：「我不知道。」

「在阿拉巴馬州這算新鮮了，沒有因爲我是黑人就不給我房間。」他說。

「不管怎麼說，我不想住那。誰管是因爲種族歧視還是恐同，都一樣爛。我們去對街碰碰運氣。這次我去，我是愛爾蘭天主教家族後裔。」

我們朝對街前進。到鎮上之後，一路不見任何一輛車。就連街燈看起來也昏暗沮喪。短短的步行彷彿熱熔膠，將襯衫黏在我的後背上。我不適合這種天氣。哈利在屋外等，我冒險挺進「新旅社」，我猜這裡的確新過，大概是四〇年代的事。小小的霓虹招牌亮起「有空房」字樣，還會炙烤經過的蚊子屁股。我拉開大門，門鈴響起。就跟雞油菌旅社一樣，接待櫃檯後頭有人。這位接待人員是個年輕小伙子，一頭黑髮，彷彿是漆在頭上的假髮。他站起身來，點點頭，攤開入住登記本。

「先生，可以給我大名嗎？」

「艾迪・弗林。」我伸手要去筆槽拿筆簽下自己的名字。

他小小藍色雙眼後方深處的燈泡似乎亮了起來。他咬牙倒吸一口氣，在我面前闔上登記簿，說：「抱歉，我們客滿了。」

我默不作聲，站在原地，看著這個孩子。他大概沒超過二十歲，他咬起嘴唇，用筆在桌面上敲擊出快速的節奏。

「鎮上是有什麼活動嗎？」我問。

「現在是夏天，我們忙碌的季節。」他低著頭望向地面。

沒必要爭論，我離開，回到人行道上去找哈利。

「看來他們也滿了，好笑吧？我覺得有人知道我們要來。」

「別傻了。聽著，反正我也不想待在這兩間破旅館。我們回莫比爾找間眞正的旅館。」哈利說。

「好主意。」我說。

我們穿過空無一人的街道，朝Prius走去。哈利開了駕駛座的門，一腳踩了進去，結果他當場愣住。

「怎麼了？」我問。

我走到他那一側，循著他的視角，望向扁扁的車頭輪胎。我望向後胎，沒事。我繞過車身，看到副駕駛座那一側的後車胎也沒氣了。我蹲在雞油菌旅社門廊的燈光下，用手指摩挲橡膠皮。有破洞，在胎緣上約莫二點五公分寬、五公分長，刀子留下的痕跡。

「是我的名字。」我說。「有人知道我們要來，想要確保我們得到恰當的歡迎。」

哈利長吁一口氣，說：「我恨死了這鬼地方。」

7 牧師

牧師從屋頂窗望出去，看著象牙白的滿月掛在巴克斯鎮的屋頂上。

他聽到走上階梯的腳步聲。

他轉頭，環視屋內，這裡是一處偌大的開放式空間。巴克斯鎮保險服務公司樓上的空間沒什麼人使用。房裡一側是檔案櫃，木頭地板中央則擺了七張圍成圓圈的椅子。一張桌子擱在窗下，上頭有杯子跟咖啡壺，牧師在後頭小廚房裡裝好了咖啡。牆上唯一的裝飾是兩面旗子。第一面是美利堅聯盟國國旗，固定在屋簷上。第二面則是檔案櫃對面牆上裱在相框裡的古董旗幟。這面旗已經褪色，原本鮮紅色的背景現在成了鐵鏽色。在棕紅色的中央則是一朵白花，歷史悠久布料上的古老象徵，山茶花，已經由白泛黃。不曉得是因爲太老舊，還是因爲沾到尿，從中間綻放出來的七片花瓣失去了光澤。大概眞的有人會朝這面旗撒尿，八成有。至今這張旗僅剩三面留存下來。牧師在黑市開價五萬美金才得標。

聲譽良好的古董商是不會在公開場合販售這面旗的，它有自己的歷史。輕薄、磨損的布料乘載了旗幟下沉重的罪行。

門開了，身著粗呢外套的矮胖禿頭男走進。穿這件外套的葛魯柏教授汗流浹背。雖然已是晚上，高溫還是驚人，光是上樓的短短路程就讓葛魯柏的藍色襯衫因爲汗水而浸成深色。在他身後是一位高瘦，有著紅髮、紅色落腮鬍的男人，只有幾處零星灰白毛髮調和色調。這位先生穿了格子襯衫與藍色牛仔褲。這兩個人一起出現，看起來很不搭。

牧師明白，理念與思想會讓各種不同的人齊聚一堂。

「這就是那位父親？」牧師問。

葛魯柏點點頭。

牧師朝身穿工人階級打扮的男人走去，伸出手，說了聲歡迎。

男人望著牧師的手，然後接受了這聲招呼。他的手掌與手指因爲粗活而粗糙乾燥。

「先生，很榮幸見到你——」他還沒能講下去，牧師就打斷他。

「我們在會面時不會用名字互稱。你可以叫我牧師，你已經見過這位教授了。我們覺得這樣比較安全。我們經常清理在這個房間裡的竊聽器，這裡很安全，但還是得確保別在電話裡或其他地方的會面說溜嘴，我們不會在對話裡稱呼彼此的眞名。聯邦調查局哪裡都有眼線。」

男人點點頭。

「我非常遺憾你失去了女兒。」牧師說。「她是這個社區裡一股強大的生命力量。我們都感受到深刻的失落。當然啦，我們的感受完全比不上你與夫人的心情。來，請坐。」

男人正是法蘭西斯．愛德華茲。他放開對方，用同一隻大手輕撫自己的臉。牧師注意到法蘭西斯雙眼泛紅溼潤，鼻息沉重，彷彿即將崩潰，而每一刻都如同天人交戰，不讓他內心的痛楚爆發出來。

他坐在圍成圓形的其中一張椅子上，牧師跟葛魯柏坐在他對面。

「我要感謝你今晚過來。教授說他在卡胡那裡遇見你，那晚你喝得很凶。我理解。酒精可以鎮痛，但很快就會讓你站都站不直。一旦纏上你，想擺脫就沒那麼簡單了。最好還是把心裡的感受說出來。」

「我很感激我那晚遇到葛——，我是說教授。我們……」法蘭西斯遲疑了起來。他低下頭，大大的喉結上下移動。他清了清嗓，嚥下威脅著要擊潰他的情緒。

他把持住自己，雙手交握反覆搓揉，彷彿是在乾洗手一樣。

「我們聊起絲凱拉，這是，呃，我第一次眞正跟人談論起她。警長說我該找醫生或心理醫生聊聊，但我的成長背景沒有接觸過那種東西。你懂嗎？」

牧師點點頭，臉上浮現微笑。法蘭西斯提到自己女兒的名字，這點不知爲何讓牧師覺得很煩，但他不會跟剛剛失去愛女的父親告誡這點。

「我非常明白。你能找人分享眞是太好了，會有幫助的，但我們能做的不只是聊天，對嗎？教授？」牧師如是說。

葛魯柏點頭起身。他走向檔案櫃，拉出抽屜，取出一個沒有密封的大大牛皮紙袋，有十二公分厚。他將東西交給法蘭西斯。

「我們相信在你女兒命案之後，你無法出門工作。你是長途卡車的司機，對嗎？」牧師問。

法蘭西斯望向牛皮紙袋裡面，一手扶向額頭，彷彿裡頭的物品攻擊了他一樣。這時他才開始哭。他再也忍不住了，他的肩膀好像是抽動淚水的幫浦。

「信封裡有兩萬五千元，我們六個人湊出來的。我們知道你不好過，我們想盡量幫忙。短時間內還會有更多錢。」牧師說。

「不，拜託，這樣已經夠多了。」

「別開玩笑了。聽著，你認識教授，我跟你也見過面了，教會還有其他四個人。我們都身居高位，是有影響力、有力量的人。而我們在乎這個州的居民。某種程度可以說發生在你女兒身上的事在所難免。」

法蘭西斯抹了抹臉，用不解的神情望向牧師。

「我知道她對你來說有多特別，對我們這整個鎮都是。不久前，她才是我們的返校舞會皇后。我看過她坐在葛斯簡餐店，一邊喝奶昔，跟朋友有說有笑。當我說，如果出事的不是她，就肯定是別人的時候，你要相信我。看那邊，看到那面旗了嗎？那是原版的白茶花旗，一百五十年前就掛在路易斯安納州的一間教堂裡。坐在那面旗子下的男男女女深知我們如果不整治那些人，我們的生活方式會遭遇何種恐怖影響，你懂嗎？殺害令嬡的不是白人，白人幹不出那種事。我們得照顧好自己的家人。」

法蘭西斯目不轉睛地瞪著牧師，臉上閃過類似難以置信的神情，還有困惑。

「我不希望更多白人父母坐在你此刻的位置上，替他們遭到謀殺的孩子流淚。我們會協助你與你的妻子，但你必須清醒過來，明白你正在爲自己的生存而戰，就跟其他每一位白皮膚的男人一樣。」

法蘭西斯啞口無言。

「好，現在回去。我們明天再聊。我知道就要開庭了，還有很多事要討論。」

一陣靜默，然後法蘭西斯起身，謝過二人，轉身就走。

葛魯柏跟牧師一直等到聽見一樓大門關上的聲音才開口。

「我不太信任他。」葛魯柏說。「距離『大清算』不到一週了，他還沒準備好加入，讓我——」

「我告訴過你，他就是天選之人。他會準備好的，我們還有六天，這樣足夠——」

「不，這樣風險太高了。我這是在說，時間不足以——」

「你會擔心，我可以理解。你需要信任我。你是對他沒把握，還是對自己沒把握？」牧師問起。

葛魯柏搖搖頭。

牧師說：「我們都說好了。沒有其他辦法，會有人跟著喪命。我以爲你已經接受這點了？」

「我接受。你知道我接受的。」

「六天後他就會準備好。你有他的電子信箱，對嗎？給他一點影片，平常的那些東西，布萊巴特新聞網、福斯新聞、一個美國頻道。他很快就會信了。」

「你說是就是囉。我明天會去找他跟他老婆。」

「很好。現在，告訴我，這個弗林到了沒？」

「不清楚，但我已經幫忙把消息放出去了。」

「好吧。」牧師說。

兩個男人又交談了一個小時，討論起他們各自的準備工作。牧師跟葛魯柏有一致目標，但有時他們對於手段會有不同看法。葛魯柏明白也接受犧牲在所難免，只要犧牲的不是他就好。

「開庭後，我會盡量每天陪著他，但我偶爾也需要其他人過來接手。」葛魯柏說。

「你有什麼計畫嗎？」牧師問。

「沒有，我只是覺得他的哀傷很煩。作爲一個讓人哭泣的肩膀，我能提供的時間是有限的，然後我就會覺得很煩。」

「其他人都在忙。你此刻沒有事做。這項沉重的工作似乎只適合託付給你，畢竟，他喜歡你。」

葛魯柏離開時已經接近凌晨兩點。牧師想呼吸一點新鮮空氣，於是葛魯柏車一開走，他就上了街。如此深夜，巴克斯鎮靜悄悄的。如果避開酒吧，你可以走在鎮上，久久遇不到另一個人。

他喜歡這種寧靜。街燈在潮溼的柏油路上投射出熱氣。他並不覺得熱，他從小就不怕熱，如果飯沒吃完，父親就會把他扔進箱子裡，那個箱子跟烤箱沒兩樣。一條一條的木板之間會有光線照進來，足以讓他讀他的《聖經》，但不足以從事其他活動。任何行爲都可能讓他進箱子，講話太大聲啦，忘了刷牙啦，或是禱告的時候不夠認眞。他的童年經驗意味著他不會抱怨高溫，因爲天底下沒有任何一件事能比在那箱子裡烤還要難過了。

他在巴克斯鎮郊外的一處農場長大。他對童年生活沒有什麼印象，只有熱氣與受到保護的感覺。牧師六歲時，母親過世，只剩下他與父親，父親一直沒有從喪妻之痛中走出來。母親離世讓父親自責，他覺得自己不夠虔誠，因爲怠慢了上帝，所以上帝將神聖的怒火發在他家人身上。他取下家裡掛的畫像、時鐘，取而代之的是厚木板上的手刻《聖經》經文。他們每早都會去教堂，禮拜天更是去兩回。在蹲箱子與挨揍之間，牧師學會了上帝語言的力量。

他駐足在巴克街街角。鎮上的兩間飯店依稀可見，雞油菌旅社外頭停了一輛他不認識的車。他沿著街道前進，看到那是一輛豐田，車內有兩個熟睡的男人。車胎遭到劃破，旅社沒有空房容得下這兩位陌生人。牧師在網路上看過艾迪·弗林的照片，認出他來。穿著外衣入睡的男人看起來相當邋遢。牧師咬著牙，這個男人存在的目的是爲了保住安迪·杜瓦，牧師可不允許這種事發生。

街上沒有其他人，沒有監視攝影機，沒有車輛，一個人也沒有。只有他身後輕撫矮小松樹的風聲。這些樹近期剛種在街道兩側。

牧師在父親的農場裡待了十年，腦袋的螺絲逐漸旋緊。隨著他成長，他曉得自己發作前會有哪些徵兆。咬牙算是其一。牧師深深吸氣，想要放慢自己的呼吸。

不過沒有用，他的心臟還是怦怦跳，他握緊雙拳。

他彎下腰，臉靠上副駕駛座的窗口。他每次的吐息都在玻璃上形成霧氣，彷彿是鼻子貼在牛仔表演柵門上的大公牛，蓄勢待發，出動在即。

他伸手進外套裡，掏出點二二手槍。對準弗林的腦袋，槍口差點就直接貼在車窗上了。

如果他此刻扣下板機，那他也得殺死駕駛座上的男人。這對他來說不成問題，他們都一樣，紐約精英，不懂眞正的美國是什麼樣的地方。他們跟牧師不一樣，不是愛國分子。牧師可以爲了這個國家、他的使命殺人。再過六天，「大清算」就要登場了。

他的手指扣在板機上。

他想像起這一槍。槍火會劃破黑暗、寂靜的街道，他隔著玻璃，弗林看起來扭曲變形，車窗上只留下一個彈孔造成的蜘蛛網裂痕。他會調整準心，對著駕駛座上的黑人來個兩槍，然後他就閃人，走進夜晚吞噬的暗巷之中。

一顆汗珠從他臉頰上滴落。

殺死弗林會引發更多關注，不需要的關注。

他放下手槍，彎腰對著車窗齜牙咧嘴，發出無聲的吶喊。

牧師轉頭離開汽車時，他聽到「喀啦」的斷裂聲。他踩到樹上掉落的枯乾細枝。

聲音聽起來很熟悉。他轉身回到自己車上，回憶起上次聽到這聲響的情景。那聲「喀啦」。

那就是他掐死絲凱拉·愛德華茲時發出的聲音，兩根拇指交握，壓碎她纖細頸骨時發出的聲音。

第二天

8 艾迪

一般而言，我看不到六點半的天光，通常這時間見到我的人都會覺得我狀態不是太好。今天早上，身旁駕駛座上哈利的鼾聲吵醒了我。昨晚我們別無選擇，只能放下坐墊，在車上過夜。這輛租來的車上只有一套修補破胎的用具，最近的道路救援小組說他們過來要六個小時。可八個小時過去，他們尚未現身。

陽光透過擋風玻璃直射，似乎穿透了我的眼皮，直擊我的大腦。我的後背唱起難聽的曲調，頭隱隱作痛，彷彿嚴重宿醉，但我根本沒碰酒精。哈利醒來，下了車，伸展身子。我喝了點水，下車找他。

「我收回先前的話，這輛車挺舒適的。」哈利說。「你臉色眞差。」

「謝了。你沒有哪裡痠痛嗎？」

「我在距離西貢外十二公里、老鼠肆虐的險惡叢林散兵坑裡睡了一個月。這輛號稱是汽車的東西……」他一邊說，一邊輕拍引擎蓋。「相較之下豪華多了。」

我們記得在主街上看過一間簡餐店。我們只穿襯衫跟皺皺的褲子，領帶也打得歪歪斜斜，在太陽還沒徹底高掛之前徒步過去。天光之下，整個鎮看起來更顯不堪。街邊兩排大多是一或兩層樓的低矮房舍。有些建築帶有破舊的遮棚，有些則掛著亮黃色的塑膠幃幔，在櫥窗上說明店內正在特價，但實在看不出來到底在賣什麼。我們右轉進入主街，看到葛斯簡餐店，典型草根美國風格。包廂卡座座椅裹了層紅色假皮，硬實的塑膠餐桌，長長的金屬包邊吧檯旁邊還有固定在地上的高腳皮革凳。我指向角落的包廂座位。

舊習難改。我喜歡留意進出的人，後背要靠牆。還處在騙子生涯的宿醉感之中，我的生存全仰賴曉得何時該閃、該怎麼閃。當庭審律師也是一樣，交互詰問的關鍵在於曉得何時該閉嘴、該把屁股坐回位置上。

我們坐進包廂，哈利艱辛地翻開菜單。塑膠薄膜夾著的內頁加上莫名的潮溼、冷掉的油脂讓翻頁聽起來像是在扯皮膚上的封箱膠帶。店裡生意不算忙。兩個穿格子襯衫、牛仔褲、頭戴鴨舌帽的男人正在提高自己的膽固醇數值，大啖炸雞與鬆餅，一位老人家坐在吧檯看報，角落裡還有一個小啜咖啡的壯漢。他壯碩的體格眞的很顯眼，而且西裝太緊了。

一輛車開過來，停在店外。原本應該是紅色的車，現在看起來鏽色斑斑。引擎蓋上有兩個洞，但汽車冒出的黑色廢氣基本上遮住了這兩個洞。身穿服務生制服的女人下了車，跑進簡餐店。她繞到吧檯後面，綁上圍裙，抓起點菜本跟筆。烤架旁邊有個大漢正在忙碌，他看了看外場，要她來我們這桌。從她的神情看來，這位老兄的口氣大概不是太客氣。她有一頭深色秀髮，哀傷的藍色雙眼，渾身散發炙熱的機油味。除此之外，她還是掛上了笑容。

「嗨，我是珊蒂，今天由我來替你們服務。請問兩位想來點什麼？」

我們都點了鬆餅跟咖啡。

我看著身穿西裝的壯漢起身，不太順手地扣上外套，然後走到吧檯去。他找來烤架旁的男人，男人用白色純棉圍裙擦手，然後靠上吧檯。壯漢對他低語了幾句，接著，他們一同轉頭望過來。我揮手示好。

烤架男說：「謝了，溫菲爾德先生。」這時西裝壯漢轉身離開。

烤架男走到我們的位置來。他手臂粗壯，壯到沒有脖子，頂個禿頭，態度很差。白色襯衫胸口處的名牌說明他是「葛斯」本人，我猜他就是老闆，但話又說回來，我們正身處阿拉巴馬州，簡餐店裡的任何一個人都可能叫做葛斯，說不定其他的女服務生也叫這名字呢。葛斯又在圍裙上抹了抹手。

「你們就是安迪·杜瓦的律師？」他說。

哈利望著我。

「如果是呢？」我問。

「那就滾出我的餐廳。我們不會提供食物給幫那髒東西辯護的人。他殺了那個女孩，就該電死他。」語畢他隨即轉身，提高嗓門大吼：「珊蒂！我們不服務他們。他們要走了。」

珊蒂從吧檯後面提著咖啡壺出現。她一臉不解，說：「但他們什麼也沒做，不是嗎？」

「他們是安迪·杜瓦的律師。」

「所以呢？」她問。

「所以妳被炒魷魚了。不要質疑我是怎麼做生意的。今天是妳本週遲到第三次。東西拿拿，給我滾。」

珊蒂放下咖啡壺，脫下圍裙，在淚水還沒湧出前漲紅著臉離開。

我與哈利跟著她的腳步。

外頭的太陽似乎變得更毒辣了，我感覺到後頸開始冒汗。

「媽的死王八蛋。」珊蒂一邊說，一邊踹了自己車尾一腳。面板似乎凹了進去，還有生鏽的碎屑天女散花般噴濺在空中。

「哈利，拖車根本不可能大老遠跑來這裡。」我說。

我走向生鏽的車，看到車尾有福斯汽車的標誌。車身也許爛得差不多，但福斯的引擎可以撐到世界末日。

「嘿，珊蒂，剛剛的事我很遺憾。」我說。

珊蒂用手遮住陽光，說：「噢，又不是你的錯。葛斯這幾個禮拜一直在找機會弄走我。也許這樣最好。」

「是這樣的，我們需要一輛車。妳需要錢。這輛……車，妳打算開多少？」

「一千塊。」她說，回答速度快得超乎我的想像。

「報廢還得貼兩百五呢。妳覺得四百如何？」

「五百就給你。」她搖晃起車鑰匙。先前認爲南部人淳樸老實反應慢的誤解此刻統統煙消雲散。要是現在不說好價，我覺得我最後會嚴重失血。

我點起五張百元鈔票，塞進珊蒂手裡，接過鑰匙。

「這是福斯哪個型號的車？」我問。

珊蒂此刻已經走遠三公尺，但她轉身微笑，說：「這不是福斯，卻有一個漂亮的福斯汽車標誌。我其實不太確定這是什麼車，但祝你好運了。」

哈利抓住鑰匙，上了車，發動起來。發動得很順利，然後引擎發出巨響，接著冒煙，但至少還在運轉。

「我得逃離這個鎮一下，買點吃的，替小騾子弄兩顆輪胎回來。你有什麼打算？」他問。

我沿著街道朝警局望去。

「我要跟我們的客戶聊聊。」我說。

9 艾迪

柏林告訴我，安迪被關在烈日郡的拘留所裡。這不是常態，就算是阿拉巴馬州，這樣也不對。被告一旦遭到起訴、進入司法程序，且保釋遭拒，他們都會跟其他人一樣前往州立監獄等待開庭。

只有安迪除外。

烈日郡的拘留所就在警局總部，充其量只是個牢籠，沒有運動場，幾乎沒有陽光。周遭不是酒鬼、毒蟲，不然就是打算處死安迪的條子。

對他來說，這樣還不算最糟。我努力思索安迪爲什麼沒有跟著正當的程序走，以及他的前任律師寇帝·華倫爲什麼沒辦法把他弄出來。

然後想到我跟哈利得到的溫暖歡迎儀式，我就不再糾結了。柏林警告過我，要我小心一點。我走進警局時，拿出了手機，在搜尋欄輸入鎮名，按下確定。前面十幾條新聞報導都不是什麼輕鬆的閱讀素材，事關一年前鎮上外緣一間福音堂的爆炸未遂事件。那是一間大多只有非裔美國人會去的教堂，但那裡就跟每一間好教堂一樣，無論膚色，來者不拒。週日一早，牧師在教堂後面擺放的一疊《聖經》與雜誌下發現炸彈。

「上頭」有在看顧這間教堂，但我感覺不太對勁。至今我在巴克斯鎮街上看到的居民統統是白人，我實在不指望陪審團能有多公正。其他報導就是不同人犯的定罪消息，以及他們的死刑新聞。我收起手機，抹去額頭上的一片大汗。

我經過一間小小的法律辦公室，外頭的小招牌打著「寇帝·華倫」的名號。有位中年婦女坐在窗裡的辦公桌後。我決定回來路上要進門拜訪。但首先，我得跟安迪·杜瓦談談。

短短的幾節階梯帶我進入警局大門。室內暫時曬不到太陽，卻沒有涼到哪裡去。兩台大大的桌上型風扇對著櫃檯吹，沒對著公共區域。架高的諮詢櫃檯後有位副警長，人很瘦，紅色的鬍子卻很厚，電扇直接朝他臉吹。名牌說明他是萊納。雖然他身材纖細，但他的手臂跟胸膛該鼓的地方都有鼓起來。鬍子讓刻薄的嘴巴看起來柔和了一點。

「先生，請問有什麼事嗎？」他客氣地問，鬍子跟著微笑起來。

「我是艾迪·弗林。我是律師，要來見安迪·杜瓦。」

萊納副警長似乎不喜歡這個發展。他沒說話，逕自朝後面的辦公室走去，離開時還狐疑地望著我，彷彿我會偷走櫃檯上的叫人鈴似的。

一分鐘後，他回來，說：「安迪·杜瓦沒有安排與任何訪客見面，況且，現在也不是會面時間。」

汗水將襯衫黏在我皮膚上，我今天還沒吃到早餐、喝到咖啡，睡眠更是不足，我好奇在我打斷他的鼻梁後，鼻子下方的鬍子看起來會是什麼模樣。

「聽著，安迪的律師失蹤了，我是來這裡替他辯護的。我只是得先跟他見個面。別逼我去找法官開法庭命令，讓我進去就好。」

「就我看來，他的律師是寇帝·華倫。你要見的人不是你的客戶，你是弄不到命令的。」

萊納身後出現一位人高馬大的先生。他超重二十公斤，漲紅著臉，似乎對眼前的一切很不滿。深藍色的襯衫上別了警徽，我猜他是警長。近看他的警徽證實了這點。他是柯特・羅麥斯警長，也就是見證安迪在認罪自白書上簽名的人，大概整份自白也是出自他之手吧。

我花了幾秒鐘搞清楚狀況，他們臉上不懷好意的笑容，他們抱胸的雙臂。我轉頭望向左手邊，一扇到我大腿高度的半截雙扉推門分隔了我與後面的辦公空間。開放式辦公室裡還有另外六名忙碌的副警長。左邊角落是警長的私人辦公室，後牆中央有一扇開啟的金屬門，只露出昏暗的走廊，我猜那裡就是拘留室的入口。我向雙扉推門走近一步，想要看個仔細。

「你覺得你該去哪？」萊納問。

我沒搭理他，瞇起雙眼。那區大概有六間拘留室，有幾間門是開的，空間並不大。待在裡頭的人大多不會待太久，然後警察就會帶他們去法院。

「先生，再前進一步，你就會遭到逮捕。」萊納說。

我退了一步，默不作聲，直接離開警局。

從警局到寇帝・華倫辦公室之間不過一百五十公尺的距離，我的後頸與手臂卻已經曬傷。我需要防曬乳跟好好沖個澡。不過呢，我還是打開華倫執業場所的大門。冷氣大概是我今天早上遇過最棒的東西了。

中年女子從辦公桌後起身朝我走來。

「抱歉，我們目前不承接新的客戶。」她說。

「我不是客戶，我叫艾迪・弗林，是亞歷山大・柏林派我來的。」

她原先客氣、上彎的嘴角與接待客戶的開朗眼神瞬間坍塌，變得憂心忡忡。

「他找到他了嗎？」

「就我所知還沒。柏林派我來接手安迪．杜瓦的辯護工作。我得先找人了解案情才行，同時也試著想要搞清楚華倫先生出了什麼事。」

這位女士無預警熊抱我，她的雙臂扣得很緊，彷彿就要摔下懸崖一樣。這一刻我很慶幸我還沒吃早餐，不然食物跟我體內的空氣很可能會一起被她抱到吐出來。

「噢，謝謝你。」她說，然後鬆開手。

我吸氣，重新讓空氣灌入肺裡。

「我是貝蒂．麥奎爾，寇帝的辦公室經理，也是秘書。哎啊，這裡其實只有我跟寇帝，但他喜歡叫我經理。噢，我的老天，我太慶幸有人可以跟我談談了。警長啊……哎啊，我覺得他暗地裡很高興寇帝失蹤了。他們一直不對盤，這幾年交惡得更嚴重。不過，我真是喋喋不休，請坐，你想喝點什麼嗎？茶？檸檬茶？」

「水跟咖啡就太好了。」我說。

她帶我朝椅子前進，然後消失進辦公室後方。她每走一步，印花洋裝跟小捲的頭髮就跟著擺動起來。

我環顧整間事務所，兩張辦公桌，一側是一排檔案櫃，裱裝的證書與執業執照，還有貝蒂與寇帝跟客戶的照片，客人手裡握著的我猜應該是大額的賠償金支票。寇帝身材矮小，比貝蒂玲瓏許多。我猜貝蒂穿的是同一件洋裝，照片應該是近期拍的。寇帝頭髮花白，有雙真誠的大眼睛，還有和善的微笑。有人說小鎮律師需要的是能夠印在高速公路廣告牌上的一嘴燦笑，外加一串令人印象深刻的電話號碼。

貝蒂回來時，穩穩地用托盤端來兩個玻璃杯，一杯是水，一杯是茶。

「抱歉，咖啡只有寇帝在喝，一週前就喝完了。」

「這樣就好，謝謝。」

我灌完整杯水，小啜冰茶，但實在太甜了。

「妳上回見到華倫先生是什麼時候的事？」

「差不多一週前。寇帝出遠門一定會告訴我。他沒有家庭，沒結過婚。你知道，他滿腦子只有工作，還有藝術，他收集畫作，那是他的生活。我原本以爲他可能去找某人，或手機掉了，但他現在已經失蹤了一個禮拜。我們最後一次聯絡是傳訊息，他發訊息來，問我ＦＣ這兩個字母對我來說有什麼意涵。」

「那是在問什麼？」

「我不知道，答案是沒有，我不曉得這兩個字母代表什麼，至今也想不通。」

「寇帝住在附近嗎？」

「當然，我去過他家。我把車開進車道裡，他的車不在。屋裡沒人。我打過他手機，沒回音。我擔心了起來，於是報警。」

「他們有辦法追蹤他的手機嗎？」

貝蒂就此打住，皺起眉頭，然後說：「親愛的，警局連動根手指都懶。他們嘴上說得好聽，卻什麼屁也不做，抱歉我粗口了。」

她下唇顫抖起來，深呼吸，用長長的指甲輕點雙眼。她的指甲擦了亮黃色的指甲油，十根指頭的甲面中間黏了不同顏色的水鑽，周圍還有一圈比較小的水鑽。

「妳覺得寇帝的失蹤跟杜瓦一案有關嗎？」

「我說不準。寇帝沒有敵人。討厭他的人就是執法人員，當然還有檢察官。那傢伙就是一條米田共，噢，抱歉我又粗——」

「別放在心上。」我又喝了一口甜茶。我可以感覺到茶水正在侵蝕我的琺瑯質。

「我會盡全力尋找寇帝，但我得加快了解杜瓦一案。寇帝有什麼推論或前置作業可以讓我參考嗎？」

「我們的檔案擺在他的後車廂裡。下班後他會帶資料回家。我手邊大概只有我們的專家報告。」

「寇帝找了專家？」

「只有一位，獨立作業的法醫。」

「這種狀況不常見。」

「對寇帝來說不會。方思華斯博士原本是隔壁郡的法醫，現在退休了。寇帝只要接謀殺案就會請他另外驗屍。方思華斯很正直，我們郡的法醫就不好說了。」

「怎麼說？」

「因爲我們郡的法醫有時會漏東漏西，可能對辯方有利的東西。我聯絡不上方思華斯博士。我知道寇帝想找他談。我不曉得在他失蹤前，他們見面沒。我的電郵裡有我們的驗屍報告。現在就可以印出來給你。」

「貝蒂，是這樣的，我得去一個地方，我不希望帶著重要的文件過去。謝謝妳的茶。如果可以的話，我請我的同事哈利．福特晚點過來拿好嗎？」我一邊起身一邊問。

「當然好啊，親愛的。」她說。「你突然要去哪裡啊？」

「我要被逮捕了。」我說。

室外的溫度彷彿惡魔又丟了幾千枚靈魂進地獄之火裡燃燒一樣。前往警局路上，我緊貼著建築物前進，把握每一寸出現的陰影。距離大門三公尺，我停下腳步，打電話給哈利。

「我會帶咖啡跟煎蛋三明治回去。現在在等輪胎。」他說。

「別費心幫我帶食物了。我得去見安迪，他們不讓我進去。我得使出狠手段。我要你幫兩個忙。你回鎮上的時候，去寇帝．華倫的辦公室拿一份報告。我跟辦公室經理貝蒂聊過了，她很幫忙。告訴我，F跟C兩個字母對你來說有什麼意義嗎？」

「沒有，我是想不出來。跟什麼有關？」

「寇帝．華倫失蹤前曾傳訊問貝蒂，她曉不曉得這兩個字母有什麼意思。她說她也想不到。現在別花心思想這個，我要你做的最後一件事格外重要，那就是，無論發生什麼事，不要立刻保釋我出來。給我幾個小時。」

「保釋？艾迪，我知道你還沒喝咖啡，但你在講什麼鬼——」

我掛斷電話，拉開警局大門，直接穿過等待區，經過吼著「站在原地」的萊納。我推開雙扉推門。

門上肯定連了什麼警報裝置，讓條子知道有人經過。三位值班的副警長坐在座位上，全都露出一臉傻樣，看著我穿過層層辦公桌椅，朝拘留區前進。

「我說站住，該死！」萊納高喊。他站在我面前，雙手按在我的肩膀上。他打算把我推回門外，一腳把我踹回街上。

我沒有不喜歡萊納，我們之間沒有私人恩怨。只是他擋在我與客戶之間，這點孰不可忍。

我的右手握成拳頭，迅速向前，這是一記快速拳，瞄得很低，非常低，誰也看不到這一拳出擊。特別是萊納。他就在我面前十公分左右的位置。我的拳頭可以打到十五公分之外的距離。猛力出拳有個祕訣，那就是要打在目標往下五公分的地方。

遭到猛力打擊的睪丸部位疼感會延遲。

你會感覺到衝擊，感覺到有東西迅速接觸那塊敏感部位，你一度會覺得沒什麼。還不痛，只是擦過去而已，你欺騙了死神。

然後灼熱的痛楚會貫穿全身，讓你上氣不接下氣，你會倒在地上，就跟萊納一樣。

我跨過他。

此時我感受到重物打在我的大腿上。警棍出現在我面前，我迎面倒在地上。

我的頭嗡嗡作響。

10 艾迪

我看到周遭出現好幾雙靴子，感覺到強壯的大手從後方銬住我的手腕。一只膝蓋頂在我的後背，然後是警長整個人的重量壓上來，其他人搜我的身。他們拿走了我的手機跟皮夾。他們拉我起身，宣讀起我的權利，我是沒在聽啦。我臉上感覺溼溼的，我猜是警棍打出的血。他們有兩個人，警長羅麥斯，還有另一個矮胖、毛髮茂盛、壯到沒有脖子的副警長，他彷彿是由奶油跟肌肉組成的。

他們取下我的項鍊，一條是聖克里斯多福聖牌，另一條則是十字架，屬於我失去的那個人，特別的人。他們扯掉我的皮帶，脫了我的鞋子，逼我坐下來。羅麥斯拉來一把椅子，坐在我對面。羅麥斯跟奶油胖子喘起大氣。萊納還在地上打滾，雙手抱著鼠蹊部。

「弗林，這樣太蠢了。」羅麥斯說。

「我啥也沒幹，只是想見客戶，然後你的櫃檯副警長衝向我。我希望他沒事才好。」我說，「因為我會告他還有你，罪名是襲擊跟非法逮捕。」

羅麥斯發出喘息的笑聲，聽起來像一袋滴著水的小貓能發出的聲音。

「事情接下來會這樣進行。你得冷靜下來，我們會起訴你，下午就帶你去法院。如果你繼續找麻煩……」他揮舞起警棍。

「警長，這是在威脅我？」

「他媽的說得沒錯。不曉得你注意到沒，但你距離紐約市遠得很。這裡辦事方式不太一樣。你得好好盤算你要怎麼跟法官說。好了，咱們現在送你去拘留所，乖乖的，別搞花樣。你想去的就是那裡，對吧？」

奶油胖子走到我身後，架著我的雙臂拉我起身。我決定配合演出。他帶我穿過金屬大門，進入一條窄窄的走道，一側是磚牆，另一邊就是拘留牢房，牢房一間一間一路延伸到走道盡頭。每間牢房對面磚牆上都有一盞室外用的掛燈。我往前看，總共有五間牢房，五盞掛燈。第一間有人，只有一個人。這位先生有油膩的銀白長髮，他就睡在行軍床上，沒穿鞋。他的褲腳破破爛爛的，腳底泛紅骯髒，還有水泡。

我看得出來後面兩間牢房沒人，鐵門大開，最後一間牢房大門緊閉，也就是安迪·杜瓦的牢房。

羅麥斯走到我面前。他的皮帶上掛著一把格洛克手槍、兩個額外的彈夾、兩串鑰匙。他拿起一串鑰匙，拉開拘留所大門，然後站到後方去。奶油胖子在我身後，一手壓在我肩上。他一邊行動，他的鑰匙也發出聲響。他的腰帶比警長的寬多了。他每走一步，晃到他的肥肚，他的皮帶就會移動，發出聲音。他向我指了指開啟的牢門。我站在門口，一度想往後掙扎起來。其中有一部分本能，任何人都不會想自願遭到監禁。我往他身上壓的另一部分原因則是故意的，完全不是出於無私的理由。他的反應可以預期。他大力將我推回去，我知道我會直面栽下去，因爲我的手還銬在身後。我往右邊扭，一頭倒在行軍床上。我著陸的姿勢很彆扭，但至少薄薄的床墊是軟的，上頭還有罩子跟咖啡色的毯子。我拉著毯子起身，讓其捲成一團，然後鬆手將毯子扔回床上。

羅麥斯甩上門，上鎖。

「背向鐵柵過來。」羅麥斯說。

差不多在腰際之上有一個開口。我走過去，背對他們，將手腕伸過去。羅麥斯解開手銬。我搓揉手腕，泛紅還破皮，但狀況原本可能會更糟呢。

奶油胖子離開。羅麥斯留了下來。他沒有直接往出口移動，反而走到走廊盡頭。他講話時很輕柔，不算低語，但也不是對話的程度。牆壁反射增強了音量，我每個字都聽得清清楚楚。

「安迪，你別跟這裡的任何人交談。我們剛把一個瘋子送進來。別聽他的話，聽到沒，孩子？」

「好的，先生。」安迪說。

羅麥斯經過我的牢房時，看都沒有看我一眼，直接沿著走道出去。我聽到金屬大門發出的刺耳聲響，看到外頭辦公室在混凝土地面上投出寬寬的楔形亮光。他肯定將進入拘留區的金屬大門開得更大了，急著想聽我對安迪要說什麼。

此刻是早上九點三十分，我在巴克斯鎮的第一天。

床墊很臭。我扯開床單，用來止住頭皮的血。感恩傷口就在髮際線上。我坐在地上，背靠牆，耐心等候。

一個小時過去。我聽到走廊之外的繁忙辦公聲響，我猜狀況冷卻，一切恢復到平常的樣子。隔壁牢房的人開始發出聲音。他轉身時，我聽到他的床墊抗議起來。

我走到鐵柵旁，盡可能接近他的牢房，然後開口低語。

「嘿，伙計，想賺一百塊嗎？」

他叫山慕斯．柯亨，第二代愛爾蘭人，打波士頓來。他是有音樂問題的酒鬼。他得在街頭演奏吉他，才能賺錢喝酒。不過，喝得越多，他就越不想玩音樂。山慕斯的確想賺這一百塊。

我不確定山慕斯該不該走音樂這條路。他的聲音聽起來像礦坑裡掙扎求救哀號的人。山慕斯似乎不以爲意。山慕斯先毀了〈安瑟瑞的田野〉，然後是翻覆的〈愛爾蘭海盜船〉，派弟．萊利都不曉得回到巴利詹姆斯杜夫多少回了[1]，烈日郡警局對音樂的欣賞這才來到忍無可忍的地步。

「閉上他媽的嘴。」一個聲音大喊，然後金屬大門重重關上。

「山慕斯，不要停，唱大聲點。」我說。

山慕斯唱完了尤恩．麥考伊的〈骯髒老鎮〉，這時我回到小床邊，打開毯子，我把奶油胖子的鑰匙塞在裡面。在他將我推回牢房前，我順手從他皮帶上摸下來。這是「碰撞牽羊」，我們身體的撞擊掩飾了我偷走他鑰匙的行徑。所幸我還能轉身，趁他們還沒搞清楚狀況，就把鑰匙藏進小床的毯子裡。我找到看起來能夠打開拘留牢房大門的鑰匙。伸手穿過鐵柵從外頭開門有點難度，我的手腕還因爲剛剛的手銬而痛著。門鎖發出喀啦聲。我低聲緩緩推開門，然後沿著走道前進，將鑰匙插進安迪牢房的門鎖裡。

他躺在行軍床上。這位年輕人穿著骯髒的白色T恤、牛仔褲與塑膠拖鞋。他房裡什麼也沒有，沒有書籍，沒有電視，沒有報紙，更沒有額外的衣物，彷彿十分鐘前才抵達這裡一樣。他抬頭望向我，雙眼驚懼圓睜。他連忙起身坐在床上，這時我轉動鎖孔裡的鑰匙。他把毯子扯到下巴下方，開始劇烈顫抖。

我走進他的牢房，轉身，隔著鐵柵，將鑰匙插回鎖孔裡。

我再度轉身，安迪躲在牢房最遠的角落裡。地板溼溼的，從床腳一路延伸下來。恐懼壓垮了他。安迪坐在角落，左手擱在右肩上。他輕拍自己的肩膀，規律地前後搖晃身子。

「安迪，我叫艾迪．弗林，我是紐約來的律師。你的律師寇帝．華倫失蹤了。在寇帝回來之前，我會接替他的工作。不要怕，我是來幫你的。」

我向後退開，給他空間。我站在對角，然後緩緩沿著牆壁向下滑。我坐了下來，伸展雙腿，查看頭部的傷勢。我又流血了。

安迪的雙腿依舊顫抖，他持續規律地搖晃身子，跟著我聽不到的節奏輕拍右肩。

「我不會傷害你。你不會因爲跟我交談而惹上麻煩。」我說。

「會的。」安迪說。

「會怎樣？」

「我會因爲跟你交談而惹上麻煩。警長，他、他、他跟我說的。他叫我不要。我不想惹麻煩。」

我緩緩吐起大氣。我深呼吸，直到安迪也跟上呼吸的節奏。雖然毯子裹著他的肚子與軀幹，我還是看得出來他很瘦。他的右腿踏在地板上，牛仔褲褲腳掀了起來。我可以用一隻手握住他的小腿肌肉。安迪的大眼睛很無力，充滿恐懼。他口乾舌燥，唇上蓋著一片脫皮的薄

1 此處指的是愛爾蘭歌手波希．法蘭奇（Percy French）的〈派弟．萊利回巴利詹姆斯杜夫〉（Come back Paddy Reilly to Ballyjamesduff）一曲。

膜，上頭還裂開。我在新聞上看過的戰地人質狀態都比安迪好。幾分鐘過後，他冷靜到足以恢復順暢呼吸。他持續輕拍肩膀，但搖晃停了下來。

「我得遭到逮捕才能進來這裡跟你談。不然警長不讓我進來。」

安迪沒有說話，他還是很怕。

「我覺得絲凱拉・愛德華茲不是你殺的。警長說你就是凶手，但我不信。」

「我沒有殺她。那晚我跟她道別，我就走路回家。我絕對不會……」他沒說下去，單手掩面。恐懼又回來了。

「安迪，警長希望你在法院裡得到有罪判決，然後處以死刑。警長不是你的朋友。」

「他說不會。」安迪拉開手，足以說話，然後又把手壓回嘴上。

我不想開口，我不能冒險打斷這孩子說的任何話。他很聰明，平均成績很出色，會下西洋棋，讀遍學校圖書館裡的每一本書。正要去上大學的年輕人。只不過當你因爲莫須有的謀殺罪名遭到監禁時，智商可就發揮不了作用了。不管安迪是不是跟愛因斯坦一樣聰明，恐懼都有辦法奪走你的理智。

他掙扎著想開口。我低下頭，皺起眉頭，問：「警長說不會怎樣？」

安迪上鉤了。

「他說我只會坐牢一段時間。我沒有傷害任何人，而他會照顧好我媽。」

「他傷害了你？」我問。

他拉下毯子，掀起上衣。我只看得到他左側的軀體，但肋骨跟腎臟位置上有好幾道明顯的條紋。我看至少有三條，很直，還有稜有角，三道線條彼此平行。看起來像是近期的瘀青，大概不超過兩天。

警棍的痕跡。

「打到我暈過去。打了兩次。我不希望任何人傷害我媽。我只能照他們說的做。寇帝・華倫誤會了，我認罪是最好的選擇。」

11 艾迪

我沒有繼續逼迫安迪開口，第一次見面，不用這樣。特別是我也遭到逮捕，是偷偷溜進他牢房的。明天就要選陪審團了。安迪同意在寇帝．華倫回來前，讓我擔任他的律師。目前這樣就夠了。我還不能開始跟他討論案件的細節，安迪太害怕了。我得先把他弄出去才行。

我離開他的牢籠，將他鎖在裡頭，回到我自己的牢房，鎖好門。我請山慕斯安靜下來，但阻止不了他。再來兩輪〈高升之月〉及〈有道是惡魔已死〉後，我也開始敲打起鐵柵。

羅麥斯過來，緊跟其後的是奶油胖子。大塊頭翻找起打開牢房的鑰匙，卻沒在皮帶上找到。羅麥斯嘆了口氣，解開自己的鑰匙，打開我的牢房。

「現在不需要上手銬，對嗎？」羅麥斯說。

「我想爲任何誤會道歉。」我說。

「你可以跟法官說。」羅麥斯說。

我跟著他們從走道出去，回到辦公室，經過時，順手將牢房鑰匙擺在一張辦公桌上，動作迅速，沒人注意，我將鑰匙從後方口袋拿出來，隨手就放下去。

羅麥斯沒有讓我從大門走，反而帶我進入側門，開始幾個簡單的程序。我按下手印，拍了犯罪大頭照，然後他們直接帶我從側門出去，坐上等待的車。

「接下來要上銬。」羅麥斯說。

我上了手銬，坐在警車後座，車開了十分鐘，抵達鎮外高聳、宏偉的老法院。烈日郡法院漆成白色，看起來像古老的教堂，鐘樓高起，彷彿尖塔。這裡跟許許多多老舊法院一樣，沒有接待罪犯的側門。他們帶我從正門進去，沿著側邊的走廊進入拘留室。這裡只有一間法庭。犯罪案件最要緊，家庭與民事案件安插在空檔裡。

我沒在拘留室待太久。

一名副警長帶我從側門進入法庭。完全就是《梅岡城故事》裡出現的法庭，是葛雷哥萊．畢克主演的電影版本，不是小說。我頭上有兩個大風扇在轉。環繞整個空間的是二樓的看台，弧形結構中央下方有一處U形的彩色玻璃天窗，但沒有多少亮光照進。光線來自兩座電扇之間懸掛的華美水晶吊燈。旁聽席上有一排排胡桃木教堂長椅，左右兩邊各六排，用中間有推門的木頭擋板隔開庭上交鋒的區域。擋板上有手工雕刻，上頭刻的卻不是憲法、法律格言或司法徽章圖案，木板上展現出的是《舊約聖經》裡一幕幕的內容。

兩張長桌與旁聽席平行，一是辯方的位置，另一邊則是檢方的位置。法官席面對這兩張桌子，右手邊則是陪審團，左邊是證人席。美國國旗無力地掛在法官空蕩的座位後方。國旗上方的牆壁有另一塊木頭雕刻，很大一片松木，最上面是司法公正的天秤，刻在下方木頭上的則是十誡。

我再也不是在安逸舒適的地區了。

法院裡不能出現宗教象徵，憲法明文禁止，但是我卻覺得被告或辯方律師就算抗議，法庭也不見得會理睬。這不是法庭，這是私人領地。

我今早在簡餐店見過的緊身西裝壯漢走進法庭，後頭跟著提著皮革公事包的高瘦蒼白男子。我坐在辯方席上，手還銬在身前。

「我叫蘭道．孔恩，是烈日郡的地方檢察官。這位是我的助理檢察官，湯姆．溫菲爾德。我通常會握手，但不巧你的『首飾』還掛在手上。」高瘦男子如是說。

孔恩講話時甚至沒有看著我，只是從公事包裡拿文件出來，擺在檢方的桌子上。這時，一陣氣味襲來。很臭，但我說不準味道是從哪裡來的。

「反正我也不會向你握手。」我說。

他臉色一變，我花了一秒鐘才曉得他是在微笑。如果出現在他臉上的是笑容，那我可不想見到他生氣的樣子。

「我們會拒絕保釋，除非你同意我的條件。」他說。「一，你要支付保證金五百美金才能重獲自由。二，除非參加下次出庭，不然不得進入巴克斯鎮。你同意嗎？」

「辦不到。」我說。「我代表安迪．杜瓦，我會待在這裡跟他一起出庭。」

「你什麼時候跟安迪．杜瓦交談過？」

「今天下午。他是無辜的。我會確保他得到無罪判決。」

又是那個笑容，彷彿是屍體臉上的傷口。

「弗林先生，『你自己』都不見得能無罪開釋。」

我想找簡潔的話回應他，但當我低頭看到自己襯衫沒紮好，上頭有血，沒打領帶，衣服每一寸都浸滿汗水，沒刮鬍子，頭嗡嗡作響，彷彿是教堂大鐘。也許我現在的狀態不太適合提出威脅。孔恩高我十五公分，他看起來就像萬聖節籃球隊的控球後衛。

「肅靜，全體起立。費德烈克．錢德勒法官閣下審理。」法警如是說。

錢德勒法官走進法庭，灰色西裝外是黑色長袍。他立刻坐下。他至少年過七十，一頭稀疏白髮，嘴巴只是深紅色的線條，窄窄的脖子與雙眼彷彿不想待在他的頭殼上一樣。

法警開始傳喚涉案人姓名，也就是我的名字，這時，法官打斷對方，瞪著我，好像我剛剛拿了他的長袍擦屁股一樣。

「我面前的文件證明你是本州的客座律師。我這輩子從來沒有看過任何一位律師，身爲本州律師公會的客座律師，用這種態度行事的，弗林。」

他講話時，臉色陰沉了下去，每個字似乎都升高了他的血壓。

「你是紐約州律師公會、阿拉巴馬州律師公會的恥辱，丟光了你自己的臉，也讓這偉大的職業蒙羞。你站在這裡，罪名是襲擊副警長，私闖警局。你到底以爲自己在做什麼？怎樣？弗林，你有什麼好說的？」

他講我的名字時，一團口沫從他嘴唇噴出，以拋物線飛過法官席，落在鑲木地板上。

法官進來後，我就一直站著，孔恩也是。他很享受法官修理我的每一分鐘。

「法官大人，我要澄清三件事。一，對你來說，我是弗林『先生』。二，我沒有襲擊任何人。我享有無罪推定的權利，你卻已經認定我有罪了，你甚至沒有請我答辯呢。對了，我的答辯會強調『無罪』。三，除非我立刻得到釋放，不然我會控告警局、你、那邊的科學怪人，還有這個鎮裡我能想到的任何人。」

錢德勒法官的紅臉頰開始抖動。他看起來像是一碗上了年紀的果凍。

「我這輩子沒有聽過辯方講出這麼侮辱人的——」他說。

「你該多出來見見世面。」我說。

「法官大人。」孔恩開口了。「被告的言論是驚人的侮辱。我會請求庭上考慮弗林先生藐視法庭。他不止污辱了這座法庭，他的無禮更針對了我所負責的地檢署。」

「同意。弗林先生，我相信你會申請保釋。希望你的朋友很有錢，不然你就得進州立監獄待上好長一段時間，冷靜冷靜你那顆衝動的大腦袋。」

我低下頭，壓低聲音咒罵起來。我讓這個鎮、這位檢察官、這位法官惹毛我了。我沒有耍聰明，這是個爛主意，但要是我一路坐牢到安迪·杜瓦開庭結束，那他就有苦頭吃了。

我眞該聯絡哈利。替自己辯護的人就是個傻子。

然後我聽到身後大門推開的聲音。我認得的人聲從法庭後方吆喝，接近時，腳步聲變大了，半寸的高跟鞋，之後則是一雙靴子。

用不著轉頭，我都知道騎兵到了。

「法官大人，我是被告的律師凱特·布魯克斯。」那個聲音操著紐澤西口音，我都不好意思承認我有多想念這個腔調。

「你是阿拉巴馬州律師公會的成員嗎?」法官問起。

「我今早已提出文件申請。我曉得在申請通過前，我可以作爲公會的客座律師。」

凱特走過去與地區檢察官交談。他讓她看案件紀錄與冰敷「蛋蛋」副警長的陳述。凱特看個仔細，在幾秒鐘裡就消化所有細節，速讀，她腦袋運轉的速度就是這麼快。凱特與生俱來就有立刻吸收、使用新資訊的能力。布洛克站在她身後，她踩著皮靴，穿了細窄牛仔褲跟藍色休閒西裝外套。

凱特跟布洛克都沒跟我交談。

「法官大人，襲警的本質情節較輕，且有爭議。遭到襲擊的人是我的客戶。你可以看到他額頭上的傷口。我們會立刻對烈日郡警局提出人身攻擊指控，要求一百萬賠償金。在這種情況下，私闖只是輕罪，且罪名不可能成立。警局是公共場所，除非有明確標示規定何處不能進入，不然非法入侵罪名也無法成立。至於藐視法庭，遭到據稱藐視的法官該將本案移交給其他法官審視事實，然後才能繼續後頭的程序。沒有人能夠審理自己的案子。若本院提出不利於被告的裁決，那也是非法的。因此我們此刻要求正式撤銷非法入侵與藐視法庭的罪名。至於襲擊，倘若孔恩先生執意起訴，他就得申請不同轄區的其他檢察官來進行本案，因爲我們會加告烈日郡地檢署惡意檢控。」

錢德勒法官望向孔恩。兩個男人對視了好一會兒，盤算起他們的選項。凱特沒給他們多少選擇的餘地。警局的推門上沒強調不能進入。就算有襲擊時的監視器畫面，上頭也只會看到鬍子男激動起來，朝我撞來，然後有人用警棍把我打趴在地。

要命喔，凱特眞行。

孔恩終於點點頭，說：「在這種狀況下，我們撤銷非法入侵及襲擊的指控。藐視法庭則看庭上怎麼處理。」

錢德勒用灰色的舌頭舔起牙齒，然後他緩緩開口，每一個字都沾滿毒液。

「我會撤銷罪名，前提是弗林立刻向法庭及地方檢察官道歉。」

凱特沒說話。

我也沒說話。我直勾勾盯著面前的錢德勒法官看。

他也瞪著我，下巴繃緊。

「艾迪……」凱特低語起來。

「妳怎麼在這？我以爲妳有重要的離婚官司。」

「我們昨晚和解了。哈利今早打電話來，說我得立刻趕來救你。於是我到了，正在拯救你。快吞下去道歉就好。這不算什麼。我們在這裡罩子得放亮點，別讓事情難做。」

「我不喜歡這個鎮，不喜歡這個法官，更恨死檢察官跟他的大屁股助理。」

「這些我都知道，但重點不是你，而是安迪．杜瓦。」

我點點頭。她說得對，但這樣也不會感覺好過一點。

「法官大人，我爲自己先前的話語道歉。」我說。

「案件駁回。」法官說，他起身離開，右手握成拳頭，顫抖不已。

孔恩收拾起他的文件，他要離開時，又說：「希望你不要誤以爲你能替安迪．杜瓦進行辯護。」

「我說了，安迪是無辜的。」

「不管怎麼樣，安迪都會上電椅。」孔恩說。

12

艾迪

下午五點，我汗流浹背，全身痠痛，血流不止，還得提著裝在透明塑膠袋裡的私人物品。凱特陪我走出法院大門，進入原子能太陽一天最後的熱浪之中。

「謝謝。」我說。

「你跟哈利眞的很會惹麻煩。我知道這個案子問題很多，但沒料到事情發生得這麼快。就算是你，今天都破紀錄了。」她說。

「只要有機會，我就超越自己。」

「你該想辦法低調點。哈利跟我們介紹了安迪・杜瓦的案子。任何幫助都不該放過。正式惹毛審理安迪命案的法官完全沒有幫助。」

「我知道，但我得見上安迪一面。再說，惹毛法官算是我強項。不然我找什麼樂子？」

布洛克坐在深藍色雪佛蘭運動型多功能休旅車駕駛座上，哈利坐副駕。我替凱特開後座車門，她上了車，我跟著進去。車上冷氣沒開。

「可以麻煩開一下冷氣嗎？我熱得很不舒服。」

布洛克沒說話。哈利開始擺弄儀表板上的旋鈕，轉開了冷氣。布洛克瞪了他一眼，關掉冷氣，然後用小小的控制桿調整我的車窗，開了五公分的縫。

「冷氣對你不好。」布洛克說。她轉動方向盤，帶我們進入巴克斯鎮輕微的車流中。

「妳們什麼時候到的？」我問。

「在你預計開庭前一個小時，時間很緊湊。布洛克想辦法替我們在鎮上弄到一處歇腳之地。哈利說你們在住宿上遇到麻煩。」

「可以這麼說。我們要住哪？」

「近點的地方。」凱特說。

「誰照顧克萊倫斯？」我問。

「丹妮思答應帶牠回家。」

「這給你的。」哈利將防油紙裡的三明治交給我。

「這是今早的煎蛋三明治？」

「不該浪費食物。這三明治花了我兩塊錢。」哈利說。我打開三明治，看了一眼，再包回去，然後將車窗開到最大，換換空氣，讓風帶走雞蛋的味道。

「你有去寇帝．華倫辦公室跟貝蒂拿報告嗎？」我問。

「當然有。」哈利說。「在你開口之前，我已經問過凱特跟布洛克，我們都不曉得F跟C代表什麼。也不是本案證人或相關人等的姓名縮寫，我真的不知道。說不定方思華斯會知道，他的報告讀起來很有意思，烈日郡的法醫在絲凱拉的驗屍報告上漏了一件事，也就是她額頭上的印子。顯然華倫的法醫拍了照片，但不在貝蒂手上。照片跟檔案資料一起擺在華倫車上。報告裡有提到額頭傷口的印子，很明顯的瘀青痕跡。」

「所以凶手可能用了某種棍棒？」我說。

「他覺得那應該是戒指的印子。我覺得他說得對。」

「這麼明顯?」我問。

「報告說那是星形的。從安迪遭到逮捕時的物品紀錄來看,他沒有戴戒指。」

「事情開始有轉機了。這是抗辯的絕佳基礎。」我面露微笑。「我們只要弄到照片就好。」

車上一陣靜默。哈利跟凱特都沒有望向我。

布洛克嘆了口氣。

「你想告訴他嗎?」凱特問。

「告訴我什麼?」

「你已經知道了,照片不在貝蒂手上。東西在華倫車上,車子不見了,我們也找不到那位法醫。電話電郵他都不回。我覺得我們遭到冷落。」哈利說。

「你有請貝蒂聯絡他嗎?」

「你覺得這是我們的第一起謀殺案嗎?」哈利說。「她也吃了閉門羹。我覺得有人去找過我們的專家。沒有見到照片,方思華斯也不肯出庭,我們根本沒辦法用他的報告,這意味著我們根本沒有任何抗辯的底氣。」

「還有什麼好消息?」我問。

布洛克把車停在雞油菌旅社外頭。

「太完美了。」我說。

旅館接待小姐嘴角還是叼著菸,布洛克關上大門時,尼古丁熏黃的「請勿吸菸」告示牌在風裡飄動。她瞇起雙眼看著我們上樓,我們朝布洛克訂的兩間房前進。放風聲要盯著我的人肯定沒有好好做功課，凱特．布魯克斯不在巴克斯鎮的黑名單上，現在再搞什麼客滿的謊言已經太遲。我們進了一扇門，房裡有一張辦公桌，一張椅子，一座檯燈，兩張單人床。兩間房間是連著的，中間只隔了一扇用口水都能弄破的薄門。門是開的，哈利將案件檔案統統擺在隔壁的雙人床上。這個房間只有一張床、一個櫃子跟浴室，連桌子都沒有。

兩間房間裡都沒有咖啡機。

「要是我不快點喝到咖啡，我就要殺人了。」我說。

布洛克一語不發，轉身離去。

「鮮奶油，糖多加一點。」我說。布洛克離開時對我豎起中指，但臉上掛著微笑。

「你現在有什麼打算？」哈利問。

「我想再讀一遍完整的資料。然後草擬保釋聲請。我們需要把安迪弄出來。也許今晚可以去找他媽。」

「我跟你一起研究。」凱特說。

「看完之後，我們得想個計畫出來。我們得救救這孩子。但此時此刻我實在一點頭緒也沒有。」

「我們會想出辦法的。」凱特說。

哈利點點頭，然後開始工作。

我想更樂觀一點，但眼前我覺得自己只能如坐針氈地撐過命案審判，然後看著安迪．杜瓦死刑定讞。我感覺得到。這個房間、整座該死的鎮都宛如敵區。我雙眼深處的壓力越來越大，並不是因為我頭上有警棍砸出的傷口。

而是因為安迪．杜瓦命在旦夕，我卻不曉得該如何救他。

13 孔恩

孔恩把車停在第四街的速潔乾洗店外頭，捷豹引擎熄火，他開啟車窗。知了在夜晚的高溫裡發出持續規律的聲響，他的心跳節拍跟上牠們緩緩的節奏。只有乾洗店裡有燈光，已經臨近午夜，打烊時間。

附近其他店家好幾個小時前都關門了。四個街廓之外有一間酒吧，那是唯一的生命象徵。道路左右兩邊各停了六輛車，車上沒人，一片黑暗。街燈在柏油路上投出昏暗的黃光。速潔乾洗店熄燈了，此時孔恩關上車窗，下了車。他穿過街道，布克兄弟品牌的平底鞋每走一步都發出聲響。

乾洗店的門開了。派翠西亞．杜瓦從圍裙裡掏出鑰匙，在身後鎖上門。

「杜瓦太太，晚安。」孔恩說。

她依舊背對著他，她肩膀一顫，緩緩轉身，眼神先是充滿恐懼，然後變得冷冽。她緊抿雙唇，嘴唇因爲壓力縮得扁扁的，她點點頭。這是意識到他出現了，也明白他是帶著威脅而來。有些人，通常是女性，不知爲何，只要直視孔恩，就能看清他內心腐爛、黑暗的靈魂。只不過，他知道她永遠也不會曉得他內心的仇恨與黑暗到底深刻到什麼程度，誰都不會曉得。

「很高興讓我逮到妳了。」他說。

「你沒有逮到我做任何事。先生，我沒有犯法，就跟我家安迪一樣。你是來告訴我，你要放過他了？」

「恐怕不是，但我能為妳及妳們家做點別的事？我可以送妳回去嗎？」

氣溫三十二度，大概比乾洗店裡還熱。

「我想我自己走就好。」派翠西亞說。

「妳確定嗎？我以為我們能聊聊。」

「在這裡聊就好，說完你就可以走了。」

孔恩退後了一步，確保街燈沒有照亮他的臉。這不是什麼有意識的行為，只是感覺很自然。有些話最好還是在黑暗裡說。

「杜瓦太太，安迪殺害了那位年輕女子。法律必須懲罰這種罪行，能夠殺雞儆猴的懲罰，一命賠一命。為此我很遺憾，我知道安迪坐牢後，日子不好過。妳的房租遲交了。」

「他沒有傷害任何人。我的安迪……嘿，你怎麼知道房租的事？」

「這個鎮不大，風聲傳得很快。妳的鄰居似乎沒有以前那麼熱心了。醫療帳單也讓妳債務連連。」他怏怏望了她的腳踝一眼。

派翠西亞．杜瓦五十五歲，工作十二小時，經常需要站著，至少在她腳踝上又加了二十年歲月的重擔。她的右腳腳踝跟小腿一樣粗，鞋口為了配合腳踝也變形了。她的左膝裹著護膝。窮人努力工作存活，但努力工作只帶來痛苦與殘疾。

「我並不是不同情妳的遭遇。畢竟安迪殺害那女孩並不是妳的錯。」他說。

派翠西亞的呼吸變得急促，她嘴唇開始打顫起來。街燈捕捉到她哀傷大眼睛裡的淚水，她的自尊刺痛了她的雙眼。

她開口時，聲音顫抖，僅僅只是低語，不過，她還是鼓足了全身的力氣，她的話語充滿了寧靜的力量。

「我不要你的施捨。你想殺我兒子。我很清楚，我看得出來，在你身上我都聞得到，你有毛病。」

街燈沒有閃爍，但孔恩原本在一公尺開外的位置，忽然間他就移動了，迅速前進，彷彿是電影膠卷有一幀壞掉，他的動作沒有連貫，或該說，那只是光影的遊戲，沒有捕捉到他的腳步，不管怎麼樣，他都瞬間往前移動，高大的身影出現在派翠西亞．杜瓦面前，兩人的臉只有距離幾公分。他聞到她身上的化學藥劑、肥皂粉及洗衣精味道。

他所說的每一個字聽起來都黏稠溼潤，彷彿每句話都沾黏了什麼，宛如拌了砒霜的蜂蜜。

「杜瓦太太，反應別這麼快。好好思考我的話。我救不了令郎。倒是可以承諾讓他走得痛快一點。我可以向妳承諾足夠的錢，替他舉行葬禮、還清妳的債務。對於尋求救贖的人，鎮民會展現出樂善好施的基督徒心腸。我只請妳做一件事，那就是坦白眞相。告訴我們那天晚上安迪到家後，說出自己殺害絲凱拉．愛德華茲。且確保他在陪審團面前口徑一致。要是他不照辦，我會讓你們都難過。妳覺得現在這樣很糟？這不是谷底。安迪會生不如死。若妳照做，我會確保安迪得到注射死刑，這是好東西，在他們打毒針之前，他就會先睡著。如果他不配合，我們就沒有鎮靜劑了。安迪會上電椅。杜瓦太太，妳好好考慮考慮。」

孔恩向後退，上車前，他說：「安迪橫豎都會死，問題在於怎麼死。死得痛快還是死得痛苦？他可以安安穩穩睡著，或是，斷氣時血液在血管裡沸騰。選擇在妳。」

14 艾迪

我看著孔恩拖著腳步朝車子前進，留下人行道上震驚的女子。他坐進他的捷豹，車燈亮起。

一隻手壓著我的後腦，把我往下壓。布洛克也跟著低頭。孔恩加速駛離後，她才讓我起來。

布洛克開了駕駛座的門，站在街道上，我開了副駕的門。布洛克搖搖頭，示意要我在車上等。

這樣大概比較明智。從派翠西亞．杜瓦與孔恩剛剛的對話看來，她今晚不需要更多陌生人的突襲。兩個人接觸她可能太超過了。派翠西亞靠在街燈上，她低著頭，背部因爲氣喘吁吁而上下起伏。孔恩沒有實際碰觸到她，但她看起來彷彿被人揍到喘不過氣來。布洛克直接朝她走去，不想再嚇這個女人。

布洛克接近時放慢了腳步，舉起雙手做投降姿態。布洛克的話語彷彿百元大鈔，很少使出，但只要亮出來，每一分都貨眞價實。

我待在車上，直到布洛克點頭我才會下車。

杜瓦太太現在緩緩開口，她一邊抹淚溼的臉龐，一邊掙扎開口。無論孔恩說了什麼，都撼動了她的內心。

布洛克站直身子聽杜瓦太太講話。接著是讓我意外的舉動。杜瓦太太靠上前，環抱起布洛克。我只看過布洛克跟人握手。布洛克一度愣在原地，雙手向外伸，彷彿是從來沒有跟人擁抱過一樣。這種舉動對她來說太陌生。然後，她也緩緩攬抱起杜瓦太太，讓這個女人靠在她肩頭上哭泣。

我都可以感覺到布洛克的不適，但她肯定強忍了下來。這位太太需要可靠的肩膀，而這可不只是因爲她膝蓋不好、腳踝腫脹。

我又等了幾分鐘，布洛克攬著杜瓦太太回到車上。我下車，打開後車門。

「杜瓦太太，在下艾迪．弗林。」

她放開布洛克，擁抱起我。哎啊，她抱人挺用力的。

「弗林先生，梅麗莎說妳會幫忙拯救安迪，爲此，我實在非常感謝。寇帝失蹤時，我日夜禱告。我禱告得很認眞，很久。我祈禱有人能夠出面幫幫我們。現在你跟梅麗莎來了。」

聽到人家叫布洛克的名字感覺很奇怪，她不用名字，大家都用她的姓氏布洛克叫她。也許對杜瓦太太這種人來說，可以破個例吧。杜瓦太太放開我，但雙手還搭在我的肩膀上，她注視我的雙眼。

「弗林先生，上帝派你來的。我很清楚。」

我沒告訴她是腐敗的政府專業擦屁股人士忽然良心發現才派我來的。感覺現在不是講這個的時候。

「杜瓦太太，如果要幫安迪，我需要妳的協助。」

「能讓我的孩子回家，我什麼都願意。梅麗莎說你在拘留所見到他了，他怎麼樣？他們不讓我跟他講話。」

我不想告訴她實情，我辦不到。

「杜瓦太太，他還撐得下去，但我們得把他弄出來。」

「那個人，孔恩先生，內心冷冰冰的，某個既壞心又古老的東西瀰漫在他周圍，彷彿是一股惡臭。他很邪惡。他想殺死我的安迪。他說我必須確保安迪認罪，這樣他就會讓安迪平靜地死去。要是我不配合，我的孩子……我的孩子就會受苦。」

杜瓦太太閉上眼，淚水又湧了出來，她低下頭。我跟布洛克攙扶她上車，開了不到十公里的路程前往她家。路上，我發現孔恩對死刑的痴迷似乎遠超乎我一開始的認知。我也對自己暗自發誓，我不只要讓安迪無罪開釋。

不管怎麼樣，蘭道・孔恩都得下台。

永遠離開這個位置。

15 艾迪

位在巴克斯鎮郊外一條筆直兩線道上的單層樓木造建築是派翠西亞・杜瓦的家。穿過兩旁披著松蘿菠蘿老樹的泥巴小徑，後方就是屋脊下垂的房子。起居空間不大，廚房更小。第二間臥房只有衣櫥大小，主臥也沒有大到哪裡去。屋外有棟小建築，廁所跟淋浴間位在該處。

派翠西亞努力讓這個家充滿溫暖與歡迎的氣氛（她堅持要我們叫她派翠西亞）。毯子蓋在有三個坐墊的老沙發上，最右邊位置凹陷，彷彿哪個看不見的人坐在上頭一樣。中間的坐墊上有大大的凹痕，看得出來是派翠西亞跟安迪一起坐的位置。上了年紀的傳統方形電視擺在沙發對面的牛奶箱上，不夠長的毯子覆蓋著牛奶箱。牆上掛滿安迪的照片，他第一天上學、騎腳踏車、坐在媽媽膝上，還有感恩節晚餐與生日派對的照片。這個家裡也許沒有多少錢，但其中的愛卻遠超過多數家庭。

「坐，自在點。」派翠西亞說。

我跟布洛克坐在沙發上。角落有盞立燈，我們看得出那裡有一張老舊的扶手椅，那是派翠西亞放圍裙的的地方。

「你們要喝咖啡嗎？」

想到咖啡就讓我有點激動。

「我想喝一點，謝謝。」

布洛克點點頭。

派翠西亞拉起分隔窄長一字型廚房與客廳的布簾，忙著打開櫥櫃。

「抱歉，我們沒有咖啡了。茶可以嗎？」

我已經將近二十四小時沒有喝咖啡了，咖啡距離我還是很遙遠。茶可以，至少出於禮貌可以接受。

她拿著兩杯冰茶出來。我加了額外的糖，布洛克不加糖。

除了電視機與櫥櫃，他們家還有好幾箱的舊書。平裝本書籍，有些連封面也沒有。布洛克伸手去沙發旁邊的紙箱裡，拿出幾本書，都是羅曼史小說。我旁邊的箱子裡則是老舊的偵探雜誌與便宜的平裝本。

「你們都喜歡看書，安迪肯定遺傳到妳。」我說。

「安迪十一歲時電視壞了，等到我存夠錢可以買新電視時，他說他寧可我們把錢花在書本上。我們的確如此。夜裡我們就坐在這看書。反正電視也沒啥好看的。」她說。

「安迪什麼時候開始在卡車司機酒吧工作的？」我問。

「差不多三、四年前吧。我一開始不是很高興，但我跟老闆談過，他人不錯，叫雷恩，他說他會好好照顧我家安迪。他的確信守承諾，安迪在酒吧裡沒遇上麻煩過。他拖地、洗杯子，低調，乖乖的，跟他老媽一樣，是優秀的員工。他也表現得很好，不會因爲打工影響學業。」她難掩自傲的神情，一口氣講了好長一串話。

「他跟絲凱拉熟嗎？」

派翠西亞眼裡短暫出現的光彩又因閃爍的目光熄滅，她眉頭糾結，雙唇緊抿到消失。她開口時，聲音非常輕柔。

「那可憐的女孩。不，他沒有經常談起她。偶爾吧。他主要都講老闆雷恩跟客人的事。卡車酒吧有很多熟客。這個鎮最不缺的就是酒鬼了，這點無庸置疑。」

「安迪跟絲凱拉是朋友嗎？」

「我會說相處得還不錯，但不是朋友。他們不會在工作之外的場合見面，就我所知是沒有。不過，絲凱拉對他不錯，一開始帶他熟悉環境，照顧他。安迪可以在幾個小時裡讀完一本小說，寫出報告，但他在其他方面都不在行，對待人接物更是少根筋。絲凱拉會在這方面幫他，因為她很受歡迎。」

「他是怎麼說絲凱拉的？」

「說她很聰明，人又大方。我記得安迪說他們會聊大學跟書籍，差不多就這樣了。安迪有次還提到，絲凱拉說自己有男生的問題。」

「男朋友？」

「我想是吧。她會在雷恩不注意的時候，跟某個男生講電話或傳訊息。工作人員不該在值班時用手機。這點對安迪沒影響，他沒有手機。」

「妳知道這個男孩的名字嗎？是蓋瑞·史卓嗎？那是她男朋友。」

「對，就是他。抱歉我實在無法多提供什麼資訊，我不認識絲凱拉。為此我覺得後悔。我去了——」

她忽然破音，她從手邊抽起一張面紙，輕拭自己的眼睛。

「我去了絲凱拉的葬禮。那個孔恩始終跟絲凱拉的父母站在一起，對他們竊竊私語，還不時望向我。艾絲特．愛德華茲在儀式之後走過來，大家都看著我。你們知道她怎麼樣嗎？她朝我臉上吐口水，就吐在我臉上。老天啊，我太難過了。我的兒子沒有殺害那個女孩，我那時跟此刻都很清楚這點。唉，我不怨艾絲特，她很痛苦。我想到孔恩先生的話，想起艾絲特那天的神情。我知道當他們害死安迪的時候，我也會感受到同樣的痛楚。」

「我們會盡力確保事情不會往那方面發展。」我說。

布洛克拉開外套，拿出方思華斯博士的報告，他是寇帝．華倫找的病理學家，她將報告擺在大腿上。這明擺著要我開始問案件細節，我們沒有多少時間慢慢來。

「安迪有星星形狀的戒指嗎？」我問。

「沒有，安迪不戴戒指的。他十六歲生日，我在第八街的當鋪買了一枚戒指給他。上頭有兩顆黑色的石頭。他戴了一天，然後說手指癢癢的。」

「可能是鈕扣、勳章什麼的，上頭有星星的圖案？」

「不，安迪的服飾都很樸素。哪種星星？」

布洛克將報告其中一張翻過來，擺在我面前。我們沒有照片，但有傷勢的文字敘述。

「五角星。」我說。

派翠西亞比劃著十字架，說：「那不是跟惡魔崇拜有關嗎？安迪絕對不會跟那種東西扯上關聯。」

布洛克滿意地點點頭，讓我繼續。

「安迪遭到逮捕之後，妳首次去見他是什麼時候的事？」我問。

「是在郡裡的拘留所。他說他必須跟警長說他傷害了絲凱拉，不然警長不會放他出來。

當時他們要他簽署一份文件，才會讓他見我，我才能帶他回家。」

我聽說過條子威脅驚嚇、涉世未深的嫌犯，這不是這種事第一次發生，也不可能是最後一次。沒有安迪接受偵訊的影像或錄音。顯然錄影機壞了。我們只有警長的說詞，說安迪是自願簽署認罪自白的。

「弗林先生，爲了回家，安迪什麼話都願意說。他信任警察。在那方面，他不是很靈光。我可憐的孩子，拜託告訴我，你有辦法幫忙。」

「派翠西亞，我會盡力幫忙。聽著，在法庭上我無法保證什麼，但我會努力替安迪爭取無罪開釋，這是我向妳保證的承諾。現在還有一件事，妳上次見到寇帝．華倫是什麼時候的事？」

「他來乾洗店，差不多一個禮拜前吧，他說他查到可以證明安迪清白的證據。他當時沒告訴我是什麼，他只說他還要查明兩件事。我也很擔心他，他似乎消失好幾天了，你覺得……？」

「寇帝是不是出了什麼事？對，我是這麼想的。」

她說：「我覺得你說得沒錯。如果背後是執法人員在搞鬼，我也不會覺得意外，那個羅麥斯警長，他以前人很好。鎮上每個人都敬重他，他對窮人也不差，你知道，很公平。然後這個地方檢察官孔恩出現。這時警長夫人生病了，羅麥斯太太原本在主街的慈善二手店工作，她善良又慷慨，話不多，但看得出來她是眞心想助人。她生病後，警長就變了。他揍了安迪。我去看安迪那天，他被揍得遍體鱗傷，我可憐的孩子。」

「他會付出代價的。」布洛克說。

「別惹警長。」派翠西亞說。

布洛克靠向前，說：「在妳今晚跟我們說了這些話之後，我會找他跟孔恩算帳。」

「妳得小心點，他們是很危險的人。」

「這嚇不倒我。」布洛克說。

「怎麼說？」

「因爲我是很危險的女人。」

16 牧師

艾絲特．愛德華茲用顫抖的雙腿走向廚房餐桌，手裡端著的咖啡從杯緣灑出來。液體濺在廚房骯髒的磁磚地板上，但她控制不住自己。每走一步，又灑一點。這幾只咖啡杯似乎有千斤重。她把東西擺上桌時，低聲道歉起來，說是因爲醫生開的藥，才讓她如此顫抖。牧師點點頭，大手握住她的雙手，感受起她傳來的顫抖。

她的震顫不是出自痛楚或藥物。他對她微笑，凝視她雙眼深處的空洞，這個女人遺失了什麼，遭到硬生生剝奪的是她存在的意義，生命力、希望、愛。那部分的她此刻與她的愛女一起埋在巴克斯鎮老墓園六尺之下的廉價冰冷棺材之中。

「我在葬禮上跟你打過照面。」她開口就破音。「抱歉，我忘記我們是否交談過。」

「我們有聊一下。」牧師說。「但別擔心那個。我實在難以想像妳的傷痛，妳跟法蘭西斯經歷的一切，眞是太可怕了。」

法蘭西斯將咖啡拿到嘴邊，但遲疑了一下，又把杯子放回去。

「我跟法蘭西斯說，我想盡可能幫忙。我們給你們的錢只是起點。我所屬的團體，我們樂於確保妳與妳的丈夫在未來幾年裡都不會感到匱乏。」

她將雙手從他的手下抽回來，原本空空的雙眼忽然閃過一絲恐懼。

「法蘭西斯跟我說過你們的團體。我不確定那到底是什麼。」

「那是……教授是怎麼說的？一個群體？」法蘭西斯問起。

「類似。我們是一群願意為了保護這個郡的基督徒而團結在一起，並採取某些手段的關切市民。」牧師說。

「這個郡的白人？」艾絲特問。

牧師先是露出微笑，然後才給她答案，說：「對，白人。這些人失去的不只是絲凱拉一個人——」

「這些人？」艾絲特說。「先生，我們都是人，每個人都是普通人。沒有誰的膚色更優越或更不堪。小女遭到謀殺，我對凶手及袒護他的人只有恨，但我們沒有偏見，他只是一個人……」

「我們都知道殺害令嫒的人是誰，也知道他長什麼模樣。這不是單一事件，愛德華茲太太，我可以叫妳艾絲特嗎——」

「愛德華茲太太就好。」她挺直身子，沒有繼續顫抖。

「艾絲特，這個人給了我們——」法蘭西斯開了口，卻沒辦法把話說完。

「我知道他給了我們什麼。」她轉頭面向法蘭西斯。「為此我心懷感激，你知道我很感恩，但他說的不是事實。這樣不對。」

牧師感覺到外套右側口袋裡的手機震動了起來，這是他「另一支」工作用的手機。他必須立刻接起的拋棄式手機。

「恐怕我得先告辭了，工作上的電話。法蘭西斯，我自己出去就好。也許你可以讓艾絲特，我是說愛德華茲太太，看一些教授之前傳給你的影片，內容深具啟發意義。謝謝妳的咖啡。」

牧師穿過廊道，厚厚的灰塵積在桌上，桌面擺放著上頭有紅色旗幟圖案的催繳信封。他曉得他若要動搖法蘭西斯，金錢就派得上用場。艾絲特則證實遠比想像中難搞定。

他在身後帶上門，同時聽到廚房傳來的爭執開端。他們家是這個街廓上五十間克里奧爾風格平房的其中一棟。七十年歷史，一開始用料也沒有多好。牧師走下門廊階梯時，還聽得到他們的聲音。

「我不要那個男人再來我們家。他有種族歧視，而且——」

「他給我們錢，一次都幾萬幾萬的。之後還有更多錢。我們需要那些錢，而且妳知道嗎？他說得也許是對的——」

他查看手機的未接來電，然後撥打回去。

他回電的號碼是另一支拋棄式手機，對方立刻接起。電話另一端的聲音聽起來冰冷又古怪，口音有點捉摸不定，一下是阿拉巴馬州的鄉村口音，一下又變成曼哈頓上東區的腔調。

「你剛沒接電話，出了什麼事？」蘭道．孔恩問。

「你不用擔心的事。什麼狀況這麼緊急？」牧師問。

「安迪．杜瓦的新律師今天造訪了寇帝．華倫的辦公室。他在那邊待了半小時。」

牧師接近他的黑色運動型多功能休旅車，打開車門，上了車，又關上車門。

「你擔心嗎？」

「他的合夥人哈利．福特後來過去，離開時帶走一疊薄薄的文件。」

「方思華斯的驗屍報告？」

「我猜是這樣。」

牧師咬緊牙齒，發出咯吱聲響。孔恩曾請教過牧師對於案件的建議，也提到展示絲凱拉·愛德華茲身上傷痕的難處。這點讓牧師覺得很有意思，圖案具有對稱性。孔恩不曉得，也不能讓他曉得，殺害絲凱拉·愛德華茲的眞凶就是牧師他本人。而他想繼續保持下去。因此對於這些檢察官在驗屍上的疑問，他盡量提供建議。

牧師先前建議除掉辯護律師與他的助理，再去威脅方思華斯。他不能讓律師挖掘出眞凶的身分。對他與檢察官來說，安迪·杜瓦得到快速、俐落的定罪是最好的結果。孔恩有了另一具綁上電椅的屍體，牧師則有殺害白人女孩的黑人凶手定讞，正中他下懷。

「至少他們沒有照片。這是好事一件。但記得，蘭道，我跟你說過，貝蒂·麥奎爾早該跟寇帝·華倫一起消失。這種安排更具說服力。他們年紀相仿，同樣單身。哪天晚上帶著客戶的錢就私奔跑了。再解釋解釋，爲什麼事情沒有往這個方向發展……」牧師如是說。

「我不是動槍的人，這你很清楚。我花了不少力氣說服羅麥斯解決華倫，他不可能對女人下手。他不是這塊料。」孔恩說。

「我記得你講過這種話，我也記得我說過我可以搞定這件事。貝蒂看過那些照片。她可以描述給杜瓦的律師聽。這個案子，我們不能再冒險了，貝蒂必須——」

「不，我不希望走到那一步。那樣會分散媒體的焦點。」

「不會的，交給我就好。」

「你有什麼打算？」

「我會跟貝蒂小聊一下，確保弗林不會繼續得到幫助。這點很重要。杜瓦必須爲他的行爲付出生命的代價。這件事只有兩個面向，一是捍衛正義的人，二是打算拆掉法庭，放任凶手逍遙法外的人。蘭道，這話是你跟我說過的。」

孔恩嘆了口氣，說：「謹慎為上，馬上就要開庭了。」

「我不會做什麼危及庭審的事。我知道這一切對你、對我們來說有多重要。」

牧師掛斷電話時，思索起孔恩如果知道杜瓦是無辜的，他會有何反應？答案顯而易見，孔恩根本不在乎公平正義，他只在意權力。牧師對孔恩了解很深，深知他的喜好，也就是判決出爐後，被綁上黃色大媽的人是誰根本不重要。牧師多年前找過這位地方檢察官，他的經歷說明了一切，但一直要到他們見面後，牧師才曉得自己遇上了志同道合的靈魂。

孔恩是人面禽獸，恐怖天使。跟牧師一模一樣。他有時在想，要是他不主動去找檢察官，孔恩會不會來找他？他認得出同類，也就是因為更崇高的道德準則，而不會受到良心困擾的人。上帝殺了百萬人，信徒也準備以他之名繼續殺戮，他們為了上帝之國的純淨，身懷使命。有時牧師一人獨自待在黑暗裡，他會想起要是父親沒有給予他那些恩賜，他現在會是什麼樣的人。怪物並非天生，而是創造出來的產物。牧師了解是上帝透過他父親那雙反應迅速的粗糙大手在行事。他是為了上帝而受苦，而他也會回應上帝的呼喚。

牧師曉得孔恩的父親也將天賦傳給了兒子。孔恩老爹是華爾街的傳奇，不是因為他富可敵國，而是因為他樂意將對手趕盡殺絕。對一個如此富有的人而言，金錢毫無意義，權力才是一切。而這股對權力的喜好，加上善用權力的意願與能耐，老爸一起傳給了兒子。

他想起他們有次見面，幾年前約在孔恩位於巴克斯鎮的住所，他們在後門門廊喝著檸檬茶，在昏暗光線下看著一大群瘋狂的椋鳥高速行進，在紫紅色的天空下組成黑色的羅夏克墨漬測驗圖案。

「你為什麼殺光他們？」牧師問。

「那是法律的要求。」孔恩回答得毫不遲疑。

牧師大笑，但笑聲毫無喜色。

「你跟我都曉得才不是這樣。你可以在羅麥斯及其他人面前保持僞裝，但你別想騙我。你根本不在乎公平正義。」

「我是不在乎。天底下沒有眞正的無辜之人，眞的沒有，重點是秩序。」

「才不是秩序。我知道你處決了無辜的人，所以別演了。告訴我，你爲什麼總是選擇死刑。」

孔恩放下自己那杯檸檬茶，凝視著飛鳥。

「你知道，沒有人知道椋鳥爲什麼會那樣一整群一起飛。也許是爲了抵抗掠食者，也許牠們是在獵捕一群蒼蠅，牠們有很多聚集在一起的理由，但沒有人曉得牠們整體在短時間內一起轉向是怎麼辦到的，彷彿每隻鳥之間有心電感應一樣。」

「你是說，你不懂自己這麼做的原因嗎？」

「我只知道，當我看著這些鳥的時候，牠們似乎很高興。感覺好就好了，原因重要嗎？」

「我猜不重要。這就是你的原因？因爲感覺很好？」

孔恩站起身來，高瘦的身子在傍晚投出長長的陰影。

「不只是感覺好，這理由太廉價了。眼睁睁看著一個人死去，曉得是我送他上去的，策劃他的死亡，哎啊，這是言語說不清楚的滋味。超越了感覺好不好。我會覺得自己因爲生命力與權力能熊燃燒。」

「我懂這種感覺。」牧師說。

「你的小團體會給你惹出大麻煩。聯邦調查局緊盯著右翼極端分子。他們搞定外籍恐怖分子之後就會立刻處理這個問題。」孔恩說。

「沒有人曉得我參與其中，只有我信任的人知道。我知道你我願景不同，但我們目標一致。」

「製造恐懼。」孔恩說。

「白人主體的郡縣害怕小規模黑人社區，這是可以利用的武器。處在恐懼之中的人什麼都願意做，只要有人肯解救他們，不管什麼話，他們都會聽。當陪審團害怕被告的時候，要判死刑就相當容易。」

孔恩點頭，說：「你這種人可以幫我的忙。羅麥斯不會永遠出手，有些事情他不願意也不適合執行。我知道你有勇氣，該幹嘛就幹嘛。」

牧師舉杯乾杯，說：「敬我們彼此的利益。」

因此他們結盟了。就是這種盟約讓今晚的電話響起，還得到警告。安迪．杜瓦罪名成立符合他倆的利益，誰也不准干涉其中的過程。

對牧師而言，過幾天就是「大清算」了。

牧師發動引擎，加速駛離法蘭西斯．愛德華茲的住所。他很快來到主街。寇帝．華倫辦公室的燈還亮著。他坐在車上，等候貝蒂．麥奎爾下班。

他沒等多久。

他看著她鎖上大門，坐進停在辦公室前方一輛車齡十年的富豪車。引擎發動，車燈亮起，富豪開走了。牧師遠遠跟車。貝蒂獨居在鎮外不遠處。他等著她開在兩線道筆直的無車路段，周遭都是柳樹，樹上披著宛如柔軟天棚的松蘿菠蘿。牧師打開警笛，閃起裝在運動型多功能休旅車上的紅藍警示燈。

貝蒂將車停在路邊，牧師停在她車後。他慢條斯理，不急著下車，就讓她等，營造焦慮感。貝蒂不信任執法人員，背後也有說得過去的理由。

他從副駕置物箱裡取出手電筒，走向貝蒂的駕駛座。他稍微站在車窗後方的位置，習慣使然。攔車員警會站在後門的位置，不會讓身軀出現在駕駛座車窗旁邊，不然如果駕駛拔槍，站在窗前就是在火線上，成爲目標。

牧師敲了敲貝蒂的車窗。他緊咬牙根，她搖下車窗，他的下顎激動地緊繃起來。他靠向前，用手電筒直射她的臉。

「有什麼問題嗎？我遵循限速，你——」

貝蒂的話沒說完，因爲沉重厚實的黑色手電筒直接砸向她的太陽穴。

17 艾迪

凱特、布洛克待在雞油菌旅社比較大的那間房。我跟哈利睡在隔壁的雙人床上，我們一人面朝床頭，一人面向床尾，但主要都是哈利在睡。他在什麼鬼地方都睡得著。

我躺了一個小時，然後起來再次研讀資料檔案。接案時，我必須對證據與證詞瞭若指掌，倒背如流。它們必須銘刻在我的腦海裡，不然我無法使用這些資料、建立出具體的輪廓，或是在法庭上無法第一時間注意到證詞與已知證據之間相互不吻合。資料還沒有完整烙印下來，但快了。

我再次讀起安迪的自白。

「我叫安迪．杜瓦，我在沒有威脅利誘的狀況下，出於自己的意志提供這份自白。五月十四日當晚，我在聯合公路卡車停靠站旁邊的霍格酒吧工作。我午夜十二點下班，跟著另一位同事絲凱拉．愛德華茲進入停車場。我認識絲凱拉，我們共事了一段時間。她很漂亮，我喜歡她。我想吻她，但她將我推開。我用力掐住她。她掙扎，我要確保她安靜下來。我不是有意傷害她。她不再掙扎，我下手更重了。之後我覺得很過意不去。

停車場後方有一片沼澤地，我將她埋在那裡，這樣才不會有人發現她。」

就這樣。花了十五分鐘與安迪相處，我就知道這不是他的語氣。沒有人這樣講話，顯然不是年輕人的口吻。這份聲明早就打好，由安迪簽署。簽名簽得很仔細，筆斜斜貼著紙張。

要說警長辦公室與地方檢察官逼迫這孩子簽署虛假自白還是客氣了。他遭到毒打、威脅，他媽也遭到脅迫。不僅如此，殺害絲凱拉·愛德華茲的眞凶依舊逍遙法外。

我花了一個小時在網路上搜尋帶有五角星的戒指圖片，沒有多少結果。那個印子沒有出現在郡縣法醫的驗屍報告裡，那些痕跡因此變得非常重要。法醫應該公正無私，但有孔恩這種檢察官，我猜爲了協助他的起訴指控，報告裡可以加點料，或是省略某些沒有幫助的部分。

我關了燈，準備睡覺。

畫面閃現在我的腦海之中，安迪、他媽、年輕女性遭到毆打且勒斃，最後頭下腳上塞進泥土裡的窄洞中。

我起身，找到法院歸還的私人物品，東西放在塑膠袋裡。其中只有兩件重要物品，也就是兩條項鍊。一條是聖克里斯多福聖牌，它有自己的故事。另一條則是原本屬於調查員哈波的金鍊十字架。我用手指將磨損的金色十字架繫在脖子上。她在調查我的案件時死亡，想到她還是讓我很難過。那個傷疤永遠不會好。她死時不曉得我愛她，我早該告訴她，我該保護她。我轉頭望向哈利，他嘴巴開開，鼾聲充斥著整個房間。我想到他，還有隔壁的凱特與布洛克。

他們知道其中的風險，但我還是很過意不去。這整個鎮都恨我們。我讓他們處在危險之中，但我此刻覺得自己還能控管一切。要是事態惡化，我就得請他們三人離開。我受不了他們因爲我而出什麼壞事。

我咬緊牙根。

無論發生什麼事，我絕對不會拋下安迪。

第三天

18 艾迪

早上八點，凱特搖醒我。她已經沖過澡，穿好一身套裝。她穿著運動鞋，手裡抓著鞋跟五公分的高跟鞋。

「今天的重點如下，我們替安迪提出異地審理聲請，要求不要採納他的自白，然後將他保釋出來。他在這個鎮得不到公正的審判，而他在拘留所裡待得越久，警長就越容易恐嚇他。」

「同意。先吃早餐如何？」

「哈利告訴我昨天在簡餐店的事了。也許我們可以去那邊吃早餐，順便進行一點工作？」她說。

凱特讓我看她手機裡的錄音程式，露出賊賊的笑容。

「凱特，妳是優秀的律師，但妳跟我混太久了。」我說。

我轉過頭，環視周圍。我還在破爛小鎮的破爛旅館房間裡，手邊案件相當棘手，接下來還會惹毛一票想要幹掉我的人。

我沖澡、換上乾淨的襯衫與西裝，稍微感覺好一些了。浴室裡的洗髮精帶著薰衣草味，但總比散發著一身乾涸血跡味好多了。我們早早出門，開車去我跟哈利昨晚被老闆葛斯趕出來的那間簡餐店。

我們走下凱特租來的車，我走在最後面。布洛克帶路。跟昨天同樣的幾張臉出現在店裡，坐在同樣的位置上，大概也吃著一樣的食物。

我們跟著布洛克走進窗邊的包廂卡座。我猜她就是想惹人注意。

凱特跟哈利坐在裡面靠窗的位置，布洛克坐在凱特旁邊的外側，準備好隨時起身，我則坐在哈利旁邊。

昨天拒絕服務我們的油膩圍裙男子葛斯走了過來，他一臉大汗，通紅也油亮。

「我以爲昨天就說過了，我們這裡不會服務你們這種人。這是基督徒的餐館。絲凱拉·愛德華茲以前就在我的吧檯喝奶昔。我死也不會服務你們。現在你們最好在我報警之前離開。」

布洛克緩緩起身。男人很高，但布洛克與他平視。他的手臂環抱起厚實的胸膛。

「南方的待客之道去哪兒了？」布洛克問。

「你們不走，我就讓你們見識南方人是怎麼做事的。」葛斯說。

布洛克笑了笑，扭起脖子。

男人忽然間看起來沒有多少自信了。

「你們有五秒鐘離開，不然我就報警。」

「別客氣啊。」布洛克說。

葛斯撤退，無法理解眼前的景象。他看起來沒有被女人嚇過，實在不確定該怎麼處理這種狀況。他伸手進吧檯後方，抓起一隻無線電話，打了起來。

布洛克坐回位置上。

凱特在桌下拿出手機，啟動錄音程式。

我跟哈利靠在椅背上，看著窗外，等待警車出現。沒等多久，頂多四分鐘，這樣的反應時間算非常迅速。兩名副警長下車，先是隔著窗戶看我們，然後又打開車門，抽出他們的警棍。其中一人是昨天蛋蛋遭我襲擊的鬍子男，萊納副警長。他夥伴的體型比他魁武，臉上一根毛也沒有。這個人有不懷好意的黑色小眼睛，在他臉上，這雙眼睛實在不成比例。他手臂上的青筋浮起，彷彿是爬在鞣製皮革上的蟲子。

他們走進店裡，直接去找葛斯。兩名極具公民使命感的大漢從沒吃完的早餐中起身，雙手擱在身旁，他們身穿格子襯衫、牛仔褲，頭戴鴨舌帽。我猜他們大概是想在執法人員將我們扔上街的過程中支援他們。

兩名條子跟老闆走過來。

壯漢條子是有警階的，他的名牌上寫著「雪普利，首席副警長」。

雪普利站在萊納後方，看著下屬排除狀況。他們兩人都穿黑色短袖制服襯衫。雪普利領口敞開，我看到他脖子上掛的粗大十字架。他沒有舉起警棍，但從泛白的指關節就看得出來他握得很緊，一有藉口就準備砸人腦袋。

「這位葛斯請你們離開。沒有人希望你們來。弗林，是我就看得懂暗示。」萊納說。他舉起警棍，尾端拍在他的掌心裡。

「甩那棍子你得小心點，免得甩到自己的『蛋蛋』。」我說。

「好啦，咱們文明點。」雪普利說。

「爲什麼我們不受歡迎?」哈利問。

「你們是爲了那個殺人凶手安迪・杜瓦來的。絲凱拉是這個鎮的一抹明光。我們不希望你們這種人渣出現。這裡不歡迎你們。」葛斯在萊納身後開口。

「但在證實有罪之前，安迪・杜瓦是無辜的。我們會確保他的清白。」我說。

「他才不是無辜的。」萊納說。「鎮上每個人都曉得他罪大惡極。你們也許會想去別的地方過夜，去別的地方用餐，因爲這裡沒人歡迎你們。」萊納說。

我望向凱特。她笑了笑，說：「警官，謝謝。」

她從桌下拿出手機，暫停錄音程式，播放起來，確保音質穩定。非常清楚呢。

「這樣我們就可以提出異地審理聲請了。警官，你自己說的，這座鎮上每個人都覺得我們的客戶有罪。我們就得換地方。」凱特說。

萊納嘴巴大開，但他立刻補救自己的錯誤，他伸手靠過桌子，想要奪走手機。凱特卻收起手機，他的大手什麼也沒抓到。

布洛克起身，兩位副警長連忙退後，舉起警棍。我與哈利跟著凱特離開簡餐店。我留在門口，替布洛克拉著門。

「如果我是你們，我就會盡快離開這個鎮。」萊納用警棍指著布洛克的笑臉。他迅速向前，高舉警棍，雙眼圓睜，面露凶光。

他直接將警棍揮向布洛克的頭。

布洛克動也沒動，就死死瞪著他。

警棍僵在在空中，距離布洛克的頭骨不過五公分。她臉上依舊掛著微笑，她是一尊雕像，沒有退卻，違反人類本能。如果是我在那個位置，向上揮棍時，我就會開始閃躲。布洛克曉得他不會眞正動手。她用心理戰碾壓對方，告訴條子，她不怕他們。

什麼都嚇不了布洛克。

萊納的怒容轉變成驚嚇。他放下警棍，轉頭看看其他人是否跟他一樣震驚。

雪普利面不改色，一點動靜也沒有。他對萊納嚇唬布洛克的嘗試沒有反應。她也看到了。她無視萊納，直勾勾盯著雪普利。他們一動也不動地站在那裡好一會兒。

布洛克滿意後，轉身離開萊納，朝我走來。我依舊拉著門，讓她快步穿過。

「妳眞是個狠角色。」我說。

布洛克使起眼色。

回到車上，車門關上後，我看到雪普利依舊望著我們駛開的車尾。

「萊納是孬種，膽子很小，但有點危險。」布洛克說。「雪普利不一樣。那傢伙全身有鋼鐵的夾層，而且遠不止這樣。」

「還有什麼？」我問。

「我還不清楚，但重點不只是他人高馬大。那條子內心有壞掉的東西。他不想揍我，他想要我的命。」

「妳給人的第一印象眞的很好。」我說。

「不是我。你沒看到雪普利的眼神嗎？他的雙眼不只冷冽，還死氣沉沉。他內在有東西壞掉了。我們得格外小心。」

我們上路，在鎮外路邊的聯合公路上看到一處休息站。先讓我灌點咖啡，之後我們就能去犯罪現場探勘。

19 艾迪

我肚子塞滿路邊簡餐店的一大疊鬆餅配糖漿。我狼吞虎嚥，幾乎沒有仔細品嚐。咖啡則是又苦又燙，難以下嚥。我不每晚酗酒，總得換點別的東西喝吧？只要能夠經常且迅速地將咖啡灌入身體裡，我就沒問題。我開始思索，我是不是被什麼東西詛咒，讓我永遠沒辦法喝咖啡了？我把咖啡推去一旁。

早餐配兩瓶可樂也能舒緩咖啡因戒斷的頭痛。

凱特的盤子已經清走，她將筆電放在面前桌上。

「假釋聲請差不多寫好了。異地審理、要求不要採納認罪自白的聲請也已經完成。你們三個要不要去犯罪現場看看。我這邊結束後再去外頭找你們。」

她將耳機插上手機，開始謄打萊納副警長的說詞。今天早上的計畫還眞順利。

我們付錢離開，布洛克隨即朝霍格酒吧前進。卡車休息站其實是一道一層樓的商店街，有一間加油站、郵局，還有簡餐店。距離商店街不遠處是一棟低矮的建築，屋頂上有霓虹豬招牌，門上有褪色的油漆招牌，寫著「霍格酒吧」。我推門，但打不開。就算是對卡車司機來說，現在上酒吧也太早了。

建築面向公路，差不多有一百公尺遠。建築前方與後方的碎石停車場上停了好幾輛大卡車跟半掛式聯結車。停車場的尺寸跟橄欖球場差不多。我猜卡車休息區與酒吧挺受歡迎的，或至少曾經風光過。周遭有鐵絲網圍欄的殘骸，之後是樹林與荒地。多數的圍欄都傾倒、鏽蝕了。絲凱拉·愛德華茲的屍體就在該處尋獲，距離圍欄約莫六公尺的地方。頭下腳上，雙腳露出。

布洛克繞到酒吧前面去，她想重溯絲凱拉那晚可能的路徑。酒吧與公路之間有一支高高的路燈。酒吧後頭的停車空間沒有燈，酒吧門口沒有監視器，路燈上也沒有。我們到後頭去。

酒吧後方的告示寫著「工作人員停車場」。

「絲凱拉通常會打電話請她爸來接她。」布洛克說。

「她那天沒打。」哈利說。

「我們需要她的——」

我正要說「手機」，但打住了。我回憶起絲凱拉身上或一起被掩埋的物品，清單隨即浮現腦海——有一些錢的錢包、兩張提款卡、借書證、口香糖、化妝品……

就是沒有手機。

「她的手機不在警方那裡，尋獲屍體時，手機不在她身上。掉了。」我說。

「也許她沒帶出門。」哈利說。

我搖搖頭。「她是年輕女孩，那年紀的人機不離身。再說，她男友妹妹多麗的說詞裡提到，她們那晚講過電話。多麗告訴她，蓋瑞打算求婚。」

「所以她手機在條子那裡？」

「我不覺得。如果有，警方得把手機列入清單之中。就算他們打算栽贓某人，他們也不曉得一開始就得弄掉她的手機。他們一定會先編目，也許之後才掩飾，或是不小心刪掉。不，警方沒有將手機列入她的物品之中，因爲一開始手機就沒有出現過。凶手拿走了。」

酒吧後方有一扇窗，上頭有美樂啤酒的霓虹廣告牌。沒辦法照亮停車場。後面這邊停了四輛卡車，命案當晚也許有更多輛車。布洛克大步走到尋獲絲凱拉屍體之處，停住腳步，轉頭望回酒吧。

「建物後方到她出現的地方，距離多遠？」我問。

「八十六公尺。」布洛克說。不是九十，不是一百，八十六公尺。

今早卡車停得稀稀疏疏，但駕駛座上還是有人，這是他們強制的休息時間。到了夜裡，這片區域可能幾乎全黑。當然，要看有沒有月光。

布洛克發出尖叫。

十秒內，一個男人打開車門，探頭出來，問沒事吧？布洛克點點頭。他回到車上，隨即又有另一位駕駛確認起狀況。

「酒吧音樂也許很大聲，但我會說在這裡聽起來很小聲。」我說。

布洛克點點頭。

「她臉上的傷勢說明，凶手一度只用一隻手拉著她。她手臂上有瘀青，還斷了兩根指頭。這是最後一次有人見到她的地方，還埋在這裡。」哈利說。

布洛克點點頭。

「這我們很清楚，但我們不清楚的狀況還有很多。我想也許會有人聽到她喊叫。除非凶手把她帶離現場，之後又帶著屍體回來。」布洛克說。

「那她其他的傷勢呢？」我說。我們曉得死因是窒息，但她手腕上有綁縛的痕跡，她正面身上還有太陽的曬傷。然後頭朝下塞進淺墳之中。她在五月十四日夜裡進入十五號的時候失蹤，泰德．巴斯頓在十五號晚上發現她。中間二十四小時裡發生了什麼事？凶手將她拖進停車場，帶進樹林裡殺掉？還是她先在別的地方，可能是外頭待過一陣子？然後凶手才帶她來埋屍？我想不通。」

「你忘了她額頭上的印子，戒指留下的星形圖案。」哈利說。

「那是故意的。」布洛克說。

「什麼是故意的？」我問。

「我會說，她手臂上的瘀青、斷指，都是在反抗時留下的。凶手卻只有在她頭上留下戒指印。我覺得戒指印是故意的。」她說。

我們開始往前走，跨越一處老舊圍欄，穿過高高的野草來到一片光禿禿的地方，警方挖掉這邊的草，才能把她的屍體弄出來。區域範圍差不多是三點六公尺乘以三公尺。泥土又黑又黏，宛如黏土，但更溼。就連炙熱的太陽也無法照透這片溼氣。我們滿身大汗。

「埋葬的方式很特別。這種軟土，只是挖個淺墳相對容易。爲什麼要挖這麼深？可能需要鋤或圓鍬，要花更多時間。」我說。

「她的腳。」布洛克說。

「什麼？」

「凶手希望她的腳裸露在外。」

「爲什麼？」

「不知道。」她說。

哈利退了一步，我聽到低低的濺水聲，退休法官大聲咒罵起來。小水窪裡的泥水濺上哈利的褲管，不過他沒有低頭看褲腳，此刻也沒有繼續口出惡言，反而凝視著水窪。水窪裡的水混濁起來，捕捉到了天上的太陽。彷彿是陷入泥水裡的星星。

「她腳上那個不是曬傷。」哈利說。

「也許她是在十五日太陽下山後才被埋的？泰德．巴斯頓幾個小時後就發現她？」

「不只是那樣。她腳邊還有東西閃爍。」他說。

哈利臉上浮現奇異的神情。我認識哈利．福特很久了，我們一起經歷了不少事件，但我沒看過這種神情。他雙眼圓睜，往下看，然後又仰頭望天，然後這雙眼睛又探尋起草地與我們的臉。他雙唇打顫，將手指伸到唇邊。

「哈利，你沒事吧？你看起來……很害怕。」我說。

「她頭上的星星印子，那是皇冠。曬傷、頭下腳上掩埋……老天，一切都說得通了。」他說。

「什麼說得通？」我問。

他沒有直接回話，反而閉上雙眼，嘴唇喃喃自語，彷彿是在探索記憶深處，想要找到正確資訊。他再次開口時，語調低沉，每個字都在打顫。

「天上現出大異象來：有一個婦人身披日頭，腳踏月亮，頭戴十二星的冠冕……天上又現出異象來：有一條大紅龍，七頭十角，七頭上戴著七個冠冕……」

我跟布洛克交換眼色。

「我老爸在這個州傳教，我在他的旅行車上待了十年，靠讀他的《聖經》打發時間。」哈利說。「我們要找的是龍，那就是對她做出這一切的凶手，也就是《啟示錄》十二章裡的巨獸。」

「類似魔鬼？」我問。

哈利挺直身子，咬著牙說：「不，那是惡魔本身。」

20

艾迪

布洛克望向加油站，開始朝該處走去。我們緊隨在後。

我們才在外頭待了不過十五分鐘，我的襯衫背後就全溼了，哈利也是。布洛克額頭上有一小片汗水，但她依舊穿著白T恤跟深藍色的休閒西裝外套。連太陽也不准扯她後腿。布洛克站在加油機的陰影下，看著棚子天花板上的四支監視器。

我跟哈利走進店裡。OK便利店的冷氣宛如天堂，呃，差一點。他們的咖啡機正常運作，但我熱到喝不下咖啡。我從冰箱裡拿起四罐汽水跟四瓶水，前往櫃檯。

櫃檯後方的年輕人穿了金屬製品樂團的T恤，臉上掛著許久以前學到的笑容，現在似乎不太記得該怎麼好好笑。

「還要別的什麼嗎？」他問。

「當然，你們的監視器拍得到酒吧後面的停車場嗎？」我問。

「呃。」年輕人如是說。

「我們是調查員。你知道停車場發生的命案嗎？」

我沒告訴他，我們站在被告這一邊，也沒有告訴他，我們是替檢察官工作的。

「喔，對，當然。眞可怕。」他說。

「我們可以看看那晚的監控畫面嗎？」我問。

「呃。」他說，彷彿不解又痛苦。

「不會花太多時間。」我說。

「你們是警局的人，還是什麼之類的？」

「之類的。」我說。

「呃，好喔。」他說。

他打開櫃檯，讓我進去。我敲敲窗戶，通知布洛克。哈利跟著我，沒有多說什麼。檢方的證據開示裡沒有提到監視器畫面。執法單位無視某些重要物證，的確有這種可能，也許是因爲失職，或是缺乏組織性。

我問年輕人怎麼稱呼，他說他叫戴米恩．格林。他二十一歲，智商也沒比年齡高到哪兒去，但他很幫忙，這才是最重要的。

商店後方的辦公室裡有一個小保險箱，辦公桌上有疊郵購目錄，牆上有商店的平面格局圖。另一側則是另一張辦公桌，上頭是一部電腦與兩台螢幕，螢幕顯示四座不同攝影機拍攝的分割畫面。大多對著加油機拍攝。一個鏡頭對著進來加油站的車道，另一個則拍出去的路。我花了點時間研究每個鏡頭拍攝的畫面。

「西北角，右下的二號螢幕。」布洛克在我身後開口。

年輕人轉頭，說：「你們有證件嗎？」

「有。」布洛克說。

她沒伸手去拿，沒打算展示。

「好喔。」戴米恩點點頭，沒有再提。

我回頭看著右下角的二號螢幕，沒錯，拍的正是最接近酒吧的加油機，可以看到建築遠處的景象，酒吧正門，後方的空地，以及一小片的停車場。

「這邊有五月十四日的錄影嗎？」我問。「絲凱拉．愛德華茲遇害當晚？」

「應該有。」

他坐在電腦前面，打開搜尋方塊，點出小字顯示的日期與數字。

「有了，要看嗎？」

「當然。」我說。

他點開其中一個日期，對話框跳了出來。

找不到檔案。

戴米恩又試了兩次，都是同樣的結果。他點進五月十五日的檔案，同樣找不到。十三日跟十六日卻都還在。

「有人清除了檔案？」我問。

「也許，不知道，可能是意外。」戴米恩說。

「還眞是有夠巧。」哈利說。

「不盡然。」戴米恩說。「可能是警長的人，把檔案下載進隨身碟之後刪的。」

21 孔恩

湯姆．溫菲爾德進來時，差點撞飛孔恩辦公室的門。他一臉果斷，手裡抓著一疊文件。

孔恩起身，接下文件，開始研讀。

「弗林提出的聲請。他們要保釋，排除杜瓦的自白，還要異地審理。看證據開示的聲請，他們說，我們沒有提供監視器畫面，他們要求我們拿出來。法官決定今天下午三點進行聽審。」

孔恩點點頭，迅速讀起文件。已經快中午了。

他的下顎肌肉上下扭動，雙眼左右掃視。

「羅麥斯的副警長給我們找麻煩了。」他說。「你有見過加油站的監視器畫面嗎？」

湯姆搖搖頭，說：「沒有。」

「我也沒有。看起來這個加油站的小伙子戴米恩．格林似乎沒有說謊，是吧？」

「我看不出他在其中能夠得到什麼。說不定弗林給了他什麼好處？」

「我存疑。戴米恩不曉得是哪個副警長拿走監控畫面，刪除原本的檔案，只知道是穿制服的人。如果弗林是花錢買證詞，他就得請店員講得更詳細一點。」

「我該聯絡羅麥斯嗎？」湯姆問。

「不，警長那邊我來搞定。畫面不在我們手上，對法官而言，那跟我們沒有關係。也不用擔心杜瓦保釋的事，保釋金他們家根本拿不出來。加上法官絕對不會排除認罪自白。這些東西都不用操心。不，重點在於異地審理。萊納的錄音基本上坦言了杜瓦在巴克斯鎮得不到公正的審判。」

湯姆變換站姿，孔恩注意到他把玩起右手中指上的金色戒指。他煩躁不安。轉動戒指。

「你來這裡之前曾是巴克斯鎮的警察，你覺得會是哪位副警長拿走監視器畫面？爲什麼要這麼做？」

「我不曉得。」湯姆說。

孔恩哀嘆一聲，將文件扔在桌上，轉身背離湯姆。孔恩彎下腰，雙手插在大腿上，低下頭。他捏了捏膝蓋上的肌肉，痛得嘴唇打顫。

他忽然起身，從桌上抓起手機，撥打州長的號碼。州長手機關機。他查看手錶。

「我沒時間開車去蒙哥馬利找州長，三點趕不回來。叫外頭的姑娘聯絡州長辦公室，直到有人給我接電話爲止。」

「但州長不在首府，他在我們鎮外的化學工廠。他們要跟銀行重新談判，派契特在現場打算協助他們得到貸款。」湯姆說。

孔恩一把從角落衣架上抓起西裝外套，一邊走出辦公室，一邊將雙手套進袖子裡，穿好外套，湯姆則跟在後頭。

「聯絡工廠，跟他們說我要跟州長談五分鐘。然後聯絡電視台、電台、報社。告訴他們，一點鐘在工廠外面會有記者會。」

「打算聯絡哪些電視台、電台、報社？」

「全部都找。」孔恩說。「州的，可以的話，全國播放的媒體統統找來。」

「記者會的內容是什麼？」

「什麼也別透露，只要說內容聳動勁爆，他們最好別缺席，不然我不會放過他們。」

十分鐘後，孔恩已經坐進他的捷豹上路了。他用拋棄式手機連結車上的藍芽系統，等著警長接起他的拋棄式手機。他們各有一支緊急聯絡用。

「哪裡起火了？」羅麥斯接起電話時說。

「看來是你的警局。萊納跟雪普利今早跟弗林團隊起衝突，他們有萊納的錄音，說整個鎮都知道杜瓦有罪。他們提出異地審判聲請。」孔恩說。

羅麥斯嘆了口氣，說：「萊納就是這麼蠢。結果可能更糟。雪普利陰沉暴脾氣，現在是皮帶拴得很緊，但只要被激怒，他可能會咬人。」

「不只如此。聯合公路上的加油站店員簽了切結書，說巴克斯鎮的某位副警長取走命案當晚與隔天的店外監視器畫面，然後刪了原本的檔案。這件事我倒是第一次聽說。」

「我也是。我打聽一下，看看我這邊的人馬有沒有印象。你擔心這樣嫌犯會另有他人？」

「我不在乎畫面能不能徹底洗刷杜瓦的罪名。我不想知道上面拍到什麼，我只是要知道東西在哪裡，確保它不會忽然冒出來妨礙我的起訴。」

「我說了，我打聽一下。」

「務必通知我結果。還有兩件事，他們申請保釋，但杜瓦沒有資源出保釋金。聽審結束後，今晚回牢房裡，讓他曉得不該再跟這些律師交談。弄個人去他牢房裡，好一點的傢伙。」

我不希望他傷勢過重，延緩出庭。只是給他一個訊息。」

「而你覺得這條訊息該怎麼傳遞？」羅麥斯問。

「慢一點，也許一節一節折斷手指，還有腳趾。」

「沒問題。就這樣嗎？」

「噢，不，這只是開始而已。弗林也要收到訊息。」孔恩說。

「你有什麼想法？」羅麥斯問。

孔恩又講了一下，然後掛斷電話，將車子開進化學廠的訪客停車場，朝著建物大門走去。化學廠佔地很大，四面全是鋁板，因此冬天很冷，夏天比地獄還要熱。入口處有玻璃牆面，然後是雙扉推門，進去就是坐在老舊電腦後面的接待人員。

她看到孔恩出現，連忙拿起辦公桌上的話筒。

孔恩逃避高溫，躲進有冷氣的等待區。地板是很難清的黑色磁磚，還有黑色皮沙發。他沒有坐下，反而看著接待櫃檯後方的階梯。幾分鐘後，他看到義大利手工皮鞋踏下階梯。跟著是剪裁合身的藍色條紋西裝，裡面是白襯衫及深紅色的鮮明領帶，這顏色跟新鮮的血液一樣。穿襯衫、打領帶，披西裝、踏著皮鞋的男人正是州長克里斯．派契特。他的頭髮有點過長，他有一頭旁分的厚實黑色亂髮，側面偶爾出現幾抹灰白。他的工作就是會帶來這種效果。

「蘭道，我聽說了這個記者會，怎麼回事？工廠跟銀行還沒有談妥，但我很感謝你對我的能力如此有信心。」他說。

兩個男人握起手來，走到接待小姐聽不到的地方。

「跟工廠無關，我需要幫忙。」孔恩說。

「你了解我，我永遠支持你。我絕對支持司法，在任何選舉中都能加分。我要對媒體說什麼？」

派契特開口時，孔恩注意到第一輛媒體的廂型車已經抵達。活動新聞車，電視台的標誌就在車身上，車頂上還有衛星圓盤。

「州長，你是聰明人，比黨裡其他人精明多了，你馬上就能從這次落塵中存活下來。若要說，我會說你的基本盤支持率會因此一飛沖天。不過，咱們老實說吧，我今天不需要你聰明。今天，我要你講非常愚蠢的話。」

22 艾迪

多數時候，法律是進度緩慢的遊戲。偶爾則需要加快腳步。

哈利替加油站工作人員戴米恩．格林起草切結書。他很老實，這項特質現在已經很罕見了。

凱特負責文書工作。她提出緊急聲請，保釋、將庭審改到巴克斯鎮以外的地方、排除安迪遭到脅迫的自白，且要求證據開示，我們要加油站的監視器畫面。

我跟哈利研讀起凱特準備的文件，無需添加更動。她寫得比我還好。凱特在寫聲請摘要時用的是清晰、平穩的語氣。她會用難以辯駁的事實作爲據理力爭的基礎，至少在法庭上，誰也無法反駁事實。

聲請用電郵寄給法院、檢察官，然後我們驅車回旅社途中，凱特接到電話，法官會在下午三點進行聲請聽審。

我們有時間，但不是非常寬裕。

我沖個澡，換身衣服。凱特早上的裝扮都沒問題。然後我們開著運動型多功能休旅車去法院。

接近法院時，我看到外頭有一群人。身著戰鬥裝的男人，身軀上是厚實的黑色背心，頭戴鴨舌帽，不是肩上掛著阿瑪萊特十五型步槍，就是腰帶上掛著手槍。有幾人舉著國旗，大概有兩、三人高舉標語。總共差不多有十幾個人，就站在法院階梯底部的空地上。

「別停在法院外頭。」我對布洛克說。「開去後面，看看有沒有其他出入口。」

布洛克加速穿過人群，繞去後方，前往法院之後的空地。我們下了車，進入陽光下，熱氣從柏油路上冒起，彷彿那是炙熱的煤炭。法院沒有後門，只有一扇防火門，似乎已經很久沒有打開過。

「他們怎麼知道聽審的事？你覺得是孔恩通知他們的？」哈利問。

「說不定他告訴絲凱拉的父親，是他組織起這些人。」我說。

「他們可以在公共場合拿出突擊步槍嗎？」凱特問。

「歡迎來到南部地區。」哈利說。「可以手持裝好子彈的機關槍，卻不能拿著打開的啤酒上街。」

我們繞去前面。我帶頭，布洛克殿後，哈利與凱特居中，走成一排。沒多久，群眾就注意到了我們。

他們立刻認出我來。我看到前方有兩人指著我們。

我轉過頭。

外頭沒有法院的保全人員。

帶頭的從人群中走出來，擋在我們面前。要進法院的話就沒辦法繞過他。他留了一口灰白的山羊落腮鬍，美國之鷹T恤外是戰鬥背心，遮掩他禿頭的是紅色鴨舌帽，上頭有政治宣言，現在已經褪色了。他手持阿瑪萊特十五型步槍，食指扣在板機上。他沒說話，只是站在那裡，用神采奕奕的小眼珠子注視我的雙眼。

一名年輕人穿過群眾走向前，站在男子身邊。他大概二十出頭，金髮藍眼，長得挺帥的，身材像四分衛。他穿了藍色牛仔褲與耐吉T恤，跟其他人不同的是他沒有員械。

「蓋瑞，告訴他你是誰。」後方一個聲音傳來。

年輕人聽到有人叫他，便轉過頭去。我猜他是蓋瑞．史卓，絲凱拉．愛德華茲的男朋友。

「別讓這些混蛋過去。」蓋瑞對著我面前手持步槍的山羊鬍先生說。

我想側身穿過去，但男人朝右邊擋來，蓋瑞也一起行動，阻擋我的去路。我繼續前進，直直撞上男人，他用步槍橫在身前，將我往後推。

布洛克走到我身旁，她彎起右手，五指張開。她腰際上有一把大砲。麥格農500可以在這傢伙身上轟出一個我都穿得過去的窟窿。

他們兩人身後的人湊了上來，現在開始聚焦在哈利身上。

「我們來談個交易。」我對山羊鬍開口。

我從口袋裡拿出他的皮夾，翻了開來，取出他的駕照。我在他剛剛撞我的時候就摸走了他的皮夾。習慣使然。要扒人口袋、避免肢體接觸被人發現的方式就是加上其他部位的碰觸，這在生理及心理上都是令人分心的手法。

「住在卡拉巴薩斯路兩百二十四號的布萊恩．丹佛，上頭說你五十歲，但你看起來差不多有七十歲那麼老。」我說。

搞清楚狀況花了點時間。不得不坦言，這些傢伙看起來不是太靈光。他緩緩認出我手上的皮夾。

「媽的混蛋，那是我的皮夾。」他說，然後將手扣進步槍的板機上。

「布萊恩，很高興認識你。」我點起皮夾裡的紙鈔。

「你有四十三元，跟寵物好朋友的集點卡，眞是歡樂。你何不買隻倉鼠來玩一玩？可以叫牠大衛．杜克[1]，替牠穿件白衣服，然後塞進你屁眼裡。」

他面目扭曲，齜牙咧嘴起來。

「東西還我。」他說，然後做出我最不希望的舉動來。他退後，開始伸出左手，將步槍從身上舉起，打算將槍口對準我。

在他一連串動作還沒做完前，布洛克就插手了。她一手壓在槍上，發出一陣金屬喀啦聲，她後退時，一手是子彈，另一隻手上則是步槍的彈匣。一切都在一秒鐘內發生，行雲流水。她肯定可以成爲摸口袋的大師。布洛克將東西扔在腳邊，然後撥開外套，露出腰際上的「瑪姬」。

「瑪姬」是布洛克鍾愛的史密斯威森麥格農500的暱稱。這是世界上爲數不多能夠發射點五零口徑子彈的手槍。膛室裡可以裝五發子彈，重量將近二點七公斤。史密斯威森販賣這把槍的時候必須額外附上一個砲口制動器，免得哪個蠢蛋用一隻手開槍，而被後座力震斷手腕。

布萊恩肯定嫻熟槍枝，因爲他一看到瑪姬就退後好幾步。他的防彈背心不管用了。布洛克腰上的玩意兒能夠以時速兩千多公里的速度，將二十二公克的子彈打出去，子彈會打穿煤渣磚牆，彷彿那堵牆那只是一張溼紙巾。

「你們現在可以離開了。」布洛克說。「或者，你也可以拔槍，然後永遠成爲人行道上的一塊污點。布萊恩，快點決定。」

「你的客戶殺害我的女朋友，不管怎麼樣，他必須付出代價。」蓋瑞說。

「你是蓋瑞．史卓？」我問。

他咬緊下顎，太陽穴的肌肉抽動起來，藍色的雙眼緊盯著我。他眨了一下眼睛，然後點點頭。

「那我很遺憾你失去了女朋友，但你資訊有誤。安迪．杜瓦不是殺害你女友的眞凶，我們會證明這點。」

他們身後群眾的鼓譟變得大聲。

布萊恩驚懼地瞪大雙眼，他很清楚他會是第一個中彈的人。

布洛克向他使了個眼色。

「好啦，各位孩子，夠了。東西收起來。」布萊恩舉起雙手讓開。

我將他的駕照塞回皮夾裡，然後把皮夾扔到對街上。

哈利跟凱特跟在我身後走進法院，布洛克撿起布萊恩步槍的子彈與彈匣，扔進垃圾桶裡，然後背對暴民，進入法院。

現在距離拉開到十五公尺，布洛克又進了室內，布萊恩的男子氣概居然回來了。他笑了笑，對我送來一個飛吻。

1 大衛．杜克（David Duke）美國白人優越主義者，前共和黨路易斯安那州州代表、一九八八年民主黨總統初選與一九九二年共和黨總統初選候選人，法律認證的詐欺犯，更在三K黨擔任過要職。這裡提到的白衣服係指三K黨集會時，成員要披的白袍與白面罩。

也許把安迪·杜瓦從巴克斯鎮拘留所弄出來更危險，但我必須冒這個險。一群持槍的憤怒蠢蛋我還能應付，但如果安迪的命是在警長與想要讓他判死刑的檢察官手裡，那我就愛莫能助了。

我轉身走進法院。布洛克在安檢櫃檯拿出手槍，我解開皮帶，在金屬探測器前掏光口袋裡的東西。

哈利站在安檢櫃檯的另一側。他瞄我一眼，悲嘆了一聲：「哈利，跟我去阿拉巴馬州，可能會有危險喔。」

我穿過櫃檯，取回私人物品，湊到哈利身邊。

我說：「聽著，如果我們惹惱了這些人，那我們肯定是哪裡做對了。」

「我們之前身陷危險過，但這不一樣。我擔心凱特。」他說。

凱特正在搜身櫃檯後方收拾檔案與聲請文件。她面色有點蒼白。布洛克走了過去，拿起一半的檔案，一隻手搭在凱特肩上。她們兩人短暫交談。無論說的是什麼，這樣的交談都打破了緊繃的情緒。

「有布洛克罩我們。」我說。「我們不能只是替安迪辯護，這樣不夠。」

「我們還能怎麼樣？」

「不是我們，是布洛克，她會幹掉孔恩跟警長，要贏這個案子只能這麼幹。」

「布洛克追著地方檢察官跑的時候，誰來罩我們？」

「我們會彼此照應。好了，聽審之前還有一個小時。警局馬上會帶安迪來法院。你得做好準備，跟這孩子談談。」

「我？」哈利說。

「你跟凱特，讓他信任你們，讓他簽委託書。凱特可以搞定聽審。」

「你去哪？」

「我要去給他弄點保釋金。」

23 凱特

「我送艾迪一程，幫他搞定保釋金。」布洛克說。

凱特點點頭，心裡有點七上八下的。她不是爲了接下來的聽審緊張，只是有布洛克在身邊，她感覺總是好一點。經過外頭那些暴民也沒有什麼幫助。

「快點回來。」凱特說。

布洛克點點頭，轉身離開。

凱特與哈利沿著歷史悠久法院的走廊前進。一扇門通往拘留區。在哈利開門前，凱特就聞到了牢房的味道，腐爛與污水混合的臭味。前往拘留區的階梯是老舊的石梯，因爲長年踩磨，每塊階梯中央都凹陷了。單獨一道燈條投出來的陰影比光線還多。下樓的腳步更難走，凱特好幾次都差點跌倒。

階梯之下有一張辦公桌、讓律師暫放手機的櫃子，還有登記簿。一名警衛一邊吃三明治，一邊看手機螢幕，三明治聞起來跟拘留所一樣噁心。

「凱特．布魯克斯及哈利．福特來看安迪．杜瓦。」凱特說。

警衛先後看了凱特與哈利一眼，嚥下嘴裡咀嚼的三明治，然後將剩下的食物放在辦公桌上。他起身，扯了扯皮帶，說：「他們還沒到。」

「我們在這裡等。」凱特說。

「你們愛幹嘛就幹嘛。」他又繼續吃他的三明治。

凱特張望起小小的方形空間。這裡空氣污濁，只有往右一道窄窄的走廊，進去大概就是拘留所。牆面用工業油漆塗上那特別又單調的顏色——毫無靈魂的米黃色。牆上標註了探視及處理人犯的安全注意事項。上方的燈泡加了塑膠燈罩，裡頭積了灰塵、尼古丁油垢跟一片昆蟲屍體。凱特瞇著眼睛望向警衛辦公桌後方的牆面。上頭有一個畫了表格的白板，左手邊是拘留室編號，另一邊則是人犯姓名與特別注意事項。

一號：理查・柏伊，會咬人，移動時加嘴巴護套。

八間牢房都有人，姓名、拘留室編號與每位犯人的狀況細節都寫得清清楚楚。

四號牢房只有登記「凶手」，沒有進一步的解釋。

「我以為你說安迪・杜瓦還沒來，他在四號牢房。」

「四號？」警衛轉頭望向白板。『妳怎麼會這麼想？』

「他的名字沒寫出來。拘留所是滿的。警局帶他來的，警長不希望我們跟他交談。要我繼續嗎？」凱特說。

「讓我確認一下。」警衛說。

他從皮帶上取下一串鑰匙，消失進窄窄走廊的轉角。凱特聽到他與某人低聲交談。她望向角落，看到警衛跟雪普利副警長交談，也就是黑髮、死魚眼的壯漢條子。

「我猜安迪剛到？」凱特問。

他們兩人都轉過頭。

「當然囉。」警衛說。「跟我來。」

哈利搖搖頭，也跟上凱特的腳步。她走進轉角，就看見雪普利粗壯的背影消失進走廊盡頭的門後。警衛打開左手邊的柵門，通往拘留所的寬大走廊出現。兩邊各四間，每間牢房都有厚實的金屬門。

凱特與哈利跟著警衛來到四號牢房。他開了門，要他們進去。這是一處兩百四十公分見方的磁磚空間，木頭長椅沿著牆面形成一個ㄇ字形。一名看起來已經很久沒有吃飽的年輕人躺在長椅上，雙手矇頭，背對門口。

「要出來時喊一聲或拍門。」警衛說完就甩上牢門。

凱特很慶幸哈利一道來。門鎖轉動、鎖上的喀啦聲響不知為何總讓凱特焦躁不安。她吐出一口緩慢又穩重的氣。

「安迪？」她問。

細瘦男孩轉過身來。

凱特隨即認出安迪，網路、報紙電視上都有他的照片。他有一張帥氣討喜的圓臉、大大的眼睛跟窄小的下巴。

「我叫凱特・布魯克斯，這位是哈利・福特。我們是艾迪・弗林的同事，你昨天在拘留所見過艾迪。我們是來幫忙的。」

安迪閉上雙眼，又轉過身去。

「安迪。」哈利開口。「凱特要說的是，我們這一趟是要將你保釋出去的，就在今天，差不多兩個小時之後。」

安迪迅速轉身，他臉上寫滿驚訝，嘴巴大開，但又立刻消沉下去。他彷彿想起什麼，想起不要相信律師的承諾之類的？

「你媽馬上就到。我們覺得你最好跟她一起在家等待開庭。你覺得呢？想回家嗎？」凱特問。

安迪坐起身來。「他叫我不要跟你們交談。他說這樣對我、對我媽比較好，不要跟律師交談。」

「誰說的？」凱特問。

她將聲音壓得又低又輕，邀請安迪仔細聆聽。

「羅麥斯警長。他說他會照顧我，審判過後，我去州立監獄時，他也會照顧我媽。」

「他有說之後會發生什麼事嗎？」哈利問。

「他會給我媽一點錢。沒必要爭這個。我只能接受事情那樣發展。」

「安迪，警長跟檢察官想要處死你。你只會接受注射死刑，不然就是上電椅。」哈利說。

安迪搖搖頭。「警長說，只要我配合，就不會走到那一步。他逼我簽什麼東西，我沒機會仔細看，但他說那紙文件可以保護我，確保我媽沒事。」

凱特打開檔案夾，抽出法院文件，這是地方檢察官提出的，上頭證實他求處死刑。

她緩緩坐在他身邊，讓他看文件的內容。

「這樣不對。」他說。

「沒錯。看，這裡有法院的用印。」

他看著戳記，雙手握拳壓在額頭上，說：「我不懂，這樣不對。我沒有殺人。」

哈利在他的資料裡找到律師委任協議，交給凱特。

「我們需要你簽這份文件，正式委任我們替你辯護，我們會竭盡所能救你一命，讓法院明白，你並沒有殺害絲凱拉．愛德華茲。」

「那我媽呢？我不希望她出什麼事。寇帝失蹤了，是警長搞的，我很清楚。他也會幹掉你們。他說他今晚會找一個新人來我的牢房，讓我知道不該跟律師交談的人。」

哈利與凱特互看一眼，然後哈利蹲在安迪身邊，說：「我們不會讓令堂出任何事，她希望我們幫你。我們絕對會幫你。你很聰明，但你嚇壞了，遭到哄騙，簽下危害你權益的東西。這件事就此結束。我們是來保護你的，替你而戰。警長拿我們沒辦法，我們是一整個團隊，我們都很堅強。如果你想爲了你媽好好活下去，你就拿起那隻筆，簽署那份文件。我們今天就得把你弄出去。」

安迪想了想，也許考慮過久，但他還是拿起筆，簽下自己的名字。他重重壓在紙上，筆尖都刮到木頭長椅了。

「很好，委託搞定了，我有幾個問題。」凱特說。

「什麼樣的問題？」安迪問。

「重要的問題。從這個開始，有個證人，雷恩．霍格，他說那晚下班時，你跟絲凱拉起了口角，是眞的嗎？」

「我跟絲凱拉從來沒有吵過架，我們是朋友。」

「那晚下班後，你有看到誰跟絲凱拉在一起嗎？」

「沒有，她想著要去派對上找她男友，但我不知道她後來有沒有去，我直接走回家。」

「行，好吧。這個問題有點難。警方說你背上有一道抓傷，絲凱拉的指甲上有你的皮膚與DNA組織，你可以解釋這是怎麼回事嗎？」

24 凱特

在凱特短暫的律師生涯中，她見識過幾位法官。從錢德勒法官的神情看來，她曉得今天下午不會太好過。

艾迪的其中一項祕訣：了解法官。有些法官很公正，有些則偏袒男人、條子、企業，要避開這種法官主持你的案件，就跟移山一樣難。法學院不會告訴你，就算是贏面最大的案子，碰到不適任的法官也會輸得一敗塗地。這點你得自己體會。艾迪幾乎不會在檔案上做任何紀錄，凱特則什麼都有長篇筆記。她有一本專門研究法官的筆記本，記錄她交手過或聽聞過的法官個人檔案。錢德勒在外頭有些傳言，有些是從網路上查到的，有些則是錢德勒送進監獄或死刑室的不滿被告家屬說詞。他們說法官與檢察官過從甚密，說他痛恨辯護律師與他們的客戶。

凱特完全相信這種說法。

檢察官孔恩沒有與她交談。他在檢方席上鬼鬼祟祟的，彷彿一隻大蜘蛛。辯方席上有哈利，旁邊是安迪，哈利柔聲與男孩交談，讓他冷靜下來，且解釋起接下來法庭上會有哪些程序。

「昨天安迪．杜瓦的律師還不見人影，今天他就有了來自紐約的華麗團隊。布魯克斯小姐，告訴我，妳的客戶中樂透頭獎了嗎？」錢德勒法官問。

「沒有，法官大人。我與我的客戶依舊擔心失蹤的寇帝．華倫，我相信你也是。」凱特說。

錢德勒法官靜默了一會兒，然後他的眉毛高高揚起，宛如天線，判斷這位律師是不是有兩下子。

「布魯克斯小姐，我讀了妳的聲請。保釋？認眞的？死刑案？」

「對，法官大人？我的客戶沒有護照，在此地社區有家人與穩固的連結。在這次指控前，他沒有遭到逮捕過，他也是一位脆弱的年輕人——」

「誰說他脆弱？」錢德勒打斷她。

「就我看來，他年紀輕輕，對司法系統了解甚少，安迪．杜瓦的確很脆弱。」

「心理學家會來法庭爲此作證嗎？」

「必要時會的，法官大人。」凱特信心滿滿。

「直到專家來之前，妳的意見放心裡就好了，『親愛的』。」法官說。「我不在乎妳怎麼想，或相信什麼。妳只是律師，無法提供專家意見。別在我的法庭上再提這種陳述。」

她感覺到哈利望著她。哈利那雙溫柔的眼睛。他是一個溫暖的人，必要時，他能令她鼓起無比的勇氣。她不用望過去都知道哈利正用他那雙棕色大眼睛要她冷靜下來。

凱特在高跟鞋裡扭動腳趾，扭得很大力。這是艾迪傳授的另一個訣竅。別人看不見，卻能減緩你的緊張與焦慮。凱特發現扭腳趾也能平息怒火。她的下顎立刻鬆弛下來，她的腳趾瘋狂扭動，然後她回到手邊的工作上。讓法官付出代價的最好方法就是替客戶贏得辯護。

「法官大人，如上述所言，我的客戶——」

「獲得保釋。」錢德勒向後靠在椅背上，臉上掛著得意的笑容。「保證金五十萬美元，現金。在他離開法院前，就得全額送來法院。因爲指控嚴重，最低保釋金只能這樣。」

一百萬也好，一萬也罷，安迪連五塊錢都拿不出來。凱特向哈利點點頭，他掏出手機開始打字。

「排除證據的聲請遭到否決。他曾說警長嚇他、騙他，或以任何手段取得他的自白，我不感興趣。布魯克斯小姐，在陪審團面前理論這件事吧。」

兩項聲請結束。一項允許，但那麼大筆錢根本弄不來。凱特嚥了嚥口水，挺直腰桿，在異地審理及證據開示上，她比較有立足點。特別是證據開示的聲請，她絕對不可能輸掉這一項。

「我看了妳對異地審理的聲請。孔恩先生，爲此你有什麼要說的嗎？」錢德勒法官問。

「法官大人，我認爲這項聲請沒有必要。我可以將這條影片列入證據嗎？」他一邊說，一邊向他的助理檢察官比起手勢。「溫菲爾德先生錄下派契特州長今天的聲明。也許我們可以在法庭上播放？」

溫菲爾德拿出一台筆電，攤開，點擊，然後將螢幕停放在準備要播放的暫停畫面上。另一位助理推來高一點的桌子，就放在法院的律師席上，讓法官和凱特看。溫菲爾德按下播放，回到座位。

畫面看起來沒有動靜，是某座工廠外頭拍攝的記者會場景。

「我今天在此是想要向巴克斯鎮的居民、烈日郡的善良百姓保證，你們的地方檢察官會不計一切代價，替絲凱拉・愛德華茲討回正義。她是鎮上受人歡迎的年輕女性，畢業生代

表，更是舞會皇后。她在大一時就被迫離開了我們。安迪．杜瓦會為自己的罪行付出代價。我知道外頭有許多關切的公民，因為這場令人髮指的謀殺憤怒又恐慌，完全可以理解。我只能說，不管怎麼樣，正義一定會得到伸張……」

凱特不敢相信自己聽到了什麼。州長這是在電視轉播上指控安迪．杜瓦有罪，而她曉得至少在一、兩天內，每一間報社、地區新聞與電台都會一再重播這則發言。整個陪審團都遭到污染。她望向孔恩，看到檢察官臉上浮現類似微笑的詭異神情。

她猜州長講這種話可能有檢察官在幕後操縱。這招高明也狠毒，但在這個法院裡，他完全不會受到處罰。

「布魯克斯小姐，我無法容忍州長的發言，但我相信由我向陪審團提出明確指令，不要觀看任何媒體的聲明就夠了。現在看來，妳提出巴克斯鎮陪審員團不公的爭論現在已經適用到整個阿拉巴馬州。小姑娘，我們不會把這個案子移到紐約去審。異地審理的聲請遭到否決。」法官說。

「法官大人，我想知道開記者會的時間。顯然記者會對地方檢察官相當有利。我要求法庭正式譴責州長及地方檢察官，至少讓本案不要在受害者的家鄉審理？」

「拒絕。不過妳的證據開示聲請又是另一回事了。」

凱特感覺到胃裡七上八下的。

這項聲請的證據非常充分。就算地方檢察官控制得了錢德勒法官，他也無法隨便推諉。無論監視器拍到什麼，都能證實安迪是無辜的，要是能夠說服法官，地方檢察官沒有提交這項物證，法官就別無選擇，只能撤銷對安迪的所有指控。現在是重要時刻，凱特感覺到壓力，也很歡迎這樣的壓力出現。她過往受的訓練就是爲了這一刻存在。

「這項聲請可以立刻拒絕。」錢德勒法官將注意力轉移到孔恩身上。

「孔恩先生，你們地檢署或警長辦公室有本案提到的五月十四日或十五日監視器畫面嗎？」

孔恩起身，看著凱特，說：「法官大人，沒有。」

「哎啊，那好，布魯克斯小姐，這就是妳要的答案。妳的聲請——」

「法官大人，且慢。」凱特大聲打斷，主張一點威嚴。「我有一份戴米恩・格林先生的切結書，他是加油站商店員工，他聲明警長辦公室取得了那晚的監視器畫面，存入隨身碟。他進一步斷言警方複製檔案後，隨即將原本的畫面刪除。我們相信地方檢察官握有證明被告無罪的證據。我們要求取得這份物證，不然法院就該撤銷對我們客戶的指控，制裁檢察官。戴米恩・格林先生是沒有偏見的證人，他的切結書在任何法庭上都舉足輕重。」

孔恩張望起來。他在旁聽席看到安迪他媽派翠西亞・杜瓦。凱特只有與她短暫交談過，說她會盡力，但請這位母親不要太期待安迪能夠回家。孔恩對一位助理喊了一聲，派翠西亞在座位上嚇了一跳。

法庭大門開了，羅麥斯警長走進。凱特想像他可能在外頭旁聽過程。等著孔恩的指令，就跟洛威拿犬聽命擺出攻擊姿態一樣。羅麥斯身後跟著一位副警長與一位犯人。這位犯人年紀輕輕，上衣被扯破，他的右眼有亮紫色的瘀青，腫到打不開。手銬銬在身前。副警長扯著手銬將人犯往前拉，示意要他坐進旁聽席的座位上。

「法官大人，這是你要審的下一個案子，也許先短暫說明一下也好。這位是戴米恩・格林先生，也就是布魯克斯小姐口中提供影像證據切結書的人。法官大人，格林先生被控持有且販售非法藥物甲基安非他命。我曉得他會在這些指控上認罪。」

凱特見過對手使出的骯髒手段，但沒這麼齷齪的。他們肯定一看到格林的名字出現在切結書上，就跑去逮捕他。孔恩從中阻擾她的聲請。從這麼遠的距離看不太出來，但格林皮膚不錯，也沒餓著肚子，除了扯破的上衣外，整個人乾乾淨淨。加上過去三年都在加油站工作。在ＯＫ便利店當店員雖賺不到多少錢，但毒販跟毒蟲也不會是多優秀的員工。就凱特從與他簡短的互動感覺起來，他就是個乖乖工作的老實人，早上九點開始值班，晚上九點下班，做他份內的事，賺心安理得的錢。他也非常害怕。他眼睛那樣，警長肯定狠狠揍過他。若要凱特猜，她會說格林持有的毒品大概是從警長後車廂拿出來的。

「布魯克斯小姐，他現在大概不是什麼值得信賴的證人了吧？」法官說。

「法官大人，我可以暫停一下，跟格林談談嗎？」

「不要！我不想跟她談。她捏造事實，她後面那個男人說我一定得簽名！」格林從長椅上高喊。他正望著哈利。

「最後的陳述可以不計，但布魯克斯小姐，他看起來並不想跟妳談。」錢德勒法官說。

凱特的緊張與壓力全消，支持她繼續站在原地的是她握在身後的拳頭。握得緊緊的，指甲插進皮膚之中。孔恩望過來，跟蚯蚓一樣細的嘴唇扭成得意的奸笑。

「狀況似乎急轉直下。」凱特說。

「證據開示的聲請遭到否決。明天一早就要選陪審團，我們這個法院的風格就是頂多一天就要結束。我很期待。噢，記得讓我知道，妳的客戶有沒有五十萬保釋金。保釋辦公室十五分鐘後就關門。記住，全額，現金。休庭。」

「去拘留室陪安迪。跟他們說，妳要與他進行諮商。爭取一點時間。我來聯絡艾迪。」哈利的手機已經抓在手裡。

凱特挽著安迪的手臂，確保法警不會分開他們。她決定不讓他與那些男人獨處。接著上來的是戴米恩・格林，叫他名字時，他眼神充滿恐懼。他因爲協助他們，遭到誣陷還挨了揍。這個鎮腐敗至極，爲了拯救安迪，凱特做好準備，要將這個鎮燃燒殆盡。

「怎麼了？」安迪問。

「沒事。」凱特說。「我不會離開你。我們要回拘留室談談，就這樣。一切都會沒事的，我不會讓他們帶你走。」

羅麥斯從皮帶上抽出警棍，朝安迪走來。

「咱們帶你回拘留室。」警長如是說。

25 艾迪

布洛克將車停在國家銀行的巴克斯鎮分行外頭，打開冷氣，閉上雙眼。

「累了嗎？」我問。

她抬起一隻手，手指微開，手掌前後晃動，表示「還可以」。

「我超累的。」我說。「哈利會打呼。」

布洛克沒搭理我，將頭靠在頭枕上。當過警察的人只要需要休息，都很會把握時間。

我手機震動起來，哈利傳來訊息。

五十萬現金。現在就要把他弄出來，不然警長會要他的命。他們今晚會派另一個犯人去他牢房。

該死。我撥起電話，對方立刻接起。

「艾迪，狀況如何？」柏林說。

「不太好，沒找到寇帝．華倫。兩件事，一，我要你去查受害者的手機，尋獲屍體時，手機不在她身邊。」

「華倫跟我提過。就手機訊號地理位置看來，她的手機不是關機，就是在命案現場被摧毀了。命案當晚她的手機訊號沒有出現在任何基地台上。第二件事是什麼?」

「警長將安迪關押在郡看守所，給他施壓。如果我們不把安迪弄出來，他就會招認他沒犯下的罪行。他很害怕，他在裡頭，我贏不了這樁案子。我得把他弄出來，才能跟他談，讓他說實話。要是不快點把他弄出來，他隨時會被人打死在牢房裡。」

「多少?」

「你眞的很會畫重點，五十萬現金。」

「保釋金?老天，你就不能砍一點嗎?安迪這輩子都賺不到五十萬。」

「如果他死在牢房裡，那我也救不了他。如果他在法庭上扭轉局勢，他肯定會的，那這筆錢也會還你。時間緊迫，我停在巴克斯鎮國家銀行外頭。我要你現在就轉帳。」

「我需要多一點時間照會。」

「現在就轉。這孩子可能撐不過今晚。這些傢伙不是揍死他，就是讓他吊死在牢房裡。」

「好啦，媽的，確保他不要給我交保後逃逸。他是你的責任。要是他逃了，你就欠我五十萬。」

「同意。」

「好了，去銀行查詢名爲『富比世』的帳戶，我會授權給你。我們有行動專用帳戶，美國財政部要二十四小時後才會注意到，屆時我會移些錢過去掩蓋。快把他弄出來。」

他掛斷電話。

布洛克睜開雙眼。

「開張囉。」我說。

巴克斯鎮國家銀行充滿大理石與玻璃，只有兩名櫃員及一位全副武裝的警衛。布洛克從車上拿出大皮袋，她把裡面的霰彈槍、防彈背心與子彈統統倒在後車廂裡。袋子散發著火藥味。

櫃員查看電腦螢幕，影印了我的證件，與經理確認過，她回來時說：「弗林先生，你得到徹底授權，可以領取五十萬美金。我們下週就能準備好。」

「下週？不行，我現在就要。」

「我很抱歉，但金庫裡沒有那麼多錢。我們今天可以給你十二萬五千現金，但我們只有這些。」

「附近有別的分行可以提領額外的錢嗎？」

「最近的分行在莫比爾，目前車流狀況開過去大概要九十分鐘。」

我的手機在口袋裡響起，是哈利。

「艾迪，我們現在就需要那筆錢。保釋辦公室十五分鐘後關門。我盡量跟書記拖延了，但你得快點過來。我不曉得我能說服她待多久。」

「一定要現金嗎？他強調要現金？」我問。

「對，法院不接受銀行本票或債券，只收現金。錢到手了嗎？」

「我最多只弄得到十二萬五千。」

哈利嘆了口氣。「羅麥斯已經在揮舞警棍了。凱特跟安迪在拘留室裡等待保釋，要是我們不把他弄出來，他就會因爲跟我們交談而挨揍。明早可能就沒氣了。」

我能怎麼辦？我少了三十七萬五千啊。

「哈利，法院辦公室裡有點鈔機嗎？」

「你在阿拉巴馬州的巴克斯鎮。」哈利說。「這裡的點鈔機是一位六十一歲的離婚婦女阿嘉莎，碰巧正是書記她本人，而且對我有意思。」

「布洛克，妳有看過哈林籃球隊（Harlem Globetrotters）的球技雜耍表演嗎？」我問。

布洛克的右眉挑得老高。

「沒事。」我說。「妳會明白的。」

我把手機拿到耳邊。「哈利，你看過哈林籃球隊嗎？」

「兩次，我們現在不打官司，改打籃球了是嗎？」

「不，我們已經有球員了，只是要你負責吹口哨。」

26 艾迪

哈利．福特可以名列地球上最迷人的男人。我想是因爲他那低沉的嗓音，宛如橡木桶裡倒出來的陳年蜂蜜。就上了年紀的男人來說，他看起來相貌堂堂，風趣幽默，一點也不愚蠢粗魯。對某些年齡層的女性來說，他難以抗拒。不過，就目前現存的三位前任福特太太看來，他的魅力不會永遠保値。等到我跟布洛克抵達保釋辦公室時，保釋書記官阿嘉莎正走在成爲第四位福特太太的路上。

阿嘉莎剛離婚，有一頭梳得整整齊齊的厚實灰髮，燙過的白色罩衫上是一件鈕扣針織衫，下半身是灰色長褲。她坐在法院樓上的小小保釋辦公室辦公桌後，對著哈利的笑話歡笑不已。哈利坐在辦公桌上，阿嘉莎望進他那雙咖啡色的大眼睛，彷彿那是糖果做的。

「阿嘉莎，這兩位是我的同仁，弗林先生與布洛克小姐。」哈利跟著阿嘉莎從辦公桌上起身，這時我們剛進去。

布洛克不喜歡稱謂，她不是布洛克小姐、布洛克女士，就是布洛克而已。哈利很清楚這點，但更要緊的是繼續向阿嘉莎施展魅力。哈利對布洛克用氣音道了聲抱歉，她則不悅地望了哈利一眼，然後對阿嘉莎展開笑顏。

阿嘉莎指著銬在布洛克手腕上的袋子，說：「那是保釋金嗎？」

「當然囉。」我說。「五十萬現金。」

「那親愛的，快進來辦公室這裡，我得點一點。如果不介意，放這邊就好。」阿嘉莎說。

「沒問題。」我說。「但這位布洛克必須跟錢待在一起，直到我們全數點完。妳懂的，安全措施。」

「當然。」她說。

哈利靠過去，在阿嘉莎耳邊低語，逗得她花枝亂顫。

布洛克將袋子放在辦公桌上，打開，拿出一疊用橡皮筋圈好的紙鈔，擺在桌上的包包右側，也就是阿嘉莎面前。我站在阿嘉莎右手邊。哈利走到我們身後。

阿嘉莎解開橡皮筋，開始點著紙鈔的邊角，一邊數，嘴裡一邊念念有詞。五百張百元紙鈔。阿嘉莎的指頭動作迅速，兩分鐘內就點完現金。

「五萬。」她說，將橡皮筋綁回去，把點好的錢擺在右手邊，也就是我面前，布洛克則給她另一疊鈔票。

哈利開始吹口哨。

「我知道這首歌。」阿嘉莎一邊數一邊說。「〈甜美的喬治亞·布朗〉，這是不是那支籃球隊表演時的歌？」

「哈林籃球隊？」哈利說。

「就是，我愛死那首歌了。」她說。

阿嘉莎點錢的樣子像是跟現金打交道許久，點得又準又快。她一度同時點到兩張鈔票，便舔舔拇指，從頭開始。

等到她點完時，櫃檯上總共有十捆鈔票。每一捆都有五公分高。

「五十萬紙鈔。」阿嘉莎說。

「可以開收據嗎？」我問。

「當然沒問題。」她說。

布洛克解開袋子上的手銬，將手銬扔進包包裡，拉上拉鍊。

阿嘉莎撥起電話，請警衛送安迪．杜瓦到保釋辦公室來。她準備好五十萬的收據，簽名，蓋上烈日郡法院辦公室的章，然後交給我。

「謝謝。」我將收據塞進皮夾裡。

阿嘉莎錢沒點錯。她的確點了五十萬現鈔，十捆五萬紙鈔。每一捆都是五百張百元紙鈔。

不過，我知道桌上其實只有十二萬五千元。

阿嘉莎的問題在於，她點的都是同幾疊鈔票。

每一張美元紙鈔，不論面額，重量都是一公克。百元紙鈔跟一塊錢重量是一樣的。美國政府發行的每一張鈔票尺寸都一樣，都是長十五點五九五六公分、寬六點六二九四公分。中間是一元紙鈔，上下夾著幾張百元紙鈔，光看根本看不出端倪。

阿嘉莎數完第一疊貨眞價實的五萬後，布洛克給她第二捆，這一捆也是確實的五萬美金。當阿嘉莎戴上橡膠指套，認眞數錢時，布洛克便從袋子裡將百元鈔夾著一元與十元的從她身後交給我，阿嘉莎完全沒有注意到。我從身後用右手接下，用這捆錢與眞正的五萬那捆調包。在神不知鬼不覺的狀況下，眞正的五萬又從我身後回到布洛克手上。她用左手將這捆錢放進袋子裡，等到阿嘉莎準備要點下一捆錢時，她就拿這疊出去，阿嘉莎不會曉得這疊已經數過了。如果哈利停下口哨，那就意味著阿嘉莎停下數錢的動作，可能會注意到我在調包。只要他持續吹哨，我們就沒事。我跟布洛克背著阿嘉莎在身後交換成捆的紙鈔，就跟海利·布萊恩、威利·加德納在哈林籃球隊裡的動作如出一徹，哈利還忙著吹他們表演時的曲子。阿嘉莎將十落紙鈔放進保險箱裡，關上鎖好。

「都好了。哈利，祝你們一切順利。也許之後再見？」阿嘉莎問。

「當然，等到一切塵埃落定，我再來找妳一起享用晚餐。」哈利說。

我們離開阿嘉莎的辦公室，拿著保釋文件下樓。

「艾迪，要是我再婚，你就欠我五十萬。」哈利說。

「別擔心，這點小錢難不倒我。」我說。

27 艾迪

看著安迪．杜瓦踉蹌爬上拘留室的階梯，我胃裡升起滿腔的怒火。他既瘦又虛弱，布洛克基本上是扛著他上來。他的腳踝、手肘跟雙手都有摩擦水泥地板的傷痕。

派翠西亞看到他接近，一切對她來說都太沉重了。擁抱兒子的欣喜與看到這位年輕人成爲如此憔悴、病懨懨的模樣，讓她鬆了口氣卻也失聲哀號。

「你怎麼變得這麼瘦？裡面沒給你吃飯嗎？」她問。

「我不喜歡那邊的伙食。我的馬鈴薯泥裡有尖銳的東西，會刮舌頭，讓我後面流血。」他說。

她瞇起雙眼，不太確定這是什麼意思。我很清楚，但我不會告訴她。烈日郡的副警長在安迪的食物裡加了碎玻璃。他會吃才有鬼。

她緊緊擁抱兒子，順帶扶著他朝大門前進。哈利在車上，等著送他們回家。凱特沒跟他在一起。

我靠近時，他搖下車窗。

「凱特呢？」

「她回旅社替我拿東西。」

安迪保釋的手續花了點時間，要填表格，還要取回私人物品。我打開運動型多功能休旅車的車門時，看到凱特從街角走來，手裡捧著一個咖啡色的紙盒。雞油菌旅社距離法院只有十分鐘的腳程。她將包裹交給哈利，他道謝，然後將東西塞進副駕的置物櫃裡。凱特坐進運動型多功能休旅車。我跟布洛克則沿著街道去拿我租的Prius，跟他們在派翠西亞家會合。

派翠西亞得拖著安迪，他才有辦法坐進後座。他的體力讓他走不到五百公尺就汗流浹背。不過不是因爲陽光，安迪習慣這樣的天氣了，這是因爲他是用盡全身的力氣移動軀體，但身體沒有能量。

布洛克負責開車，跟著哈利穿過好幾條暗巷，然後開上高速公路，進入環繞巴克斯鎮郊區鬼影幢幢的社區，這裡只有泥巴小路。

我們抵達派翠西亞家時，太陽正要落入環繞她家的高聳樹木之間。沒有條子跟白人民族主義惡棍出來歡迎我們。眼下安迪可以吃點東西，休息一下。

安迪與派翠西亞跟著布洛克進屋。我下車去找哈利與凱特。凱特在車外透氣。哈利則留在駕駛座上，車窗是開的。

「紙盒裡是什麼？」我問。

「你不會想知道的。」凱特說。

「現在我必須知道。怎麼會是妳去拿？」

「因爲旅社登記的不是哈利的名字。快遞需要入住人的姓名才同意運送。」

「哈利，怎麼回事？」我問。

他靠向置物櫃，拿出包裹，打開來。裡頭是一個手工打造的花梨木木盒，尺寸類似折疊起來的《紐約時報》。他打開盒蓋，出現的是一把一九一一年開始生產的柯特手槍及彈匣，就擱在泡棉內襯上。

「我今早聯絡丹妮思，請她用急件將這個快遞過來。」哈利說。

「在我們查看絲凱拉屍體尋獲的地點之後打的電話，對不對？」

哈利沒有回答，他又出現今早那種神情。

「這個案子讓你眞的很不安，對不對？」

「這是我當兵時用的手槍。」哈利開口。「歲數比你大，但比你可靠。帶在身邊我會感覺好些。這把槍陪伴我穿過好幾處危險的叢林。」

他閉上雙眼，將手槍從盒子裡取出，裝上子彈，拉動滑套，一枚子彈入膛。隨著滑套將子彈送入膛室發出的聲響，他的肩膀這才鬆懈下來，他吐起大氣，緩緩睜開眼睛。

「那玩意兒你用多久了？」我問。

「很久，但不夠久。」

「哈利，也許你該回紐約。等到這件事結束。」我說。

「你覺得我太老了？」

「不，你太老這件事我很清楚，但問題不是這個。這不是批評，完全不是，某些案子就是會讓人很憤怒，且揮之不去。這點你比我更清楚。我看得出來這個案子對你的影響，而——」

「你誤會了，這個案子不是讓我憤怒。我是害怕，你也該怕，你們都該害怕。殺害絲凱拉．愛德華茲的凶手傳遞出了一個訊息。」

「什麼訊息？」凱特問。

哈利開口時，目光飄向遠方，臉上冒起汗水，汗珠一路滑向他的嘴唇。「《啟示錄》十二章裡，女人遇到惡魔後活了下來，卻遭流放，戰爭因此在天堂爆發。《啟示錄》十五章裡，上帝派出七位天使、七種瘟疫來人間，結束戰爭。絲凱拉．愛德華茲的死不是結束，僅僅只是開始。」

我跟凱特一度沒有說話。她的手指在運動型多功能休旅車上敲出緊張的節奏，然後她伸手進車裡，搭在哈利肩上。

「哈利，這只是某個瘋子在鬧事。我們會查出殺害絲凱拉的眞凶，將其法辦。」

「當然會囉。」他說。「於此同時，我會槍不離身，祈禱它派不上用場。我就待在這裡，車上。我會沿著泥巴路前進一點，確保我能夠看到主要的公路。你們進屋去吧。」哈利說。

「我本要請布洛克盯哨。」我說。

「布洛克要開始調查孔恩，尋找寇帝．華倫的蛛絲馬跡。」哈利說。

「行了，我就——」我說。

「你待在這裡。」凱特說。「我跟布洛克回旅館，選陪審團的事交給我就好。你得跟我們的客戶好好談談。有太多問題還是沒有得到解答。」

「妳跟他在拘留室裡的時候，有機會問他背上抓傷是怎麼回事嗎？還有他的血液怎麼會出現在受害者的指甲上？」

「我問了。」凱特說，但她低著頭。

「他怎麼說？有合理的解釋嗎？」

「他沒有任何解釋。他只是搖搖頭，說他不知道。」

「這個案子眞是越來越精采了呢。」哈利說。

凱特跟布洛克開Prius離開。哈利將運動型多功能休旅車停到通往派翠西亞她家的唯一一條泥巴小路上。我待在客廳裡，派翠西亞與安迪看著幾張老照片，互相擁抱。

我有太多問題想問，但此刻我無法開口。安迪看起來疲憊又虛弱，看到他跟他媽終於團聚我也很高興。他在拘留所裡關了幾個月，遭到虐待、毒打，我覺得得先讓他自在一點，然後我們才好聊聊他剛甦醒的那場惡夢。

安迪吃了半個花生醬加果醬三明治及一杯牛奶，之後直接回房了。他在自己的床上立即熟睡。我吃了另外半個三明治，派翠西亞吵著說要弄炸雞給我吃，我婉拒了她的好意。她連腳步都變得輕盈。雖然腳踝依舊嚴重腫脹，但她不會讓身體的痛楚拖累她，她也不會讓接下來的庭審破壞這個夜晚。今天晚上，她的兒子回家了，無論發生什麼事，她都難掩臉上的微笑。

不過，我還是有工作要做。此刻我必須確定一件事，因爲若得不到這個問題的答案，我們的辯護就只是做做樣子罷了。我沒有直接問安迪，但問問派翠西亞也無妨。

「安迪跟凱特說過，他不曉得背上的抓痕是怎麼來的。他也不清楚絲凱拉的指甲裡怎麼會有他的DNA。我不想讓妳失望。讓他回家已經堪稱奇蹟，但我想確保他能夠繼續待在家裡。妳有什麼想法嗎？任何有幫助的事情都可以？」

「我會跟他談談，但你得知道，我家安迪不會撒謊。如果他說不知道，那他就是眞的不知道。他總是實話實說。」

我謝過她，她說她要睡覺了，我沒必要留下來。他們會很安全。

「我想留下來過夜，只是爲了讓我自己安心而已。如果妳不反對的話。我不想勉強妳。我可以跟哈利一起睡車上。」我說。

「沙發會舒適一點。我來拿毯子給你。噢，弗林先生……」

「請叫我艾迪。」

「艾迪。」她喚起我的名字，彷彿是在測試說這兩個字的感覺。「謝謝你帶我兒子回家。」

「我的榮幸。」我說。

讓安迪離開拘留所已經很不容易了，讓他逃脫死刑則是另一場博弈。我越來越覺得我注定會輸。

她鋪好沙發，然後走進她的房間。

我累，但熱到睡不著。我反而倒了茶，去外頭小小的門廊乘涼。厚實濃密的樹林充滿生機與聲響，溫暖的徐徐微風將淡淡的朽爛氣味朝我吹過來。我解開領帶，打開襯衫的鈕扣，掃視起樹林。差不多凌晨一點。我知道我該過去跟哈利換班，但不知爲何，我不想留派翠西亞與安迪單獨在屋內。

來到這種地方會讓我強烈想念紐約市。我在布魯克林區長大，周遭是車流、街上的孩子，還有犯罪事件與音樂，以及漫長午後從理髮店、街角酒吧流洩出來的歡聲笑語。把我跟三個彪形大漢一起扔在暗巷裡，我不怕，此刻卻截然不同。我不喜歡離開城市燈火，來到黑暗之中，周遭是動物、蛇、蜘蛛、昆蟲，還有鬼才曉得的什麼玩意兒正在某處鑽溜打洞，發出太多奇奇怪怪的聲音。

我跌坐進派翠西亞門廊裡的搖椅，喝我的茶。

再度睜眼時，茶水裡的冰塊已經融化。我肯定打瞌睡了。實在太黑，我頂多只能看到房子周遭幾公尺外的濃密樹林。運動型多功能休旅車停在泥巴小路遠處。就算有光，我也不確定我看不看得見那輛車。

我放下玻璃杯，起身伸懶腰。

這時我聽到某個聲音，絕對不會誤會的聲音。

甩上門的聲音。

我掏出手機，打給哈利。他可能只是去樹林裡小解，下車一會兒罷了。也許不然。電話響了又響。

哈利沒有接。

無論絲凱拉．愛德華茲命案背後有什麼黑暗的理由，我今天都很確定其中跟什麼《聖經》裡的災禍理論無關。哈利年紀比我大，老實說，他也比我精明得多，但他在教會長大，那種經驗永遠不會離開他。

我告訴自己，他沒事。也許關車門的聲音只是我的想像。他大概睡著了，那傢伙在什麼鬼地方都睡得著。

他沒事的，我確定他沒事。

非常確定。

我再次撥打電話，還是沒接。

我翻過門廊扶手，快步朝泥巴路衝刺而去。

28

牧師

「你老家在這附近嗎？」牧師問。

法蘭西斯．愛德華茲從老福特皮卡車的車窗望出去，看著路邊模糊的樹影，在月光下似乎散發著鬼魅的氣息。

「我在金河鎮長大。」法蘭西斯回答得很簡潔。

「我知道那個地方，距離這裡不遠。我記得那邊高中的橄欖球隊很厲害。」牧師說。「你打球嗎？」

「我？當然。我那時人高馬大，動作迅速。在金河鎮只有兩件事好做，打橄欖球跟追女生。」

最後三個字讓他低下了頭。

「跟我聊聊絲凱拉。」牧師說。「偶爾把心裡話說一說總是好的。這裡只有你跟我，我不會說出去。」

「我知道，基於你的工作什麼的，這點我信任你。」

牧師點點頭，持續盯著眼前的道路。這裡沒有路燈，只有切入古老潮溼森林的柏油路。

他只看得到車燈照亮的地方，所以他故意開很慢。這不是他的車，因此他格外小心，但他也很警惕車上載的「東西」。如果出了什麼意外，牧師擔不起這輛車遭到搜索的風險。

牧師很有耐心，但他已經受夠法蘭西斯一再逃避他的問題，誰管這些問題是不是難以回答，或者是否刺痛他悲慟的心。

「法蘭西斯，悲痛眞實存在。我覺得它就像氣體。如果內心充滿痛楚，沒有好好宣洩，最後你會爆炸，而那場面不怎麼好看。」

法蘭西斯點頭微笑，說：「我懂。絲凱拉……她是我的全世界。從她出生那天起，我所做的一切都是爲了她跟艾絲特。我知道我沒有厲害到可以成爲職業球員。我很早就清楚這點。不過，我的課業表現也不是很好，只能選擇去化學廠工作，或是跟我爸一樣開曳引機。讓我直說吧，當你在農場長大，你最不想要的就是過上農夫的生活。」

牧師點點頭。他長大的農場種植棉花與痛楚。他背上的傷疤可以證明這點。

「我不是種田的料。我喜歡開車，所以我找了運貨的活。這種生活還不錯，寬敞的大馬路、收音機、CD、可以吃各種不健康的食物。我喜歡開我的卡車，但回想起過去這幾個月，我很後悔。」

「後悔當卡車司機？」

「無比後悔。」法蘭西斯說。「開車讓我出門離家，有時一走就是兩個禮拜。我願意付出任何代價改變這點，回到過去，再次享受那種時光。這分鐘，絲凱拉還咬我的手指磨牙，下一分鐘，她就以第一名的身分畢業了。還是舞會皇后，你能相信嗎？」

「你肯定非常驕傲？」牧師說。

法蘭西斯打算開口，卻用手指壓在嘴巴上。嚥下龐大又銳利的情緒，他猛力眨起雙眼。

他不想在牧師面前落淚。法蘭西斯這種人會哭，這點無庸置疑。不過，他最不想做的就是在另一個男人面前掉淚。這樣不對，太丟臉了。

「絲凱拉讓我非常驕傲，但說眞的……我根本不了解她。到了某個年紀，孩子就不跟你溝通了。而我待得不夠久，沒有注意到這點。她是好孩子，聰明又善良。她對那個男孩安迪也很好。眞希望那孩子現在死了，永遠不認識我的女兒。」

牧師將目光從路上移開，仔細望過來，他一直等到法蘭西斯的第一滴淚水落下才望回路面。這條筆直幽暗的道路讓他們進入阿拉巴馬州的樹林與沼澤深處，周遭的樹木越來越高、越來越深邃，小路則越來越窄。

「抱歉。」法蘭西斯用手腕抹起鼻子，大力吸起鼻涕。

「千萬別擔心這個。只有眞正的男子漢才會哭。別忘記這點，你知道爲什麼嗎？」

「我肯定不清楚。」

「因爲只有眞正的男子漢才會用情至深，法蘭西斯，我們就是因爲這樣才落淚，因爲愛。千萬不要覺得不好意思。」

「我沒從這個角度想過。」

牧師點點頭，又說：「我要在這裡轉彎。如果你不介意，我要朝灌木開過去。可能會有點顚簸，但你不用擔心。這樣可以確保我們不會打瞌睡。」

「我知道你說你想出來兜兜風，也許聊一聊，但我們要去哪個特定的地方嗎？」

「等等你就知道了。」

他們久久沒有交談。皮卡車底盤架高，還有越野輪胎，所以開過草叢時並沒有牧師想像中顚簸。這輛皮卡車是他在網路上買的，車籍資料登記的是假證件，所以調查車牌跟車輛基本上查不到他。

當他們接近濃密的林木線時，牧師關掉了車燈。幾分鐘後，他們只能盲目地緩慢前進，牧師的雙眼也逐漸適應月光。他放慢速度，然後停車熄火。

「駕駛手套看起來很高級。」法蘭西斯對著牧師擺在方向盤上的雙手點點頭。

「這不是駕駛手套。我要你下車，關門盡量小聲，然後跟我走。」

他們下了車，兩人都低調關門。牧師朝約莫六公尺外的樹林前進，還示意要法蘭西斯跟上。

「我們要去——」法蘭西斯正想開口，但牧師用手指擋在唇前打斷對方。他們緩緩穿過樹木。夏天的苔蘚讓地面柔軟又潮溼，牧師每走一步就踏出甜膩的腐爛氣味，他深深吸起這種味道。他的童年少不了這股味道。他差不多以一個月一次的頻率，在夜裡離開農場，跑進附近的樹林之中。他的計畫是打造一棟樹屋，住在裡頭。第二天晚父親就會逮到他，畢竟他的父親樣樣在行，追蹤定位更是嫻熟。無論牧師多努力掩飾自己的足跡，無論他到底躲在樹林何處，他蜷縮在林土層的落葉與斷枝之間時，一定會聽到父親的聲音。然後會聽到父親引用經文，這是最糟糕的。跟蜈蚣、蜘蛛、臭蟲一起躲在空心的樹幹裡，聽著父親細數起天譴，或是舊約《聖經》裡的那些願意用兒子獻祭給上帝的人父。最後是無盡的等待，等待父親的大手最後無可避免地扯住他的腳踝，將他從安全的藏身處往外拖。那是永遠比家更安全的黑暗潮溼樹洞。

牧師停下腳步，一手揮向法蘭西斯，要他跟上來看。他們面前的土地陷落，有石頭、枯樹與下方的車痕。差不多筆直下陷了九公尺。

「看到遠處那棟房子沒？」牧師說。

法蘭西斯點點頭。

「那是安迪．杜瓦的家。他在那裡安穩入眠。你知道他今天得到保釋了，對嗎？」

「聽說了。」法蘭西斯說。

「這消息讓你作何感想？殺害你寶貝女兒的男孩此刻在自己家，躺在自己床上，一肚子炸雞跟玉米麵包。你倒是說說，這樣對嗎？」

「不對，當然不對。他該死在毒針下，不，更適合上電椅。只希望他們能讓我跟他在上鎖的房間裡獨處十分鐘。」

牧師讚許地點點頭，問：「然後呢？你有什麼打算？跟我說說。」

「我會讓他生不如死。」法蘭西斯說。

「哎啊，好，再看看房子。那裡是小徑的起點，從那邊一路延伸下去，有輛運動型多功能休旅車，看到沒？」

「差點就錯過了。完全沒有燈光。」

「在那台雪佛蘭裡坐著的是替安迪．杜瓦打官司的某位律師，你想想，他們想讓他恢復自由身。我不能容許那種事情發生。」

「你能怎麼辦？」法蘭西斯問。

「跟過來看看。」他說。

牧師朝左側走去，這裡的落差沒有那麼大，他低調地朝運動型多功能休旅車前進。法蘭西斯保持一段距離，跟在後頭。牧師從車後的樹林出去，等著法蘭西斯跟上。他示意要法蘭西斯在小徑旁邊等著，在距離車輛差不多九公尺的位置。接下來幾分鐘相當關鍵，這是轉捩點。他一旦踏出下一步，就無法回頭了。他大概曉得法蘭西斯會有什麼反應，他只希望自己料對了。要是他猜錯，法蘭西斯反應不對，他可能就要殺了這個人。那樣也太令人失望了。

牧師將注意力放回運動型多功能休旅車。車上有一個人，駕駛座上的男人。唯一看得清楚的就是他的一頭白髮。他低著頭，彷彿熟睡。

簡直易如反掌。

牧師從後方口袋裡拿出彈簧刀，翻了開來。戴手套時，象牙刀柄總是有點握不住，打滑。這不是用來切割的刀子，這把刀的設計只有一個截然不同的使用目的。刀尖是銳利、加強過的硬鋼材。稍微彎曲的刀刃不會影響下刀的強度。這把刀是用來捅刺的。多年以前，它還是早期彈簧折疊刀的原型時，就是用來捅刺。刀把底端有凸起的花朵圖案。

那是一朵白色的山茶花。這把刀原本屬於建立組織的元老成員，牧師一看到這把刀就知道自己非得到不可。據說這把武器曾經謀殺了路易斯安納州的立法議員，只因這人反對奴隸制度。刀刃直直插進他的眼睛裡。牧師花了好幾萬元才透過行事謹慎的賣家取得這把刀，這位賣家也經手納粹及三K黨的珍貴物品。就跟所有的文物一樣，來源都難以考究，但牧師卻在一握到這把刀時，就曉得這是眞品。不知怎麼著，他就是感覺得到舔舐過鮮血的刀刃。

牧師蹲在運動型多功能休旅車駕駛座門外，仔細聆聽，確保周圍沒有別人。然後，他伸手放在門把上，握緊，準備好隨時猛然開門。

法蘭西斯在一旁觀看。他雙拳緊握，雙唇緊抿，瞇起眼來。

牧師笑了笑。法蘭西斯內心的怒火非常純粹，只有悲痛的家長能夠燃起這種怒火。

他現在必須動作快。他以流暢的動作拉開運動型多功能休旅車的駕駛座車門，迅速站立，扭轉身軀。年少時的下田生活讓他體魄強壯，上健身房又讓他力量大增。他用肩膀與核心肌群的力氣，以突如其來的動作，揮起手臂。肌肉迅速扭轉出力。像是低頭躲閃過攻擊的職業拳擊手，直接來了一記右鉤拳。流暢俐落的動作，開門到這一刺之間不過是半秒鐘的事。

刀子插進老人脖子裡。刀刃消失進骨肉之中，只留刀柄在外。

這時，他才看到法蘭西斯的眼神。現在沒有時間可以浪費。

牧師要他過去。

他們站在那裡好幾秒，看著老人死在駕駛座裡。刀子從他頭部一側插出來。

「法蘭西斯，今晚我們成爲眞正的兄弟，不能回頭。我們會爲你赴湯蹈火，至死不渝，我們期待你也用這種態度對待我們。告訴我你願意發誓。」

他臉上滿是汗水，隨著腎上腺素跟滾燙的機油一樣打進他體內，他呼吸急促，對牧師伸出手，說：「我發誓。」

牧師一邊關上駕駛座的車門，一邊說：「好，非常好。現在幫我把車上的東西拿下來。」

29 艾迪

在攝氏四十三度高溫及百分之八十九的溼度裡全速奔跑，感覺像在熱湯裡游泳。空氣感覺不一樣，太溼太熱。跑上泥巴小徑，我加快踢腿的速度。派翠西亞的家位在斜坡下，唯一一條泥巴路全是上坡，陡得要死。開車還好，踩著皮鞋就很溼滑。

我看到前方運動型多功能休旅車的輪廓。那是昏暗泥巴路上一個更爲黑暗的堅硬形狀物體。我看著駕駛座上哈利的後腦勺，一開始我不太確定我看到了什麼。

然後我看到他的頭倒向一邊，他可能是在睡覺吧。

可能不是。

一個想法不請自來，一句話浮現我的腦海。

歷史不要重演。

千萬不要。

於是正當我的身軀掙扎爬上阿拉巴馬州泥濘泥巴小路時，我的思緒飄回了高中時的醫院走廊。我爸病危，那天我握著他的手握了十一個小時。媽不曉得講了多少次，要我休息，但我不肯放手。我不要離開他。我要他斷氣時，牽著我的手，知道我在身邊。那天他一直睡，罕見的癌症差不多已經帶他走到盡頭了。那天他只醒了二十分鐘，虛弱到開不了口，他看著病房裡移動電視上的《警網雙雄》。他喜歡這部戲，特別是裡面那輛車，一九七六年的福特Gran Torino，亮紅色，加上一道從車頂繞過車窗，延伸到前輪上方的白色條紋，乘載溫莎V8引擎的是有著五個輪圈的黑邊車輪。

節目播完時，開始跑字幕了，我媽要我去走廊買替她買汽水。我放開他的手，接過她皮包裡的零錢，走出病房。葡萄汽水的罐子才滾進取物格，我就感覺到一隻手搭在我肩上，是我媽。我正要開口問她在這裡幹嘛？她不該放老爸一個人，但我沒說話。她的神情告訴我，他已經走了。他生命的最後時刻走得很不平靜。媽看到了，便要我去買東西。她不希望我親眼目睹。現在我懂，但那時我覺得自己彷彿讓他失望了。他走的時候我不在場，這件事讓我糾結許久。那晚，她在走廊上將父親的聖克里斯多福聖牌交給我。

在我踩著上坡路朝運動型多功能休旅車跑去時，我感覺得到聖牌在我的胸膛上下甩動。那晚在醫院走廊上，我感覺得到父親死亡。而現在同樣的感覺也重擊著我胸膛中央部位。歷史重演了。哈利死了，而我不在他身邊。

隨著我氣喘噓噓接近汽車，月光照向車後的擋風玻璃，照亮後車門雪佛蘭的標誌，然後烏雲遮住月光，又是一片漆黑。我越是上坡，小徑就越發泥濘，泥巴隨著每一步爬上我的褲管。我不在乎，但我不想跌倒，所以我切往草地，沿著林木線前進。這裡比草地更難走，但我至少能夠在移動時保持身體平衡。

從這角度，我能在短暫月光下看到車內的景象。飄渺的月光照向銀白色的東西時，我差點失足跌倒。我加快腳步過去，實在說不準那是什麼。

我接近運動型多功能休旅車，手握在駕駛座上，拉開門，我整個人僵住了。

刀柄插在一頭血腥的灰白亂髮上。我向後退，雙手掩面。我沒力氣尖叫。我能做的只是踉蹌退後，感覺到胸腔裡累積的沉重感，彷彿有人從體內掐死我一樣。恐慌、驚愕、痛楚一口氣襲來，我跪倒在地。

我還依稀聞得到醫院的消毒水味，母親纖細的手搭在我肩上。我嘴裡有金屬的味道。歷史再次上演，彷彿是眞的一樣。

然後我聽到黑暗記憶裡不存在的聲音。

我彷彿聽到一陣哀鳴，變大聲了。一開始，我以爲那是我的想像，然後音調變高，聲音變大。那是汽車大引擎高速運轉的聲音。我望向左邊的高速公路，看到車燈穿過樹木，直直照向小路，照在我身上。這輛車開得也太快了。

如果殺害哈利是用來騙我跑進黑暗樹林而幹掉我的陷阱，那我肯定會上鉤。只不過，最後死的不會是我。我握緊雙拳，胸口的壓力舒坦了一點。我站起身，怒吼一聲，然後沿著小路跑去，淚水刺痛我的雙眼。車子持續前進，加速的同時，車燈還照在我臉上。

「**來啊，你這混——**」我甚至喊不完話，我實在沒氣。

車子放慢速度，停了下來。我聽到開門聲。

我跟車子之間不過區區十二公尺。

我沒有停下腳步。就算對方有槍，殺了我的朋友。我唯一知心的朋友。哈利是我的導師、父親、兄長……他是我的一切。

我看不到燈後的景象。沒必要瞇著眼睛看清對方的臉。一個人影出現在光束前方，在我看來只是一抹身影。

軀幹、雙腿、手臂，手裡握著槍。

九公尺外，我看到對方舉起右手，拿槍的那隻手，槍口瞄準的是我的軀幹。

要繼續前進，我肯定會失去重要器官。

人影的手臂伸得直直的。

我的右腳打滑。我揮動雙手，想要保持平衡與站姿。全是徒然，我一頭栽進泥巴之中。

我胡亂摸索，想要起身，卻聽到腳步逼近，每一步都有踩著泥巴的聲響。地面太滑、看到哈利死去的震驚、在高溫下爬上坡，這一切都讓我爬不起來。最後一次嘗試起來，卻又滑倒，重重摔下。

腳步停了下來。

我聽到手槍擊錘往後拉的喀啦聲。

然後持槍男子開口。

「艾迪，你到底在搞哪齣？」哈利說。

30 艾迪

「艾迪啊……」哈利說。

我聽不到他接下來的話語。我站了起來，雙手緊緊抱住他。頭壓在他肩上。

「我以爲駕駛座上那人是你。」我說。

「那輛車是灰色的，我身後這輛是藍色的。太熱了，我沒辦法不開冷氣。電池快不行了，所以我開車出去快快繞一圈。想說我就沿著公路走，看看有沒有車過來。抱歉，我只離開了十五分鐘。」

我鬆開雙臂，退後，兩手搭在他肩上。

「我不在乎，我只是很慶幸你活著。」

「我當然活——你說什麼？」

「路上那輛車裡有個死人。」

哈利繞過我，望向運動型多功能休旅車。然後他伸手摸了摸襯衫，咒罵了一聲。

我居然將身上最髒的泥巴弄到他襯衫跟西裝褲上了。

我們緩緩走向那輛車。

筒。

「小心腳步，這裡有痕跡。」哈利說。他從長褲口袋拿出鑰匙圈，打開上頭小小的手電

「走旁邊的草地。」他說。

我乖乖照辦。哈利走右側，我走左邊，我們沿著路邊前進，直到抵達運動型多功能休旅車旁邊。我雙手顫抖，什麼也看不清楚。腎上腺素逐漸消退，但我還沒恢復正常。

哈利將手電筒往車裡照，我則彎下腰，雙手撐在膝蓋上，想要讓呼吸恢復平順。

「你剛說車上有死人的時候，我想你說的不只一個。」哈利說。

「什麼？」

「車上有兩具屍體。老天啊，是貝蒂．麥奎爾，她旁邊的男人是……」

「寇帝．華倫。」我說。

第四天

31

羅麥斯

「是你嗎？」樓上傳來聲音。

剛過午夜，羅麥斯才將沾滿污泥的靴子脫在門廊裡，他喊著：「不然還會是誰？」

「只是確認一下，不是什麼在附近流竄的瘋子殺人魔。」露西開起玩笑，語氣裡帶著笑意。

這個玩笑重重迴盪在羅麥斯心頭。他搖搖頭，想要忘卻剛烙印進腦海裡的畫面。隨著時間推移，警察都會嫻熟這項技能。多數警察在執法生涯的某個階段裡，都會見到帶來創傷的畫面或體驗。這是工作的一部分。對某些人來說，也許一輩子只遇過一次，對其他人來說，可能一個禮拜一次。重點在於將心情分隔開來，把那鬼玩意兒留在門口，就跟沾滿污泥的靴子一樣。

孔恩希望傳達警告的訊息。羅麥斯於是將寇帝．華倫的屍體放進這位律師的運動型多功能休旅車裡，開去通往安迪．杜瓦家的路上，然後遵照孔恩的指令，把車跟屍體留在原地。孔恩會搞定剩下的事情。這樣可以明確警告弗林與他的同僚。

羅麥斯之前不是沒幹過這種事，他在沙漠風暴行動巡邏時殺過人。那時他不以爲意，只是爲國家效命，這是他告訴自己的說詞，但他內心清楚，他是爲了軍餉行事。他首度在美國本土殺人的感覺很不一樣，報酬也更優渥。露西不太清楚他的所作所爲，見鬼了，她根本一無所知。

他幾個小時前就該到家。他打了電話給露西，她說她今天感覺好一點了。她可以思考，墊子也快織完了。今天沒有吐個不停，痛感還能忍受。她會等門。他上樓時可以端熱可可過去。

露西已經不吃藥了，所以她多少恢復了昔日的樣子。她臉上掛著笑容，可以看連續劇跟雜誌。

「爐子上有熱可可。」她從樓上開口。

羅麥斯穿上室內拖鞋，朝廚房出發。用小火保溫的是一鍋對著廚房散發蒸氣的熱可可。他用抹布將鍋子從爐火上拿開，倒了兩杯，然後加上一盤餅乾，一起端上樓。露西已經上床，正在讀珍妮·伊凡諾維奇的平裝本小說，她就喜歡史蒂芬妮·帕盧爲主角的《賞金女獵人》系列。

他將她的熱可可放在床邊桌上，給她一塊餅乾。

「不了，謝謝。現在這時候吃東西，我會想吐。哎啊，跟我說說你今天如何？有沒有做好事？」

從他加入警隊開始，她就會問這個問題——**你今天有沒有做好事？**

一開始，他會在毫無障礙的狀況下找到可以說的話。之後，答覆越來越含糊。最後，她就不問了。她肯定察覺到這個問題讓他難堪。他今天唯一一件記得的事情就是將寇帝·華倫的屍體從大冷凍櫃裡移上車有多困難。他甚至差點忘了今天揍過加油站店員。

「又是那種日子啊？」她說。

他沒答腔。反而脫下外衣，刷牙，洗手洗臉。他看著浴室地板襯衫上的斑斑血跡，大概是華倫反濺上去的血，更可能是加油站店員的血。他將制服與當天穿的其他衣物一起拿下樓，扔進洗衣機裡，開始運轉。露西患病後的唯一優點就是他現在會洗衣服了，還會操作烘衣機、洗碗機，做她之前包辦的所有家事。不簡單，但露西說，他會很慶幸他現在就學會，還有她在旁指導。在她過世後，他去跟誰學？

他上樓，換好睡衣，爬上床。熱可可降溫了。他喝不下去，想到餅乾讓他覺得噁心。

「別怕。」她說。

「我沒事，只是今天很累。」他說。

「今天跟孔恩見面了？」她問。

「對。」他發出了然於心的嘆息。

「我不喜歡那個人。想到你跟他在一起就讓我不舒服。我跟你說過，那次他來我們家吃飯，他內心很空洞。要我說，我會說他只是內在空空的一團肉而已。」

羅麥斯沒有開口。

「沒心、沒靈魂，柯特，跟他在一起要提防一點。我只是要說這個。」

「我知道。」羅麥斯說。

「我詛咒他來鎮上的那一天。」她說。

「妳知道，我們一起逮住了很多壞人。自從他當上地方檢察官後，這裡安全許多。」

「他才不在乎讓誰坐牢。有時我覺得他只是想看人受苦。我覺得他因此得到快感，你懂嗎？」

他翻過身，一手攬著依舊保持坐姿的露西。

「妳講過一百次啦。我會注意他的。確保他不會幹什麼壞事。」

他感覺到她輕捏他的手臂。這是他在這個小世界裡唯一讓他寬心的事情，露西還有力氣。

「柯特．羅麥斯，你是好人。」她輕輕吻上他的額頭。他入睡時依舊攬著她。

羅麥斯醒來時，嘴裡有股噁心的味道。他還抱著露西。他睜開眼，抬頭看過去。她肯定讀了一晚的書。她坐在床上，雙眼閉上，頭往前落。她一隻手擱在被毯上，書本卻還是攤在面前。

「嘿，該躺下了。妳這樣會扭到脖子。」他說。

露西沒有回應。他抬頭仔細看她的臉，這次他緊張了起來，胸口冒起焦慮的小小種籽。

「嘿，我說躺下啦。」

她沒有反應。他碰觸她的臉頰，將頭髮從她臉上撥開，然後向後跳下床。

露西摸起來涼涼的。她夜裡死在他懷裡，看起來走得很安詳。那杯可可還在床邊桌上，沒有碰過。羅麥斯抓著自己的臉跟頭髮，從胸口發出一個聲音。這是全世界的人都會發出來的聲音，無論操著何種語言，這聲音聽起來都一模一樣。

這是一聲哀鳴。打從緊縮喉頭忽然襲來的哀痛，這是慘叫，這是吶喊。

羅麥斯跑去屋外門廊。太陽即將升起。他坐在搖椅上，前後搖動，哭哭啼啼，抱著自己的身軀，又哭了起來，直到炙熱的紅色太陽從暗黑的大地升起。

她走了。現在她再也不會痛了，沒有癌症，也不會因爲看清他的眞面目而傷心了。至少她不用看到他的那一面。

雖然他悲痛不已，但這酸楚的慰藉還是讓他微笑。露西死時相信他是好人。她永遠不會知道孔恩讓他變成哪一種人。爲此，他心懷感激。感謝她還來不及知道，就先走一步。

她最後的話語一再浮現在他的腦海，那是苦澀的循環播放。

柯特．羅麥斯，你是好人。

32

艾迪

我跟哈利都不是受過專業訓練的調查人員，我們不想在沒有專家的狀況下靠近現場。

布洛克沒多久就趕到杜瓦家。她從車上拿了手電筒，含在嘴裡，然後在鞋外套上塑膠袋，戴上乳膠手套。寇帝的運動型多功能休旅車裡聞起來很噁心，但布洛克似乎不在意。她緩緩接近車輛，拿手機從四面八方拍照，特別特寫地上的鞋印，然後打開車門，仔細查看屍體與車內狀況。副駕置物箱裡的汽車文件證實車主爲寇帝・華倫，但後車廂裡沒有案件檔案資料。

更沒有方思華斯驗屍報告的照片。

寇帝・華倫看起來溼溼的，臉頰上有一層黏液的感覺。他的工作西裝彷彿黏在身上，看起來也潮潮的，但他身上沒有血。一把刀插在他脖子側邊上，似乎有人透過搖下的車窗捅他一樣。布洛克花了不少時間研究這把刀，特別是刀柄。貝蒂的洋裝跟身上都是乾的，只有臉部跟脖子上血淋淋的。她癱坐在寇帝旁邊的副駕駛座上。

布洛克問：「你們有動什麼嗎？」

「什麼都沒有。」我說。

她點點頭，說：「我得拍下你們鞋子的照片。」

我跟哈利轉過身去，抬起腳跟，讓布洛克拍下我們鞋底的紋路。

「妳覺得看起來怎麼樣？」我問。

「很怪。」布洛克說。

「什麼意思？」我問。

「手法很不專業，還出錯。」布洛克說。

我跟哈利不解地對望一眼。有時布洛克開口時會信心滿滿，以為我們跟她在同一個頻率上。事實是，她經常跑在我們前面。

她嘆了口氣，說：「貝蒂遭到毆打，頭部跟胸部的子彈來自點二二手槍。從高度看來，胸口這槍在副駕門上留下血跡，但頭部這槍很乾淨。寇帝・華倫不是死於刀傷。他耳後有彈孔，也是小口徑手槍。煞車踏板下方的空間裡有一把槍。」

布洛克稍微暫停，等著我們跟上。我稍微清楚狀況一點了，但距離還很遙遠。

「踏板下的槍是點二二手槍？」我說。

布洛克點點頭。

「所以妳覺得看起來像是寇帝・華倫對貝蒂動手，朝她開兩槍之後自殺？」

「除了刀子之外，現場是故意布置成那樣的。」

我點點頭，說：「我只是要搞清楚一點，妳確定事情不是那樣發生的？」

「不可能。」布洛克說。「寇帝在很早之前就死了。無法判斷多久，因為他遭到冷凍。」

「冷凍？」哈利說。

布洛克點點頭。「他還沒徹底退冰，他的眼皮還凍在一起。」

「黑幫殺手、連環殺人魔李察．庫克林斯基也使用這種手法。將屍體塞進冰櫃裡，有時長達好幾個月，然後才拿出來退冰，這樣根本無法判斷人是幾時死的。」我說。

「這就是出錯的地方？」哈利問。

「不，出錯的地方可多著。」布洛克說。她要我們過去，然後指著地面。

「有人將運動型多功能休旅車開過來，停在這裡，將寇帝的屍體移到駕駛座上。副駕那一側有兩組不同的腳印，但行進方向相同，彷彿是一個人亦步亦趨跟著另一個人前進一樣。駕駛座這一邊有幾道不同的足跡。彷彿是好多不同的人走在同一塊區域一樣。一道是來自布洛克，一道是我的，其他至少還有兩組足跡。他們之後還折返。」布洛克說。

我跟哈利研究副駕駛座那一側時，小心避開那兩組腳印。

布洛克繼續說：「副駕的兩組腳印很接近，很像是——」

「兩個人之間扛著什麼重物一樣。」我說。

布洛克點點頭，指著駕駛座，然後又用手電筒照向貝蒂的裙子。她的裙擺往上掀，一路捲到她的腰際。

「兩個人把她的屍體扛過來，放進車裡。」布洛克說。「沒有哪個女人坐在車上的時候，裙子會捲成那樣。這樣的現場不完美，但足以讓烈日郡警長判斷爲謀殺後自殺。我很了解這些小鎮警長，他們就會得出這種結論。」

「那刀子呢？」

「若要營造成自殺的樣子，那把刀說不通。他們可以等到寇帝的屍體完全退冰才找法醫來，這種天氣不用等太久。如果警長跟法醫有收孔恩的錢，或在他的掌控之下，那有沒有退冰大概也不重要。若他們想要，他們可以寫報告說這兩個人是溺死的。」

「那把刀是給我們的訊息。」哈利說。「有人殺害寇帝．華倫跟貝蒂．麥奎爾，將他們的屍體扔在距離安迪家不過八百公尺的地方。那把刀證實了這點。」

我看得出來，就連布洛克都沒完全跟上。

「這把刀怎麼會是訊息？」我問。

「刀柄的花是白色山茶花。在美國南部鬧出人命的種族主義者不只三K黨，還有路易斯安納的白茶花騎士團，他們在其他州還有分會。三K黨大多是貧窮的白人，白茶花則更為危險，雖然他們人數一直不多，但他們是一群有錢有勢的人，創始成員很多都曾是南方聯邦國的官員，之後又有報社編輯、醫生、律師、地主、警官，甚至法官加入，也就是南方上層社會的菁英階級。他們到處遊說，試圖用財富與影響力提倡白人種族的優越性。他們殺人、騷擾，還摧毀許多黑人社區。」

「沒聽過這個組織。」我說。

「他們理當在一八七〇年代消失殆盡，但他們都在檯面下行動，所以實在很難說。看那把刀柄，那是珠母貝跟有歷史的銀與鋼。我可以想像這把刀插進某個反對白茶花的白人身上。我得說，死的大多是共和黨員。有段時間，林肯的共和黨在南部呼籲要彼此寬容。」

「事情不一樣囉。」我說。

哈利點點頭，說：「這是一次警告。如果我們繼續查案，我們會遇上嚴重的危險，我們每一個人都有風險。」

布洛克走上前，望進運動型多功能休旅車內部。她緊咬牙齒，下巴肌肉激動顫抖。我知道她是想牢牢記住這個畫面，兩個無辜的人慘死於此。

我們沒有多少選擇，只能報警。警局派了兩名我不認識的副警長過來。他們向我問話，聯絡了鑑識人員。我讓他們忙他們的工作，回到派翠西亞她家。我一踏上門廊，就聽到屋內的動靜。我開了門，看到派翠西亞與安迪坐在沙發上。

他們緊挨著，派翠西亞一手攬著安迪，手掌緊抓他的右肩。他用左手輕輕壓在母親手上，派翠西亞在他耳邊低語，告訴他一切都沒事，而他們一起前後搖晃身子。

我第一次在拘留室看見安迪時，他也有這個拍肩的動作，前後搖晃身子。想要撫慰自己。看來他們母子經常如此，用自己的方式安慰彼此。

「安迪做惡夢了。很常發生，沒事的，他會恢復的。警長那邊怎麼回事？」她問。她顯然看到警車抵達時的燈光。

我不想告訴他，現在時機不對，還不行。深夜感覺一切更可怕，有些話最好白天再說。

「明天再說，沒事的。安迪還好嗎？」

「他只是需要一點時間。我看看明天能不能幫他拿個藥，家裡沒藥了。」

「哪種藥？」我問。我沒注意到安迪要吃藥。

「是爲了他的焦慮。低收入健康保險沒有涵蓋，我也不是總是有錢買得起。如果這兩個禮拜我的腳踝狀況稍微好一點，我就能把藥省下來。只是過去這幾個月狀況都很糟。」

只有在世界上最偉大的國家裡，勞工階級的母親才得盤算藥買來是自己吃，還是留給兒子吃。她不會吃，如果藥物能夠讓安迪好過一點，她就得忍受身體的不適。我知道她會做出這種選擇。

「這個焦慮是最近發生的事嗎？」

「不是。」安迪說。「我十幾歲的時候就這樣了。睡不著，吃不下，還會恐慌發作。有時壓力大狀況就更糟。」

「你在拘留所的時候有吃藥嗎？」

「沒有，他們什麼都不給我。」

檔案裡沒有說安迪接受任何藥物，或有任何焦慮失調的診斷。

「你介意我請教這種焦慮的原因嗎？當然不一定要是什麼特定的事情，有時人就是會生病，但如果有什麼狀況，可能是某種創傷，我會想知道。我不希望在法庭上出現什麼意料之外的狀況。」

派翠西亞與安迪在沙發上一起前後搖晃身子，我看得出來這個動作讓他鎮定下來。他的胸口沒有上下劇烈起伏，雙腿也沒有持續顫抖。

「沒有特定事件。」派翠西亞說。「大家都不懂年輕黑人在美國的生活處境。我七十五歲了，艾迪。我以為我孩子的生活能比我那一代好。如果狀態不算惡化，我也不覺得黑人的處境改善了。這個國家裡的黑人年輕人吃焦慮藥有什麼好奇怪的嗎？」

「我想妳說得對。無論多令人反感，很多人在外面都覺得他們能夠暢所欲言。美國一直都有這種污點。只是近期我們才看得更清楚一點罷了。隨著時間過去，事情會好轉的。」我說。

「你相信這種說法嗎？」她問。

「我相信下一代不會忍受這種狗屁，安迪就屬於這個世代。他這種年輕人會拯救我們每一個人。」

我講話時，派翠西亞望著她的兒子，我在她眼裡看到希望拉扯著淚水。

「安迪，你說你做惡夢，是什麼內容？講出來會好過一點。」

他看著我，我這輩子從來沒有見過這麼害怕的神情。

「我做這個夢已經好一陣子了。」他說。「我被綁在一張大椅子上，但椅子著火了，我無法脫身。孔恩先生也在場，他對著我笑，眼睜睜看著烈焰將我吞沒。」

33

泰勒．艾弗瑞

泰勒．艾弗瑞關掉熱水水龍頭，仔細聆聽。

眞的。

有人輕輕敲起他家大門。

他抓起抹布擦乾雙手。走出廚房前，他伸手到冰箱後方取槍。他用鑰匙圈上的鑰匙打開手槍的上鎖裝置，把槍低低握在身體一側，同時朝大門前進。泰勒身高一般，有一頭淺咖啡色的頭髮。他是酪農，工時很長，且工作不輕鬆，因此身材精壯結實。

艾弗瑞農場距離最近的鄰居家至少有一點六公里，對方也是一戶酪農。已經過了午夜，妻子與正值青少年的兒子都上樓睡覺了。無論門口是誰，肯定都不是爲了社交而來。他沒有貓眼，更沒有任何保全系統。此刻他的右手握的就是他的保全系統。開了門，他看到一個高個子的人站在他家門廊上。這人穿了一襲西裝，遠眺著土地，完全不在意誰會來開門。門廊的燈在男人蒼白的皮膚上照出黃色光暈。

「艾弗瑞先生？」男人開口。

泰勒對著黑暗瞇起雙眼。男人沒有武器，雙手交握在胸前，彷彿是要上教堂一樣。泰勒花了點時間，但他認出了門口的男人是誰。

「孔恩先生？是你嗎？」

「正是。你可以出來一下，我們談談？」

泰勒不需要手槍，但看到地方檢察官出現在他家門口，他還是覺得有點擔心。他將槍重新上鎖，放在門廳桌上，走去外頭。他比了比椅子，看著孔恩折疊自己高瘦的身子坐上去。動作並不笨拙，但看起來孔恩好像對椅子這種東西不太熟一樣。大部分的物品似乎都不符合他的身高與身材。他一坐下，就攤手比劃著旁邊的位置。

泰勒也坐了下來，過程裡他察覺到空氣中浮現的詭異氣味，腐爛的味道。椅子旁邊的桌上有一本平裝本的《梅岡城故事》，這是艾弗瑞最喜歡的小說。他喜歡在每年夏天讀這本書。他還記得那天協助父親忙完農活後，就坐在這座門廊上，身旁有一杯冰涼的檸檬茶，油燈照亮的是思葛的世界。至少那時看來，思葛的故事跟他所處的世界感覺沒有太大差異。

「抱歉此刻來訪，我忙著準備庭審的工作。你也許聽說了，我要起訴杜瓦男孩，他是殺害絲凱拉．愛德華茲的人。」

泰勒點點頭。「當然，全鎮都聽說了，報紙也有報。可憐的女孩。」

然後，泰勒打住。他曉得孔恩來訪的目的。他嚥了嚥口水，要自己講話注意點。

「艾弗瑞先生，我知道你收到了陪審團的傳票。你畢竟住在鎮外，沒有讀過命案的報導，沒有看過相關的新聞，你很有可能成為本案的陪審員。」

泰勒讀了很多文章報導，也看了很多相關的新聞畫面。他基本上兩秒鐘前才講過這件事。他只能點點頭，沒有回話。

「你們家族擁有這座農場好久了，我聽說有五代這麼久。」孔恩說。

「沒錯，我們非常幸運，經營農場不簡單，始終如此，未來只會更艱難。」泰勒說，他覺得相較於命案官司，農場應該是比較安全的話題。

「你知道，我對這個郡的法律有責任，但我也注意到行政事務上的問題。聽說有間賭場要買鎮上的土地，蓋購物中心、電影院什麼的，你聽說過這件事嗎？」

泰勒點點頭。大公司曾透過兩間獨立律師事務所的名義提議向他買地，進行商業冒險。他兩家都拒絕了。雖然價格開得不錯，可以讓他的家族繼續過上兩到三代的好日子，但事實是，他根本完全沒有考慮過賣地這個選項。

這是艾弗瑞家族的土地，有幾處麥田，放養了牛隻。除了牛奶，還有剩餘的麥子可以販售。他們過著自給自足的生活。他的父親一輩子都在這塊土地上打拚，他的爺爺也是，泰勒也打算繼續下去。

「你瞧瞧，如果某個商業開發案對郡裡有好處，那他們就可以採取法律手段收購土地。他們可以向法院申請強制令，你跟你的家人就得被迫搬家。這種強制令通常都意味著你不會得到賣地收入的完整市場價，也許只有五分之一的價格，甚至更少。」

泰勒忽然覺得很冷，但今晚明明很熱。

「你知道，我是有影響力的人。」孔恩說。

「我猜也是。」泰勒說。

「用不著猜，信我就是了。我可以讓這種強制令消失，我可以讓賭場走開，我也可以加速申請過程，冬天之前就讓你從這塊農地上滾蛋。也許在你裁決杜瓦一案時，你會記得這點。這附近的人都敬重你，我會說，很公正。而其他陪審員肯定也會跟隨你的領導。你不覺得嗎？」

「有可能。」泰勒・艾弗瑞說。

「我覺得他們會的。你說服其他陪審員安迪有罪，你的孫子在你這年紀就能繼續在那座棚屋擠牛奶。如果你質疑我的判斷，哎啊，那樣就不妙了。你能繼續使用這片土地是我的恩惠。此刻，我讓你保留這份恩惠，但如果得不到回報，恩惠也是可以回收的。」

孔恩靠向前，泰勒又聞到了那個味道。他因此想到有次在屋子底下發現一隻死烏龜。

「如果陪審團讓杜瓦消遙法外，那就是扭曲司法。」孔恩說。

泰勒很清楚對方對他有何種期待。對於這起案件，他只知道新聞報導的狀況。他們說鑑識證據讓安迪・杜瓦與命案脫不了關係。不過呢，他很清楚孔恩不該來這裡，他也不喜歡遭人威脅。某些鄉下人的腦袋非常清楚，比任何街頭騙子都敏銳。也許是與生俱來的智慧吧。

泰勒點點頭，沒有開口。

「艾弗瑞先生，我相信我們有了共識。」孔恩伸出細長蒼白的手。

泰勒與他握手，驚訝發現孔恩的皮膚觸感，像是沖過冰水一樣。

「晚安囉。」孔恩說。

泰勒目送他離開，他上了車，默默開走。他不認識安迪・杜瓦、絲凱拉・愛德華茲與她的家人。陪審團傳票送達時，他暗自祈禱自己不要當上陪審員，因為那就意味著，出庭時，他得找人來農場幫忙。如果他入選，他會依據《聖經》的誓言與法律，行使他的義務。泰勒很重視這種事，每個禮拜天都帶著家人上教堂，一週都沒有缺席過。他不喜歡孔恩，遭到威脅之前就不喜歡這個人。這個男人不太對勁。泰勒在他眼裡短暫注意到一抹而逝的古怪光彩，這眼神讓泰勒後背感覺到寒顫。

跟他的土地一樣重要的就是他的名聲。

艾弗瑞家族是土地的一部分，他們世世代代用血汗灌溉作物，牛隻也世世代代在這片農地上放牧。艾弗瑞家族還清債務，盡力救濟窮人。現在代表法律的人要泰勒若是入選，就要背叛他的誓言與他的名聲。

他在門廊顫抖不已，不是因爲天氣，而是因爲孔恩離開後，身體實際的解放。他迫不及待要逃離孔恩的惡臭。保護艾弗瑞土地是他這輩子的志業，他在想自己該準備怎麼做才能留住這塊地。

他坐在椅子上，拿起那本《梅岡城故事》，擺在大腿上。他心不在焉地翻起書頁，思索自己面前的選項。他很快就得在自己的好名聲與農場之間做抉擇。他似乎沒有多少選擇的餘地。他十四歲的兒子在樓上睡覺，躺在泰勒小時候的房間裡。這片土地是他兒子與生俱來的權利，他告訴自己，無論要付出多少代價保住這塊土地，他都願意。

34
艾迪

在安迪離開法院隔天再帶他回去，他很不好受。我希望他能有更多時間安頓下來，這樣我們的交流就能輕鬆一點，但法院的要求很明確。至少這次安迪可以穿像樣一點的服裝。新衣服，哎啊，算新，派翠西亞動用積蓄，替安迪在二手商店買了一套西裝。在他還沒遭到逮捕之前，西裝是合身的，但現在感覺西裝容得下兩個安迪。襯衫也沒好到哪裡去，安迪的脖子從領口伸出來，很像刷柄。

「好啦，你看起來眞帥。」派翠西亞說。

安迪緊張地坐在她前方的辯方席上。他轉過頭，向媽媽豎起兩根大拇指。他曉得爲了這身行頭，她花光了所有積蓄，他不打算在衣服上留下污點。這就是派翠西亞幫忙的方式。她讓安迪在法院上看起來體體面面，就跟他理當是個體面正直的年輕人一樣。

派翠西亞坐在旁聽席第一排。今天法院沒有多少人，幾名記者，多位穿著白色T恤、卡其色斜紋褲的熱心公民，其中包括布萊恩．丹佛，今天缺席的是他的阿瑪萊特十五型步槍。受害者的父親也來了，凱特偷偷向我介紹。他穿了翻領襯衫與黑長褲，他的神情訴說了一個誰也不忍心聽的哀痛故事。他注意到我的目光，瞪著我看。

我點點頭，但沒有微笑。

在他雙眼深處沸騰的痛楚轉化成別種情緒，直直瞄準我。只要有機會，這個男人就會踩斷我的脖子。不能怪他，執法人員告訴他，安迪．杜瓦就是殺害他女兒的凶手，無論法庭判決結果如何，可能都永遠無法扭轉這種想法。

辯護席上，凱特在我右邊，哈利在我左邊。哈利另一側則是安迪，哈利很照顧他。哈利自己沒有孩子，但他對這位年輕人展現出來的情感讓我覺得他也許後悔自己沒有生小孩。

凱特準備了陪審員可能人選的一整個檔案夾筆記。無眠一夜後，我早上看了一下。工作進行得很完善，比我準備得還好。

孔恩已經坐在控方席，身邊有幾位助理。我在法庭張望，卻沒看到警長。錢德勒法官走進法庭，全體起立。法官宣布今天是烈日郡訴杜瓦案陪審團選拔的預先審查。

「檢辯雙方，兩側翼房裡有一百位陪審員人選，我期待你們動作快一點。在我的法庭上，由我決定死刑案陪審員資格。在我決定之前，我希望雙方在一位陪審員身上不要花超過五分鐘的時間，弗林先生，這樣清楚嗎？」法官說。

我點點頭。

這是我經手的第一個死刑案，但我很清楚其中有何種陷阱。在這個鎮上，坐在陪審團裡的人是誰並不重要。在證實有罪之前，他們誰也不會認為安迪是無辜的。至此又迎來另一個問題，死刑案的陪審團選任制度與其他刑事司法系統的遴選過程很不一樣。

在死刑案裡，陪審團必須具有「死刑判決資格」，如果被告有罪，他們必須願意處被告死刑。在這種案件裡，檢辯雙方會問陪審員是否願意判處死刑，或者，就算被告有罪，他們是否不願提出這種處罰？這種問題對檢察官相當有利。多數女性、少數族裔、天主教徒、自由思想人士大多反對死刑，就算他們認爲某人有罪，也不可能判下這種處罰。這意味著他們無法成爲死刑命案的陪審員。結果就是大多符合死刑判決資格的陪審員膚色很單一，都是白人，信基督教，篤信《聖經》舊約的內容，在法庭上還沒人開口前，他們就會帶著被告去後院，朝人家腦袋開槍。

事實就是，具備死刑判決資格的陪審團更容易宣判有罪結果，就是這麼簡單。

還要考慮到一開始最常提到的問題，他們是否願意提出死刑判決。就算對最不帶偏見的陪審員來說，這個問題所散發出來的意涵就是他們最後肯定會走上那一步，所以陪審團想的不是檢察官能不能證明這起案件，而是他們能不能幹掉被告。結果就是從陪審員遴選到判決結果出爐前，有罪的烏雲會始終籠罩在被告頭上。

各方因素都對安迪不利，而我們能夠施展的角度也不多。

凱特指了指她列出的一串人名，說：「記住，無論如何，我們都要剔除這些人。」

凱特仔細研究過先前提交的陪審團問卷。根據回答，她選出二十五位我們必須避開的陪審員。

法官召集十五位陪審員人選，向他們介紹流程。用錢德勒法官的話來說，「講重點」就好，他直接問他們是否反對死刑，不會求處這種刑罰。四名烈日郡講道理的公民舉起了手，立刻遭到剔除。

剩下十一人，他繼續追問，又有五人出局。

「我們根本不用出席遴選。」哈利在錢德勒再度踢掉一人時開口。

我很訝異他一口氣就刪掉這麼多人。就歷史經驗看來，美國這個國家的確挺喜歡死刑。

自從一九三〇年代末開始，美國人民每年都會接受關於死刑的民調。直到二〇一九年，美國多數民眾這才首度反對起死刑。在過往九十幾年的歲月裡，多數美國人認爲處決同胞是絕佳主意。

下午四點，席上有了十位陪審員，還需兩人。我們用光了四次無因迴避的機會，無因迴避讓我們不用提出理由，就能直接剔除任何陪審員。我們還是能使出有因迴避這張牌，但在錢德勒面前這招可能不太管用。凱特起身，向泰勒．艾弗瑞這位酪農問話。

「你看過本案的報章報導嗎？」凱特問。

「有的，女士。」

「你看過本案的電視新聞報導嗎？」

「有的，女士。」

「看過平面報導也看過新聞，你怎麼能分辨報導裡哪些是事實呢？」

「我不會相信我在報紙上讀到的所有消息，我也不太相信我在電視上看到的東西，女士。」

好答案。我開始喜歡艾弗瑞先生了。我感覺得出來，凱特對他也頗有好感。

「艾弗瑞先生，你怎麼判斷自己相信的就是眞相呢？」凱特問。

「呃，新聞方面，如果是華盛頓發的，那大多不是眞的，或者只是某人的眞相。我老爹教過我，事情總有一體兩面。」

「艾弗瑞先生，你沒有農忙時，閒暇時間有何消遣？」

錢德勒法官翻起白眼，對於這種對話，他實在沒有多少耐心。

「我會讀書。」艾弗瑞說。

「你都讀些什麼？」

「小說，大多是經典作品。」

凱特慢慢來，聚焦在艾弗瑞身上。他沒有理由撒謊。她靠到我面前。

「我覺得他不錯，你覺得呢？」

「如果閱讀是眞的，那我會說就他了。讀者有同理心。總之呢，這裡無需有因迴避。我們用他吧。」

凱特說：「法官大人，我們接受艾弗瑞先生成爲第十一位陪審員。」

錢德勒示意艾弗瑞入席就坐。

十一位陪審員坐在陪審席上，九位白人，七男兩女，兩名男性非裔美國人。具有死刑判決資格的陪審團就長這樣。

只剩下一個席位。

一位非裔美國人年輕女性走過來，坐在位置上。她叫伊梅妲．福斯。她在凱特偏好的陪審員名單裡名列前茅。孔恩只剩一次無因迴避機會，此刻便用上了。

凱特就在等他開口。

「法官大人，這是巴斯頓拒卻[1]。」凱特說。

在最高法院的法律裡，無因迴避不能在任何歧視的理由下成立。不能因爲某人的膚色、宗教或性別就排除對方。

1 巴斯頓退卻（Batson challenge），出自一九八六年巴斯頓訴肯塔基州政府一案。簡單來說，最高法院裁定檢方不得在刑事案件中因陪審員的種族膚色而排除該名人選。

「很好，孔恩先生，你必須提出此項退卻的理由。」法官嘆了一口沉重的氣。

孔恩起身，解開外套鈕扣，清了清嗓。這是爲了思考爭取時間。

「法官大人，我相信辯方律師質疑我的判斷是否具有偏見，這點相當不恰當。不過，我願意陳述理由。福斯小姐無法擔任陪審員，因爲檢方根據她在問卷上的回答，認爲她無法提出公正的裁決。」

「具體是哪些回答？」凱特問。

「小姑娘。」法官說。「妳不能問地方檢察官問題，他已經回答了。沒有違反相關判例，我也看不出其中的偏見。排除這位陪審員。」

就是這樣。

我低聲對凱特說：「別罵髒話，錢德勒的大屁股大概也坐在檢方席上。」

她點點頭。我看得出來她滿臉漲紅。凱特想臭罵錢德勒，怪不了她。事實上，如果修理他不會遭受懲罰，那我挺樂意替她提外套呢。

「下一位陪審員。」錢德勒說。

坐上座位的是另一位年輕女性。年紀比伊梅妲年輕，還是白人。我望向凱特的名單。我已經知道她叫什麼名字了，她叫珊蒂，曾在葛斯簡餐店工作，她那輛不是福斯汽車的爛車此刻正停在雞油菌旅社外頭。

輪到孔恩發問。

「妳認識本案裡的任何一方或證人嗎？」他問。

珊蒂．波耶穿了白色罩衫、黑長褲，深色的頭髮上繫了紅色緞帶。她花了點時間思考，展現出她理解這個問題的樣子。她迅速望了我一眼，頂多就半秒鐘，然後說：「都不認識。」

孔恩繼續走他的流程，但她的回答無懈可擊。她說她在道德上沒有反對死刑，如果被告有罪，她也會考慮這樣的判決。

我低聲對凱特說：「我們接受她，不用提問，沒有異議。」

「她？我不確定。」凱特說。「她沒比受害者大幾歲，又住在同一個鎮上。我覺得她們甚至避不開彼此，說不定認識她、聽說過她的事，可能強烈同情受害人。這樣我們的工作就更困難了。」

「相信我。」我說。

凱特不情願地點點頭，輪到我們，我們接受珊蒂成爲我們最後一位陪審員。

迅速加入兩位候補人選，然後法官說：「我們花了夠多時間組這支陪審團。後天就開庭。孔恩先生、布魯克斯小姐、弗林先生，請做好準備。」

我們離開法院，我心裡只有一個疑問。

珊蒂爲什麼向檢察官撒謊，說她不認識我？

35
艾迪

每次走進雞油菌旅社的房間，感覺這裡都變得更狹窄了一點。晚上八點剛過，我們一整天都忙著研究案情資料。布洛克大多在講電話，我跟哈利一邊研讀檔案，一邊思考。凱特將筆記與文件散落在房間裡，多到我都不曉得該拿它們怎麼辦。案件似乎在擴張，但我們沒有前進。

「聯絡上病理學家方思華斯了嗎？」我問。

布洛克搖搖頭。

「好吧，那交給我。妳盯著孔恩，緊盯他，直到查到有什麼我們能用的資訊爲止。」

布洛克點點頭。

「我們需要討論檢察官證人的應對策略。」凱特說。

「我知道，但我現在無法思考。」

哈利從扶手椅上起身，將一張紙用圖釘固定在牆上。他拿起簽字筆，開始列出檢察官的證人。

「有誰呢？檢察官有絲凱拉的父親法蘭西斯·愛德華茲。他肯定會在一開始或最後出來作證，用來讓陪審團同仇敵愾之用。然後是跟地方檢察官友好的法醫普萊斯小姐，她會向陪審員講述血淋淋的細節。接著還有地方檢察官的鑑識專家雪柔．班布里。她證實安迪的血出現在絲凱拉指甲裡，對此我們還沒有應對計畫。霍格酒吧的老闆會告訴我們，他那晚看到安迪與絲凱拉爭執，就這樣，句點。就算要定罪，孔恩也用不著派出拘留所告密仔勞森，或找羅麥斯警長出示我們客戶的認罪書。」

凱特說：「就算我們能夠反駁鑑識人員、酒吧老闆的說詞，排除安迪的自白，陪審團對我們還是相當不利。艾迪，我實在看不出我們能贏。眞抱歉，我知道安迪是無辜的，但我實在想不到勝訴的方法。」

我點點頭。「絲凱拉頭部的圖案痕跡很重要。法醫之所以沒有寫進報告的陳述。這意味著那個痕跡無法支持地方檢察官的指控，我想不通其中的原因。爲什麼報告裡不提那個印子的痕跡？不是因爲沒注意到，不是因爲安迪遭到逮捕時，身上沒有那種印子的戒指，我很相信孔恩可以找到類似的戒指，栽贓給安迪。不，事情沒有那麼簡單，有些狀況我們還看不清楚。」

「我們沒有看見的是命案當晚的加油站監視器畫面，這是肯定的。」哈利說。

「孔恩在掩飾足跡上非常謹愼。」我說。「他打破各種規矩，隱瞞對被告有利的證據，我相信他跟寇帝、貝蒂的死脫不了關係。看看那傢伙，簡直是會走路的屍體。他對死刑還異常痴迷。不，如果我們要救下安迪、幹掉這傢伙，我們玩遊戲的手段就得比孔恩更髒、更高明。」

我掏出手機，選擇聯絡人，撥打過去。

對方立刻接起，沒有「喂」，沒有客套話，沒時間來這些。

「我聽說寇帝及他辦公室經理的事了。你們沒事吧？」柏林說。

「我們沒事，沒那麼好嚇。聽著，這個孔恩對安迪的指控非常綿密。他藏起或摧毀了監視器畫面，這個畫面也許可以指出眞正的凶手，讓安迪除罪。我們聯絡不上我們的法醫。我覺得孔恩也找上他了。寇帝與貝蒂的死傳達出了威脅的訊息。」

「你覺得孔恩參與其中？」柏林問。

「無法證實，但我是這麼想的。」

「我能做什麼？」

「我還要錢。」

「我查了戶頭，裡頭還有三十五萬七千元，這樣不夠嗎？」柏林問。

「不夠，那筆錢有另外的用途。我另外還要十萬。」我說。

「另外的十萬要幹嘛？」

「我想你還是不要知道比較好。」

「艾迪，我想我還是掌握一下這筆錢的用途比較好。」

「行，我要賄賂一位陪審員……」

第五天

36 艾迪

距離開庭還有一天。我早早起床，在天還沒亮就開上Prius出發。烈日郡是阿拉巴馬州最小的郡，但距離第二受歡迎的郡，也就是郡城首府莫比爾不遠。當地人都唸成「莫柏」，我想大概跟法文及法國移民後代的發音有關。相較於小小的巴克斯鎮，這裡的氣氛較爲輕鬆。我猜街上大概只有半數的人具械。在阿拉巴馬州最「悠閒」的氛圍不過如此。

剛過九點，我將車子停在斜坡街道上，我下了車，朝白色尖籬的獨立大房子前進。這裡似乎規定草坪只能長到多高，超過某個高度，就會有人跑來除草，還開收據給你。我打開柵門，走上門廊，按下電鈴。就跟街上的每一棟房子一樣，這間屋子屋況非常好，彷彿剛剛才油漆過。

來應門的男人穿著睡袍，年約六十好幾，大禿頭周圍有一圈白髮。睡袍看起來不便宜，紅色的絲綢，薄薄的，夏天才穿得上。我看到右邊口袋裡鼓起的左輪手槍形狀。雖然是大白天，男人對來訪者還是相當警惕。

「方思華斯博士？」我問。

「你是誰？」他的手消失進攏槍的口袋之中。

「我叫艾迪・弗林，我是安迪・杜瓦的律師。」我一邊說，一腳卡進門裡。他想關門、轉身，但門撞到我的腳，關不上。

「你這是私闖民宅。」他說。

「我是在跟不願履行職責的專業證人交流。」

「我退休了。」他說。

「寇帝・華倫也永遠退休了，還有他的辦公室經理貝蒂。」

「貝蒂死了？」

「前天晚上有人把他們兩具屍體扔在杜瓦家附近的車上。博士，我知道你怕，但我得跟你談談。」

他停頓了一下，看得出來他的腦袋正在瘋狂運轉，雙眼左右掃視。我覺得他已經猜出寇帝死了，但貝蒂的死出乎他的意料。報紙跟電視沒有報導他們的命案。警長辦公室對此靜默無聲，讓整件事更啟人疑竇。

他放開門，踏到室外，查看兩側街道。沒有路人，除了我的Prius外，沒有其他車輛。附近住戶都有私家車道，只有訪客或盯哨的人會把車停在街上。

「那是你的車嗎？」他指著Prius。

「是租來的，但對，是我開的。我們可以進屋聊聊嗎？」

他急忙趕我進屋。關上門後，帶我去走廊左手邊的一個空間。這裡是橡木板打造的書房，牆邊有一排一排的書架。這個房間的窗簾緊閉，唯一的光源來自他書桌上的銀行燈。他沒坐下，沒有請我坐在沙發上。

「你想怎樣？我已經跟你說了，我退休了。」

他呼吸急促，不是因為使勁，而是因為焦慮與恐懼。

「寇帝．華倫請你替絲凱拉．愛德華茲進行驗屍。你在她太陽穴上找到戒指留下的痕跡。這些印子沒有出現在法醫報告裡。我覺得那是重要證據。要麼是法醫沒看到，我覺得不太可能，要麼是有人刻意要她別在報告裡提。你覺得是哪一種？」

「還不夠明顯嗎？孔恩替命案弄來的嫌犯沒有那枚戒指。這枚戒指可以作為合理懷疑的來源。弗林先生，讓我告訴你一件事，烈日郡的未破命案寥寥可數。很多人懷疑幾起懸案大概是出自地方檢察官之手，或他身邊的人。」

「你覺得地方檢察官是殺人凶手？」

他搖搖頭。「如果你到現在還沒有得出這個結論，那我也幫不了你。他就是靠欣賞精心策劃的死刑過活。要麼是用電椅，要麼是注射死刑，不然就是……其他的方式。」

「這樣就更有理由要救安迪．杜瓦了。」

我一提到這個名字，方思華斯就臉色大變。他別過頭，不願與我對視，他臉一沉，神色都黯淡了下去。安迪·杜瓦這個名字宛如羞恥的碎片，扎著他的皮膚。

「我幫不了你，說過了，我退休了。」他又用低沉的嗓音說了一遍。

「寇帝來找你後，你就退休了，到底出了什麼事？」

「一切都不對勁。我進行驗屍，寫報告，跟寇帝討論。到了某個時間點，他必須透過證據開示跟檢察官分享我的發現。我的報告一送達地檢署，我就接到電話，說如果我想繼續呼吸，就不要出庭作證。」

「你有讓警長知道這件事嗎？」

「電話就是從警長辦公室打來的。」

「羅麥斯？」

「對，羅麥斯認識孔恩之前是個好人。我不曉得該怎麼好好跟你解釋，說不定根本不用解釋，但孔恩有辦法鑽進人心裡，用他的骯髒齷齪爬進一個人心底，感染對方。他當上地方檢察官後不久，郡裡的死刑案件數量直衝天際，而羅麥斯買了新車。沒多久，羅麥斯換了新房子，他老婆開始在鎮上的高檔店裡買東西。聽著，你要我講得再清楚一點？孔恩賄賂了羅麥斯。而人只要做出小小的妥協，就完蛋了。你就此踏上了單行道。接受賄賂，對破壞的證據視而不見，然後實際參與動手腳的過程，接著是摧毀證據，最後是摧毀寇帝與貝蒂這種人。沒多久，你會驚覺這條路已經帶你抵達意料之外的境地。」

這種故事我太清楚了。我在條子身上見過。羅馬不是一天造成的，而是緩慢的累積，一點一滴敗壞下去，最後惡行吞噬他們。彷彿是冷水煮青蛙，慢慢加溫直到沸騰。

「羅麥斯爲什麼會替孔恩殺人？這一步也跨太大了。他遭到威脅？」

「我不知道。孔恩就是有辦法讓別人照他的意思來做事。要是他不能控制對方，那這個人也不會活太久。所以我才愛莫能助。我不想哪天早上出門拿信就看到槍口對著我。」

我不想對方思華斯施壓。他看起來就是受驚的老人家。但想到安迪坐上電椅的畫面，兩權相害取其輕啊。

「聽著，你檢查屍體的時候拍了照片，貝蒂說照片跟案件資料在寇帝後車廂裡，但東西不見了。我需要那些照片，我也需要你出庭作證，解釋受害者頭部的痕跡。如果你幫忙，我會保護你。」

「孩子，你這是要搬來跟我一起住？沒有不尊重的意思，但你連自己這條小命都不見得保得住呢。」

「我就是這個命。」我說。「聽著，肯定有辦法在不暴露你身分的狀況下使用這些照片。其他報告與照片裡，受害者身上都沒有這個痕跡。」

「你的客戶，我很抱歉，眞的，但我不想爲他送命。」

「我在紐約有朋友。我可以找人馬來保護你，搭飛機來，一個小時內就能抵達，拜託——」

「我才不會冒這個險。」

「所以寇帝與貝蒂白白犧牲了？殺害絲凱拉的眞凶逍遙法外，孔恩得以用電椅烤死一個無辜的孩子？你是這個意思嗎？」

他退了一步，喘起大氣，下唇顫抖。

「你也是當過醫生的人，醫生的首要職責不是保人性命嗎？」

他低下頭。我看得出來，這個問題啃食著他的內心。不是先前那個用不著回答的問題，不，是背後的大哉問。我們偶爾都會捫心自問的大哉問。這個問題也是牧師馬丁·尼莫拉一九四六年懺悔演講的內容，他的文字後來寫成詩的形式，出現在眾多大屠殺紀念館上。尼莫拉說：起初他們來抓社會主義者的時候，我沒有說話，因爲我不是社會主義者。然後他們來抓共產主義者、工會人士、猶太人，而我因爲不是共產主義者、工會人士、猶太人，我依舊默不作聲。最後一句話則讓人久久不能忘懷。

然後他們來抓我，此刻已經沒有人留下來替我發聲了。

你打算在哪裡表明立場？你願意開口發聲嗎？

這就是方思華斯腦中盤算的問題。從走廊衣帽架上的衣服及整個屋子的擺設看來，方思華斯是有妻子的人，大概是深愛的妻子。他在權衡這兩者哪個比較嚴重？一是她遭遇不測，二則是拒絕我之後的愧疚恥辱感。

「我辦不到。」他說。

這個問題我多年前也問過自己，而我開口了。不管怎麼樣，我替那些有需要的人站上法庭，也因此付出了慘痛的代價，我的婚姻、我與女兒的關係，前陣子還因此失去了我逐漸愛上的女人。做對的事情會帶來後果，什麼也不做同樣必須付出代價。兩者都會讓你難以面對鏡中的自己。

我點點頭。我明白方思華斯的恐懼。他的確有權利害怕。

「好吧，但你此刻有兩個選擇。我知道照片在你手上，我需要這些照片。你可以給我，或是我強行帶走。博士，其中沒有灰色地帶。」

「該死的照片可以給你，但我不會踏進法庭。這意味著，你不能在開庭時使用照片，對嗎？」

「東西給我就對了。」我說。

他走到桌邊，打開上鎖的抽屜，翻起幾份檔案，然後抽出一個信封交給我。信封是開的，我伸手進去，拿出一本相簿。

「不管照片拍到什麼，我想都是寇帝與貝蒂遭到暗殺的原因。」方思華斯說。「我必須接受這點。」

我看到受害者頭部傷痕的特寫。

「星星形狀的痕跡環繞在她的頭殼上，彷彿是在蓋印似的。」他說。

畫面距離傷口越來越近，展示出放大焦距的過程。最後一張照片拍攝時，鏡頭差不多貼在皮膚上了，這就是寇帝遭到滅口的原因。我很確定就是如此，我只是不懂這代表什麼，只知道這張照片帶來了麻煩。

「她皮膚星星上方的圖案是什麼？」我問。

「我一開始沒看清楚，我的眼力沒有以前好了。寇帝在我拍下、放大的照片上看到了什麼，他跑來跟我討論。他離開我家大門那天就是我最後一次見到他。」

「那是什麼圖案？是燙傷嗎？」

「不，那是瘀青的印子。物品以速度加力量接觸到皮膚。撞擊區域會顯示出白色，周圍會失去膚色，讓圖案變得更明顯。圖案是在戒指上，一直重複，每一次出擊力道都很輕，但那是傷口上印子看得最清楚的一張。寇帝覺得這張照片非常重要。」

我看到類似新月的形狀，還有兩道水平線條，連接著一條直線。圖案小小的，也許只有零點六公分。我知道她皮膚上的圖案跟某枚戒指上的圖案是鏡像顛倒的。

在星星上方有兩個字母。

F與C。

37

布洛克

布洛克站在第十五街與主街的轉角，掃視著對面的停車場。鐵絲網後面的停車場大概可以停五十輛車。一邊是看起來存在已久的郵局，另一側則是看起來才開張五分鐘的貝果店。布洛克這一邊的街上有座倉庫，面對停車場的是一間糖果店。

早上十點零一分，她要見的對象遲到了一分鐘。她發現自己咬著牙，連忙鬆開。她塞了一塊果汁口味的口香糖進嘴裡，嘆起氣來。

如果布洛克說她在某個時間會出現在某個地點，她就是會準時抵達那個地點，或提早到。她無法容忍自己或其他人遲到。該怎樣就怎麼樣嘛。她還在努力適應那些跟她不同調的人。

一輛林肯豪華Navigator休旅車開進對街的停車場。輪胎在入口的一片小石子上發出沙沙聲，接著車子開上光滑的混凝土地面。車子倒車停進空格裡，身著米色上衣、法蘭絨居家褲、漢麻纖維便鞋的女人下了車。她將一頭咖啡色的頭髮紮起，脖子上掛著細細的金鍊，上頭還有看起來像玉石的大墜子。布洛克過了街，在女人走出停車場前向她打招呼。

「珍？」布洛克問。

「對，妳肯定就是布洛克了。」女人說。她聞起來有高檔精油的味道，香甜又有錢。布洛克想像珍吃著全素晚餐，聽著經典爵士樂，翻閱起這禮拜的《紐約客》。珍很有錢，她無需幹些正經工作，可以將時間用在搞慈善事業上。其中一個慈善活動是替定讞的死刑犯平反，珍是該組織的副主席。

布洛克點頭回應。

「哎啊，事情就是在這裡發生的。」珍說。「我說了，這裡沒什麼好看的，瑟昆藤先生遭到謀殺後，車行就關門了。那邊空了很長一段時間，然後生意發展到這一區來，他們需要更多停車空間，於是這間停車場就開門了。就這區來說，這邊停車很便宜，一個小時才四塊美金。」

布洛克對停車費高低沒有興趣。

「妳有帶檔案來嗎？」布洛克問。

珍雙手抱胸，將重心移到一側腰上，扭著頭。

「可以請妳解釋妳對這一切的興趣是怎麼回事嗎？我在檔案裡查不到妳的名字。」

「我替律師事務所工作。」布洛克說。

珍沒有反應，沒有繼續追問。她是想讓布洛克知道這樣不夠，差得遠了。

「我們替安迪・杜瓦辯護。」布洛克說。

「噢，我聽說了那個案子。明天開庭，對嗎？那妳問我達瑞斯・羅賓森的事幹嘛？」

「我不是對達瑞斯・羅賓森感興趣，我是覺得地方檢察官有意思。」

「聽著，別浪費時間了。蘭道・孔恩受到重重保護。達瑞斯的案子裡完全沒有可以對付孔恩的素材。孔恩很會掩飾足跡。達瑞斯開庭的律師很爛，但上訴律師很厲害。連寇帝・華倫都找不出對孔恩不利的證據。抱歉。」珍說。

她雙手放到身旁，退了一步。她打算閃了。

「寇帝．華倫死了。」布洛克說。

「死了？」

「他的辦公室經理也是，遭到行刑式謀殺，然後棄屍在安迪．杜瓦家外頭的車上。」

「噢，我的天，那眞是……太恐怖了。可憐的人。噢，我的老天，妳覺得跟地方檢察官有關嗎？」

布洛克挑起一邊眉毛。

珍驚嚇了一下，布洛克沒時間可以浪費。

「請讓我看一下檔案。」

「有什麼意義？如果眞有什麼，寇帝早就注意到了。」

布洛克嘆了口氣。她不喜歡講話，對話不是她的強項，但為了看到檔案，她不得不繼續開口。

「如果檔案裡沒有對我有利的資訊，妳也沒有損失。只要讓我看半個小時就好。要是找到什麼，妳就能用這點洗刷達瑞斯．羅賓森死後的名聲。」

珍打住動作，上下打量起布洛克，說：「這個州最好的律師都看不出來的東西，妳怎麼覺得自己就找得到？」

布洛克用靴尖點了點石子地，說：「我就是幹這個的。」

珍陷入沉默，然後說：「噢，我的天，妳怎麼可能半小時就看完這些檔案？我後車廂裡有兩箱文件。」

布洛克的眉毛又揚了起來。

「那來吧。」珍說。

布洛克花了幾天時間研究孔恩起訴的過去二十起死刑案。其他地區的地方檢察官將其中兩起視爲極刑謀殺，但孔恩起訴的手法將這兩個案子升級到法律範圍裡最嚴重的程度，每次都尋求死刑。二十起中，證據顯示其中十位被告都有罪，雖然布洛克認爲罪不致死，但就算她找到孔恩行爲不當，也很難替這些人博得大眾的同情。另外十起案件裡，九名年輕人不是智力有障礙，就是精神有問題。他們的辯護進行得差強人意，但沒有什麼引起布洛克注意的地方。

直到她注意到達瑞斯．羅賓森一案。他是因爲阿拉巴馬州的共犯法而定罪，意即若你參與犯罪事件，你就得替整件罪行負責，就算你只參與了小部分也一樣。達瑞斯的罪名是搶劫殺人。他接應了前重刑犯波特，波特去二手車行搶劫，過程中槍殺車行老闆。達瑞斯一直說自己不知道波特有槍，他以爲只是載對方去取車。波特跑回車上時，一手握著一袋子現金，另一隻手持槍威脅達瑞斯，立刻開車，不然他就開槍。

波特後來被警察擊斃，兩名路人指認出達瑞斯的車牌，警方循線追蹤到了他。

就是這點引起布洛克關注。

如果你要進行持槍搶劫，開自己的車去肯定是個爛主意。事實上，肯定是蠢到家了。達瑞斯．羅賓森看起來不是笨蛋。

珍打開林肯休旅車的後車廂，布洛克抓起一箱文件前往後座，坐了進去，接著開始翻閱起紙張。一箱十分鐘搞定，珍把第二箱文件交給她。

十九分鐘後，布洛克從第二箱裡抽出一張紙，說：「好了，跟我來。」

她們下了車，珍跟著布洛克走出停車場，穿越街道，前往糖果店。

「我們跟老闆桃樂絲．梅澤談過了，她證實了她告訴警方的說法。她什麼也沒有聽見，更沒有看到任何異狀。她耳朵很背。」珍說。

糖果店的門打開時，門框上方的門鈴響了一聲。

幾乎是立刻反應，一名女子從櫃檯後頭的工作室走了出來，她的白色襯衫外頭是一件藍色圍裙。她臉頰上有糖粉，手跟圍裙上也有。她移動時，身邊似乎籠罩了一層甜膩的霧氣。她頭髮花白，實在看不出裡頭卡了多少糖粉。

「早安。」這位老太太說。

「早。」布洛克說。「我是地檢署的人。我想跟桃樂絲．梅澤談談達瑞斯．羅賓森的案件。」

「噢，好，我就是桃樂絲。我以為那件事已經結束了。他……是不是……」

「他去年執行死刑了。」布洛克說。「我們只是想在結案前確認幾個細節，希望妳不介意。」

桃樂絲揮揮手，說：「完全不會，有什麼需要幫忙的？」

布洛克將她的聲明交給對方。桃樂絲在檔案裡只有出現這麼一次，還是負責替羅賓森上訴的律師準備的說詞。

「妳在聲明裡對這些律師說，妳那天什麼也沒聽見。」

她接下紙張，看了一眼。上頭只有短短幾句，說明桃樂絲的身分、地址，以及她因為聽力不好，沒有聽到槍聲，更是什麼也沒看見。

「對，我記得簽署過這個。我沒聽到槍聲，所以沒理由出去查看狀況。」她說，但她忍不住望向布洛克身後的門鈴。

布洛克跟珍進門時，桃樂絲聽到了門鈴聲。

「好。」布洛克說。「所以妳沒有告訴他們，妳的確聽到槍聲，妳還去外頭看到事發經過。」

桃樂絲面露微笑，但沒有先前那麼熱絡了，她說：「再講一次，妳是哪個單位的？」

「地檢署。女士，沒關係的，妳可以暢所欲言。」

桃樂絲沉默了一會兒，她拿起抹布擦拭櫃檯，同時思考起這個問題。

「誰告訴妳我聽到槍聲的？」她問。

「女士，顯而易見啊。妳前門的小門鈴響起來的時候差不多四十分貝。一秒鐘燃燒一加侖燃料的噴射引擎是一百四十分貝。波特用的是貝瑞塔手槍，發射出九毫米的帕拉貝倫中空彈。他在外頭開槍，距離妳四十五公尺。隨之而來的音爆會在一百六十分貝時打破音障。妳剛剛能夠聽到小門鈴響，所以妳肯定也聽到了槍聲。」

「如我告訴警長的一樣，聽到聲音後，我就去外頭，看到拿著袋子的人。他站在街上，用槍指著車子的駕駛，高喊如果他不開門，他就會殺了他。我也跟羅麥斯這麼說。他說這件事我自己知道就好。他沒有要我簽署什麼文件，這樣沒問題吧？」

「女士，沒問題。妳跟地方檢察官有類似的對話嗎？」

「不，我只有跟警長談。我做錯了什麼嗎？」

「別擔心，謝謝妳的配合。如果我們還有什麼需要，會再來找妳。」

布洛克走出店鋪，門鈴在她頭上響了起來，珍跟在後頭，嘴巴完全合不攏。

「噢，我的老天。」珍說。

她似乎動不動就把老天掛嘴邊。布洛克從外套口袋掏出手機，中止錄音。存好檔案，寄給凱特。

「之前都沒有人注意到這點，妳是怎麼辦到的？」珍問。

「我說過，我就是幹這個的。」布洛克說。

38

凱特

布洛克開走了運動型多功能休旅車，艾迪開Prius，凱特跟哈利就只剩那台不是福斯的破車。哈利把車開到卡車休息站，將車停在酒吧後方。中午酒吧開始營業了。凱特正在跟布洛克通電話。

「我聽了糖果店老闆娘的錄音。幹得好，但不足以逮住孔恩。」凱特說。

「我們可以用這段錄音接近他。桃樂絲．梅澤暗示羅麥斯作僞證，妨礙司法公正。我們可以利用這點讓他背叛孔恩。」

「所以我們讓羅麥斯跟柏林協商，用他的證詞來對付孔恩。」

「沒錯。」

「好，我跟艾迪講一聲。」凱特說完就掛斷電話。

「你覺得羅麥斯會背叛地方檢察官？」哈利問。

「他別無選擇，我懷疑他會不會想爲了檢察官坐牢。我聽說羅麥斯妻子生重病，他不會想離開她的。我感覺得到這就是我們扳倒孔恩的突破點。」

哈利點點頭，隔著擋風玻璃望向霍格酒吧。

他們下了車，進入炙熱的陽光下，然後迅速朝大門前進。酒吧裡燈光昏暗。炫目陽光與昏暗的對比對凱特來說太強烈。她不得不停下腳步，眨幾回眼睛，然後才能適應微弱的光線。窗戶上全蓋著厚厚的塑膠膜，正對大門、遊戲機與數位點唱機的是長長吧檯後方的霓虹招牌，她只能靠這點光線尋找方向。

門口到吧檯之間散落六張小圓桌及凳子，左手邊是包廂卡座，大概有六個這種位置，每張桌上都有一盞小燈，但光線還是不夠亮。吧檯轉角處有兩道橫梁，連著天花板。梁上用鉚釘固定了一堆馬蹄鐵。

吧檯後方有一個男人，正用白色抹布擦拭玻璃杯。酒吧裡沒有其他人，但從廚房的香氣看來，他們正準備迎接忙碌的中午用餐人潮。男人放下玻璃杯，用抹布擦拭後頸，然後將抹布扔進水槽裡。他穿了一件黑紅格子襯衫，裡頭是黑色T恤，下半身是藍色牛仔褲。他要麼已經一個禮拜沒刮鬍子，要麼就是造型本該如此。凱特實在看不出是哪種。

「要替兩位來點什麼嗎？」他說。

「當然。」哈利拉出吧檯的凳子。「咖啡聞起來好香。我要兩杯波本加冰，一杯水跟一杯咖啡。」

酒保點點頭。他倒了兩杯冰水，一杯放在哈利面前，另一杯擺在他旁邊的座位上。在這種地方讓客人保持水分是很值得的，如此一來，客人就不會在買單前死於中暑。

「凱特，妳想喝點什麼嗎？」哈利問。

凱特坐進他旁邊的座位，小啜起冰水。「謝謝，這樣就好了。」

酒保帶著哈利的酒水與咖啡過來。

「兩杯波本威士忌，還有一杯咖啡？」她問。

「噢，別擔心，咖啡不是我要喝的。」他掏出手機，拍下咖啡的照片。「我們從紐約出發後，艾迪就沒喝過像樣的咖啡。這張照片會逼死他。」

「你何不點一杯雙倍威士忌加冰就好？」

「因爲點單份酒保都會倒多一點，我說的對嗎？」

酒保對哈利點點頭，說：「熟門熟路呢。」

「的確，酒吧上多了。」哈利說。「對了，你是雷恩·霍格嗎？」

哈利提這個問題時，酒保正在擦吧檯。哈利靜默時，抹布也停了下來。

「是誰想知道？」酒保問。

「我們是安迪·杜瓦的律師。」凱特說。

他嘆了口氣，繼續擦拭，這次擦得很用力。

「我已經把看到的景象統統告訴警長了。」他說。

「所以你就是雷恩。」凱特說。「安迪看起來是個好孩子。」

「我之前也是這麼想的，但誰知道呢？」雷恩說。

凱特與哈利互看一眼。雷恩有點同情安迪。她感覺得出來，哈利也注意到了。

「地方檢察官說安迪謀殺了絲凱拉·愛德華茲。我們不信，你覺得呢？」凱特說。

雷恩放下抹布，靠在吧檯上湊了過來，攤開雙手。

「他們找到絲凱拉那天我哭了。她很特別，聰明又漂亮，心地又善良。她有時間招呼每一個人。鎮上很多人都以她爲榮。安迪來這裡工作後，絲凱拉就很照顧他，提點他。確保他的表現多數時候達到標準。我不曉得他們那晚在吵什麼，但我親眼看到了。他們就站在大門那邊。」

「可以請你描述一下安迪對絲凱拉的行爲嗎？」凱特問。

「安迪對她吼。絲凱拉也不是嬌弱女孩，她立刻回擊。」

「安迪看起來是在生氣嗎？」哈利問。

雷恩望向大門，彷彿是在腦海裡重播那個空間發生過的事情一樣。

「他提高了嗓門。我猜是吧。」

「你覺得他們在吵什麼？」哈利問。

「不知道，但他眞的很氣。」

對話停頓，凱特又望了哈利一眼，他點點頭。該提出關鍵問題了。

「雷恩，你覺得是安迪殺害了絲凱拉嗎？」

他搖搖頭。「我只是想經營我的酒吧。我已經跟警長說了，就這麼簡單，我看到的就是這樣，沒了。用不著蘭道．孔恩在我背後搞什麼小動作。」

哈利嘆了口氣。

凱特明白雷恩的恐懼，誰都不會想成爲孔恩的敵人，但這點無法解釋雷恩說謊的原因，眞的無法。安迪說那晚他沒有跟絲凱拉起衝突。他們沒吵過架，凱特相信安迪。她望向雷恩攤開並放在吧檯上的雙手。

「謝謝。請問我可以借用一下洗手間嗎？」凱特問。

「當然，就在那邊角落。」雷恩說。

她跳下凳子，繞過吧檯，朝著標示「洗手間」的門前進。她繼續行進，心跳加速。她掏出手機，傳訊息給哈利。

門後是一段窄短的走道，前方是逃生門。右側牆壁漆成白色，但上頭畫滿了塗鴉。左邊則是兩扇門，個別寫上「公豬」、「母豬」[1]。她等了一下，聽著她剛剛穿過的門，等著……來了。哈利的手機通知，宣布他收到一條訊息。凱特穿過「母豬」的門，心想天底下怎麼會有女人願意走進這鬼地方。她用水抹抹脖子，洗了洗手，擦乾，然後回到吧檯。

哈利隨即與她對上眼。

凱特坐上位置，哈利喝完面前最後一口酒，然後將玻璃杯緩緩放回桌上。

「這個，雷恩，可以幫我外帶這杯咖啡嗎？」

「沒問題。」雷恩從咖啡機上方抓起一個外帶杯，又端起哈利的咖啡，小心翼翼地倒進杯子裡。

他在倒飲料的時候，凱特用手機抓準角度，拍了雷恩好幾張照片。他將外帶杯交給哈利，道歉起來，他們沒有蓋子了。哈利付錢，他們起身離開酒吧。

「謝謝你的協助。」凱特用相當眞摯的口氣講話。

這是打從見面起，雷恩．霍格首度用狐疑的眼神望向凱特。

離開時，凱特沒有跟哈利交談，在停車場也沒有對話。他們一直到上了車才開口。

凱特覺得自己明白雷恩爲什麼撒謊了。

「有拍到嗎？」哈利問。

她掏出手機，找到她剛剛拍的照片，用拇指與手指在螢幕上比劃著，將某個區域放大。

那是雷恩．霍格將哈利的咖啡倒進外帶杯時拍的，他的右手戴著一枚大大的金戒指。中央有一顆五角星。

---

1 霍格酒吧（Hogg's bar）的店名與英文裡的豬（hog）同音。

39

羅麥斯

最後一批哀悼的人將空盤放進水槽裡，再次向羅麥斯致意，然後就離開了。葬禮兩天後舉行，他還要忍受這一切四十八小時。他不希望家裡出現另一顆蛋糕，不想泡咖啡，更是久久不想與人交談或見到任何人。

來致意的人都是露西的朋友，鄰居啦、鎮民啦、店家老闆啦、還有護理師，就是平常那些人。病程拖得很長，但她最後的離去很突然，大家措手不及。她奮力對抗病魔，沒有讓疾病奪走她的尊嚴或堅強。也許因爲這樣，對某些人來說，她的辭世非常意外。

羅麥斯將髒盤子、玻璃杯、馬克杯留在水槽裡，直接上樓，想著露西會唸他沒洗碗。他此刻無法面對，他只想躺下。進了臥室，他脫下靴子，躺在露西那一側的床上。他深吸著她的香水味，還在床單上。他哭了一會兒，睡了一下。醒來時，床邊桌上的時鐘顯示已經傍晚五點多了。他餓，但他不想吃東西。

他翻過身，望著站在檯燈座上的警察小人偶。這是露西的，在羅麥斯首度獲選爲警長時，朋友送她的禮物。這個警察小人已經有二十五年的歷史，露西每晚盯著它看，小人也會回望她。

羅麥斯原本一直走在陽光下，孔恩卻拖他進入黑暗裡。他拉開露西床邊桌的抽屜，希望能夠找到她的香水。這是露西的私人空間，他通常不會接近她的抽屜或衣櫃。她喜歡這樣，這些地方是羅麥斯的禁區，畢竟，他也有自己的衣櫥。他望進床邊桌抽屜裡，看到一瓶香水。

在法國香水瓶旁邊是一枚白色信封，標準尺寸。他坐起身，抽出信封，讀起上頭熟悉字跡寫的名字。

給柯特，之後再讀。

他將信封翻過來，小心翼翼拆開。他不想扯破，另一面有露西的字跡，寫著他的名字，因此彌足珍貴。那是需要珍惜的東西。

裡頭是一封手寫信。

親愛的柯特：

吾愛，我知道你會在我離開後才發現這封信。請不要難過。我愛了你一輩子，我依舊愛你。記得要吃飯，我知道你是怎麼樣的人。

我喜歡你在我生病時對我的照顧，你會替我按摩雙腳、替我洗澡、洗頭，甚至在我無法吞嚥時，將藥丸壓碎摻在優格裡。你就是這麼細心。

我喜歡你替我們打造的家。最後這幾年，這裡對我來說是一種特別的喜悅，但我沒有無視這個家的代價。你一直揣著重擔。我看得出來。蘭道、孔恩出現在我們生命裡沒多久之後就開始了，我每天都後悔你遇上那個人。他內心腐爛，還想把你變得跟他一樣。

你跟蘭道、孔恩截然不同。你是好人，我很清楚。嫁給你那天我就知道了。有些狀況遮掩住了這份善良，但這份善良還在你心中，柯特、羅麥斯。當你替我穿拖鞋、扶我去浴室、夜裡替我煮熱可可時，我都看得到這份善良。

他逼你做壞事。你以前不會做的事情。這輩子短暫也甜蜜，我之前沒辦法跟你談這種事，你知道我辦不到。我試過，但你不肯聽。無論你在做什麼，這些行為都深刻傷害了你。而我不希望你繼續受傷。

每天做點好事，就跟你以前一樣。你有你的幸運兔腳，只要掛在鑰匙上，你就不會有事。兔腳能夠保佑你平安。不過，吾愛，別再拖了，永遠擺脫那個男人吧。

就算是為了我。

求求你。

擺脫他，我就在另一邊等你過來。

你摯愛的妻子，

露西（吻

羅麥斯望著這封信，久久無法開口，無法動彈。

當淚珠滴落在紙張上，暈開墨水時，他才宛如大夢初醒。他小心翼翼地將這封信擺在床邊桌上，替妻子落淚。

也替他自己哭。

過了一會，他起身打開衣櫥。在他擺放私人槍枝的上鎖盒子旁有一個鞋盒。他拿出鞋盒，打開。裡頭是一枚隨身碟，其中正是絲凱拉．愛德華茲失蹤及命案間四十八小時的加油站監視器畫面。只有這一份影像，沒有副本。他將原本的檔案從加油站的伺服器裡刪掉了。

法醫報告出現不連貫的內容時，他就私下調查起絲凱拉的命案。在杜瓦遭到起訴兩天後，他找到了這段加油站畫面。他還是無法相信自己看到了什麼。絲凱拉上了一輛車，隔天晚上天剛黑，這輛車又回到該處。放大一點，他看到駕駛從後車廂抱出什麼重物，朝著停車場後方的草地前進。

他認識這名駕駛，也就是眞凶。更重要的是，在絲凱拉失蹤當天，明顯可以看到安迪．杜瓦離開之後再也沒有回來。

是時候坦白了，還要阻止蘭道．孔恩將另一個無辜的人送進行刑室。

40

艾迪

我跟凱特、哈利約在距離巴克斯鎮二十四公里外的燒烤餐廳見面。這是路邊小餐館，鋪著藍白格子桌布，食物用有分隔的餐盤送上來。總共有三格，一格是肉，一格是黃金玉米球或洋蔥圈，一格是綠色蔬菜。我跟哈利點了烤豬排，凱特選了炭烤雞肉沙拉。

「所以妳是在興奮什麼？」我問。

自從我們入座後，凱特的右腳跟就在硬木地板上點個不停。

「我看到造成絲凱拉．愛德華茲傷痕的那枚戒指了。」她說。

我靠上前。

「我們在找的是有五角星的大戒指。」她說。「雷恩．霍格就有這種戒指。」她拿出一張照片。

我在畫面裡看到哈利的手臂，猜測應該是今天拍的。她讓我看的下一張照片是戒指的特寫。浮誇的金戒指，中央有一顆白色的寶石星星。

「可以再放大一點嗎？」我問。

凱特調起畫面，但不夠清楚，沒辦法看到戒指更細節的部位。

「我跟方思華斯談過了。有好消息跟壞消息。」我說。「好消息是他很確定絲凱拉身上的印子來自戒指。事實上星星上方還有兩個字母，F跟C，但我看不出來霍格的戒指上有沒有字。」

「我們可以回去拍清楚一點。」凱特說。

「我不確定這麼做是否明智。你們還沒問我壞消息是什麼。」

哈利閉上雙眼，他跑得比我還前面。凱特低下頭。他們都曉得問題出在哪裡。

「方思華斯不會出庭作證。」凱特說。

「對，他太害怕了，他也有理由怕。委派他驗屍的律師死了，一起死的還有律師的辦公室經理。面對這種警告，他的態度非常謹愼。我們找不找得到眞凶、戒指圖案是否相符都不重要，沒有方思華斯，我們就不可能將受害者皮膚上的痕跡作爲展示給陪審團看的證據。根本就不會成爲案件的一部分。」

「而我們也不能另外找法醫來作證，因爲絲凱拉的遺體已經火化了。」哈利說。

「用傳票傳方思華斯來作證呢？」凱特問。

「可行，但那在法庭上可是自殺行爲。就算他應訊來到法院，他也不見得會在證人席上配合。我們可能得將自己的專家證人視爲敵意證人，這在死刑案裡可謂災難。命懸一線的可是安迪啊，我們擔不起任何錯誤。」我說。

食物原封不動擺在桌上。我們陷入沉默。哈利率先破冰，拿起叉子開始用餐。

「我在越南的時候，能吃就盡量吃。誰曉得下一餐熱食何時出現？你們都吃一點吧。我們會想出辦法來的。」哈利說。

「哪裡還有什麼辦法？我們進退失據，沒有辯護基礎。艾迪，我們該推遲這個案子，延期審理，找時間重新部署。」

「不，將案子延後一、兩個月不算選項。一，妳覺得錢德勒法官會讓我們延期審理？想都別想。是說那不重要啦，因為一個月後，我們還是跟現在一樣，一籌莫展。這個案子不會有好轉的餘地。」

「我們就要輸了。」凱特說。

「看起來是這樣沒錯。」我說。「所有的證據都指向安迪．杜瓦，陪審團大概也聽不進我們的話。我經手過棘手的案件，但沒有這麼難搞的。孔恩拼湊出對他有利的陪審團，嚇跑我們的證人……他有鑑識證據顯示安迪的血出現在受害者的指甲上，還有兩份認罪自白，一名目擊證人確認安迪就是絲凱拉失蹤前見到的最後一人……要輸掉這個案子的方式也太多了。」

凱特搖搖頭，說：「我們沒有贏的方法，但我唸法律也不是為了賄賂陪審員。」

在太陽下曬兩天，她鼻子跟臉頰上的雀斑變得更明顯了。一縷頭髮黏在她額頭上，泡在汗水裡。她穿的是灰色套裝，上衣是黑色T恤，外套則掛在椅背上。高溫及這個案子讓她不滿的程度超越我的預期。

「聽著，妳沒什麼好擔心的。我絕對不會要妳做扭曲規則或犯法的事。我們是合夥人，記得嗎？」

「我就是在擔心這個。如果你出事，他們就一定會說我知情，因為我是你的合夥人。我也會跟著遭殃。」

「不，不會的。」我說。

「怎麼不會？」

「聽著，孔恩的把戲髒得要死。這對他來說是私人恩怨，這是戰爭。拜託，律師因此喪命，專業證人因爲害怕小命不保，而不敢出庭作證。照規矩來根本不足以拯救安迪。我覺得我能救他一命，但我的手段必須跟孔恩一樣髒才行。沒有別的方法了。」

「肯定有不犯法也能贏的辦法。」

哈利大笑起來。

「我說了什麼好笑的話嗎？」凱特問。

「我們面對的是自以爲凌駕於法律之上的檢察官。我以前的想法也跟妳一樣，後來我發現，哎啊，是艾迪告訴我的，正義與法律其實是天差地遠的兩回事。」哈利說。

「我只是不喜歡這樣。」

「妳覺得布洛克從來沒有跨到規矩另一邊過？」我問。

她拿起叉子，開始戳她的食物。

「布洛克有她的一套。我不會說她凌駕法律，她只是，你知道，就是布洛克，她——」

「不一樣。」我跟哈利異口同聲地說。

「對。」凱特點點頭。

「如果她是正常人，她也不會加入我們這個小圈圈，雖然鬼才曉得正常是什麼意思。」我說。

凱特笑了笑，氣氛輕鬆了一點。哈利用手肘輕輕頂她，她也稍微用力回頂他的腹部，他發出招牌歡笑，聽見的人都會被他感染。哈利沒有女兒。我們以前跟哈波這位調查員一起工作，她跟哈利還沒發展到類似父女的關係，但要不是一年前失去她，也許會有這一天吧。她的死宛如衝撞我們的垃圾車。

多數夜晚，我還是會夢到她。她死時，我便曉得這是永遠不會癒合的傷口，我這輩子都會背負這道傷。只有兩個可能，我要麼學著接受，要麼讓它殺死我。我自己有女兒，我不能讓她失望。不過，有時，我也不想繼續待在這個少了哈波的世界。

我從小事情裡得到慰藉。好比說現在，看著凱特與哈利一起歡笑。凱特很景仰他，他很欣賞她的能耐與智慧。沒多久他就會唸起她吃太少，她也會抱怨他都不吃藥。父女般的關係是有可能的。凱特的父親還健在，但一個人可以有很多父母般的長輩。再說，大家都需要導師。我很確定她在我這學不到什麼好東西。

此刻我很慶幸我跟他們在一起。這是轉瞬即逝的輕鬆愉快，一下就會消失，官司要是輸了，我們的客戶就得死，這樣的重擔又壓了上來。

這就是風險，似乎沒有盡頭。

我們大啖晚餐，花了點時間吃光盤子上的東西，重擔稍微舒緩一點。

「妳有布洛克的消息嗎？」我問。

凱特跟我解釋起來。她抓到羅麥斯的小辮子，應該足以讓他坐牢。

「所以她要去刺激他？看看他會不會屈服？」我問。

「她說她只是先私底下找他聊聊。」

「該不該有人跟她一起去？誰曉得羅麥斯會有什麼反應？說不定會動手。」哈利說。

「布洛克說，她會解釋清楚，桃樂絲．梅澤的錄音還有副本。羅麥斯很精明，曉得傷害布洛克無法解決問題。再說，我們談的可是布洛克啊，是羅麥斯該怕吧？要是布洛克讓羅麥斯同意與柏林談，且作證對付孔恩，也許就能拖延安迪的官司，說不定在新的地方檢察官出現前，就能搞定這個案子。他們不會想碰孔恩正在進行的案件。」凱特說。

我點點頭，說：「我們先看看羅麥斯有什麼話好說。問布洛克是否需要我一道去，就算是作伴好了。」

「你何不自己現在打電話問她？」

「現在不行。如果她要我一起去，請轉告她說我晚點跟她約在旅社見面。你們先回去，開始計畫該怎麼攻擊鑑識結果。你們把安迪與他媽送去旅社了嗎？」

「哄騙櫃檯小姐使了點手段，但還是成功了。」哈利說。

我不希望安迪與派翠西亞待在荒郊野外。在旅社要保護他們比較容易，他們也同意開庭期間住在這裡。

「很好，讓他們在客房服務上，想點什麼盡量點。這邊我來買單。」我說。

哈利用餐巾紙擦擦嘴，揉成一團，扔在空盤上，說：「你要留下來喝咖啡？」

「的確，我要跟某人見面。」

「跟誰見面？」凱特問。

「妳不要知道比較好。」

沒多久他們就走了。哈利很不情願，凱特同意她最好不要知道我有什麼打算。說到我的行為，合理推諉是最好的反應。女服務員過來收拾桌面。

「還需要什麼嗎？」她問。

「好的，我想要一杯咖啡，事實上，請來兩杯好了。」

她笑了笑，端來兩杯熱氣騰騰的黑咖啡。我在兩杯咖啡裡都加了糖跟奶精，迅速解決第一杯。就在我開始喝第二杯時，一位年輕女性走進餐廳。珊蒂・波耶穿了騎士皮外套，裡頭是紅色T恤與藍色牛仔褲。幾天前，她才丟了葛斯簡餐店的工作，將一輛破車賣給我們，如今，她卻是杜瓦案的第十二位陪審員。

我望向手錶。

非常準時。

這間餐廳沒有接待櫃檯，沒有牌子請客戶在原地等，直到服務生來帶位。在這種地方，只要能揣著感恩的心坐進你找到的第一個空位即可。

她在餐廳裡張望起來，人越來越多了，差不多有六十幾名客人，家庭、情侶聚餐，還有幾個穿著上班族西裝打扮的人。燒烤在南部地區跨越了社經階級，而好的燒烤餐廳，就像這間，正是南方人最接近資本主義的時刻。

我舉手，滯留在空中好一會兒，直到她看見我。

她緊張地張望起其他用餐客人，同時朝我走來。她坐了下來。

「你怎麼找到我的？」

「我的調查員很厲害。」

「我不該跟你交談。」她說。

「珊蒂，我也很高興見到妳。」我說。

「你懂我的意思。」她說。

「沒事的。巴克斯鎮每個街口都有燻肉舖，我不覺得會有多少鎮上的人跑來這麼遠的地方吃烤肉。」

她點點頭，說：「不過呢，盡快結束還是比較好。這裡偏僻是偏僻，但也不是很隱密。」

「花不了多少時間。我只是覺得我們該談談。」我說。

「談什麼？」她問。

「兩件事困擾著我。首先，檢察官問妳是否認識案件裡的人，妳回答不認識，我想知道原因。」

「簡單得很，我真的不認識他們任何人，我也不認識你。我賣了一輛車給你，頂多五分鐘吧？就這樣。我們又不是一起出去鬼混什麼的，沒有冒犯的意思。」她說。

「沒放在心上，但無論我們的會面時間多短，妳都認識我。妳爲什麼要騙法官？」

「那算謊言嗎？感覺不是多重要的事。不像現在，我是陪審員，而你是負責辯護的律師。這意味著我們不該見面或交談。」她說。

一個問題懸宕在我們之間，彷彿是天花板上的吊燈，在桌面中央照射出光暈。我暫時向後靠在椅背上，讓這問題再擺盪一會兒，決定到底該不該問。

她聰明到曉得這個問題到底是什麼。她抱持歡迎的態度。我感覺得出來這個問題盪到她那一邊去了。她跟我一樣都想問這個問題。此刻，話語似乎都到她嘴邊了。我看得出來，她紅唇嘴角泛起微笑。

我覺得我主動點比較有禮貌。

「珊蒂，妳想賺點錢嗎？」

她噘起嘴，雙眼緊盯著我，鎖定住，彷彿是吃角子老虎的暫停畫面。

「我處在扭轉這場訴訟的關鍵位置上。」她說。

「在阿拉巴馬州，需要十位陪審員的多數裁決才能執行死刑與定罪。一張無辜票還不夠。」

「一張是起點。」她說。

「的確是。這種東西值多少錢？」

她思考了一下。她不想把價格哄抬得太高，也不想顯得自己很廉價。這是犯罪，重罪，如果有人發現，而罪名成立，她可是要吃上好幾年的牢飯。這種風險肯定需要豐厚報酬。

「兩萬美金。」她說。

「噢，我覺得可以再高一點。告訴我，妳喜歡迪士尼人物嗎？」

41 布洛克

布洛克將車停在警局對面的街道上，外頭停了一排警車，在街燈下，車子擦得很亮，引擎空轉。

在她行動前，她先把狀況理了一遍。

她的下一步也許會引發幾個可能的結果。帶著妨礙司法、作僞證、以及更多問題的證據去與警長對質，也許事情會往幾個方向發展，但大多都不太妙。如此深陷於井底的男人爲了瞥見陽光，很可能願意踏過一堆堆的死屍。另一個可能性是他束手就擒，聰明一點，同意作證對付孔恩。這是她希望的局面。希望他內心還有一點點冒著煙的善良餘燼，她只要煽風，就能燒毀孔恩這座大宅。她最好還是獨自處理這件事。布洛克當過警察，她曉得該用何種方式與警察溝通。

她下了車，跨過街道，看到兩位巡警走出警局，朝警車前進。她不認識這兩個人，夜班的。他們的外表看起來不太一樣，但一開始她實在看不出到底有何不同。

然後，她曉得了，兩位巡警右臂二頭肌上都別著黑色的臂帶。

她經過他們身邊，朝警局前進時，隨口問了句：「晚安，爲什麼別黑臂帶？」

一名巡警說：「以示尊重，警長夫人久病，癌症。昨晚去世了。」

「噢，老天，我不知道。我剛好來鎮上，想說順路過來看他。警長在嗎？我們很久以前共事過。」布洛克說。

兩位巡警站在原地，打量起布洛克。他們注意到她的站姿，後背挺直，拇指扣在皮帶上，抬頭挺胸，面對警察也神態自若。

「你們在哪裡共事？」巡警問起。

「我當時在莫比爾的第二分隊。一個傢伙保釋後跑了，進行持槍搶劫，經過我的轄區，最後跑來這。羅麥斯想在這人錢花光之前逮到他，免得他再次起意搶劫。最後我們抓住了他，哎啊，是羅麥斯抓到的。」

他們仔細聽著她的話。莫比爾當地警員超過四百人，誰也不可能每個都認識。布洛克確定自己的語氣聽起來像警察。她沒表明自己只是當過警察，現在準備好要來修理羅麥斯。

「聽起來挺像警長的。總之呢，他不在局裡，大概在家。」

「我想過去致意。」布洛克說。

「我們可以替妳轉達，我相信……」

「親自致意，不然就太失禮了。」布洛克說。

兩名巡警對望起來，聳聳肩，一人開始指路。布洛克謝過他們。他們相信了她平常表演的那一套，就算他們對布洛克存疑，覺得就算他們錯了，他們也相信警長對付一個女人應該綽綽有餘。

布洛克猜他們就是這麼蠢。

回到車上，布洛克將地址輸入衛星定位系統。只有得到鎮上北部一個約略的區域。她啟程，告訴自己，她找得到。房舍位在惡魔溪以南幾百公尺處，這條狹窄、湍急的河又會匯流進洛思哈奇河。

隨著她逐漸接近導航系統上的紅點，路從兩線道變成一線道，接著她在左側看到樹林間有處開口。開口的右邊有一個信箱，然後是一道泥巴路。她停車、倒車，信箱上用白色油漆寫著住戶的姓氏。

羅麥斯。

她又倒車三公尺，把車開到那條路上。

她的頭燈已經全開，但光線無法穿透樹林。小路左轉右拐，繞開巨大的橡樹，意味著她的視野只能看到下一個轉角，差不多就十五公尺而已。隨後，在沒有預警的狀況下，泥巴路變得筆直，她面前出現了一棟看似古老殖民時期風格的房舍。只不過這棟房子太乾淨了，絕對只是仿古風格的新建成屋而已。房子漆成白色，有一整道環繞屋子的門廊。布洛克將車開過去，停在警長的車旁邊。

下車時，蟋蟀與知了的子夜情歌讓她震耳欲聾。

土壤破碎不堪，最近有很多車往來。她轉頭張望，草地上也布滿胎痕，有些甚至延伸到屋後。屋內亮著燈，至少一樓有燈。大概是廚房跟客廳吧。布洛克發現自己正踏著大步走上階梯，她的靴子在門廊木板上發出重重聲響，確保她的出現不是驚喜。在這鎮上偷偷摸摸進入獨棟房舍可不是什麼好主意，特別是在夜裡，特別是屋主有槍，特別是屋主只需要小小的藉口，就可以拿著獵槍對準你的臉。

她朝著大門踏上一節台階。門上半部是毛玻璃，門後有窗簾，門簾盒下的窗簾是拉開的。

一片木板發出的聲響尖銳刺耳，宛如尖叫。再走一步她就抵達門口。她舉手握拳，往後拉。

敲門。

第二聲敲門與另一個聲音同時出現。

那是點四五手槍擊發一顆子彈的聲音。

42

羅麥斯

後來他在床上醒來，天色已經大黑，樓下有聲響。腳步聲，還有別的動靜。羅麥斯從衣櫥上方抽屜的上鎖槍盒裡取出西格紹爾點四五自動手槍，檢查子彈，拉動槍機拉柄，接著輕聲前往走廊。

樓下亮著燈。他緩緩下樓，槍口前後掃動，直到他看見在他家端著盤子的男人。

蘭道・孔恩在廚房裡用抹布擦手，接著關上洗碗機的門，按下啟動鍵。哀悼致意之人留下的髒碗盤都清掉了。

「你可以放下槍了。」孔恩沒有抬頭看向階梯上的羅麥斯。「想說可以幫你整理一下，這是我至少能做的。」

羅麥斯沒有回應。他只是稀鬆平常地下樓，但手槍沒有收起來。他反而將槍握在身旁，看著孔恩在廚房裡移動，將水、咖啡粉加進咖啡機裡，然後開始泡咖啡。

「露西不會樂見這個畫面。」羅麥斯說。

孔恩扣住西裝鈕釦，雙手環胸，靠在流理台上。他一度沒有開口。咖啡機發出運作聲，現磨咖啡粉的香氣與孔恩出現時伴隨的淺淺爛肉味混合在一起。

「她不會希望你進她的廚房。」羅麥斯說。

「這已經不是她的廚房了，是你的。我很遺憾你失去了她，真的很遺憾。」

「你想怎樣？」羅麥斯問。

「當然是來致敬啊。」

「你的『致敬』還不夠多嗎？」

孔恩看著開始朝玻璃壺噴出黑色液體的咖啡機，然後將視線移回羅麥斯身上。

「想說我們可以喝杯咖啡談談。」

「沒什麼好談的。」

「噢，有的。我們有太多事情要討論，明天就要開庭了。我知道你有要優先考慮的事情，但葬禮過後，我要你出庭。你的證詞相當關鍵，這是你的職責，我知道你會盡忠職守。你是好人，我總這麼說。」

羅麥斯曉得孔恩在體型上不成威脅。他的哀痛與讀過露西信件後湧上的憤怒結合在一起，淹沒了他先前對這個男人的恐懼。他氣他自己，更氣這個人此刻出現在他家廚房裡，用他的污穢感染周遭的空氣。羅麥斯將手槍放在大理石檯面上，旁邊是他先前寫好的牛皮紙信封，準備一早就寄出。孔恩的目光短暫掃過信封，火氣稍微衝上來了一下。接著他轉過身。羅麥斯穿過廚房，前往客廳，一屁股跌坐在沙發上，用手捧著腦袋。

他劇烈喘氣，想要壓下流竄的情緒。

「我本來是好人，但已經不是好人很久了。」羅麥斯說。

孔恩拖著腳步跟上，將一杯熱咖啡擺在羅麥斯面前。角落扶手椅旁有一張小桌子。孔恩坐了上去，放下咖啡，身子往前靠。他的膝蓋大開，雙手合十，就擱在腿上。這樣的姿勢看起來像在冥思，但孔恩的身軀看起來很不自然，好像什麼昆蟲。

「我知道你打擊很大。爲了你們，我盡力了。我很慶幸你有經費替露西打點一切。」他說。

「經費」是個很奇怪的字眼，孔恩給他錢，有些是搜刮來的，有些是他自己的錢。他相當富有。在羅麥斯認識他的歲月裡，他從來沒有見過孔恩一個月內重複穿同一套西裝。

「柯特，我只是希望你知道，在你有需要的時候，我就在此。」孔恩說。

他從來沒有喊過警長的名字，羅麥斯不記得發生過這種事。孔恩肯定察覺到警長意志消沉。

「我沒有任何需要。我失去了我的妻子，而我什麼也做不了。我只希望她在的時候，我多聽她的話，多跟她聊聊。露西對你非常反感。」羅麥斯說。

「她看到我們一起做的偉大事業，也許她是因爲這樣替你擔心。你知道，逮捕了這麼多殺人凶手，一定會有人想幹掉你。他們就是這樣，會想攻擊你。你必須做好準備，在他們動手前，輾壓你的敵人。你跟我合作就是在保護露西，而我保護了你們兩人。也許她只是沒有完全理解這件事而已。」

「並不是這樣。」羅麥斯說。「她不希望我做任何有違正直的事。我幹得可多了，正直誠信都在垃圾桶裡。就是如此，是你逼我的。」

「你是自由的大活人。你這是在說，你不是因爲友誼、夥伴關係才收我的錢？」

「我一分錢都不該拿。」

「那露西也不會有這個家，她愛這棟房子，不是嗎？」

「是，但她更愛我。」羅麥斯說。

「你這是打算表達什麼意思？」

「我不玩了，我要表達的正是這個意思。」

孔恩向後靠在椅背上，一根手指抵著嘴唇，彷彿是要按捺住自己的反應。冷靜下來，直到他將怒火轉化成蜜糖。

「你是優秀的警官，我不能失去你。要怎樣你才願意留下來？當然啦，葬禮要花錢。如果這棟房子充滿太多痛苦的回憶，你可以搬走。我此刻就能給你兩千美金，今晚就給你，還是你覺得不夠？」

「錢再多也不夠。我想抽手。我要揭發這一切，我們所做的一切，我們傷害的人、我們殺害的人、我槍殺的律師——」

「這一切都是有正當理由的，柯特，上帝就是這一切發生的原因。寇帝．華倫與那個臭女人的存在只有一個目的，就是爲了替殺人凶手解套。我們不會讓罪人逍遙法外，我們會燒死他們，這是我們的天職。」

「你的天職，是吧？看看安迪．杜瓦。在我們需要迅速結案時，我逼迫他認罪。我們讓眞凶逍遙法外。你也懷疑凶手另有其人，我很清楚。我們看到法醫照片時，事實再明顯不過。」

「但你難道不明白，我們必須堅持起訴杜瓦嗎？法醫的照片提供杜瓦合理懷疑，如果杜瓦是清白的，那他的自白讓眞凶有了合理懷疑。我們唯一能做的就是藉由起訴定罪，讓絲凱拉的家人得到平靜。你覺得他是無辜的？他們那種人都一樣。如果不是爲了絲凱拉的命案，我最後也會因爲其他罪名起訴他。我們解決杜瓦說不定就是在拯救其他人的性命呢。」

他是這樣看事情的，這種扭曲的邏輯曾經騙過羅麥斯，但再也無法說服他了。他心想，也許自己先前是自願相信這種狗屁的，這種念頭無法寬慰他的良心。羅麥斯曉得孔恩只是想用電椅奪走另一條人命，無論這人有罪或無辜。殺戮就是他的生存之道。羅麥斯花了點時間才明白，但現在非常清楚。他曉得自己該採取何種行動。

「我不能繼續配合了。那個女孩不是杜瓦殺的。」羅麥斯說。

孔恩沒有動作，仔細聽著每一個字。他開了下巴，嘴唇動了，想要說話，但他遲疑了，彷彿是想法尚未成形，然後他忽然活了過來，說：「是你，對嗎？就是你取走了加油站的監視器畫面。」

「我需要上個保險。那段影片改變了一切。我會公開影片，這場官司必須打住，你得放過安迪．杜瓦。眞凶就在那段影片裡。」

「我不會輸掉這場官司，柯特，我也不會失去你。我們是朋友。露西生病的時候，我一直支持你。」

羅麥斯擦起眼角，說：「她剛發病的時候，我覺得那只是倒霉，你知道嗎？那時我們剛有了這棟房子，手頭有點餘裕，不用擔心生計，就在那個時候，她病了。我覺得是我害的，是我害她生病的。我所做的一切，那些破事找上門了，你懂嗎？」

「不，我不懂。」孔恩說。

羅麥斯用泛紅的雙眼凝視孔恩，說：「你會明白的。你不可能送那麼多人上電椅，最後沒有報應。」

「這麼想你就錯了。家父很有錢，他把財產留給我。大家以爲權力來自金錢，但家父再清楚不過了，眞正的權力來自親手掌握生死的力量。」

「眞是滿嘴狗屁。你動不動就說要殺人，但你不喜歡弄髒自己的手。你沒那個膽子自己動手，所以你才喜歡送那些小伙子坐上黃色大媽，看著他們掙扎烤焦。你有病，還是個懦夫。」

就這樣，他低下頭，緩緩點頭。他決定了，是該阻止這一切了。必須阻止孔恩，爲了他自己。

也爲了露西。

他聽到孔恩嘆了口氣，從椅子上起身。聽到他在木頭地板上走來的腳步聲，然後在羅麥斯面前停下。他在那雙擦亮的漆皮皮鞋上看到自己潦倒的臉。

「我很抱歉把你牽扯進來。」孔恩說。

「我也是，我只是沒辦法繼續配合了。」羅麥斯說。

羅麥斯盯著地板及孔恩發亮的皮鞋時，他覺得他聽到了某個聲響。門廊上的木板發出咯嘰聲。

「我也很遺憾你失去了露西。不過，你說對了兩件事。」孔恩說。

「是嗎？」羅麥斯一邊說，一邊抬頭。

他圓睜的雙眼看著西格手槍的槍口，槍原本擺在廚房檯面上，現在孔恩握在手中，還指著警長的腦袋。地方檢察官另一隻手裡握著的是裝了隨身碟的信封。他肯定是趁著羅麥斯轉身時拿的。

「第一，我的確不喜歡弄髒自己的手，但有時我別無選擇。第二，你的確無法繼續配合了。」孔恩說。

43
布洛克

她一聽到槍聲後，有兩件事幾乎是同時發生。

首先，她退去一旁，放低身子，同時旋轉右腳，這樣才能轉身、伏低，後背靠在屋子門口的牆上。

尋找掩護。

再來，她右手握著瑪姬，槍口朝上，準備好了。

這並不是有意識的過程，這些動作可以說是獨立完成，本能加上訓練的反應。她往左邊移動，膝蓋用力，稍微起身從窗口望進屋內。她看到裝潢成昔日鄉村風格的現代化廚房，有黑色大理石的工作檯面與奶油色的碗櫥。沒看到任何人。她去下一扇窗戶往內看，這裡是客廳。羅麥斯在沙發上，他的頭後仰，靠在立起的靠墊上，她看不見他的臉。

也沒這個必要。沙發上的紅色斑塊說明了一切，羅麥斯頭部中彈。

布洛克蹲了下去，然後再次壓低身子朝大門前進。她伸手要開門時，聽到引擎逐漸發動的低沉聲響，來自屋後。她貼著牆壁移動，當引擎轉速變快時，車聲也提高了不少，但聲音逐漸模糊，因爲車子開走了。

布洛克望著屋外，看到另一條路，從屋後出去的路。她在這條路上看到車尾燈，距離差不多兩百公尺，迅速移動。她的槍立刻舉了起來。布洛克改由鉗子般的手勢握槍，這樣武器的大部分壓力就來自她的右手食指指腹及左手拇指指腹，她也可以用前臂的力量擠壓這些壓力點。她的雙腳岔開，與肩膀齊寬，雙膝微屈，身體稍微前傾。手臂彎曲。她第一次用瑪姬開槍時，採取的是標準握槍姿勢，右臂鎖定，左臂彎曲，因此手腕與肩膀差點骨折。無論如何，麥格農的後座力都不能小覷。布洛克能做的就是用前臂與肩膀的肌肉當作吸收衝擊的緩衝。

她吐氣，用瞄準的右眼尋找中心視角。

對布洛克來說，從這等距離開槍，擊中車輛不成問題，就算這把槍的設計講求的不是遠距精準度也沒關係。唯一的問題在於她想打中車子的哪個部位。就這距離，布洛克很確定她能在汽缸本體上打出一個洞，逼停車輛。子彈會穿過後車廂、後座、前座、儀表板，擊中目標。不過，來陣風攪局，或她扣板機的手稍微施壓大一點，這一槍打出去，結果就不一樣了，子彈會穿過後車廂、後座、前座、駕駛，然後才擊中引擎。她不曉得開車的人是誰，在人家身上開一個棒球大小的傷口，不先自我介紹一下，說不過去吧？

她將瑪姬擱在大腿旁。

她瞇起雙眼，車尾燈的造型很獨特。最近才看過。

就在蘭道．孔恩的捷豹上。

布洛克咒罵一聲，車子消失進樹林之中，她走回屋子。

在布洛克採取任何行動前，她從口袋裡抽出一副乳膠手套。她戴上手套，擦拭先前她敲的門面。然後握著前門門把，門開了。如果屋裡有人，對方肯定不會客客氣氣的。麥格農從她腰際的皮套抽出，她將槍口放低，率先檢查起客廳、廚房，然後是屋裡的每個房間。

一個人也沒有。

她沒有亂碰，動作緩慢，低調無聲。房間都整理得井然有序，沒有異樣，除了主臥室。枕頭上有一封信。她讀起內容，然後放回床上。這封信來自羅麥斯的亡妻露西。這種信件無疑是在哀痛伴侶的內心再插進一道鋼梁。她不認識露西跟羅麥斯，她對羅麥斯的評價也不高，但這封信還是讓布洛克動容。

回到樓下時，她站在客廳門口，慢慢來。有車來，她會聽到。這個險值得一冒。

羅麥斯死時坐在沙發上。他右手擱在坐墊上，旁邊是一把槍，槍柄距離他的手指只有幾公分。彷彿是他突然鬆手，讓手槍掉在旁邊的坐墊上一樣。布洛克靠近手槍，在空中聞到槍口附近有刺鼻的火藥味，剛剛才開過槍。

她站在羅麥斯身旁，低頭看著他身後的沙發。鮮血與組織不只濺到他後面的牆壁，也噴到沙發上。事實上，多數的噴濺物質都在羅麥斯的後頸下方。子彈進入的傷口位在他的額頭中央。

對來到這處命案現場的人來說，這就是自殺。他剛失去妻子，看到她留下的信件，裡頭的內容不是太正面。條子會將兩件事連想在一起，以自殺結案。很多警察最終吞的都是自己手槍的子彈。這只是另一個類似的故事。至少看起來是這麼回事沒錯。

只不過，就算布洛克不曉得開槍時屋裡應該有其他人，這個人還開車逃逸，她也會發現整個命案現場疑點重重。

子彈從額頭進去，頸子底部出來，顱內彈道學不是火箭科學，子彈通常會有固定路線，除非是碰到非常硬的物質，才會改道。

布洛克扶著羅麥斯的肩膀，緩緩讓他往前傾。沙發的深色組織上也有一個洞口，跟頸子底部的子彈出口平行。

如果羅麥斯轟了自己的腦袋，他會向後靠在座位上，抬頭望著天花板，用槍抵著自己的額頭，然後扣動板機。

不。

事情不是那樣發生的。羅麥斯是抬頭，看到槍口對著他，然後有人扣動板機。如果開槍的是孔恩，那他很熟悉當地犯罪實驗室的鑑識手法，他會將手槍擦乾淨，然後才扔在羅麥斯旁邊的沙發上。

布洛克將屍體靠回沙發上，退後，朝大門前進。

她在門口停下腳步，一手握在門把上。

樓上那封信，她覺得那封信可能會派得上用場。她回去樓上，用手機將內容拍起來。

她回來時，小心關上前門，然後將注意力放在屋外的附屬建築上。一間比較大，像是什麼工作棚，還有一間小的建物。她先檢視起大間的地方。

她的搜索花不了太多時間。雖然工作棚門上有掛鎖，但那邊有一個小窗戶。她用手電筒看到中央有一個乍看像棺材的物體，蓋子是開的。當然啦，那才不是棺材，那是大冷凍櫃。蓋子的厚霜上有紅色的痕跡。

原來寇帝·華倫的遺體就藏在這，大概他的運動型多功能休旅車先前也藏在這。

布洛克上車，先前對羅麥斯的同情一掃而空，她發動引擎，迅速離開。

44

孔恩

孔恩溫柔地將唱針移到唱片上。喇叭傳來熟悉的炒豆聲，接著是孔恩最喜歡的音樂——貝多芬的第三十二號C小調鋼琴奏鳴曲，作品一一一，由奧地利古典鋼琴家約爾格·德慕斯以貝多芬的葛雷夫鋼琴演奏。這是一九七〇年在波昂現場彈奏的錄音版本，爲的是紀念貝多芬兩百歲誕辰。

他十一歲首度聽到時，非常討厭這首曲子。

鋼琴的聲音聽起來不是很悅耳，很怪。一直到差不多一年之後，他才曉得這座鋼琴是康拉德·葛雷夫特別替貝多芬打造的，之後他才仔細欣賞起這部作品。貝多芬此時近乎全聾，葛雷夫在各方面下功夫，加強鋼琴的聲音，包括在高音的琴鍵上多加一根弦。曲子的某些部分需要額外的演奏力道與速度。孔恩喜歡這麼想，貝多芬捶著同樣的琴鍵，絕望地想聽到孔恩在唱片裡聽到的同樣樂音，但作曲家本人卻被無情奪走體驗自己天賦的機會。

這時孔恩才愛上了這首曲子。這首曲子爲多少人帶來歡樂，孔恩卻只聽到貝多芬的痛楚與苦惱。他因此陶醉在其中。

這時他才曉得自己與眾不同，並不完全是他父親的影響。某種程度上來說，他很幸運，年紀輕輕就了解自己。天底下最讓他愉悅的莫過於痛苦了。

他沒有電視，偶爾會在車上聽聽收音機，但機會不多。他偶爾會覺得自己生不逢時，他讀他的書，聽貝多芬、馬勒、華格納，這樣對他來說差不多就夠了。

孔恩上樓回到臥室。唯一一盞檯燈在昏暗的房間裡亮著，幾乎無法穿透黑暗。他脫下西裝外套，小心翼翼掛進衣櫥裡。然後是他的領帶。他將襯衫與襪子放進洗衣房裡。他脫好鞋子，花了五分鐘用刷子與抹布打亮鞋面，然後將鞋子擺進大衣櫥裡專門放鞋子的地方。

他坐在床上，深呼吸了幾回。向後躺上床，雙腿掛在床沿，然後為接下來的行為打起精神。

他解開褲頭鈕釦，脫到大腿部位，停下動作。他坐起身，以非常仔細的態度將長褲往下扯，然後雙腳甩開褲子。

氣味隨之襲來。

即使他右大腿上裹了一層緊緊的透明保鮮膜，味道還是散了出來。他有時懷疑其他人也聞得到，是說他也不在乎別人怎麼想就是了。

他找到保鮮膜的開口，開始拉扯。拉扯的過程中引發了新的疼痛。

不，這種方式也太痛苦了。他在床邊桌上找到剪刀，剪開保鮮膜，露出底下的繃帶。現在味道變得非常強烈。他剪開鮮血淋漓的繃帶。

他右腿綁的束襪帶又需要泡漂白水了，近乎全毀。他保險箱裡有新的，但他不想拿出來用，還沒到時候，他得先處理好感染的狀況才行。他伸手到皮帶下方，解開扣環，緩緩從大腿肚後方拉開束襪帶，這個動作只能一點一點來。

這是因為別針的關係。

束襪帶繫得很緊，在他皮膚上留下勒痕。皮帶下方是五枚不鏽鋼別針，別針扎在大腿正面，五個穿刺的傷口結了血塊。他只能一個一個拆掉。

他皮膚上的五個針孔鮮紅又憤怒，肯定感染了。大腿的味道讓他作嘔，看起來也好不到哪裡去。他從床頭櫃裡拿出碘酒擦拭傷口，他咬著嘴唇，棉籤每沾下去一次，他就喘起大氣。

結束後，他沖了澡，在腿上用了更多消毒藥水，然後吞下每天都要吃的抗生素。他懷疑抗生素還管不管用，他吃了很久，大概已經有抗藥性了吧。也許他需要加大劑量，或換藥了。

孔恩自己一個人住。自他從老爸紐約市上西區的頂樓公寓搬出來後，他一直獨居。他只需要痛苦的陪伴。痛苦的確是他的好朋友。激勵他，提供他小小電流般酥麻的鼓勵，時時刻刻提醒著他還活著。

他想起今晚發生的一切。他拜訪羅麥斯時，沒料到自己得動手幹掉他。過去他的確對這個人好奇過。要腐化這個人，一點點金錢就辦得到，這麼簡單、但許多人缺乏的東西，孔恩坐擁無數。一開始只是小數目，當然啦，孔恩一直催眠羅麥斯，提醒他，他們的使命是什麼。這個世界上的邪惡傷害也殺害了某些人，他們的使命就是替這些人尋求正義與復仇。羅麥斯一開始深信不疑，他以為他的使命就是讓司法系統的天秤倒向他們這一邊。這個系統幫助了性侵犯與殺人凶手，在法院提供他們律師，推定他們是無辜的。

他們全都有罪。

孔恩心知肚明。他不用花多少功夫就說服了羅麥斯。

他那個討厭的妻子始終不喜歡孔恩，這點倒是沒錯。只不過，他還是消磨掉了羅麥斯的意志力。爲了要確保成功起訴，羅麥斯的行爲逐漸嚴重起來。私吞毒販的錢啦、弄丟檢方的重要證據啦，沒多久，羅麥斯開始無視讓被告除罪的證人證詞，甚至要對方閉嘴。沒多久，羅麥斯開始欠孔恩人情。孔恩自己的腐敗感染了羅麥斯，再多的碘酒與盤尼西林都治不好這個傷口。

他想起今晚殺害羅麥斯的場景，卻發現當他朝著警長腦袋開槍時，他一點刺激感也沒有，眞是怪了。孔恩想起自己的老爸尼可拉斯．孔恩。孔恩資本與投資公司在六〇年代開始交易，等到八〇年代時，他的父親已經富有到誇張的地步。老孔恩很聰明，曉得如何操弄市場，但他成功的祕訣是他的冷血無情。最低級的華爾街之狼不願採取的手段，他可以毫不遲疑地使出來。

要富可敵國就免不了會傷人，在金融世界裡的確如此。尼可拉斯樹敵無數。孔恩想起十六歲那年聖誕節，他坐在父親的書房裡，與老爸喝他人生第一杯蘇格蘭威士忌。父親那天心情異常地好，他痛恨聖誕節，不許家裡出現過節的裝飾。自從孔恩十歲，母親去世後，聖誕節在這個家再也不是什麼歡樂的佳節，因此那晚非常特別。孔恩還記得烈酒在他喉嚨有如熊熊火焰，搭配上父親的雪茄味。尼可拉斯要孩子坐下，跟他分享自己興致高昂的原因。跟聖誕節沒有什麼關係。

父親最大的對手一個月前破產、離開業界了。那人得罪了老孔恩，老爸一直記仇。機緣巧合下，孔恩的父親買下對手用大筆財富投資的公司，很不錯的零售公司，生意在八〇年代早期蓬勃發展。老孔恩一一買下他們的供應商，斬斷供應鏈。公司股價暴跌，老孔恩買下該公司，承諾會拯救這家企業。隔天他就關閉這間公司。他前後總共花了將近一億，但這筆錢他賠得不痛不癢。

對手遭到摧毀，對手的其他投資看起來也不怎麼好了，其他投資人都注意到這個人背上有一個孔恩形狀的標靶。

「所以現在這人在哪？準備復仇嗎？」小蘭道問。

「不可能。」父親說。「他上週失去了他的房子，同一天，他老婆帶著孩子離開了他。我今早聽說他從他的大樓頂樓跳樓自殺了。我上個月才買下那棟大樓。兒子啊，他現在只是人行道上的污點罷了。」

小蘭道不曉得該回什麼話，但他那時就感覺到了什麼，肚子裡有小小的火花，興奮的感覺。

「兒子，你聽著，隨隨便便一個王八蛋都能扣板機。如果你要幹掉敵人，就得用腦子，用你的聰明才智。徹底摧毀一個人的感覺無與倫比，無可比擬。看著對方分崩離析，看著他的財富、尊嚴、人性一一遭到剝奪，兒子，這才叫權力，眞正的權力。所以我要你替我工作，有一天，這一切都會交給你。替我經營公司。你知道，你有這個特質，在你的小小內心裡有一個殺手。」

蘭道對這場對話印象非常深刻。他與父親舉杯，看著父親嘲笑對手在平安夜自殺，但美好的回憶並不是來自於此，更不是因爲突然與父親親近起來，他們一直都不親，沒有連結。不，是其他的原因。

孔恩在那個青澀的年紀就曉得自己接下來這輩子該做什麼。他對金錢不感興趣，覺得金融理財相當無聊。他不想照顧股東、投資人，更是千萬不想跟什麼客戶打交道。

不，他只想要權力，就這麼簡單。

那晚他父親眼裡的權力。

能夠掌控生死的權力。

他花了點時間接受這份欲望，但他覺得這種感覺很自然。他攻讀法學院時已經不再抗拒。他曉得他會先當上檢察官，然後當上地方檢察官。只不過他得搬家，因爲紐約沒有死刑。

他得找一個小郡縣，一路慢慢爬到地方檢察官的位置，這樣他才能得到那種權力。那是孔恩活著的目的。看著一個人在電椅上扭動身軀，曉得是自己讓對方坐上去的，因此引發的化學、情緒，甚至可以說是性高潮般的感受。永遠不放過對方，孔恩還有權力與技巧讓同樣戲碼一而再、再而三地上演……

接著孔恩打開筆電，插入隨身碟，看起那段影片。關電腦時，他感覺到一陣震顫。杜瓦是無辜的。想到定罪他、看著他行刑似乎感覺沒有那麼享受了。要是隨身碟裡的畫面外流，孔恩就完了，杜瓦會恢復自由身。這種事絕對不能發生。他可以去樓下，從工具箱裡拿出鐵鎚，將這個裝置敲成隨片。

只不過，他曉得聰明的玩法是留下這東西。現在他曉得殺害絲凱拉·愛德華茲的眞凶是誰了，他因此有了籌碼。這位凶手算得上是他的盟友。現在只要孔恩打對牌，他也能成爲孔恩的武器。

孔恩關掉臥房的燈，躺上床。他沒吃晚餐，卻不想吃東西。他只想睡覺。杜瓦的審判一早就要開庭了。

他才剛陷入夢鄉，手機就響了起來。他連忙接起。

「湯姆，很晚了，怎麼回事？」孔恩說。打電話的人是他的助理檢察官溫菲爾德，也許是來回報羅麥斯自殺了。

「我遵照你的指令，盯著弗林。事情有了進展。」

「什麼進展？」

「我低調跟蹤他到燒烤餐廳，然後神奇的一幕發生了。一位陪審員走進來，坐在弗林面前，他們交談起來。」

「杜瓦案的陪審員？」孔恩坐起身來。

「沒錯，珊蒂．波耶。會面結束後，我跟蹤這位陪審員到她的住所，確定是她。」

「你覺得弗林想買通她？你有看到任何交易嗎？袋子？包裹？」

「沒有，他們只有交談。」

「湯姆，這很要緊。我要你想清楚。弗林跟她在燒烤餐廳是怎麼會面的？他們一起到達？」

「弗林已經在店裡，跟老法官及他的同事布魯克斯一起吃晚餐。他們離開後，弗林留下。然後那位陪審員進來，直接走到他那一桌。」

「他有招呼她過去嗎？」

「我是沒看到。」

「她進去就坐在他對面？」

「對，但他們立刻開始交談，感覺弗林似乎是在等她。」

「他們談了什麼？」

「我距離很遠，聽不清楚，但他們差不多講了二十分鐘，之後弗林離開。」

「這樣不夠。」孔恩說。「此時我們只知道弗林跟一位陪審員在餐廳的大庭廣眾下交談，他當然不該這麼做，但這樣還不構成用不當手段影響陪審團意見。我們需要更多證據。」

「你會跟法官報告這件事嗎？你可以將這名陪審員趕出陪審團，讓律師公會懲戒弗林。」

「不，這樣不夠。我們可以讓弗林跟那個陪審員吃上很久的牢飯，但我們需要金錢交易的證據。你至少有拍到他們在一起的照片？」

「當然。看起來像賄賂。如果這是賄賂，我就能申請搜索令監控她的銀行帳戶。」

孔恩說：「弗林很聰明，不會這麼做，肯定是現金。這樣才查不到他身上。如果我們有這筆錢，也許就夠了，因爲珊蒂絕對沒有辦法解釋她是怎麼得到這筆錢的。對，也許這樣就夠了。你繼續盯著弗林，盯緊一點。他肯定會給珊蒂錢……」

他停頓了一下。

差不多三十秒後，湯姆說：「你還在嗎？」

「在，我只是在思考。弗林的無效審判需要兩張無罪票。我們可以靜候一會兒，如果他只掌控了一位陪審員，我們在庭上還沒有立即的風險。不過，實在無法保證弗林會不會眞的付錢。他也許會等到判決結果出爐，可能會過幾個月才給她錢。這樣是比較聰明的做法。」

孔恩沒說的是，這是他的做法。

「珊蒂會等這麼久嗎？她會信任弗林嗎？」

「這樣對他們雙方都比較保險。我猜如果弗林不付錢，珊蒂可以去報警檢舉他。我想起她的陪審員檔案了，她的損失遠少過弗林。」

「所以咱們有什麼打算？」

「你繼續盯弗林，其他的交給我就好。四十八小時內，弗林就會滾回郡立看守所，這輩子都別想離開。裡頭有很多壞人呢，拘禁的人總會用利器互相攻擊……」

45 牧師

牧師用戒指敲擊方向盤，看著葛魯柏教授接走法蘭西斯．愛德華茲。葛魯柏的車停在屋外，他打開門鎖，然後兩人上車，開車駛離。他們要去見幾個志同道合的朋友，其中一個人叫做布萊恩．丹佛。牧師本來不會跟丹佛這種貨色來往，但這種人派得上用場。他們是頭腦簡單的人，意志不堅，通常內心充滿恐懼。布萊恩在牧師的建議下，組織了昨天在法院外頭的抗議集會。也是在「建議」下，布萊恩成了蓋瑞．史卓的朋友，他是絲凱拉．愛德華茲的男朋友，同樣腦袋簡單的年輕人。布萊恩害怕改變，主要害怕黑人社群，也怕移民，這種心態讓他對槍枝產生不怎麼健康的興趣。

擁槍的種族歧視美國人簡直是全美步槍協會的目標族群。

牧師無所畏懼，有時想到布萊恩那種人時，他還會覺得好笑，就連出門買個甜甜圈都得帶上手槍或背著步槍。

小人物，頭腦簡單的人，被餵食足夠的憎恨與恐懼，能夠扣下板機的人。他很失望，因爲事實證明，法蘭西斯沒有牧師設想得那麼好操弄。他們今天稍早通過電話，法蘭西斯打給他，說自己很恐慌。

「我吐了一個早上。」他說。

「你吃壞了什麼嗎？」牧師問。

「你很清楚不是因爲那個原因。我一直想到那些人。你殺了那名律師，我們把那女人的屍體抬到車上。你殺害的女人——」

牧師打斷他。「你是說，腐敗律師與他的員工，而他們打算讓殺害你女兒的人逍遙法外？」

法蘭西斯沉默了一會兒，牧師聽著他的喘息聲。

「那不意味著我該——」

「對，你就該這麼做。你在過去這幾個月裡什麼都沒學到嗎？法蘭西斯，這是一場戰爭，你必須選邊站。當體制處在我們對立面時，一切與法律、秩序無關。我們必須對抗一切，捍衛立場。你的女兒是戰爭傷亡人員，所以如果這樣還不能讓你提起屁股出門打仗，那我不曉得什麼事能夠讓你動起來。不過，說眞的，你其實別無選擇。你看到我殺害那名律師的時候，抱著貝蒂．麥奎爾的雙腳、幫我把她扛上車的時候……那時你就已經入伍了。你成了軍人，正確的行爲就不算犯罪。我們是爲了打造宏圖……」

牧師跟他講了一個小時，讓他冷靜下來，但同時也明確讓他曉得，他是共犯。如果他跑去向當局檢舉，他自己會坐牢，屆時誰來照顧艾絲特？談話結束後，牧師相信法蘭西斯不會跟任何人提及那晚的事。

不過，他也確定，若不施加巨大壓力，法蘭西斯永遠也無法實踐他的終極目標。

距離「大清算」只有兩天了。

因此，牧師來到法蘭西斯的家外頭。他曉得天底下唯一一個能讓法蘭西斯回心轉意的人，能夠讓他徹底活出天命的人，正是他的妻子艾絲特。牧師從車上觀察起法蘭西斯他家。客廳窗口透出亮光。他會等個幾分鐘再過去，不想顯得好像是故意在等法蘭西斯出門，這樣才能單獨與她交談。艾絲特會起疑。他跟她處得不是很好。

他知道她察覺到了他的陰暗面，某些人就是有這項天賦。

他抓起信差包，下了車，將包包的皮帶掛在肩上，同時朝屋子前進。門鈴聲傳進屋內，他看到客廳的窗簾稍微動了一下。前門只有打開一個小縫，艾絲特往外望。她穿了一件粉紅色的毛巾布睡袍，踩著玫瑰顏色的室內拖鞋。

「他不在家。」她說。

「噢，我以爲我要來接他。」牧師說。

「不，你朋友已經把他接走了。」

牧師拍打額頭，笑了笑，說：「今天實在太忙了。抱歉打擾。告訴我，妳怎麼樣？」

「我女兒的命案明早就要開庭了，你覺得呢？」

牧師放下溫暖的笑容，掛上較爲嚴肅的神情，說：「對，我懂。難以想像妳現在的心情。我下午才跟地方檢察官討論過開庭的狀況。」

最後一句話讓艾絲特退了一步，上下打量起牧師。她曉得這個男人因爲工作的關係，大概跟地方檢察官關係密切，這很明顯，但她似乎這一刻才想通這件事。

「如果妳想了解，我可以告訴妳案件的最新狀況。如果清楚每天法庭的進程，官司其實也沒有那麼嚇人。我可以晚點再去找法蘭西斯，我不介意。」他說。

門開得更大了，但艾絲特沒有說話，她還在思考。庭審是她此刻生命裡最重要的事情。她最後一件能爲女兒做的事，她希望殺害女兒的凶手能夠付出代價。她想知道一切狀況。艾絲特的想法就跟任何一位哀痛的母親一樣，而牧師恰恰熟知這點。

「好，如果你能告訴我地方檢察官說了什麼，那就太好了。你要進屋一下嗎？」

「當然好。」牧師說。

艾絲特領他進屋，進入小小的廚房。她站著，靠在流理台旁，雙手環胸，避開牧師的目光。

「好，說說明天會怎樣？他會更改答辯嗎？我看過某些類似案件的報導，爲了逃避死刑，凶手會選擇認罪，就不必審判了。我願意這樣，只是不曉得我們還能承受多少打擊。」

「這種事會發生，但我沒聽說杜瓦打算這麼幹，我是覺得不太可能。孔恩先生想要訴諸死刑，他傾向於得到這樣的結果。這樣妳覺得如何？我是說，杜瓦得到死刑。」

她聳聳肩，搖搖頭，說：「不知道。一開始我想要他死，我很清楚這點。只不過我不曉得他的死能夠帶來什麼。我不曉得自己對此作何感想。也許他的確該死，我只是不確定自己想不想經歷那一切。」

「我知道很難。庭審過程會進行得很快。孔恩喜歡速戰速決。妳懂的，爲了受害者的家人好。某些律師喜歡將案子拖上幾個禮拜，他會迅速進行，這不是什麼多複雜的案件。」

「我很慶幸。」

牧師伸手扶在飯桌椅背上，說：「妳介意我坐一下嗎？」

她搖搖頭，他則拉開椅子入座。

「艾絲特，我一直想跟妳聊聊。我知道妳不同意我的某些觀點，但我可以向妳保證，我無意冒犯。我在這個郡裡看過太多苦難。法蘭西斯這種人需要站出來，表明立場，不能容忍這種暴行。」

她的神情變了。她搖搖頭，在廚房張望，直到她在糖罐後方找到一包駱駝牌香菸。她從火爐邊抽出一根火柴，點燃香菸，吐起一口雲霧，卻沒答腔。

「法蘭西斯是好人。見鬼了，你們都是很好的人。我看過太多了。白人不願意站出來挺身面對傷害自己的人。」

揶揄的笑聲轉變成咳嗽，艾絲特清嗓時掩起了嘴，然後，她說：「你是在說，黑人是威脅？我才不信你的種族歧視狗屁。法蘭西斯遭到重創，他腦袋不清楚，我不希望你跟你的同夥在他腦袋裡灌輸憎恨。他經歷得還不夠嗎？」

「你們兩位都——」

「等等，給我等一等。是這樣嗎？你來就是爲了找我？利用我女兒的命案官司作爲藉口，想要說服我同意你們的思考方式？」

「重點不是妳，我們需要法蘭西斯。這是實話。他那種人對我們來說非常寶貴，但既然妳提到了，沒錯，我的確是專程來找妳的。我們需要妳協助法蘭西斯看清他必須跟我們站在一起，成就這偉大事業。」

「你根本不該拖著你那見鬼的屁股來這裡。你永遠無法說服我，你的狗屁觀點對我的家人有什麼好處。」

牧師站起身來。

艾絲特又抽了長長一口菸，抬起頭，伸長脖子，從嘴角吐出白煙。

「我來，是因爲我們需要妳幫法蘭西斯一把，送他去我們要他去的地方。我沒說過要說服妳。我知道妳無法被說服。法蘭西斯要的是有人推一把，讓他崩潰。妳的協助相當寶貴……」

牧師伸出右拳往上，重重掄在艾絲特的左頸上，觸擊時，發出「啪」地一聲。她張著嘴，手指抓住脖子，同時跪了下去。這一擊沒有重到壓碎氣管，但她的喉嚨痙攣起來，她開始咳嗽、驚慌，跪在地上伸手亂抓，急切地想要讓空氣進入體內。

牧師從信差包裡拿出皮手套，迅速戴上，然後從包包裡拿出一段一頭已經打好繩套的繩索。他迅速移動到艾絲特身後，將套索繞在她脖子上，用力拉緊。

他用左膝壓在她的上背部，迫使她往地板趴去，拉緊繩索。她的喉嚨完全閉鎖。他看著她的脖子變成鮮紅色。她開始發出聲音，這是人想要喘氣，但完全沒有空氣能夠進入氣管的聲音。這個聲音聽起來像哽咽也像深層的呑嚥。

她胡亂抓著喉嚨，牧師拉繩時咬緊牙關。他希望那個聲音停下來。他覺得那種聲音聽了很不舒服。爲了要壓低那個聲音，他背誦起《主禱文》。《主禱文》會給他帶來慰藉。他背誦過千百次。小時候，在後院那個黑暗炙熱的箱子裡，汗流浹背，因爲高溫失去意識的時候，《主禱文》的內容總能讓他感覺好過一點。

等到他結束時，艾絲特已經不再掙扎。那個聲音消失了，她渾身無力。牧師鬆開拉緊繩子的手，此時，他感覺到左膝溼潤，因爲地上溼溼的。他起身，看到膝蓋上有一塊水痕，曉得艾絲特的膀胱失守了。

他抱著她的屍體移動起來，讓她翻身。他抓起一條手臂，彎下腰，將屍體扛在肩上，小心翼翼走到門廳裡。他將她放在室內梯底部，拉著繩子另一頭，走到二樓。他用繩索繞起階梯扶手圍欄，然後讓繩索穿過其中一根立柱，開始收緊鬆弛的繩子。

他用力拉，現在是對他力氣的考驗，他可以輕鬆通過。他一段一段往上拉時，繩索咬進木頭扶手裡，一直到艾絲特掛在距離地面九公尺的地方爲止。此時他綁好繩索，走下樓梯。

艾絲特的屍體左右擺盪，他上方的扶手咿呀作響。她脖子腫得很誇張，臉旁與雙眼都充血了。牧師去廚房拿走他的信差包，迅速離開現場。

之前已經跟葛魯柏說過，送法蘭西斯回家後，葛魯柏要盯著他。至少要待到警方趕來，負責安慰法蘭西斯，確保他不會幹什麼吞槍之類的蠢事。

親眼看到妻子上吊自盡，這正是法蘭西斯需要的最後助力，他再也不會壓抑。他會成爲生無可戀之人。這樣的人唯一的選擇就是陪著家人一起赴死。

牧師心想：**眞是太完美了**。

46

艾迪

我坐在雞油菌旅社的床鋪上，聽著布洛克講話。她調幅收聽警用廣播掃描器，這是她從她的旅行包裡拿出來的，同時短暫開口交談。凱特一邊聽，一邊看著我從方思華斯那裡拿回來的照片。哈利閉著眼，躺在床上。

「妳說跟妳見面的那個女的叫什麼名字？替達瑞斯．羅賓森洗刷污名那個？」我問。

「珍？不可能。糖果鋪的事情她沒有跟任何人說，我打電話向她確認過了。」布洛克說。

「那就是糖果店的老太太桃樂絲．梅澤囉？」哈利從床上說。

「不，我也問過她了。」布洛克說。

「哎啊，反正有人向孔恩通風報信，說羅麥斯有他的料要爆。既然不是這間房裡的人，那肯定是桃樂絲或珍。」我說。

「我覺得是因為那封信。」凱特說。

布洛克點點頭。

凱特去主街電器行買了一台印表機，將機器連上她的筆電，印出了布洛克拍的照片，也就是羅麥斯亡妻寫給他的信。

「我覺得這種信會改變一個人。」凱特說。「你們想想，羅麥斯深愛他的妻子，她終於不敵癌症。羅麥斯照顧了她這麼多年，她卻在墳墓裡朝他丟炸彈。說得通啊。」

「也許吧。」我再次掃視起那封信。我知道信裡肯定有重要線索，但我還不曉得線索是什麼。

「好吧，就算他改變主意了，然後跟孔恩說，他要揭發他？坦白一切，拖孔恩一起下水？幹嘛要告訴他？」

「我覺得羅麥斯低估了地方檢察官願意努力的程度。」凱特說。

我們又交談了一會兒，然後陷入沉默，此刻布洛克終於調到了烈日郡警局的無線電頻率。她沒有報警說羅麥斯死了，畢竟她擅闖私宅，還查看過犯罪現場。驚動警方太冒險，但不讓警察知道，她又覺得過意不去。她確定警局裡肯定會有人過去找他，就算只是去致意也好，而她希望能夠立刻掌握這樣的消息。

我坐在哈利旁邊床鋪上，一拳托著臉，仔細端詳凱特拍下的雷恩・霍格戒指照片。哈利在我身邊打呼，凱特則開始在房裡踱步。

布洛克一邊聽警用廣播，一邊想跟上我與凱特對著霍格戒指照片的低聲討論。

「星星上可能有字母，我是說，我覺得上面好像有東西，但看不太清楚。」我說。

凱特將手機接過去，調整角度，說：「我們需要更清晰的照片，讓我看看你從方思華斯那邊帶回來的照片。」

「我還沒看過。」布洛克說。

凱特對她點點頭，說等等就讓她看。於此同時，凱特將方思華斯的驗屍照與她拍的照片放在一起，左右對照。

「我看不出來。」凱特說。

「讓我看看。」布洛克說。

布洛克先檢視霍格戒指的照片，然後是驗屍照片。她一看到照片，我就注意到她的額頭皮膚緊繃了起來。

「怎麼了？」我問。

「艾迪，你誤會了。」布洛克說。「絲凱拉額頭上的字母印子不是F跟C。C是另一個字母的一半，星星上的文字應該是F、O跟P。」

凱特張大了嘴。

「妳怎麼知道？」我問。

「因為我現在曉得凶手戴的是什麼樣的戒指了。我們都搞錯了，五角星跟巫術沒有關係。星星象徵的是執法人員，星星是一個盾牌。FOP成員不用會員卡，反而是靠著戴戒指來表明身分。」

「FOP是什麼？」凱特問。

「那是警察兄弟會（Fraternal Order of Police）的縮寫。」我說。「代表全美警員的遊說組織，也是會員組織。殺害絲凱拉．愛德華茲的人是條子。」

「或當過條子。」布洛克說。「這樣就有新的問題了，這種戒指並不特別，可能有幾萬枚在外流通。」

房裡一片靜默。我們希望這枚戒指能夠帶領我們找到凶手，現在卻給我們嫌犯，一大堆嫌犯。我們消化著這個消息，沒人開口。立即填補寂靜的是布洛克警方無線電掃描器傳來的調度員急切人聲。

「所有單位注意，疑似自殺事件，需要警力支援……」

布洛克一邊聽，一邊點點頭。這就是在講羅麥斯的事。布洛克想知道他們會怎麼說，對死因有沒有懷疑。

「……地址為桃樹街四百九十一號……」

布洛克皺起眉頭，說：「這不是羅麥斯的地址，這是——」

「絲凱拉．愛德華茲的地址。」凱特說。

布洛克已經朝門口移動，我說：「等等，我也去。」

我跟布洛克花了四十五分鐘看法蘭西斯．愛德華茲坐在烈日郡警車後座哭。調度員稱這疑似自殺，無須多想，結束生命的人肯定是法蘭西斯的妻子。身著粗花呢外套的矮胖男人坐在他身旁，一手攬著法蘭西斯的肩膀，對他低語，想要讓他冷靜下來。法蘭西斯人高馬大，哭起來，整輛車都跟著震動。

法醫正要離開，捷豹停進了屋外。孔恩下車，朝法醫走去，他們在前院草庭上交談。

「這是我們的信號。」我說。

我們走下運動型多功能休旅車，朝孔恩及法醫普萊斯小姐走去。

「介意我們去裡頭看看嗎？」我問。

孔恩高瘦的身軀轉向我，他眼角有缺乏睡眠而留下的細微線條。

「弗林，你想怎樣？」孔恩說。「這是不相干的案件，與你客戶無關。」

「這你就錯了。杜瓦沒有殺害絲凱拉．愛德華茲，凶手另有其人。絲凱拉的母親在杜瓦開庭前一晚自殺實在可疑，說不定艾絲特・愛德華茲是無法面對殺害自己女兒、還誣陷無辜之人的內疚感。」我說。

孔恩退了一步，他眼周的細紋因爲怒火變得深刻。

「你這是在暗示艾絲特・愛德華茲殺了她自己的女兒？」他問。

「這是辯護的理論。」我說。「現在你最好讓我們進屋，讓我們搜集這種基礎的證據。若你不肯，我就得叫法官起床，申請法院命令，進去看看。」

「這也太誇——」但孔恩沒有說完這句氣話。從他表情看來，他忽然想通了什麼。憤怒的細紋消失，他大力噘唇，然後嘴角的線條揚起他極力想掩飾的微笑。

「無須驚動法官。」他說。「你們進去吧。我會讓警方知道你們可以觀察現場。」

「謝謝。」我說，然後朝大門走去。我聽到孔恩對著前門的副警長吆喝，我們可以進去看看，但得確保有人盯著我們。

我們離開孔恩聽得到的範圍後，布洛克說：「你眞的打算朝那個方向進行辯護？」

「指責受害者的母親是殺人凶手大概是最糟的行爲。特別是，她似乎因爲無法面對失去女兒的打擊，疑似自殺。這種行爲會讓陪審團疏遠我們。事實上，做出這種暗示會讓陪審團永遠恨我們。這主意爛透了，孔恩很清楚，所以他才讓我們進來看，不然怎麼可能？法庭法則第一條，讓你的對手犯錯，你負責揭發。孔恩自以爲很聰明，讓我們從那種角度辯護。」

布洛克說：「就律師而言，你還挺精的。」

我們接近時，在門外站哨的副警長讓開，示意另一位同僚跟我們進去，確保我們不會破壞現場。

一穿過大門，恐怖的場景隨即映入眼簾。難怪法蘭西斯・愛德華茲會在後座哭得撕心裂肺。

艾絲特上吊，面朝大門。犯罪現場攝影師還在拍照，因此屍體還沒有放下來。從她臉部就看得出來，死因的確是縊死。她雙眼圓睜外凸，舌頭腫脹，掛在張開的嘴巴外。她穿了一件粉紅色的睡袍，衣袍敞開，底下是粉紅色的絲質成套睡衣。她鼠蹊部與腹部有深色的區塊，接近時，我聞到了味道。她膀胱失守了。

沒有其他掙扎的跡象，典型的自殺案件，只不過，當然不可能這麼簡單。

布洛克對我使起眼色，這她強項。她眞走運，因爲她不喜歡交談，特別是有些時刻，好比說現在，我們身後有條子，前面有犯罪現場攝影師的時候，直接開口就不是明智的選擇。不過，我讀懂了她的意思。

她也注意到了。人斷氣時，膀胱跟腸子在肌肉放鬆到某個程度後就會排空。艾絲特的鼠蹊部與腹部因爲尿液溼了一塊，卻沒有沿著雙腿留下的深色痕跡。她身體懸掛的地板下方也是乾的。她是趴在地上時弄溼自己的。

我看著布洛克離開艾絲特，前往客廳。我則上樓，小心沒有碰觸階梯扶手。

我到階梯上方，轉向右側，研究起繩索。圍欄跟柱子隨著室內梯延伸到二樓走道，粗厚的繩結對折、打結、纏繞在圍欄與柱子上。

我往上，看著扶手。繩索在欄杆上留下刻痕。我看著從欄杆上垂下的十五公分繩子，一直到厚實繩結的位置。這段區域的纖維上有白色油漆的碎片。我拍下欄杆上的刻痕、白漆碎片，以及地毯。

我看夠了便下樓。我下來時，布洛克抬頭看著我，她又向我使起眼色，這次還稍微點點頭。

我們前往屋外，沒有交談。

孔恩此時已經離開命案現場。我們上了車，發動引擎，將車開走，然後才開口。

「廚房地板上有一個溼掉的菸屁股，聞起來有強烈的尿味。」布洛克說。

「我就覺得妳會注意到這種東西。她下方的地毯是乾的。樓上的扶手欄杆上有繩子咬進去的刻痕，繩結上方的繩子有油漆碎片。」

布洛克點點頭。

「是誰對她動的手？」我問。

「殺害她女兒的人。」

「妳怎麼會這麼想？」

「要把她拉到階梯上，這個人要很壯，一隻手讓她固定在那裡，還要打結，這更講究力氣。這點吻合絲凱拉命案所需要的力量。眞正的問題在於，凶手爲什麼要殺害艾絲特？還挑今晚？」

第六天

47 艾迪

凌晨兩點半，我睡不著，腦袋飛速運轉，哈利則在床鋪另一邊大聲打鼾。開庭前一晚，我通常睡不好。我本來就睡很少，但今晚擔憂重重壓在我的胸口上，想到一早就要開庭，口袋裡卻沒有多少彈藥，整個陪審團、整個鎮都看安迪不順眼。我起身穿衣，到樓下去派翠西亞與安迪的房間。我在門外聽了一下，有交談聲，知道我不會吵醒他們，便敲起門。

派翠西亞讓我進去，然後恢復他們先前的坐姿，她回到安迪旁邊的床上。角落亮起一盞檯燈。

派翠西亞用雙手攬著兒子。這是他們很習慣的擁抱。他前後搖晃身子，拍著母親擱在他肩上的那隻手，這隻手似乎生了根，固定在那一樣。

我坐在他們對面的椅子上。

「做惡夢了？」我問。

派翠西亞輕聲開口：「他很怕，我一直告訴他，沒有什麼好怕的。他沒做壞事，上帝會讓他們明白的。」

我沒告訴她，上帝通常不會在阿拉巴馬州顯靈，更不會出現在這裡的刑事法庭上。

「我一直在想這個案子。我們掌握的資訊太少了。跟我聊聊絲凱拉是怎樣的人。」我對安迪說。

「她對我很好。我剛去酒吧工作時，完全不曉得自己在幹嘛。我不懂點單系統怎麼運作，怎麼操作洗碗機或收銀機……都是她幫我的。雷恩其實不太理我，是絲凱拉教我怎麼做這份工作的。她總說，她大學畢業以後有什麼打算，她已經看上西雅圖的一間研究公司。無論她心情如何，她總會掛著微笑。」

「她偶爾會不高興嗎？」

「很少。她會跟她男朋友蓋瑞吵架。我看得出來他們在吵架，因爲那時她會用兩隻大姆指打手機，她生氣的時候。」

「絲凱拉用的是哪種手機？尋獲她屍體的時候，手機不在她的隨身物品之中。」

「我想是iPhone，粉紅色的，後面有貼鑽，拼的是她的名字縮寫。」

「他們很常吵架嗎？」

「只是拌嘴，他不會動手什麼的。他們通常是在吵政治，你知道，蓋瑞是總統的超級粉絲。」

「絲凱拉不是？」

「可以這麼說。她看到的是總統的本質，蓋瑞卻照單全收，她就氣蓋瑞這點。他不喜歡我，我是說蓋瑞。有時我會陪絲凱拉走一小段路，直到有人來接她。如果是蓋瑞，他通常都不會給我好臉色看。」

「蓋瑞有戴戒指嗎？」

他想了想，說：「沒有，印象裡沒有。」

「你覺得殺害絲凱拉的凶手可能是誰？」

「老實說，我還是很震驚。我實在不懂怎麼會有人對她做出這種事。她是天底下最好的人，我眞的不明白。」

「安迪，我知道這很可怕，但我需要你勇敢一點。也許到了某個時間點，你必須告訴陪審團，絲凱拉不是你殺的，你是被迫簽下認罪自白。」

我打開檔案，翻到安迪自白書那一頁。

「他們說，只要簽了就沒事了。要是我不簽，我媽會受傷。他們也會繼續傷害我。我猜我那時沒想清楚。羅麥斯用警棍揍我，敲我的頭，我肯定暈了過去。我醒來時，他們就逼我簽認罪書，我……我眞的沒有想清楚。我不想簽，也知道我不該簽，但我實在太害怕了。」

安迪講話輕聲細語，語氣平穩，很有說服力。他大大的雙眼反射起昏暗房裡的光線，這雙眼睛裡充滿恐懼。

我想告訴安迪，一切都會沒事，我、哈利、凱特會替他贏下這個案子。告訴他，這場惡夢馬上就會結束，他可以回到他的書籍裡，去唸大學，邂逅女孩，認眞讀書，讓他媽媽驕傲，過上他值得的有意義且豐富的人生。

但我辦不到。是有希望，但在這一刻，距離開庭還有八個小時的時候，我實在無法安慰他。司法系統不是這樣的，這個系統沒有站在他這一邊，這個系統包含了警察、地方檢察官、帶有偏見的法官，以及帶有偏見的陪審團。解決其中一、兩個問題我辦得到。

但全部？不行。

這次搞不定。

48

艾迪

早上還沒八點半，我們就抵達法院。外頭沒有人抗議，我猜手持阿瑪萊特十五型步槍跟美利堅聯盟國國旗的男孩要到中午過後才會起床。安迪、派翠西亞、哈利及凱特魚貫走進法庭，坐進座位。

我在外頭走廊等待，雙手扠口袋，走來走去。

孔恩會對陪審團開場，我必須做出相應的陳述。我昨晚打了草稿，但不夠好。我沿著空蕩的走廊來回踱步，腳步聲迴盪在石頭地磚上。移動有時能夠協助我思考。

今早完全不管用。

我仰賴布洛克挖出失落的鑽石。加油站的監視器畫面就在某處，至少我希望如此。布洛克沒有屏棄這項證據。她只是點點頭，說她會去找找看。

我沒問她要去哪裡找。

能夠確定的只有一點，她不會即時帶著證據趕回來，讓我對陪審團進行有憑有據的開場陳述。

孔恩要定罪成功，十二位陪審員裡，需要有十個人投下有罪裁決。在紐約，要的是全體一致的結果，因此在我的律師生涯裡，我只需要一位陪審員站在我這邊即可。但現在我需要兩名，要是我搞砸，我的客戶就會痛苦死去。

通常，我知道自己在幹什麼。我可以在開庭時告訴陪審團辯護的基礎，開場陳述不該爭論，只是指出我們會讓陪審團看哪些證據。這個案子，我還沒有任何理論，還不完整，還很模糊。在法庭外頭踱步，我實在沒有多少資訊可以告訴陪審團。

殺害絲凱拉．愛德華茲的眞凶另有其人，但我們不清楚凶手身分。

不要管鑑識證據——安迪的皮膚組織出現在受害者指甲裡，他背上還有相應的抓痕。不要聽證人說絲凱拉失蹤當晚，她與安迪吵了架。無視安迪在警局的認罪自白，以及他後來對獄友講的自白陳述。

這是要陪審團忽略很多東西啊。

辦不到，就算是心胸開放、公正不帶偏見的陪審團，要削弱這些證據的力道也非常困難。

我需要別的，能夠撼動陪審團席上十二名靈魂的重要說法。

我繼續踱步，身後有人持續走進法庭。現在走廊裡靜悄悄的，我望向手錶。時間差不多。

這個案子，毫無頭緒。

我決定最好的辦法就是不要去管那些對安迪不利的證據，將焦點轉移到別的地方。

我要在人山人海的劇場裡大喊「失火了」。

有時面對罪證時，最好的方法就是完全不要管它。

陪審團入座，我們身後的旁聽席逐漸安靜下來，孔恩起身，進行他的開場陳述。辯方席很擠，沒辦法。哈利跟凱特一左一右坐在安迪身邊。我坐在凱特旁邊。派翠西亞在旁聽席第一排，安迪正後方，她只要靠上前就能碰觸他。在這場官司結束前，他很需要母親搭在他肩上的那隻手。

孔恩緩緩起身，等著群眾的交談逐漸變成細細低語，然後是充滿敬意的靜默。很厲害的表演，震懾人心。這是他的主場，我們是不速之客。

「陪審團的各位先生女士，首先，我要感謝你們替烈日郡及絲凱拉．愛德華茲家人的貢獻。請看那邊，在我的助理檢察官溫菲爾德先生後方那一排。」他一邊說，一邊用手比劃起檢方席後的旁聽席座位。五十幾歲的紅髮男人臉部腫脹，淚流滿面，那是法蘭西斯．愛德華茲。法庭裡座無虛席，只有辯方席後面這一排，也就是派翠西亞坐的地方，以及另一個位置，就在法蘭西斯旁邊。

「絲凱拉．愛德華茲遭到被告杜瓦無情謀殺。她的男朋友在她遇害當晚原本要向她求婚。結果，被告安迪．杜瓦卻讓她與摯愛天人永隔。絲凱拉的父親法蘭西斯今天是來見證毆打、勒斃、埋葬他女兒之人伏法的。法庭上所發生的一切都無法減緩他的哀痛，他這輩子都無法擺脫這種傷痛。各位會發現絲凱拉的母親不在現場，是因她無法接受失去女兒的痛苦，昨晚結束了自己的生命，令人唏噓。」

幾位陪審員點點頭，他們肯定聽說了，畢竟這個鎮這麼小。其他人則出聲驚嘆。

「法蘭西斯今天是爲了妻女而來。陪審團的各位能夠藉由判定安迪．杜瓦就是殺害絲凱拉的凶手，還給法蘭西斯尊嚴，讓他帶著這份哀傷繼續活下去。這就是正義，這是協助家屬背上重擔走下去的盾牌。我無法提供這面盾牌，我無法還法蘭西斯公道。相信我，我願意竭盡所能讓他得到短暫的平靜，但我辦不到，我沒有這項權力。」

他停頓，目光移到法蘭西斯．愛德華茲悲痛扭曲的臉。陪審團跟著望過去。他盯著法蘭西斯，然後望向陪審員。他讓法蘭西斯成爲全場焦點，他希望陪審團感受到那股錐心之痛。法蘭西斯的悲痛讓陪審團坐立難安。這是人類天性，我們與生俱來就願意協助有需要的人。他挖掘人類善良的本能，加以扭曲，符合他的目的。

這不算什麼很誇張的表演方式。如果只看表面，連我都會信孔恩的話。不過，有我掌握的資訊，我可以看透那張面具。利用一位父親的痛苦來達成自己的目的，這是天底下最低級的招數。他才不在乎法蘭西斯與他過世的妻子，大概也不在乎絲凱拉。他只想要贏，爲此若需生吞活剝這些人，他也在所不惜。

「只有各位，陪審團的先生女士，只有你們有權力協助這個人。爲此，各位必須仔細聽取本案的證據。」

終於，勾人情緒的部分結束，現在要轉到物證上了。

「被告安迪．杜瓦坦承了罪行，兩次。一次是向獄友約翰．勞森訴說，另一次則是警方的認罪自白書。沒錯，他向烈日郡警局徹底坦承了他的罪行。各位會親眼看到自白書。如今他似乎改弦易轍。他要放棄那份認罪書，法官拒絕了他的聲請。各位會親眼見到聲請遭拒，並認清他的自白是否屬實。他那來自紐約市的華麗法律團隊會試圖告訴各位，杜瓦是被迫認罪。各位也要決定這點是否爲眞。」

「好，除了對於命案的徹底認罪之外，還有什麼證據能夠證明被告就是這駭人聽聞命案的凶手？多得很。絲凱拉．愛德華茲遇害當晚，證人指出，被告是最後一個與她接觸的人。被告的血出現在受害人的指甲上。被告背上有抓痕，符合受害者掙扎，想從他手下逃脫時留下的痕跡。」

一名陪審員是穿著米黃色針織衫的女人，裡頭是米黃色的襯衫，她米黃色的臉對我不滿，也困惑地噘起嘴。她實在不理解，我們幹嘛開庭。肯定已經有結論了，拜託，凶手都認罪了。

陪審團上不只有她給我這種不解又不滿的神情。身穿素色襯衫的高大男人瞪了我一眼，這是用來面對陌生推銷電話及保險業務員的神情。我們只是在浪費他們的時間。

「我要各位聽取檢方提供的證據，記住我所說的話。不過，更重要的是，別忘了絲凱拉的父親。別因辯方毫無根據的理論分心。弗林先生與他了不起的紐約法律事務所會爭論，艾絲特・愛德華茲是否殺害了自己的女兒，然後因爲受不了內心的譴責，在昨晚自殺。他眞的打算將責任推到受害者的母親身上，這位母親甚至還沒下葬呢。他還在這位太太悲痛的丈夫面前講這種話。請用反感的情緒面對這樣的指控。」

陪審團全體望了過來，每一個人都盯著我們看。

哈利靠上來低語：「陪審團打算讓我們替安迪陪葬。」

「各位先生女士。」孔恩繼續：「正義就掌握在你們手中。由各位決定是否要讓法蘭西斯・愛德華茲得到這份正義。各位要做的就是將被告送進死刑室，各位要做的就是聽取證據，而不要聽信被告華麗律師的口若懸河。」

他稍作停頓，目光掃視陪審團。他的眼睛只是眉毛下的兩道黑色開口，我卻確定那雙眼睛盯著每一張臉。他讓靜默累積許久，然後轉頭面對法官，點點頭，拖著腳步回到座位上。

錢德勒法官對孔恩露出敬佩的目光，望向我時，這個表情扭曲成詫異的不滿。我彷彿是他在鞋底看到的髒東西一樣。

「弗林先生，你要進行開場陳述嗎？」

聽起來不像邀請，更像威脅。

我起身回答：「法官大人，我會進行開場陳述，但可以給我五分鐘去一下洗手間嗎？」

「快點回來。」他說。

休庭幾分鐘。我直接前往男廁，走進隔間，鎖上門。我解開西裝外套鈕扣，拉著襯衫胸部口袋用力扯，直到口袋一側扯破，稍微露出底下的皮膚。我拉好外套，解開襯衫最上頭的鈕扣，將領帶扯鬆一點。

我準備好了。

49

艾迪

「陪審團的各位，我叫艾迪．弗林，我是來自紐約的律師，孔恩先生的開場陳述裡，這點他沒說錯，但他說的很多都不對。舉例來說，這只是其中一個謊言——我們從來沒有宣稱艾絲特．愛德華茲殺害自己的女兒。孔恩先生很清楚，我們沒有相應的證據。同時法庭裡也沒有任何一份文件、一張紙，暗示我們會從這個角度辯護。如果我說謊，法官會告訴各位真相。」

我停頓了一下，轉身望向法官。我說的是實話。某些被告會透過證據開示或其他聲請對案子進行暗示。錢德勒法官用力咬著牙。他想反駁我，但他辦不到。我成功在檢察官與真相間敲入質疑。

我轉回來面向陪審團。

「看吧？孔恩先生口裡的辯護理論完全是謊言，他該向法蘭西斯．愛德華茲道歉，畢竟他打算利用愛德華茲先生妻子的自殺贏得陪審團的好感。」

我確定自己背向陪審團與法官，然後對孔恩使起眼色。

他掉進我昨晚設下的陷阱裡了。他的臉通常是比屍體還要白的顏色，現在卻有點紅。這點真的刺到他了。現在陪審團至少曉得孔恩也許會誤導他們。如果他們不信任孔恩，也許安迪還有機會。

我跟孔恩之間還沒完呢，我又轉身，將注意力放回陪審團上。

「我的確來自紐約市，這點屬實。只不過我與『華麗』沾不上邊。我在布魯克林區長大，我的父親沒幹過一天穩定工作，家母端了一輩子的盤子。孔恩先生陳詞裡遺漏的是他也來自紐約市，只不過在上西區價值三千萬的公寓裡長大。他父親是華爾街的大牌股票經紀人。孔恩先生在私立大學得到法律學位，我則是在夜校拿的。看看孔恩先生，那身西裝貨真價實，手工義大利布料製作，底下是高檔的絲質襯衫。我的西裝也是義大利的，每年冬天，我會在紐澤西的大桃子成衣鋪買個兩套。品質完全不一樣。」我一邊說，一邊拉開外套，讓陪審團看我襯衫胸膛口袋上的小小裂痕。

「現場只有一位來自紐約的華麗律師，而那人不是我。」

我很意外聽到旁聽席傳來笑聲，甚至看到兩位陪審員露出微笑。

一切都很順利。我讓陪審團惦記著孔恩，而不是安迪。

事情很快就會急轉直下了。

我等著呢。

「但這個案子的重點不是我，甚至不是絲凱拉．愛德華茲，顯然無關安迪．杜瓦。這個案子的主角是烈日郡的地方檢察官，蘭道．孔恩先生——」

一切都在意料中，但我還是很驚訝孔恩起立喊出「抗議」的速度。

「抗議成立。弗林先生，你不准在這個法庭上對這個郡的地方檢察官進行私人攻擊，這樣清楚了嗎？」錢德勒法官說，他皺起鼻子，雙唇後退，露出泛黃的牙齒。他看了陪審團一眼，然後目光瞄準我。他要陪審團與他同一陣線。法官應該引導陪審團做出公正、公平的決定才對。

他想打壓我。我料到了，也期待如此，我會對法官把話講清楚，確保陪審團也聽得一字不漏。

「法官大人，我被允許建構出在本案中提出的證據脈絡。檢察官在開場陳述提出抗議實在相當不合常規。只不過，這不是孔恩先生生涯裡唯一一件不合常規的事情。在本案中，我們會展示安迪・杜瓦遭到地方檢察官及已故警長柯特・羅麥斯誣陷。我們會證實孔恩是當代歷史上死刑定罪率最高的檢察官，他將司法行政力量當作武器，作為他的私人享受，想取誰性命，就對誰下手。他是這個郡上的邪惡存在，他這是在請陪審團成為他的共犯。我認為陪審團必須聽這段話，如果你打算阻止我在死刑案裡指控警方與檢察官的腐敗，那你也會成為其中的問題。別客氣，告訴我，不能論證這點，我就會慢慢推翻你的決定，靠的就是請審理法官將腦袋從地區地方檢察官的屁眼裡抽出來。」

法院樓下的拘留室非常乾淨，顯然比郡裡的拘留所好。這裡光潔無瑕，沒有人類排泄物的臭味。一直都這樣。法院拘留室最乾淨，因為髒東西最終會離開，只要一名法官嗅到一絲尿味，清潔人員就會在一個小時內搞出一大片肥皂泡泡來。

我別有用心的陳述讓錢德勒法官很不滿。他對法警竊竊私語，我在辯護席上遭到逮捕，立刻帶離現場。

我以為在法庭上講粗話是在打破常規，基本上我從來沒有幹過這種事，但這次我是真的火氣上來了。我在拘留室待了整整兩個小時，足以冷靜下來。

至於辯護？這樣的開始不算差。

我有過更糟的經驗。

在牢房裡無事可做，只能思考。我想了很多。一直縈繞心頭的是羅麥斯。我讀了他太太寫的信，更加確認羅麥斯回心轉意了。我想像他良心發現，不願繼續閉嘴，反而向孔恩表達不滿。他肯定就是因爲這樣死的。他因此失去了贖罪的機會。人會變的。抵達終點前，道路可能出現意料之外的轉折。亞歷山大．柏林就轉彎了，送我來解救安迪．杜瓦。孔恩呢？則是病態到無法改變。他是例外的那百分之二的人，那種人天生就有病，也許小時候遭到扭曲，他們看不到轉機出現，更別說覺得該改變了。

我聽到鑰匙插進藍色金屬大門的聲音。

凱特走了進來，她坐在塗了油漆的混凝土長凳上，等著門在她身後關上。她沒有一進來就開口。

門甩上了，金屬碰撞聲讓我牙齦打顫。

「如何？」我問。

她一手抵在唇上，等著。幾秒鐘後，我們聽到靴子踏出去的輕微聲響。保全人員回到了他的崗位，對沒聽到我們的交談感到失望。牢房裡沒有麥克風或攝影機，沒地方藏。

「很糟。今天庭審結束後會有聽證會，錢德勒會決定該拿你怎麼辦。他根本不該出席聽證會，但我不想做得太過火。哪像你？」她說。

「我知道，抱歉。我只是擔心錢德勒的反應不符合我們的需要。我猜我幹得太過分了。」

「是有一點。」凱特說。

「好，除此之外，一切都還好嗎？」

「好得很。我來接手剩下的工作。」

「妳的陳述準備好了?」

「準備好了。」

我們在人滿為患的劇場大喊失火了,肯定的是,的確有火。這是很簡單的誘導手段。無論孔恩說了什麼,無論他在台上對群眾展示何種證據,都無所謂了。如果我們能夠說服他們,建築著火了,他們肯定不會仔細聽這齣戲的對白到底在講什麼。

「對付法醫普萊斯小姐,妳有多少把握?」

她望向天花板,吐光臉頰裡的空氣,說:「我感覺得到壓力。」

我們不能使用方思華斯的驗屍報告,因為他不願出庭作證。我跟凱特想出一個計畫,靠走後門用上這份資料。冒險,而且很可能不管用。如果失敗,安迪肯定會遭到定罪。是有機會,但壓力全在凱特身上。

「妳知道,我們可以要求休庭,明天再繼續。」我說。「如果妳不想接手,我完全理解,這樣要求實在——」

「我辦得到。」她說。

「我知道妳辦得到。只是妳不能一直去想這是死刑案件。我覺得這種想法會打亂某些律師的思緒。別去想那個,平穩、輕鬆過去就好。」

「我來自紐澤西,我不來平穩輕鬆這招的。」她說。

「好吧,那妳想怎麼對付普萊斯小姐?」

她用手指抵著雙唇好一會兒,思考起來,然後說:「我要給她的瘦屁股一點顏色瞧瞧。」

50

凱特

凱特等著法庭安靜下來，她沒有等太久。她感覺到腹部熟悉的翻騰出現，然後才會在法庭上首度開口。沒關係，這很正常。如果她覺得冷靜，那她才該擔心。她需要這股緊張的能量，她會善用這股能量，將其在腹部轉化，成爲她朝對手吐出的火焰。

她站起身來，準備好了。

陪審團在商議室裡待了整整一個小時，討論起他們剛剛見證的一切，凱特跟孔恩則與法官爭論起艾迪的命運。陪審團獨處的時間很管用。艾迪剛剛告訴他們，地方檢察官腐敗有問題，下一秒他就因爲講出這種話而遭到逮捕。他們腦子裡想的不會是ＤＮＡ證據、安迪背上的抓痕，或是絲凱拉失蹤前，看到安迪與她交談的證人。

他們聊的會是艾迪、孔恩，還有法官。凱特曉得她該繼續帶領陪審團往那個方向前進。

「陪審團的各位先生、各位女士，我的陳述不會很長。在此案中，被告遭到誣陷。對他不利的證據遭到捏造。執法人員認爲他是可以迅速逮捕的明顯嫌犯，地方檢察官認爲他是可以成功定罪的簡單目標，我希望各位不要認爲他是隨隨便便就能判死刑的對象。我會讓各位明白，地方檢察官打算使用的證據具有重大問題。我們只是希望各位能打開心胸。今天站在各位面前的孔恩先生是紀錄保持人，他是美國歷史上送最多人進死刑室的檢察官。」

凱特等了一會兒，觀察陪審團的反應。有些人不感興趣，已經雙手抱胸，雙眼緊閉。幾個人望向孔恩，又看向凱特。

「我相信烈日郡沒有比全美其他地區更危險，我認爲各位也是這麼想的。那爲什麼這個郡比其他郡，將更多人送進死刑室呢？統計數字顯示，在孔恩先生成爲地方檢察官前，狀況並不是這樣。請你們捫心自問，你們樂見這裡成爲美國死刑之都嗎？今天安迪．杜瓦要爲他的生命而戰，孔恩先生要你們奪走這條命。這個案子不只關乎絲凱拉．愛德華茲的命案。我們認爲殺害絲凱拉的凶手依舊逍遙法外，而坐在各位面前的這個人是無辜的。殺死一個人無法向眞凶復仇。」

一位陪審員坐直身子，目光移到孔恩身上，持續盯著他。這個人看起來很不自在，彷彿是座位下忽然起了火一樣。凱特立刻想起他的名字——泰勒．艾弗瑞。

她還有很多話要說，但她注意到某些陪審員至少已經開始朝這個方向思考了。此刻，這樣就夠了。她感謝陪審團，坐回位置上。

「孔恩先生，你要傳第一位證人了嗎？」錢德勒法官說。

「是的，法官大人。檢方傳烈日郡法醫費歐娜．普萊斯小姐。」

一位高挑的女人從旁聽席起身，穿過推門，經過檢方席與辯方席，然後站在證人席的入口。凱特心想：這個女人的一切都有稜有角。她穿了一件長長的黑色外套，裡面是黑色的絲質套裝。她的臉宛如白色的石膏峭壁，深紅色的嘴唇像嵌在上頭的紅寶石，沒有經過切割。她要麼擦了很白的粉底液，要麼就是她的皮膚本來就沒有顏色，彷彿初雪一般。她有一頭短短的鬈髮。一有動作，她的頭髮就會跟著擺動起來。凱特不喜歡她那雙又大又圓的眼睛。那雙眼睛沒有多少色彩，淺灰色，帶著一抹藍，像是屍體的眼睛，周遭爬滿鮮紅色的血管。看到那雙眼睛會動，凱特近乎意外，看起來像是死掉的東西復活一樣。

冰冷的女人，對死人進行冰冷的工作。凱特覺得死後，普萊斯小姐成爲最後一個關照你的人，大概是最可怕的事情了。

書記官帶著她宣讀誓言。

普萊斯小姐將《聖經》交給書記時，彷彿那是什麼燒紅的煤炭。她眼角微瞇，拿著《聖經》讓她很不悅，這點顯而易見，她噘起的紅唇此刻看起來更像肝臟切片。

凱特打起冷顫，在筆記本上寫下普萊斯小姐的名字。她要解決這個證人。

孔恩立刻確認普萊斯小姐是烈日郡的法醫，她負責對受害者的屍體進行驗屍與檢查。

她用簡單、但帶有威嚴的「對」回答問題。

旁觀席靜悄悄。孔恩提出幾個例常問題，普萊斯用她大聲的「對」回應，這個回答越聽越像冰塊碎裂的聲響。凱特感覺到雞皮疙瘩爬滿手臂，她放下筆，搓揉雙臂。只是在普萊斯小姐附近都讓她覺得冷。

哈利靠了上來，對凱特低聲地說：「第一個問題，問普萊斯小姐，她對失蹤的一百零一隻大麥町犬有什麼了解。」

凱特用手指遮掩微笑。

等到她再次望向普萊斯小姐時，似乎感覺沒有那麼可怕了。她的信心恢復了。有時當怪物變得滑稽時，他們就失去力量了。哈利對她點點頭，他講了她所需要的話。

她望向證人席，孔恩的助理溫菲爾德則立起受害者眞人尺寸的照片，畫面上的受害人倒在地上，旁邊泥土上有一個大洞。她臉上有血，深色泥土斑塊下的皮膚是鮮紅色的。血液泛著光澤，似乎與她的指甲油同個顏色。照片很大，近乎是眞人比例。凱特看著溫菲爾德立起照片，注意到他的手指上有一枚大大的金戒指。他距離很遠，凱特看不清楚戒指的樣式，但肯定有圖案。他人高馬大，很壯，可能是什麼冠軍戒指，或是紀念用的戒指。

哈利輕點她的手背，指了指自己的手指，然後比向溫菲爾德。他也注意到了。他起身，穿過走道，問溫菲爾德需不需要幫忙。助理檢察官婉拒。哈利回到座位，在筆記本上寫了一行字。

FOP戒指，溫菲爾德肯定幹過警察。

ＦＯＰ就像共濟會，只不過是警察組織。凱特不意外這裡至少有兩個人有這枚戒指。大概不只這兩枚，但她先前沒有注意過。從今開始，她肯定會仔細觀察。

溫菲爾德立好照片，牢牢立在框架上後，普萊斯就請法官讓她上前去照片那裡。她從外套口袋裡拿出一根可以伸縮的指揮棒，她以非常熟練的姿勢將其拉開。她指著受害者的手臂，開始解釋。

「孔恩先生，我就從我發現的傷痕順序開始講。各位可以看到她前臂上有瘀青，這裡，這裡，還有這裡。」她一邊說，一邊用伸縮棒指過去。

「這些痕跡指出死者用手臂抵擋攻擊。她曾經回擊。如果仔細看她的左手，可以看到小指與中指腫脹變形。小指近端指關節脫臼，近端指骨上方骨折。中指掌指關節脫臼，遠端與中段指骨骨折。她的頭部與臉上有瘀青與撕裂傷。這些傷勢都不致命。」

凱特寫下普萊斯的答覆，抬頭望著哈利正在深思。他看起來彷彿有話要說，但無論他想說什麼，此刻他都沒有說出口。

「死因爲何？」孔恩問。

「窒息。臉部及眼球斑狀皮狀出血，還有頸部瘀青痕跡、頸部前方舌骨斷裂證實了這點。」

「普萊斯小姐，從妳見到的這些傷勢看來，可以請妳總結它們是怎麼發生的嗎？」

凱特想起身抗議，但她放過這個問題。她需要與錢德勒法官保留一點迴旋的餘裕，法官則看著她，期待她提出抗議。她搖搖頭。錢德勒揚起一邊眉毛，嘴角短暫扭成淺淺的微笑，然後將注意力放回證人身上。

「這名年輕女子遭到攻擊，嚴重毆打，最後勒斃。她試圖抵禦攻擊她的人。她反擊，但對方太強壯，最後在力量上勝過她。」

「謝謝妳。」孔恩說。「我沒有問題了。」

凱特立刻起身，孔恩還沒有時間拖著腳步回到座位，她確保自己的第一個問題針對地方檢察官，在法庭上說得鏗鏘有力。

「普萊斯小姐，身爲法醫，郡上的每一起謀殺及有疑點的死亡，都由妳經手處理，對嗎？」

「對。」

孔恩抵達檢方席，但沒有坐下。他反而彎著腰，用食指抵著木頭桌面，彷彿是可以藉由這隻手指挺身提出抗議一樣。

「妳兩天前檢查過寇帝．華倫與貝蒂．麥奎爾的屍體，他們個別的死因爲何？」

孔恩挺直背脊立在原地，彷彿拉開的折疊彈簧刀。他短暫與普萊斯對視，然後對法官開口。

「法官大人，抗議，無關緊要！」

凱特就是想要快點提出這個問題，趁孔恩還沒回到座位、整理好思緒的時候。他是提出了他的抗議，但他的用詞很不當，讓凱特找到她所期待的可趁之機。

在錢德勒開口前，凱特率先對檢方發難。

「法官大人，地方檢察官對遭人謀殺、受人景仰且在這個法庭執業的律師應該展現基本的禮節。寇帝．華倫與貝蒂．麥奎爾是這個社區的一分子。孔恩先生不能讓他對這兩位死者的敵意抹滅他對同行的尊重。」

錢德勒法官伸手控制局面，沒有讓凱特繼續開口。凱特沒有任何證詞證明孔恩憎恨寇帝．華倫，在陪審團面前，沒有證人開口明說，更沒有任何陳述支持這點。只不過，她光憑自己就完成了上述的任務。

「法官大人，我的反對不是針對……我是說，我沒有惡意……」孔恩開口，但錢德勒法官打斷他。

「我覺得氣氛過於緊張，法庭接受你沒有失敬之意。」

凱特不理會法官，聚焦在陪審團上。務農的泰勒．艾弗瑞以及其他幾人沒有望向法官，反而直直盯著孔恩，他們的目光就凱特看來不是欽佩。他們的眼神裡帶著一個又一個的疑問。

凱特將救生索、妥協扔進危險的境地。

「法官大人，我理解這個抗議的原由，但對於這個話題，我只有兩個問題，之後就會繼續。」

「我覺得聽起來合理，但我必須問一句，沒有不敬的意思，但已故的華倫先生與麥奎爾小姐與本案有何關聯？」

「陪審團馬上就會明白了。」凱特說。「這是死刑案審判，我想請求一些餘裕空間。」

錢德勒向後靠在皮椅椅背上。他抬頭望向天花板，左右搖晃起身子，衡量他的決定。凱特嚥了嚥口水，一動也不動站在原地，她的手指在身體前方絞扭在一起。她必須讓這件事照她的意思來。開庭期間，有時整個案子都擱置在薄薄的鋒利刀刃上，當下就是這種時刻。

「我允許兩個問題，之後就得繼續與本案有關的提問。」錢德勒說。

凱特點點頭，轉回去面對證人。

「寇帝．華倫與貝蒂．麥奎爾的死因推測爲何？」

「他們都是遭到小口徑手槍射擊頭部身亡。」

「關於這個話題的最後一個問題。華倫先生及麥奎爾小姐都是在替本案被告安迪．杜瓦先生辯護時死亡的，對嗎？」

「對。」普萊斯小姐說。

「謝謝妳如此誠實，請等我一下。」

凱特點點頭，轉身開始翻辯護席上的文件。她的下一個問題早就寫了下來、修改過，還在飯店鏡子前面練習了好幾次，記得清清楚楚。她不需要查看筆記，她是在爭取時間。讓陪審團思考普萊斯最後的回答，陪審團會自己想通其中的關聯，孔恩恨寇帝．華倫，華倫與貝蒂遭到謀殺，他們是安迪．杜瓦的辯護律師。某些陪審員不會想那麼遠，但有幾個人已經開始好奇。她盡量拖延，翻找桌上的文件，感覺好像過了幾分鐘，其實不過三十秒，但已經夠了。凱特轉回去時，泰勒．艾弗瑞搓揉起下巴，眼神遠飄。他開始思考了。

「普萊斯小姐，在妳對絲凱拉．愛德華茲進行的驗屍報告中，完全沒有提到受害者臉部與頭部的瘀青與撕裂傷，對嗎？」

「我覺得那些不重要。整體來說，我有提到撕裂傷與瘀青。」普萊斯說。

「所以，妳注意到了撕裂傷與瘀青，報告裡卻沒有記錄下位置與外觀的細節？」

「對，顯然那與死因無關。」

凱特口乾舌燥，她舔舔嘴唇，思索起下一個問題。她不曉得普萊斯會怎麼回答，這樣很危險。不過，她還是繼續施壓。

「妳覺得，她額頭上的瘀青撕裂傷有沒有造成何種形狀？且有沒有讓妳想到形成的原因？」

話已經出口。普萊斯思索了好一會兒。凱特不曉得接下來會發生什麼事。她沒有可以反駁普萊斯的證據，所以一切只能仰賴普萊斯的回答。她等待時，從證人席退開幾步，目光足以掃到檢方席。她看到溫菲爾德將金戒指從手指摘下，塞進口袋裡。

普萊斯皺起眉頭，目光不安地望向哈利。凱特走向辯方席。哈利手裡拿著一疊文件，他把東西拿給凱特。她從哈利手中接下，哈利先前已經抽出方思華斯拍的幾張照片，畫面上是絲凱拉額頭上的上的瘀青傷痕。凱特沒有打算遮掩這些照片，她就是要讓普萊斯知道，她手裡有這些照片，然後對哈利低聲道謝。

「法官大人，也許證人想要稍作休息。」孔恩說。

「我只剩兩個問題。只要普萊斯小姐配合應答，幾分鐘後她就可以離開。」凱特說。

凱特確定孔恩要求普萊斯在報告裡不要寫到瘀青的事，還要她在證人席上不要提，因為辯方的專家不會出庭作證。他這是讓普萊斯進退失據。此時此刻，站在辯護律師面前，律師拿著他們的專家報告，問起瘀青撕裂傷，這點嚇壞了普萊斯。

凱特嘴角揚起微笑。普萊斯睜大雙眼。凱特這是讓對方知道她手裡握著同花大順。要是普萊斯打算吹牛，她可能會滿盤皆輸。

「普萊斯小姐？妳似乎難以啟齒。告訴我，地方檢察官今天有沒有協助妳準備作證的說詞？」凱特問，她花了點時間低頭看照片，然後才望向證人。

普萊斯的人中部位冒了一層汗。她望向檢方席，說：「我跟地方檢察官與他的助理湯姆．溫菲爾德討論過我報告的內容。」

「那妳應該能夠順利回想起驗屍的發現。瘀青上是有圖案的，對嗎？」

「印象裡可能有。」普萊斯說。

「妳是說，瘀青傷痕是有圖案的？」凱特問。

普萊斯遲疑了一下，嚥起口水，然後點頭。

「爲了記錄，我們需要妳肯定的回答。」凱特說。

普萊斯看著孔恩，發現他瞪著她的雙眼。凱特捕捉到了這個眼神，不曉得這是失望還是壓抑的不滿。普萊斯處在三不管地帶。她不想當眾遭到揭穿撒謊，卻也不喜歡凱特問題引導的方向。普萊斯將目光從孔恩身上移開，看著陪審團說：「對。」

「皮膚是有彈性的，對嗎？」

「對。」

「如果某部分的皮膚遭到大力打擊，可能會在接觸區域的皮膚留下壓痕嗎？」

「有可能，但，再重申一次，那跟本案的死因無關。」普萊斯說，還在努力應對。

凱特無視她的努力，繼續追問。

「受害者額頭上有好幾處星形的瘀青，一整排，不是很平整，每一處的尺寸都在二點五公分以下，是這樣嗎？」凱特一邊問，一邊從面前文件中取出一張紙，彷彿是等等派得上用場似的。

「我不曉得是不是那個形狀，但類似。」

「受害人頭上的這個印子會不會是因爲凶手攻擊她時手上戴著戒指？」

「有可能。」

凱特大步向前，將一紙文件交給法官，然後將另一份交給檢察官。

「法官大人，基於證人現在已經證實瘀青印痕的圖案，我想將這份文件加入辯方展示證據之中。這是網站的截圖，該網站販售某些特定款式的戒指。我想向專家請教關於這個戒指的看法。」

錢德勒看著印出來的頁面，但只是大致掃過。他似乎興趣缺缺，不喜歡這件事的走向。凱特與艾迪已經討論過這個策略。孔恩不會抗議。他不想帶領陪審團聚焦在他專家證人驗屍報告忽略的細節上。專家已經說了，這與死因無關，孔恩越是在該議題上做文章、過度關注，陪審團就越會覺得這點很重要。不，他會忍住，乖乖坐好，一聲不吭。他也的確如此。

法官同意將這份文件納入。

「普萊斯小姐，該網站販售的戒指中央有一個星星圖案，從網站說明文字看來，尺寸跟形狀差不多符合受害者額頭上的印記，是這樣嗎？」

凱特將印出來的畫面交給普萊斯，讓她看個仔細。

「我實在說不準。」

「但看起來很像，形狀，還有尺寸都一樣，妳不覺得嗎？」

「我不知道，我必須檢查戒指才可以下定論。」普萊斯說。

普萊斯不清楚，她這是留了一扇打開的窗戶，凱特決定將她的說詞從這扇窗戶扔出去。

「這是警察兄弟會的戒指，現役及退役執法警員間很常見。妳的意思是說，妳從來沒有見過這種戒指？」

「沒有。」

「怪了，我以為在你跟溫菲爾德助理檢察官討論驗屍報告時，妳會注意到他手上正有一枚呢。」

普萊斯吸氣想要回答，但氣息卻凍結在她的胸腔裡。整個法庭陷入靜默。

「我不覺得我有看過他戴那種戒指。」普萊斯說。

「說不定他拿下來，放進口袋裡呢？就跟他幾分鐘前採取的動作一樣？」

溫菲爾德向後靠在椅背上，伸手將臉上的汗水往頭髮抹。

錢德勒開口干預，他受夠了。他向檢方開口，彷彿是想調停小孩的爭執。這種行為充滿貶抑與傲慢，他卻不知道自己這樣的行為對辯方有利。

「溫菲爾德先生，辯護律師似乎覺得你口袋裡有一枚戒指？你可以反駁她的說法嗎？」

溫菲爾德起身時，左手明顯顫抖起來。對法官撒謊就像是在玩膛室裡還有三顆子彈的俄羅斯輪盤，只會有兩種結果。最安全的做法是從實招來，總是可以用別的理由搪塞過去。

「不，法官大人，我無法。」溫菲爾德說。

「不好意思，你無法什麼？」法官說。

「我無法反駁她的說法。」溫菲爾德說。「法官大人，我的警察兄弟會戒指的確在口袋裡。」

錢德勒的臉色幾乎變得跟孔恩一樣慘白。他對地方檢察官擺起手來，作為道歉。

「普萊斯小姐。」凱特繼續利用這份動力。「我推測，妳在報告裡遺漏了受害者額頭上的瘀青是因爲那不符合地方檢察官的偵辦角度。瘀青大概是來自這種戒指，被告並沒有那種戒指，他跟助理檢察官、這個郡大部分的執法人員不一樣，他們才會有這種戒指。是這樣嗎？」

「不，不是的。」

「我沒有問題了。」凱特說。

她坐回哈利身邊，安迪靠上來，在她耳邊低語：「布魯克斯小姐，謝謝妳替我據理力爭。」

凱特望向陪審團，他們首度出現不安的神色。

這是好現象，因爲之後的局面不可能比此刻更好了。

51

布洛克

布洛克坐在法庭最後面一排邊邊的位置上，聽著凱特揭穿烈日郡法醫的疏失。布洛克聽取法醫的證詞，原本困擾她的幾件事，現在感覺更爲要緊。絲凱拉受的傷很罕見。聽到法醫出聲詳細解釋，這些傷勢在布洛克心裡感覺更重要了。普萊斯走下證人席，朝旁聽席走去時，群眾開始竊竊私語。這很自然，法官與檢辯雙方都沒開口，群眾可以低聲交談，在訴訟過程中稍微鬆懈一下。布洛克掃視起人群。

看到了。

首先，法蘭西斯・愛德華茲從前排起身，朝中央走道前進。他咬著牙，差點按捺不住怒氣。凱特對普萊斯的交互詰問讓法蘭西斯很不好過，特別是在聽說了寶貝女兒受了什麼樣的傷害。

身材矮胖的男人看到法蘭西斯朝大門走去，也從座位起身。又是他，穿著同一件粗花呢外套，昨晚在警車後座安慰法蘭西斯的男人。

男人沒有跟法蘭西斯交談，而是直接用手攬著他，帶他走出法庭。

他們往外走，經過布洛克身邊時，她轉頭問旁邊的中年女子現在幾點，已經四點多了。

布洛克先是等著兩個男人出去，關上門，然後又在心底默數到五，這才起身離開。

布洛克在走廊上看到他們從大門出去，左轉前往停車場。布洛克保持距離跟了上去。她在門口逗留，仔細聆聽。車門關上的聲音，V8引擎發出的沙啞轟鳴聲是給她的信號。布洛克左轉離開法院，朝停車場前進，看到兩個男人坐上紅色皮卡車。車子看起來很新，也很貴。

她坐進運動型多功能休旅車，發動引擎，但皮卡車沒有移動。布洛克用手機打了通電話。不久前，她還是警察，前陣子她甚至還擔任了執法人員的顧問，主要負責警員培訓、不致命自保訓練、進階駕駛課程。電話另一端接起，她自報姓名與皮卡車的車牌號碼，問起這輛車有沒有什麼文件，然後掛斷電話。

不到一分鐘的時間，她手機響起，女人的聲音說：「澤維爾．葛魯柏，文件要等一下，但先前沒有紀錄……」提供了他的地址後，電話又掛斷。她們不要寒暄比較簡單也安全，講事實就好。

布洛克用手機搜尋起葛魯柏，查到的就是剛剛見到的那個男人。他是阿拉巴馬州立大學的化學系系主任。布洛克瀏覽起其他搜尋結果，看到一篇新聞稿，說明葛魯柏目前處在長期停職狀態，之後還要參加懲處聽證會。看來他在政治集會上曾做出一番公開言論，其中包含了白人至上的弦外之音。

幾分鐘後，另一輛藍色且有點年紀的皮卡車開進停車場，與葛魯柏的車平行並排。藍色皮卡的駕駛靠到窗口來與葛魯柏交談。之後率先開出停車場，葛魯柏則載著法蘭西斯緊隨其後。

布洛克等到兩輛車都開出去，才展開追蹤。她不擔心追丟他們。藍色皮卡在離地一百五十公分的天線杆上插了美利堅聯盟國國旗，她不可能追丟。兩輛車沒開多遠，不久後就停在市區街上。三人下車，朝「巴克斯鎮保險公司」的門前進。這間公司看起來歇業已久。布洛克猜測這扇門可以讓保險業務員獨立進出樓上辦公空間或公寓。她看了一眼藍色皮卡的駕駛，發現幾天前才見過這個人。駕照上的名字是布萊恩．丹佛。他今天沒有穿防彈背心，也沒有背著他的步槍，但布洛克注意到他腰際掛著一把格洛克手槍。葛魯柏提著一個大大鼓鼓的黑色公事包，三人一起消失在門後。

不一會兒，布洛克看到老虎窗的燈亮了。附近沒有制高點能夠觀察屋內狀況，所以她只能靜觀其變。她一邊盯著前門，一邊打算繼續撥電話。她還在等先前的聯絡人回報葛魯柏的文件，這種文件是指警方檔案或執法人員手中掌握的資訊。對方電話裡已經說葛魯柏先前沒有案底，但有文件存在，要找到得花一點功夫。她越來越不耐煩，正要打出去時，對方先來電了。

「有文件，但我沒有權限。」對方說完就掛斷。

從葛魯柏因爲白人至上言論遭到大學停職這件事，以及他認識布萊恩．丹佛這種人看來，布洛克推測葛魯柏大概列在某個單位的觀察名單之中。她心想：現在的美國人眞的很奇妙。九一一事件後，美國最大的威脅來自海外恐怖分子。今非昔比。當下聯邦調查局、國土安全部以及其他情報機構、執法單位將白人至上國內恐怖組織視爲國家最大的威脅。這些組織持續發展，還掌握源源不絕的資金。

布洛克想起寇帝．華倫脖子上的那把匕首，以及刀刃上的符號——白色山茶花。想到這裡，她喉嚨癢了起來，胃裡打結。布洛克不喜歡情緒湧現。在她的認知裡，情緒與冰冷的理性事實無法合作。理性事實是幹她這行的基本配備。有時，無論她多壓抑，情緒還是會淹沒她的思緒。年輕時，布洛克對於情緒小心翼翼，主要是因爲無法了解。情緒很難懂，不好控制，也似乎沒什麼用。她會對家人、好朋友凱特，以及偶爾約會的女性對象展現感情，但布洛克對其他人喜歡保持距離。在肢體與心理上逐出屏障。她不喜歡握手，更不會擁抱別人，話也不多。

不過，有時她的行事作風、她的屏障、她批判性的思緒，一切都會遭到淹沒。自從她與凱特重新聯絡上、加入事務所擔任調查員後，這種狀態更是頻繁出現。她喜歡艾迪與哈利，讓他們走入她的生命卻更常引發她內心深處的情緒。

窗裡的光暗了，不一會兒，葛魯柏、丹佛與法蘭西斯回到街上。布洛克聽到喀啦一聲，看著方向盤，她把方向盤捏凹了。她對種族歧視組織的第一個反應是反感，然後是憤怒。她下巴開始痠痛，她驚覺自己在咬牙。她吐出幾口氣，扭扭肩膀與脖子。她腦中的憎恨讓她無法思考，這樣不成。

她讓優勢腦，也就是負責分析的那一塊重新主導運作後，她注意到公事包不在葛魯柏手上了，而在法蘭西斯．愛德華茲手裡，上車時，他還將東西放在葛魯柏汽車地板上。葛魯柏開車載他離開。丹佛等了一下，離開時，皮卡車急駛的離去聲伴隨起渦輪散發的黑煙。

布洛克走下車，接近他們剛剛走出來的大門。門上有一道鎖跟鎖死的門閂。要開是可以開，但她不希望有人知道她來過。於是，她繞到街廓盡頭，一邊走一邊點起建築物，然後左轉，看到建物後方的暗巷。她邊走邊數，停在跟房子一樣老的一扇鋼製雙扉推門前。門上的鎖生鏽了，左右門把相距約二十五公分，中間用鐵鍊及掛鎖固定。這意味著這扇門是防火門，從外頭鎖上防火門是違法行爲，但大概唯有如此，才能關上建物後門，因爲門鎖生鏽了。

掛鎖與鐵鍊看起來很新。要破壞掛鎖與鐵鍊的方式有很多種，但沒這個必要。她只需多功能鑰匙圈上的小剪刀、汽水罐與唾液就能搞定。

布洛克在旁邊子母垃圾車中找到汽水罐，剪下十乘二點五公分見方的大小，接著將中央剪成U型。她將鋁條兩邊往內折，做出一塊墊片，穿進掛鎖桿中，用力拉。在鎖桿底部抹點口水，再將U形部分插進鎖扣、鎖桿與槽口間。鎖桿喀啦一聲打開。她解開鐵鍊，穿過大門，進入一條小通道，這裡通往一座漆成黑色的鐵製階梯，也就是前往二樓的防火逃生口。她走上樓，看到一扇關上的窗戶，但沒上鎖，她戴好乳膠手套，從外頭推開。

裡頭不是公寓，曾經是一間辦公室，但已經清出空間，另有用途。一面旗裱框掛在檔案櫃上，旗子上的圖騰跟寇帝・華倫脖子上那把刀一模一樣。布洛克開始拉開檔案櫃抽屜。第一個抽屜是空的，第二個裡頭有傳單。列印出來的標語背後有同樣的花朵圖案浮水印。

這句標語是：

拯救第二修正案
拯救你的孩子
拯救白人種族
加入蒙哥馬利的白茶花遊行

下一個抽屜裡有好幾個電池與電線，再下面的抽屜裡是一箱手機與充電線。最後一個抽屜裡則是檔案卷宗，一冊一冊擺得整整齊齊。她抽出第一冊，打開，這是莫比爾城外一處人權團體的資訊備忘錄，上頭列出該機構的員工姓名與住址、社交媒體帳號、電話號碼，還有這些員工家人的姓名與地址。下一份檔案則是蒙哥馬利的律師事務所，上頭同樣列出員工姓名與他們的個人資訊。布洛克翻起這一本本的檔案，看到許多當地公司、立法機關、警局、法官、民主黨政治人物的資訊，其中一份檔案更是讓布洛克打起冷顫。封面簡單描述起這份資料的性質——猶太人。裡頭列出各種普通百姓的備忘錄，郵局員工、辦公室員工、小型企業主，他們的個人資訊寫得清清楚楚，有些甚至還有附上照片。

剩下的還有「黑人」、「拉丁裔」、「同性戀」等檔案卷宗。

最後一份檔案沒有標籤。布洛克翻開，看到其中包含一連串的當地教堂，名單後方則是新聞報導的剪報，都是同一種報導，教徒主要由非裔美國人組成的福音教堂逃過爆炸攻擊，炸彈引爆失敗。

布洛克甩上檔案櫃，力道之大，整個櫃子都晃了起來。她喘起大氣，雙手握拳，雙眼圓睜。

還有最後一個抽屜，裡頭沒有檔案。只有一張捲起來的厚紙。布洛克打開厚紙攤平。她發現自己正在看一棟古老建築的平面示意圖，這棟建築很大，入口處有四根柱子。建築算是住宅，也是辦公區域。平面圖上畫了線，還有註解，小小的字跡標示「芬利街」、「三號出口」、「二號阻礙」及「暫停區」等字樣。

她將出現的街道名稱輸入手機，得到阿拉巴馬州蒙哥馬利的空拍圖。街道的焦點靠近州際道路。平面圖所指的建築肯定就在附近，在確認了附近的地標幾分鐘後，她查到了該建築爲何處。

布洛克從窗口爬出去，以來時同樣的方式離開建築，還記得在身後將門鎖回去。她上了車，打開車燈，油門踩到底，迅速返回法院。

她需要把艾迪從拘留室裡弄出來，時時守在安迪與他媽身邊。這個組織有條理，有關係，還有一個計畫。

要布洛克猜，她會認爲他們策劃展開全面攻擊，目的是什麼？她不清楚。也許是暗殺、綁架，或兩者一起執行。平面圖上的建築是整個阿拉巴馬州的權力中心。

也就是州長官邸。

52 艾迪

法警帶我進法庭時，裡頭已經清場。只有哈利、凱特與錢德勒法官。孔恩與他的助理溫菲爾德先行離開。手銬解開，我坐在凱特身邊，這是她第二次擔任我的律師。我迫不及待，必須知道我們今天表現如何。

「對付普萊斯，結果如何？」

「很好，戒指發揮了作用。」哈利說。

凱特靠過來低語：「艾迪，我要開始跟你收律師費了。」

「別擔心，這是最後一次。」

錢德勒清嗓，凱特正要開口。他揮手要她安靜，說：「你在這個法庭上的不敬需要罰款，要麼就是罰款一千元，要麼就是監禁十天。弗林，你有錢嗎？」

「法官大人，現金還是刷卡？」我說。

「我覺得你喜歡待在牢裡。」哈利說。

「我想了很多。」前往外頭停車場的路上，我一邊穿外套，一邊開口：「我不太確定，但我對地方檢察官的鑑識證據稍微有應對的理論了。安迪跟派翠西亞呢？」

「布洛克接他們回旅社了。她追蹤某人離開法院，她要你立刻打電話給她，她會解釋清楚。她說我們的麻煩比想像中還大，要你搬救兵。」凱特說。

「我上次看的時候，我們沒有救兵。」我說，哈利則將我的手機交給我。一開機，我就看到布洛克傳來的訊息。

立刻回電。

驅車回旅社路上，我打電話給布洛克。她向我解釋她跟蹤了什麼人，有何發現。我們將車停在旅社外頭，我前往安迪房間那層樓時，她還沒講完。

「眼前就有威脅，要找聯邦調查局進來。」她說。

「我們在房外，來走廊上講。」

門開了，布洛克出來，還在身後帶上門。我們站在又溼又熱的走道裡，牆上有冷凝水，好像整棟建築跟著流汗一樣。蒼白的牆邊小燈照不到地板，我們壓低聲音交談。

「你得聯絡調查局。」布洛克說。

「我會打電話給亞歷山大・柏林，要是他想找調查局，很好。我們此刻能夠打的仗就是這麼多，我們的首要之務是安迪。我們保住他，才有機會扳倒孔恩。我不是來這裡解決納粹的。」我說。

「白人至上主義者。」布洛克說。

「都一樣。我不希望任何人受傷，顯然不希望是那些混蛋搞的，但如果他們目前的目標是州長，至少安迪受的攻擊就會少一點。我們只要讓他與他媽在這件事搞定前安全沒事就好。之後，聯邦調查局、國土安全局、菸酒槍炮及爆裂物管理局、三角洲特種部隊、傳說中的復仇者聯盟都可以將那棟大樓轟成平地。我不想開啟太多戰場。他們也許殺害了寇帝與貝蒂，我肯定希望他們付出代價，但我們現在無法對付他們。法蘭西斯・愛德華茲失去了妻女，深受打擊。他跟這些人接觸的原因顯而易見，我敢說他已經快崩潰了。那天出來抗議的丹佛只是想找藉口開槍殺人。另一個傢伙我想不透，葛魯柏，大學教——」

說時遲，那時快，我忽然想通了，彷彿聽到腦內齒輪發出「喀啦」一聲。

「妳說葛魯柏是化學系主任，他在——」

「阿拉巴馬州立大學……」布洛克說，我看到她表情也變了，她雙眼發亮，額頭緊繃，彷彿是剛捕捉到遠方的引路之星。

「絲凱拉・愛德華茲就是化學系的學生……」她說。

「葛魯柏大概認識她。」哈利說。

「但葛魯柏也認識絲凱拉她爸。」凱特說。「他是不是透過這個仇恨團體認識法蘭西斯・愛德華茲？說不定是絲凱拉還沒上大學之前的事？」

「不太可能。」哈利說。「安迪對絲凱拉的父親沒有惡言，法蘭西斯偶爾還會載安迪回家。我覺得加入那種組織的人不會讓女兒與安迪這種人交往。說不通。」

「所以你認為法蘭西斯加入，是在絲凱拉遭到謀殺以後的事？」我問。

哈利點點頭，撫摸起下巴，說：「合理。一個人那麼痛苦，無法面對失去獨生女的傷痛。我會說他看起來就是仇恨團體會招募的憤怒、失落靈魂。大概是這個組織主動找上他。」

「那他老婆呢？」凱特問。「你說看起來像自殺，你們覺得是他動的手嗎？」

「我不覺得。」我說。「我親眼目睹他在警車後座，迷失在哀痛之中，哭到不能自已，撼動了整輛車。就我看來，那不像是在演戲。他沒有殺害自己的妻子。」

「那是誰下的毒手？爲什麼要殺她？還殺害絲凱拉？」凱特問。

我跟哈利搖搖頭。絲凱拉的命案很可能只是因爲她是年輕貌美的女孩，落入禽獸的紅色目光之中。這種事不是沒發生過，沒有動機，毫無理由。邪惡本來就存在於人心之中，有人不同意這點，殺人的理由能有百百種——復仇、藥物、酒精、精神疾病，甚至金錢。有時根本不是這些原因。有時候，殺人只是因爲凶手喜歡殺人。如果這不是邪惡，那我不知道什麼叫做邪惡。

布洛克盯著她對面的牆壁，思緒飄到千里之外。她的調查接近了什麼，失落的環節，能夠解釋這混亂一切的拼圖，感覺近了。就要看清夜空上那顆指路的明星了。

「我守夜盯旅店大門。」布洛克說。

「晚點我去跟妳換班。」哈利說。

「我要每個人今晚都睡一下。」我說。「至今我們都幹得不錯，但明天王牌都在孔恩手上，命案訴訟中最具說服力的兩個證據莫過於DNA證據及被告的認罪自白。其中一項都足以讓孔恩定罪成功。DNA證據的攻勢我心裡大概有底，我還在想該怎麼讓自白站不住腳。別以爲我們能贏，贏的機率微乎其微。如果輸了，我們明天搞得灰頭土臉，安迪也死定了。布洛克，麻煩妳明早替我跑個腿。如果事情如我推測，那我們就還有機會。」

凱特還要再工作一下，接著小睡一會兒。我下了樓，站在旅社外頭，看著布洛克坐進大廳的位置上。她的腦袋還在運轉。我深吸一口炙熱、甜膩的空氣，打電話給柏林。

他聽起來很不爽。

「你什麼時候才要告訴我艾絲特．愛德華茲死了？」他問。

「我在打死刑官司，忙得分身乏術。艾絲特的事，你怎麼知道？」

「艾迪，我替全國上下好幾個情報單位工作。」

「你知道布洛克今天下午找到一個白人至上恐怖組織嗎？」

他沉默了一會兒，然後說：「統統給我講清楚。」

53 孔恩

即將午夜，蘭道·孔恩將車停在杜克街的雜貨店外頭，前方是警察巡邏車。他下了車，打開後車廂，拿出一個鼓鼓的咖啡色運動提袋。經過警車時，他敲起車窗。萊納副警長點點頭。

孔恩走向雜貨店隔壁的門，門上有三個對講機按鈕。他按下二號公寓的按鈕，靜候回音。他望向街道，人行道上一個人也沒有。幾輛車停在約莫兩百公尺外，但毫無動靜。他再次按下按鈕，這次，對講機裡傳來人聲。

「哪位？」

「警察，開門。」孔恩說。

「嗶」一聲，孔恩推開門。在他面前是一道窄小的走道，通往樓梯。他上了樓，看到另一條走道及三扇門。右邊兩扇，也就是雜貨店正上方，左邊只有一扇門。他往左走，敲響二號公寓的門。

珊蒂·波耶將門開啟一個小縫，門鏈沒有移開，她就透過這個小縫望向孔恩。

「警察就在屋外。去窗外看看，然後回來開門。波耶小姐，妳麻煩大了。」孔恩說。

她沒有關門，也沒有拉開門鏈，就留著這個縫。孔恩聽著珊蒂穿過公寓地板的腳步聲，以及關上百葉窗的聲響。他又聽到一陣窸窸窣窣，然後是赤腳快步移動的聲音。彷彿是她忙著收拾一樣。她回到門邊，拉開門鏈，將門打開。

「你想怎樣？」珊蒂問。

孔恩走進屋，說：「珊蒂，我今天是來讓妳免受牢獄之災的。」

她穿著米妮老鼠的睡衣，頭髮在床上壓得亂七八糟的。屋裡只有角落一盞小燈，相當昏暗。這是一間套房，角落一張床，另一角則是水槽跟一個卡式爐。有扇門，孔恩猜測門後應該是用儲藏空間改裝成的廁所與淋浴間。低矮的桌子兩邊各有一張扶手椅，一張是皮革椅，坐墊破裂，另一張是綠色布料的扶手椅，因為常坐，墊子褪色了。

「妳最好坐下。」孔恩坐進皮椅。

珊蒂站著，雙手抱胸，說：「這是怎麼回事？我沒有做錯事。」

孔恩將健身包放在桌上，拉開拉鍊，扯開包包，露出一疊疊五十美金的鈔票。

「已經很晚了，妳明天一早還要出庭。珊蒂，咱們廢話少說。我知道妳跟艾迪·弗林談過，他提議要在杜瓦案上收買妳的裁決。我不能讓這種事發生。一切都在我的掌握之中，除了他付款的方式。我猜他不會想引起懷疑，他會等到……判決結果出爐後六個月才給妳錢？」

珊蒂沒有回應，但孔恩看著她脖子上冒起青筋，周圍皮膚泛紅。

「那是聰明的做法，弗林精得很。妳這一方的保證是，如果他不付錢，妳可以揭穿他，當然，他的風險比較大，我猜他就是用這種說詞說服妳的？」

「才不是。」她說，她打算再說下去，但想想還是住口了。

珊蒂歪著頭，嘴唇緊抿。孔恩猜測她是在等他把話說完。

「揭發弗林，我等不上那麼久。妳脫身的方法只有一個，那就是妳承諾會在庭審結束時投下『有罪』一票。別以爲妳能瞞著我，我可以在裁決出爐後檢查陪審團的選票。妳的票會有紀錄。一旦杜瓦罪名成立，我就會逮捕弗林。妳會作證，說他用這筆錢買通妳。」孔恩指著健身包。

「五萬美金，買通妳綽綽有餘。妳是與地檢署配合的目擊證人，妳的回報就是不用面對任何犯罪起訴。珊蒂，妳可以全身而退。如果妳拒絕，我現在就可以逮捕妳。妳會坐上十五，甚至二十年的牢。我不會給妳太多時間考慮，因爲其實妳只有一個選擇。五秒鐘後，我走出這扇門，協議就取消。警員會上來逮捕妳。妳別選錯了。」

他開始默數。珊蒂吐出緊張的一口大氣，用雙手把頭髮統統往後梳，然後又掩面起來。

「三秒了。」孔恩說。

珊蒂雙臂環胸，點點頭，說：「你這是要用莫須有的罪名逮捕我。我跟弗林交談，是因爲我上禮拜把車賣給他，他只是想知道我爲什麼沒有在法官面前說我見過他，就這樣而已。」

「珊蒂，二十年吶，好好考慮。這是妳最後的機會。妳同意作證，說出弗林花錢買通妳，不然妳的人生就結束了。」

珊蒂低下頭，點了點頭，說：「我不要坐牢，我照辦就是了。」

孔恩的上下唇分開，算是在笑。

「聰明的女孩，別讓我失望。好了，萊納副警長會進來拍下這筆錢的照片，只是作爲妳收到錢的證據，就算是保險吧。還有，別想著告訴弗林。如果他不去坐牢，妳去我也滿意。」

54 牧師

「大家都到了嗎？」葛魯柏問。

「除了法蘭西斯，都到了。」牧師說。

「眞是熱死我了。」葛魯柏用手帕抹去額頭的汗水，然後小心跨過傾倒的樹幹。他手裡的小手電筒沒有照出多少亮光。他想跟隨丹佛的腳印穿越樹林。大傢伙就在前面帶路。牧師殿後，走在葛魯柏後面。

「我們幹嘛跑到這裡來見面？」葛魯柏問。

「因爲明天就是第七天了。『大清算』即將到來。一切準備就緒，我不想冒險讓人看到我們聚在一起。這個時候不會有人跑到這裡來，沒有獵人，沒有漁夫。我們需要從頭沙盤推演一次，確保準備妥當。」牧師說。

前方有塊空地，他們穿過樹林時，地形開始爬升，通往一處陡峭的水岸。

「洛思哈奇河以前會穿過這一塊樹林。」牧師說。

葛魯柏沒反應，他對土地樣貌不感興趣。這是牧師無法理解的一點。葛魯柏是搞科學的，他喜歡數字、化學、反應，根據證據能夠有憑有據的現象。他個人的閱讀喜好讓他將這種科學頭腦應用在比較不堪的社會理論上，好比說優生學、人口控制，最後轉向葛魯柏所謂的「激進種族論」。當然，這種理論沒有什麼激進的，對牧師來說一點也不激進。對他來說，這種觀念非常明確，也存在了兩千年之久。白人種族的確比較優越，是優勢種族，其他族裔的血不該摻進來稀釋白人血統。《聖經》都說了。對牧師而言，美國廢除奴役制度是個錯誤。《聖經》沒有禁止蓄奴，沒說那是一種罪過，只是自然的狀態。

「看那裡。」牧師用手電筒照向河岸的某處土地。

一小片花朵從濃密的雜草間長出來，迫切地想要長得比周遭的綠色草坪還要高。

「白色山茶花。」牧師說。「你有看到雜草想要扼殺它們嗎？各位，我們不能讓這種事發生。我們必須堅強起來，迎向陽光。」

「還有多遠？我沒看到其他人。」葛魯柏說。

「他們在另一邊。」丹佛站在河岸最高點，用手電筒照在下方的河道上。

「我們馬上就會聚首了。」牧師說。

「白茶花」，加上牧師，總共有七名成員。

布萊恩·丹佛，心懷偏見的狂熱分子，相信羅斯威爾有外星人；相信民主黨組織了天大的政府陰謀，深層政府以披薩店作爲門面，私底下進行著戀童癖犯罪集團的勾當；也相信納粹至少在某些方面是對的，只是做法不正確。除了布萊恩、葛魯柏，還有其他三個人。理查·伯恩斯，有錢的花生農，熱愛槍枝、美利堅聯盟國國旗，這輩子從來沒有雇用過非裔美國人。接下來就是醫生、律師兄弟檔，里德兄弟在莫比爾長大，胸無大志。雖然他們父親帶著公開、明顯的種族歧視，但努力工作還是讓他在莫比爾警局高升資深職位。兩兄弟跟老爸一個樣，有錢有勢，他們在檯面下贊助組織的使命與任務。

牧師旁觀著葛魯柏抵達河岸最高點，從隆起之處望過去。

「噢，我的天。」葛魯柏說。「這是怎麼回事？」

牧師低頭望向河道裡的屍體，共有三具，分別是理查．伯恩斯、柯爾．里德與賽斯．里德。他們胸口與頭部中彈。

葛魯柏智商很高，這點無庸置疑。他可以撒下漫天大謊，可以根據他的理論據理力爭，甚至曉得該如何製作引爆裝置，但他無法快速理解消化。

一直到丹佛抽出沙漠之鷹手槍，這位教授才明白其他「白茶花」成員在沒有利用價值後，會遭遇何種命運。他舉手投降，跪倒在地，但在他開口求饒前，丹佛手裡的槍就發射了。

丹佛將葛魯柏的屍體踢進河岸裡，又瞄準開了兩槍。他手裡依舊握著剛發射過的槍枝，看著下方的屍體說：「當你不需要我的時候，你也會殺了我，就跟你對待其他人一樣？」

牧師搖搖頭，找到他擱在河岸邊的十字鎬。

「布萊恩，你沒有什麼好擔心的。他們跟你我不同。我們知道該採取哪些行動，也有膽量達成。葛魯柏可以製作炸彈，但他無意引爆。有沒有想過爲什麼那幾座教堂的裝置都沒成功引爆？」

「你是說，他故意搞砸任務？」

「正是這個意思。他明白殺戮是必要的，他鼓勵也促成，但不願意弄髒自己的手。」

「但他給法蘭西斯的皮箱呢？」

「那沒問題，我親自檢查過了，會成功的。製作裝置讓別人操作，他無所謂。你瞧瞧，在他心裡，這樣就沒他的責任。我說了，你跟我才是名符其實的騎士。我們明白革命誕生於鮮血之中。其他人太軟弱，我們之間容不下任何弱者。現在抓起那邊那把鏟子，幫幫我。」牧師說。

丹佛點點頭，將手槍插入皮套之中。牧師將十字鎬平板的那一面鋤進河岸表層的鬆土裡，移動把柄，將少量泥土剷進下方的屍體上。丹佛彎腰抓起鏟子，卻停下動作，轉過身去，然後再次彎腰，這次沒有背對牧師。

「布萊恩，我說過了，你不用擔心。好，明天一切都安排妥當了？」牧師繼續將泥巴從河岸邊推下去。

「都準備好了。」布萊恩說。

「你知道你該怎麼做？」

「很清楚。其他人也準備好了。他們已經填好子彈，鎖定好目標。等我一聲令下。」

「這一刻我已經等好久了。『大清算』。明天地獄就會解放，我們會奪回我們的國家。」

第七天

55

布洛克

早上剛過九點，布洛克將運動型多功能休旅車停進小鎮外圍的商店街停車場。這裡的店家很特別，一間洗衣店、簡餐店，還有錄影帶出租店。布洛克想不起來上次見到出租店是什麼時候的事了，但在巴克斯鎮看到並不意外。這地方還處在一九八〇年代，某些鎮民還以爲是一八八〇年代呢。

她是來替艾迪跑腿的。他有一個靈感，應該說是一個理論。布洛克覺得他可能矇到了什麼，跑這一趟如同驗證用的石蕊試紙。

商店街對面是郡政廳，也就是這個郡的立法機關。布洛克穿過街道，經過郡政廳停車場入口的監視攝影機時還低下了頭。她不希望車牌出現在畫面上，不能驚動孔恩。

停車場裡有幾輛車，官僚體系需要有人運轉。要進入郡政廳就要穿過上了漆的松木雙扉推門。一邊門是開的，另一邊則關上了。到了室內，布洛克在牆上的塑膠面板看到內部單位列表。看板上小小的標示提供了不同樓層與辦公室的路線。她想去的辦公室在二樓，五處二室，她跟著告示抵達該處。空間不大，等候區有六張椅子，只有兩個櫃檯窗口。沒有人等候，所以她逕自走向一號櫃檯。櫃檯後方沒有人，但隔著壓克力板，她看到有人坐在窗邊辦公桌旁。布洛克清了清嗓，希望能夠引起女人注意，不管用。告示牌要她按鈴叫人。布洛克張望起來，沒看到鈴。她又隨即在隔壁櫃檯看到，她拍了一下鈴，耐心等候。

辦公桌後方的女士「嘖」了一聲，她的編髮紮得又高又緊，白絲襯衫外頭罩了一件手工針織衫，她緩緩起身走過來。她的腳背肉從二點五公分高的高跟鞋鞋緣上溢出來，眼鏡用金鏈子掛在脖子上。她抵達櫃檯時，布洛克在女人的香水下聞到一絲汗漬味。

「有什麼可以幫忙的地方嗎？」女人說，講話的態度讓布洛克覺得，天底下這位中年女子最不想做的就是助人。她感覺像會拿利器戳貓咪，還把責任怪到鄰居小孩身上的人。

「有的，我想申請柯特．羅麥斯的死亡證明，麻煩了。」布洛克露出客氣的微笑。

櫃檯後面的女人戴起眼鏡，上下打量起布洛克，然後將眼鏡拉到鼻尖上，彷彿是不喜歡眼前的景象似的。

「而妳是哪位？」她問。

「客人。」布洛克說。

「妳是死者親屬嗎？」

「就我所知，在烈日郡，申請死亡證明不用是死者家屬。只需要死者的生日與姓名即可。」

女人的血盆大口嘬成一顆紅色小球，吸進臉頰中央。她將申請書從窗口小縫推過來，說：「一份副本十二塊九毛五。」

布洛克將十三張一元紙鈔擺在櫃檯，跟填好的申請書一起塞過去。

女人看起寫好的表格，說：「這是妳的眞名嗎？」

「就我所知，妳無權查看我的證件。」

她又吸起嘴唇，接著消失進後方。幾分鐘後，她出現了，拿著零錢及一份文件。她將零錢擺在文件上，整個從櫃檯窗口開口推過來。

「老鼠小姐，這樣就好了嗎？」

「不，等我一下。」布洛克說。她看著死亡證明，記錄上的死因是開槍自殺。布洛克確認起配偶欄，上頭寫著「露西．安．羅麥斯（歿）」，但沒有出生日期。

「我想申請柯特以及露西．安．羅麥斯的結婚證明。還有，請叫我米妮。」布洛克說。

中年女子彎腰拿另一份申請表給布洛克時，差點把紅唇整個吸進去。

「這樣要另外收十二塊九毛五。」

布洛克塡好表格，將錢遞過來。女人消失，五分鐘後拿著結婚證明副本出現。布洛克瀏覽起來，找到了露西．羅麥斯的生日。布洛克要求申請露西．安．羅麥斯的死亡證明，表格塡了，錢也繳了，然後看著女人翻起白眼消失進櫃檯後方，撅著嘴、吸著臉頰去找死亡證明了。

她回來時，問：「這樣就好了嗎？」

布洛克確認起死亡證明，面露微笑，說：「對，我需要的就這些。」

56 孔恩

雖然命案官司打到一半，雪普利代理警長的早餐約會孔恩還是不能輕易缺席，他們約在藍龜餐館。他們約好七點半，但孔恩一直到快八點才出現。這樣他只要快快喝杯咖啡，開庭前還有一個小時餘裕前往法院。

領班帶他前往座位時，他這才明白這不是安安靜靜吃早餐這麼簡單。圓桌幾乎坐滿了，雪普利旁邊坐的是派契特州長。州長旁則是萊納副警長，然後是雷恩·霍格跟孔恩的助理檢察官湯姆·溫菲爾德。孔恩坐在溫菲爾德右邊，左邊是雪普利。他們都享用起雞蛋、培根及藍龜最出名的玉米粥。一籃比司吉麵包只剩幾顆，就擱在桌子中央。一桌男人對孔恩道早。

他緩緩入座，花了點時間伸展右腿。他今天需要痛楚，因此將束襪帶多勒緊了一格。右腿今早嚴重出血，他包了額外的繃帶與紗網止血。就算如此，開車過來途中，他發現深灰色褲子上出現了血漬。多數人不會注意到，他也沒時間回家換了。

這一桌男人顯然不會察覺。除了雪普利與派契特，其他人又開始繼續交談。

「州長，很高興見到你，但我以為你在化學工廠的會議之後就回蒙哥馬利了。」孔恩說。

「本來是這樣計畫的，但我接到這位新任警長的電話。相當優秀的警官。」派契特說。

雪普利清了清嗓，面向孔恩，說：「我們收到威脅警告，一個極端組織顯然打算大規模攻擊州長官邸。目標是挾持州長，殺光官邸裡的其他人。」

「你的情報準確嗎？」孔恩問。

「百分之百可靠。」雪普利說。

「他說的沒錯。」派契特說。「雪普利聯絡我四小時後，我的安全顧問接到聯邦調查局的電話，說他們透過他們的管道得知了這個消息。是真的沒錯。」

孔恩短暫懷疑起來，代理警長居然搶先聯邦調查局，得知高知名度公眾人物的恐怖攻擊情報？「我的天，你知道背後是誰主使的嗎？」

雪普利正要開口，但州長打斷他，說：「當然，就是激進左派。大概是類似安提法的準軍事組織。你知道，這個郡遭到威脅。我們必須好好會會這個敵人。」

「州長，請放心，我們正有此意。」雪普利說。

這不是孔恩第一次注意到雪普利的虹膜是很深的咖啡色，看起來跟黑色沒兩樣。那雙眼睛捕捉了桌上小蠟燭的火光，彷彿眼中的黑暗竄出來擄掠光亮，還捻熄了它。

「我猜我在這裡與別處一樣安全，大概更安全吧，畢竟有新警長在此。」派契特說。「這個郡是我老家，再說，官司還在進行，當然過幾天還有前任警長的葬禮。此刻我待在這裡也合情合理。」

「哎啊，我只是很高興你能繼續享受我們的款待。時局不安全吶。」孔恩說。

「還要你說呢。」派契特說。「你知道總統懷疑民主黨打算在明年大選中舞弊嗎？」

多年前，孔恩的父親與現任總統做過幾次生意，覺得他跟其他紐約人一樣，就是個傻子。

「總統說了很多話，但我不擔心他，我們需要擔心的是你——」只不過，孔恩話沒講完。

「不用擔心了。」雪普利說。「我的手下會確保州長安危，不計任何手段。」

所謂「不計任何手段」讓孔恩覺得有點不祥。他在想雪普利是不是期待州長遇襲，這樣他才有藉口使出高壓手段。

「所以，案子進行得如何？」派契特問起。

「還早，但我知道陪審團在我們這邊。」孔恩說。

「沒有錯。」溫菲爾德開口。「孔恩先生勢如破竹，重量級證人今天將統統上場。這位霍格先生會作證，所以他今早跟我們一起用餐。我們還有另外兩位針對杜瓦認罪自白的證人，他的獄友勞森，以及萊納副警長會證實杜瓦當著羅麥斯警長的面簽了認罪書，願警長安息。今天可以扭轉局勢，杜瓦完蛋了。」

雖然大概相信溫菲爾德是在幫腔，孔恩卻忍不住對著他所謂的「扭轉局勢」面露難色。他曉得派契特肯定會注意到這四個字。

「扭轉局勢？所以在之前沒有起色？」派契特問。

「事實證明，這場仗比我一開始想像得還要難打。沒事的，我喜歡挑戰。」孔恩說。

「陪審團今天就會聽到認罪自白的內容，其他沒什麼好說的了。」萊納說。

「沒錯。」雪普利說。「陪審團無法理解，爲什麼一個人明明沒犯罪，還會認罪。這點要唬弄陪審團可不容易，再說，他不只認罪一次，而是兩次。」

孔恩倒起咖啡，仔細觀察起雪普利。前臂肌肉上的血管浮起，粗大的金戒指掛在指頭上，小小的雙眼深處運作的是爬蟲類動物的智慧。

「我什麼時候作證？」霍格問。

「大概今天更晚一點的時候，但別擔心。你的證詞會簡短有力。」溫菲爾德說。

「我只是想這件事快點過去。早知道我一開始就不該雇用杜瓦。」霍格說。

「很多人都會犯下這種錯誤。」雪普利說。「你遲早會發現他們那種人都一個德性。」

萊納點點頭，但其他人都沒答腔。孔恩厭惡的是整體生命的概念，這點很罕見。他告訴自己，他的手下亡魂膚色爲何不重要，反正他們都會尖叫死去。只不過呢，現場瀰漫著南方當權者根深蒂固的種族歧視態度。在他的檢察官生涯裡，他一直注意到這點，但這是第一次他在較爲公開的對話上親耳聽到相關的討論。這不是雙方密謀的竊竊私語，這是公開談論。那句話之後所帶來的靜默並沒有尷尬，如果要說，現在這種時候，話講開了，感覺自然多了。

「蘭道，儘管搞定這個王八蛋，好嗎？」派契特打破靜默。

「放心，我們馬上就會把他綁上黃色大媽。」孔恩說。

他又花了幾分鐘，喝完他的咖啡，留下溫菲爾德、霍格、雪普利、萊納、派契特繼續吃他們的早餐。女服務生將他的公事包拿來時，他驚覺眞凶居然能夠輕易躲在每個人的眼皮子之下。沒有人會懷疑坐在那張桌子裡的人是多起命案的凶手。

監控畫面在他手上，這樣他就有了優勢。那種人相當管用，到了某一刻，那種人會從資產變威脅，如果走到那一步，孔恩會像殺害羅麥斯一樣，幹掉這個凶手。

57

艾迪

布洛克帶著死亡證明來法院找我們。不用看，我都知道這是我們在這場官司裡首度走運。我的理論沒錯。不過，這不意味著我們面前的路途就縮短了。我們沒有擊暈對手的殺手鐧，只是多了出拳的機會，僅此而已。

有時，這一拳還會打偏。

布洛克抬頭，對派翠西亞揮揮手。

「他們還撐得住嗎？」布洛克問。

「緊張得要死，好幾天沒睡了。」

我們一起前往辯方席。派翠西亞彎著腰，一手從前排立柱間伸過來，握著安迪的手。他在旅社吃得比較好，但那身西裝還是看起來可以容納三個安迪。派翠西亞又穿了那件最上得了台面洋裝。午夜藍，布料上有白色與黃色的小斑點。她綁起頭髮，戴上她所謂的「禮拜日手套」，這副歷史久遠的皮手套是她媽讓她上教堂時戴的。肯定是她小時候的禮物，因爲現在手套在她手上繃得很緊。

「今天會很難熬。」安迪說。

布洛克只是對他笑了笑。這是我第一次見到她有所保留。她想說點鼓勵的話，帶有希望的話，但她知道今天要爬的是一座大山，而我們只有一條細細的繩子。她只咬了咬嘴唇，拍了拍派翠西亞的肩膀。我看到凱特注視著她，微微覺得這樣的應對有意思。她對布洛克的認識比我們都深。布洛克擱在派翠西亞肩上的那隻手可不簡單，因爲我們都知道布洛克只會在斷人手腳時產生肢體接觸。小小的奇蹟就此出現在冰冷的法院裡，這裡的奇蹟相當罕見。

鬼才曉得我們現在正需要奇蹟出現。

布洛克轉頭望向檢察官後方的座位，說：「法蘭西斯今天沒來？」

「沒。」哈利說。「沒見著他。妳想出去開車轉轉，看能不能找到他？」

布洛克點點頭，在法官走進法庭時離開。接著入場的是陪審團。然後便開庭了，就我所知，這可能是我在法庭上最難熬的一天。

「檢方傳約翰．勞森。」孔恩說。

這是今天法庭上大聲說出的第一句話。孔恩站得比較直，看起來比較高。他不再縮著肩膀，聚焦在陪審團上。也許他適應了庭審的節奏。無論你是誰，打過多少官司，開庭第一天總是相當緊張。你得花點時間站穩陣腳，看看陪審團、證據站在你的哪一邊，還要找到可行的道路。

孔恩找到了。他的助理檢察官溫菲爾德伏首於檢方席上，看起來若有所思。

一名男子從法院後方走上來，他穿了一襲咖啡色的緊繃西裝。稀疏銳利的落腮鬍沿著他的下巴往上爬，一路散落到他的上唇。如果我不曉得這口鬍子是眞的，我會說，那是有人用麥克筆畫上去的。疤痕將他的左眉分成兩段，宛如時尚宣言。西裝看起來不便宜，但很明顯已經很久沒穿。手臂粗了，胸口及大腿的布料撐得很繃。彷彿衣服縮水，或應該說勞森長壯了。他因爲蹲苦窯，很久沒穿過這件西裝，而監獄裡能幹的就是舉重跟閱讀。

還有，想出獄的方法。

他用左手接下《聖經》，輕吻起這本書，彷彿它是什麼聖物，然後才舉起《聖經》，跟著發誓。法官允許他坐下。

「勞森先生，你目前的地址爲何？」孔恩問。

「我目前待在郡立監獄。」他說。勞森講話口音很怪，是南方口音，但不是慢條斯理拖長的語氣，他講話很快，嘴唇幾乎沒有動作，話語出口像是喃喃自語，聽起來更像「我目險待債盡力監議」。法庭速記員停下輸入，轉頭對書記低語，書記則向法官開口。

「勞森先生，可以請你講話放慢速度，講清楚一點嗎？速記員跟不太上你的腔調。」錢德勒法官說。

速記員低聲對法官道了聲謝。

我看著速記員，她的手指飛快在鍵盤上移動，我因此有了啟發。

「你是說，你目前正在監獄服刑？」孔恩問。

「沒錯。」勞森說，這次講得慢多了。爲了速記員及法庭上的人，仔細發清楚每一個音。

「你都在州立監獄服刑嗎？」

「不，我在郡裡待了一陣子。我跟那邊那個被告同牢房。」他指著安迪。

「你跟被告在同一個牢房裡待了多久？」

「大概兩個禮拜吧？我不知道。」

「你跟被告熟嗎？」

「熟，你知道，我們是獄友。沒有多少空間，只能分上下鋪。我們一天二十三小時，一週七天都關在裡頭。你肯定要跟同鋪的人混得好一點，不然你會發瘋。」

「可以說你跟被告成了朋友？」

勞森用手抹嘴，然後用拇指食指摩挲鬍子的線條，沿著鬍子從嘴角摸到下巴去。

「不算朋友，在他跟我說，他殺害那個女孩之後，我們就不是朋友了。」

「勞森先生，慢慢來，告訴陪審團，被告是怎麼說的？」

他嘆了口氣，閉上雙眼，然後說：「我們在牢房裡，夜深了，我聽到他在哭。你知道，他睡下鋪，我在上鋪。我聽到他在下面哭，他沒進來過，所以我叫他閉嘴，哭也沒有用，他得捱過去。他說他活該，還說他千不該、萬不該害那個女孩。」

他回答完畢時，還轉頭望向法庭上的人，先是看了看陪審團，然後正視孔恩。

「你有沒有問他說的是哪個女孩？」

「我知道他講的是在卡車站死掉的女孩。」

「你有說什麼來回應被告的這段話嗎？」

「我只是說，他現在沒有啥好做了，只能接受認罪。向條子坦白。他說他辦不到，因爲他們會烤熟他的屁股。」

速記員嘆氣，聽起來像是無奈的嘆息。他講話速度還是太快了。

「勞森先生，謝謝你。還有一件事，地檢署有沒有爲了讓你今天出庭作證，與你進行任何承諾交換？」

「老兄，沒有。我今天來只是把該說的事實說一說，懂嗎？」

「謝謝。」

錢德勒法官揚起眉毛看著我，彷彿是在問我敢不敢向證人提問一樣。凱特對哈利低語，他們一起轉頭輕聲對安迪開口。他搖搖頭，我很久沒見到他這麼激動了。靜靜坐在那裡看著證人做出子虛烏有的指控實在太難過了。

我起身，繞過辯方席，站在法庭的律師席上。勞森歪著頭，與我對望。他看起來得意洋洋，彷彿我完全無法撼動他。

「勞森先生，你上次穿這身西裝是什麼時候的事？」我問。

他眉頭糾結，雙唇緊抿，嘴角下垂，頭也縮進肩膀之中。他看起來很不解，我剛剛好像是在問他秘魯首都是哪個城市一樣。

「啊，不知道，也許六年前？」

「你上次穿這身西裝大概是你聽取判決的時候？我說得對嗎？」

「對。」

「所以，你服刑六年，你爲何入獄？」

「散布麻醉劑。」勞森說。

「你販毒？」

「對，但我沒有殺過人。」他說。

「我沒這麼說。你還要坐多久的牢？」

「八年不到。」

「而你在州立監獄待了六年，忽然間，不知爲何，你就轉到郡立拘留所關兩週，這麼說對嗎？」

「算對。」他說。他有點激動，回答得很快。

「直接轉到安迪．杜瓦的牢房？」

「嘿啊。」

「而你在那裡待了兩週？」

「差不多。」

「你證實被告坦白謀殺。你是什麼時候跟執法人員提這次認罪自白的？」

「我跟看門的說我要見警長。」

「你**什麼時候**跟看守的警員說的？」

「不知道，隔天早上吧？」

「那你是幾時與警長談的？」

「就那天。」

「而你是什麼時候轉回州立監獄的？」

「幾天後。」

「爲什麼？」

「不知道，他們叫我去哪，我就去哪。」

「而你今天出庭作證，完全沒有任何利益交換？」

勞森靠向前，大聲也清晰地對麥克風說：「沒有。」

「你跟地方檢察官沒有口頭說好任何條件，用作證來交換減刑？」

「沒有。」

「而你沒有簽署任何同意書，說你會爲了減刑，同意作證？」

「沒有。」

老套了。監獄告密仔爲了減刑，什麼話都肯說，但檢察官最不希望陪審團覺得告密仔是在撒謊。地方檢察官要陪審團相信證詞不是從證人口裡賄賂或收買來的，這一切都是不假修飾的事實，就此而已。

這麼做只會有一個問題。

因爲這是狗屁。

天底下沒有誠實的監獄告密仔，永遠也不可能有。

「所以就陪審團的理解，你沒有以今天的出庭作證作爲籌碼交換縮短刑期？」

「沒有，我沒有。」他的回答近乎得意。

「爲什麼不這麼做？」我問。

「啥？」

「你爲什麼不交易？」

他環視法庭，與孔恩交換眼色。他不曉得該怎麼回答。

「就是沒有。」他終於回答。

「與檢察官交易沒有錯，這種事很常見。獄友得到能夠協助當局的資訊，他會展現出配合的態度，地方檢察官會跟假釋委員會協商。假釋委員會希望獄友在出獄前能夠徹底悔改。跟當局合作，協助其他犯罪事件結案是獄友走上洗心革面正直公民之路的絕佳表現。所以，我再問一次，你爲什麼沒有跟檢察官交易？」

「我說了，我不知道。我只是想把實話說出來，就這樣。那女孩被殺了，我想幫條子逮住這傢伙。」勞森現在講話速度變得非常快。速記員面露難色地敲著機器的鍵盤。

我朝證人前進了一小步。他心裡七上八下，忘記要放慢速度穩定回答問題。我需要逼得更緊一點。

「如果你不願意，我不會繼續追問敏感或保密資訊，但我很好奇，當你說你不要跟檢察官交易的時候，你的律師怎麼說？」

我再次向前，我要勞森知道，我這是持續逼近，不留空間給他。

「我沒跟律師談過。」他說。

我正打算前進，但隨即停下腳步，不解地搖搖頭。

「等一等，我知道如果你們沒有交易，這點會讓檢察官好看許多。倘若證人出庭作證只是爲了要求減刑，那這種證人在陪審團面前沒有多少公信力。有時檢察官不希望陪審團知道他與犯人進行了利益交換。這樣證詞的可信度會高一點。你明白這種交易大致是這樣運作的，對嗎？」

勞森嚥了嚥口水，說：「明白。」

「我講話時，你有看到那位女士正在打字，對嗎？」

他活動下顎，望過去，說：「看到了。」

「她是法院的速記員，她會記錄下法庭裡所說的一切。如果這個空間裡有任何爭端，紀錄會決定一切。你的證詞也會記錄下來。這你明白嗎？」

「明白。」

「好，如果你六個月後，站在假釋委員會面前，他們說他們不曉得你跟地方檢察官之間有交易呢？你發過誓，你在紀錄上告訴法官與陪審團，的確沒有任何交易。你的律師完全不知情，更沒有任何文件可以證明這件事。要是孔恩先生也說沒有交易呢？你認爲假釋委員會會相信你，還是會相信孔恩先生呢？」

天花板的吊扇讓法庭保持涼爽，卻無法阻止豆大的汗珠從勞森額頭滾落，一路流經他的雙眼、臉頰，到他那口落腮鬍裡。他瞇起雙眼，鎖定孔恩。

「勞森先生，我是辯護律師，我知道跟地方檢察官唱反調會有什麼下場，所以，爲了你好，爲了你自己的權益，我再請教你一遍，地方檢察官有沒有用任何利益交換你今天出庭作證？」

兩名陪審員靠向前，期待勞森的回答。

勞森舔起嘴唇，抹去臉上的汗水。

「勞森先生，爲了記錄，請你說出答案。」我說。

「他說他會在假釋委員會面前替我說好話。」

靠向前的陪審員是艾弗瑞與另一個人，他們一起轉頭望向孔恩。我跟著他們的視線循過去。孔恩搖頭笑了笑。

「所以他的確有跟你談交易？」

「對，沒錯。」

「我明白了，所以當你在證詞裡說，你們沒有交易的時候，其實是在撒謊？」

「不，我只是口誤。」

「讓我整理一下，你當著陪審團的面隱瞞你與地方檢察官利益交換，但當你說你聽到安迪·杜瓦坦白自己殺害絲凱拉·愛德華茲時，你說的卻是實話？」

「差不多是這樣。」

「你因爲販毒罪名遭到逮捕入獄時，你是認罪還是否認？」

「否認。」

「而你的罪名還是成立了？」

「對。」

「你在你自己的官司上欺騙陪審團，今天又騙這裡的陪審團，說你跟檢察官之間沒有任何利益交換，而當你說安迪．杜瓦坦承自己的罪行時，你期待這裡的陪審團會相信你？」

「老兄，這一切都是放屁。我之後在假釋委員會面前還能得到減刑嗎？」他轉頭張望。我轉頭面向陪審團，舉起雙手，說：「我沒有問題要問這位證人了。」

孔恩起身，準備進行再次直接訊問，彌補傷害。

「勞森先生，我只是想向陪審團澄清且記錄，我們沒有跟你進行任何交易，以你的證詞交換減刑，對嗎？」

勞森靠向前，手指指著孔恩，齜牙咧嘴的。他正要對檢察官說什麼，但此時法官介入了。

「我覺得這位證人沒有任何可信度。要是他暗示地方檢察官爲了誘導不實證詞，誤導法庭，那我們可以忽略這位證人。」

孔恩看到錢德勒扔來的救生索。他隨即接下，錢德勒法官命令勞森離開證人席。只不過，這位仁兄沒有因此閉嘴。

「我們說好的！」他說，同時兩名懲教員出現，將他帶離證人席。

法官救了孔恩，但我覺得他不是太滿意。這是第一次，錢德勒法官用之前專門對付我的眼神望向孔恩。他要麼是不高興孔恩行事草率，要麼就是地方檢察官已經將法官的道德底線扯到極限。

孔恩的指控一一瓦解。他坐了下來，看著桌上的文件。我看到他緊緊握住右大腿。紅色的痕跡出現在他的褲子上，就在他捍的部位上方。

他放開手，說：「檢方傳巴斯頓先生。」

巴斯頓就是發現絲凱拉屍體的卡車司機。他不是關鍵證人，不曉得孔恩爲什麼要傳他。

凱特靠了過來，低語道：「孔恩運作還算正常，傳的是好搞定的證人。巴斯頓不會說有爭議的話。這是孔恩找回節奏的方式。我們必須對巴斯頓扣下板機。」

「不。」我說。「我們在巴斯頓這裡埋問題，晚點再自行回答。如果孔恩開始掙扎，我們就必須確保他繼續掙扎下去。給他其他需要擔心的問題。」

凱特點點頭，說：「我來搞定巴斯頓。」

58 凱特

凱特看著泰德．巴斯頓走上證人席。他穿了白色襯衫，打藍色領帶，下半身是卡其褲。四十好幾的壯漢，有一頭梳成旁分的棕髮，沒有半絲花白。他鬍子刮得很乾淨，經過時，凱特捕捉到他散發出的肥皂及鞋油味。巴斯頓穿了禮拜天上教堂的體面衣服來法院出庭。

他先發誓，接著孔恩不怎麼流暢地起身，開始向證人問話。起身時，他從桌上拿起一本厚厚的成文法，這樣陪審團才不會看到他的血漬。凱特也注意到了，不曉得他是什麼時候受傷的。他的大腿開始流血時，手上沒有血，所以她猜那應該是舊傷，但他好像是故意讓傷口流血，彷彿是在懲罰自己。

某些有權有勢的人會這樣。凱特與許多性騷擾訴訟的女性合作過，她從受害者口中聽說各種故事。大多是類似的說法，男人不懂怎麼跟女人交流，不曉得該怎麼行動，就這樣，就是這麼簡單。其他的則是細節。不過，某些細節卻一再於不同故事中出現。有權勢的男人常常幻想自己受傷或無助的樣子。

凱特認為檢察官可能是故意自殘。

「巴斯頓先生，請教你的職業？」

「我是卡車司機。」

「今年五月十四日當晚，你人在哪？」

「我在聯合公路卡車站休息。」

「這是什麼意思？」

「我在車內閉目養神。我那天已經完成工作，我要休息了。想說我在車上睡，就不用花錢住旅館。」

凱特喜歡巴斯頓，講話實實在在，看起來像是只陳述事實的人，不會加油添醋。

「那晚有發生什麼事嗎？」

「什麼事也沒有。」

「隔天你做了什麼？」

「我先將貨物送到化學工廠。我住在鎮上，但街道太窄，聯結車開不進去，所以我把卡車停在卡車休息站，走路回家，陪了孩子一天。那天傍晚，太太送我回休息站，這樣我可以先替卡車加油，然後繼續載貨。」

巴斯頓遲疑起來，嚥了嚥口水，清了清嗓，要麼是因爲緊張，要麼是回憶夾帶情緒。當他再次開口時，他的聲音顫抖起來，雙眼忽然溼了。

「我在車上時，看到停車場後方的長長雜草間有動靜。我過去看，結果那是……」

「巴斯頓先生，請繼續。」

「我看到了好幾隻烏龜，牠們圍成一圈。我看不清楚牠們在啃食什麼，一開始看不清楚。我仔細看，發現那是一雙腳。腳掌往上對著我。在月光下，這雙腳看起來是藍色的。」

「之後你採取了哪種行動？」

「我報警。」巴斯頓說。「我聽說愛德華茲家的女兒失蹤了，因此我一點遲疑也沒有。」

「謝謝你。」孔恩回到座位。

陪審團喜歡泰德．巴斯頓。攻擊他會鑄下大錯。凱特很清楚她必須讓巴斯頓成為對辯方有利的證人。

「巴斯頓先生，請問你幾點抵達卡車休息站？」凱特問。

「那晚差不多十點半。」

「而你全程待在卡車上？」

「差不多，對，我在駕駛座上吃餐盒。噢，我大概去上過加油站的廁所一次。剛到的時候。就這樣。」

「駕駛座上聽得到霍格酒吧的音樂嗎？」

「當然聽得到。我吃完之後想小睡一下，因為音樂，我沒辦法立刻入睡。」

「你睡得很淺嗎？」

「沒有特別淺。」

「但音樂大聲到讓你睡不著？」

「對。」

凱特望向陪審團，然後將注意力放回證人身上。她現在越來越會使用這種細膩的肢體語言了。這是她告訴陪審團「這很重要，記清楚了，現在仔細看」的方式。

「那晚你沒有聽到女孩尖叫或求救的聲音？」

他搖搖頭，說：「沒有，完全沒有。如果聽到，我肯定會跑過去查看。小女也差不多那個年紀。」

「在你尋獲死者屍體前，你也都沒有見過死者？」

「沒有。」

「那天晚上你有沒有見過被告？」

「沒有，我印象裡沒有。」

「巴斯頓先生，檢察官的指控是絲凱拉．愛德華茲與被告在午夜時離開霍格酒吧，他們產生口角。他們指控被告毆打受害者，重擊她的臉多次，受害人還用右手指甲抓被告的後背，掙扎中，受害者的左手兩根手指脫臼骨折。之後受害者遭到勒斃，那天晚上或隔天，凶手將她埋進你尋獲屍體之處。你明白這是檢察官的說詞嗎？」

「我想我明白。」巴斯頓說。

「但你沒有聽到任何尖叫，或類似掙扎的聲音，對嗎？巴斯頓先生？」

「的確沒有。」

「巴斯頓先生，謝謝。我沒有其他問題了。」

孔恩沒有進行再次直接訊問，讓巴斯頓離開證人席。錢德勒法官看著巴斯頓沿著走道出去，從大門離開法庭。他宣布休庭，凱特覺得在法官起身時，她看到法官的神情有異。其中帶有擔憂與質疑。這些情緒的矛頭統統指向檢察官。凱特不希望抱持太多希望，但看來錢德勒開始覺得安迪．杜瓦也許是無辜的。此刻的她先不去想這件事，這樣會分心，反而盤點起還沒作證的檢方證人。

ＤＮＡ專家雪柔．班布里，她將安迪的ＤＮＡ與絲凱拉指甲下的物質連結在一起；萊納副警長，可以證明認罪自白及安迪後背的抓痕屬實；雷恩．霍格，霍格酒吧的老闆，以及最後一位，絲凱拉的父親，法蘭西斯·愛德華茲，他會讓陪審團心碎。證人出庭的順序不確定，但凱特猜測法蘭西斯應該會是壓軸。畢竟，此刻他根本不在法庭上。

「下一個證人是誰？」凱特問。

艾迪搖搖頭，說：「不知道。孔恩亂了陣腳，他什麼事都幹得出來。最後的驚喜還沒出現呢。」

59

艾迪

拯救安迪的性命已經到了最後緊要關頭，我知道孔恩成了困獸，這是他最危險的時候。這種人都這樣。檢察官工作的權力讓他興奮。當你掌握人的生殺大權，毫無制衡，無需向上級報備時，成爲禽獸只是遲早的事。孔恩有錢，上一流的學校，可以在曼哈頓七百坪事務所的大理石辦公桌後成爲小型國家的律師，結果，他卻跑來阿拉巴馬州這種鳥不生蛋的小鎮，年薪十萬。這對他來說不是慘敗，他是故意找這種工作的。他接下這個職位時，已經是衣冠禽獸了。吸引他的正是其中的權力。

短暫休息後，孔恩換了一身西裝。他現在穿著厚厚的深藍色細條紋西裝，用來遮掩他大腿上的血漬。那要麼是不會好的傷口，要麼是他不讓它合癒的舊傷。有些男人會因爲痛苦得到快感，本身就很享受這種痛苦。如果我用右直拳打暈他，他大概就沒那麼爽了。不過，至少我會比他爽。

法官與陪審團魚貫入席，孔恩直接開口。

「傳雪柔．班布里博士。」他說。

身著檸檬黃外套與黑色長褲的中年女子走進。她看起來五十好幾，也許六十出頭。她深咖啡色的頭髮很稀疏，全部往後梳成一根馬尾。她看起來相當削瘦，好像腦後有一個夾子，緊緊將她臉部的皮膚往後拉一樣。只有她綠色眼珠的滄桑神色與手上的肝斑透露出年齡。

她起誓，親暱地望向孔恩。檢察官問起，她報出了自己的專家資格，看起來像是練習多次的例行公事。這種舞步他們之前攜手跳過多次。他們之間的熟悉度讓我懷疑起，這位優秀的博士協助孔恩害過多少人。

我因此打起冷顫。

背上的汗乾了，我卻覺得冷。我很歡迎這種感覺。面對這位證人，我需要格外警惕。她身經百戰。班布里博士是可怕的對手。

「妳替兩件物證進行檢驗與比對，是這樣嗎？」孔恩問。

「對，如我在報告中詳述得一樣，指甲碎片與ＤＮＡ樣本。」

「好，我知道妳的報告裡有很多科學細節，但可以請妳用一般人聽得懂的語言，解釋妳發現的結果嗎？」

「當然可以。我首先檢驗了指甲下方的物質，採樣。其中有血跟皮膚組織，細小的粒子。我檢驗了這些粒子，足以採取ＤＮＡ樣式。」

「何謂ＤＮＡ樣式。」

「對人體來說，那就是遺傳密碼。每個人都不一樣，每個人都有自己的密碼。」

「而妳如何處置被告的ＤＮＡ樣本？」

「我從棉籤裡採取出ＤＮＡ，確認出標記，也就是協助建立出密碼的ＤＮＡ樣式。然後比對被告的ＤＮＡ樣本及指甲下找到的血液、皮膚ＤＮＡ標記。」

班布里博士讓答案懸宕了一下，她暫停喝了一口水。讓陪審團增加期待。她真的很厲害。

「我的比對發現兩者DNA在科學上相匹配。」

「匹配。」

「科學上來說匹配，對。」

「只是要讓陪審團更清楚一點，這麼說，受害者指甲裡的皮膚與血液來自被告？」

「就科學證據顯示的確如此。」

「匹配的正確度有多少？」

「肯定度超過百分之九十九。」

「謝謝。」孔恩回到座位時，銳利的臉上帶著得意的神情。我知道他為何如此滿意。陪審團將班布里博士的每個字都聽得清清楚楚。這樣的證詞相當有力。科學告訴他們，受害者與安迪打鬥過，她抓傷他的背，在指甲中留下他的DNA。

遊戲結束。

我感覺到一隻手搭上我的手臂，是哈利，他拉我過去低語。

「她很厲害，確保開槍前要把她壓在地上，動彈不得。只要有掙扎的空間，安迪就必死無疑。」

他說得對，勝敗全看這一局。如果我們無法扭轉這名證人，一切都玩完了。在我開始交叉詰問前，我又看了安迪與他媽一眼。她的手從分隔旁聽席與辯方席的圍欄中伸過來。安迪轉了椅子，這樣法官才不會看到他們手握著手。

派翠西亞了解她的兒子，無論孔恩說自己掌握了多少證據，她都很清楚自己的兒子不會是殺人凶手。是說如果我們無法拯救他，就算知道這點也無濟於事。

我還有時間思考這種事，但我覺得我的出擊空間不大。關鍵在於安迪。他說警察把他打到昏迷，我相信他。我們過往查到的線索在我心中譜出了一個畫面，碎片逐漸連結。

現在是拼湊出真相的時刻了。

我深呼吸，用力紮下第一根大頭針。

「班布里博士，妳所分析的兩件樣本都是由警長辦公室提供，這麼說對嗎？」

「對，兩件證據，指甲碎片與被告的DNA樣本都是。」

「這兩件物證是怎麼到妳手上的？」

「是警長送到郡立實驗室的，願他安息，我在實驗室簽收，進行保管。」

「妳在烈日郡擔任DNA專家多久了？」

「現在算起來有十五年。」

「在這麼長的時間裡，妳與執法人員建立起良好合作關係？」

「可以這麼說，沒錯。」

「妳先檢驗的是哪一項證據？」

「受害者的指甲碎片。」

「妳檢驗了指甲下方的物質，對嗎？」

「對。我注意到被告背後的傷痕可能是指甲留下的抓痕，我因此想看看受害者指甲碎片上的物質裡有沒有他的皮膚、血液或DNA。」

「我明白了。除了遺傳物質，指甲裡還有其他物質？」

「對，有些化學化合物。我曉得受害者是阿拉巴馬州立大學的學生。我猜她應該有機會接觸到這些東西。」

「可以請妳說出指甲碎片中，不是基因物質的東西有哪些嗎？」

班布里看了看法官，說：「我可以參考報告嗎？」

「可以，這是作證，不是在考驗記憶。」錢德勒法官說。

班布里從黃色外套口袋裡拿出一雙閱讀眼鏡，擱在鼻梁上，面對她用文件夾裝著的報告。她翻了幾頁，找到她要唸的段落。

「我檢查了密封證物袋標記爲ＣＬ１２的指甲碎片，有以下發現：血液、皮膚、一般的碎屑，以及粉末殘留。殘留的粉末進一步測試爲抗膽鹼劑（四份）、舍曲林（一份）、硫酸嗎啡（四份），以及啡噻啡（主要是丙氯陪拉辛）（一份）。」

「舍曲林是一種藥物，對嗎？博士？那是抗憂鬱藥，通常稱爲左洛復這種藥物？」

「對，沒有錯。」

「妳找到的其他三種物質，我們來一一討論。抗膽鹼劑也是一種藥，對嗎？用在苯海拉明裡，是一種能夠紓解腹部痙攣的肌肉鬆弛劑？」

「對。」

「硫酸嗎啡也是作爲止痛藥？」

「對。」

「而最後一項物質，丙氯陪拉辛，則是一種止吐劑，可以控制噁心的感覺？」

「我猜是吧，我不是藥劑師。」

「受害者也不是。她是化學系學生，不是藥理學學生。妳會不會覺得，這樣的物質統統出現在某人指甲裡是很罕見的組合？」

「就我的經驗裡，在指甲裡可以找到很多罕見的物質。」班布里說。

我必須加把勁才行，紮下更多大頭針。

「讓我換句話說，妳有沒有在其他指甲碎片裡見過這種物質的組合？」

班布里微微點頭。她曉得這是語言的戰爭，而我就要得分。雖然她完全不曉得我要往哪個方向前進，除了凱特、哈利、布洛克之外，沒有人知道。

「沒有。」班布里說。「我相信我沒有在其他指甲碎片裡見過這種組合，但話又說回來，所有的樣本都有其獨特性。」

博士以爲她這是閃過了一拳。我就是要她這麼想。

「而指甲碎片裡找到的物質能夠提供我們關鍵證據，對嗎？」

她現在更警惕了，但她別無選擇，只能同意。

「對，它們可以訴說自己的故事，就跟某人身上的抓痕一樣。」

這位博士也是盡可能出擊。此刻我必須無視這句話。我在營造的是更廣泛的布局，但我在心裡記下她的回答。我會把這句話揉成一團，等等砸回她臉上。

「再澄清一點，妳實驗的是指甲裡的物質，不是指甲本身，對嗎？」

「對，沒有必要替指甲進行ＤＮＡ檢測。從警長提供的證據鏈看來，指甲的來源再清楚不過。再說，從人類指甲提取ＤＮＡ是相當困難的過程。」

是時候扣緊板機了。

「本案的被告否認與死者有過任何爭執，也不記得自己遭到抓傷。他甚至不曉得抓傷是怎麼來的。」

「哎啊，他肯定會這麼說，不是嗎？就我看來，一切非常清楚。」

「博士，我想讓妳看看受害者的照片，那是檢方的二號照片。」

書記伸手到座位後方，拿起放大的受害者照片，她就躺在霍格酒吧後方的泥土地上。

「首先，我要感謝檢方放大這張照片。這點對辯方相當有利。班布里博士，請看看受害者的指甲。」

班布里摘掉閱讀眼鏡，轉頭望向照片。

「受害者擦了亮紅色的指甲油。博士，在妳對指甲碎片的檢驗裡，除了基因物質，妳沒有提到指甲油也是其中一樣化合物。」

班布里嚥了嚥口水，說：「對。」

「現在指甲碎片在哪裡？」

「在我的實驗室裡。」

「博士，回答前請仔細想想，但就從妳的知識看來，妳檢驗的指甲碎片上並沒有指甲油，對嗎？」

她遲疑了一下，望向照片。她研究起來，瞇起雙眼，聚焦在指甲上。

「剪指甲的時候可能會讓指甲油剝落。」她說。

「等等，我們暫停一下。妳這是證實妳檢驗的指甲上並沒有指甲油？」

「對，但我說了，指甲油可能會脫落。」

「我猜是有這種可能，但完全脫落？一點痕跡都不留？」

「的確有這種可能。」她說。

我伸手拿起辯方桌上的三份文件副本，一份交給檢察官，另一份給法官。

「法官大人，有鑒於這位證人的證詞，我想將這份文件列入證據。」我說。

「這根本毫無關聯。」孔恩說。

「法官大人，有沒有關聯會由這位證人證實。」

錢德勒法官慢條斯理研讀起文件，將上頭的字字句句都看個仔細。

「我看不出關聯性，說不定陪審團也不會覺得有關，但我允許這項證物。畢竟這是死刑案。」錢德勒法官說。他想將文件的關聯性壓到最低，讓陪審團覺得無關緊要，他們大概也不會花太多心思在這上頭。

我將文件副本交給證人，請她閱讀。她研讀了起來。一開始，她不懂我爲什麼要讓她看這份文件，等到看到下半部時，她的神情就不一樣了。她張大雙眼，立刻轉頭望向孔恩。現在檢察官也無計可施。

「博士，妳先前提到羅麥斯警長時，妳是這麼說的，願他安息。我想妳跟已故的警長生前交情不錯？」

「我們透過各自的工作認識。我認爲我們相處融洽。」

我想套出眞話，不能表現得太明顯。她不配合，所以我只能直接來。

「在妳的經驗裡，他是正直的人嗎？」

「對，他是好人。」

賓果。

「他的妻子也是這麼想的。」我一邊說，一邊伸出手。凱特將三份照片副本交給我。我則把東西交給法官、孔恩跟證人。

「我希望能將這張照片列進證據。」

「法官大人，弗林先生是認眞詢問庭上能否接受這張照片成爲呈堂證據嗎？」孔恩問。

錢德勒法官看著照片，拿在手裡的模樣似乎在權衡。他看了看天花板、孔恩，又望向照片。法官似乎在職多年，比孔恩、警長都久。我也許誤會了，但我察覺到法官有所動搖。他認識羅麥斯很久了，早在孔恩來到鎮上之前就認識他，法官內心的情緒受到觸動。

「這張照片是真的嗎？」法官問。

「法官大人，絕對屬實。如有疑慮，我相信正版的內容就收藏在警局的證物室內。若對真僞有所懷疑，可進行兩相比對。」

「我允許這件證據。」法官說。

「法官大人，這太過分——」孔恩開口，話卻沒說完。

「不，孔恩先生，一點也不過分。我自有裁定，請你尊重。」法官直接對著孔恩難以置信的表情說。

我轉頭望向凱特與哈利，他們看法官的眼神彷彿是他老人家從法官袍下變出一隻活兔子似的。法庭的氣氛不一樣了。錢德勒這種老戰艦不會跟剛剛一樣，輕易改變航道。我猜他在那張照片裡看到了觸動他內心的東西，心底的鈴聲響起，我都不知道他心裡還有這種玩意兒。

我將照片副本交給證人。

「這是一封信件的照片，出自羅麥斯警長病逝的太太露西．羅麥斯之手。這封信大概是警長生前讀到的最後一件文件。之後就有人發現他的屍體，官方研判爲自殺。我會給你一點時間讀這封信，但很明顯，他的太太認爲他是好人，但有人害他誤入歧途。」

班布里讀起了信件。

「這個嘛，我對警長的看法還是正面的。」她說。

「妳知道警長夫人露西．羅麥斯飽受癌症之苦多年，前幾天才過世？」

「我知道。」

「妳手裡的文件是露西．羅麥斯的死亡證明。烈日郡的習慣與常規是會在下方列出她已知的身體狀況、死亡日期，以及她先前處方的藥物。妳看到了嗎？」

「看到了。」

「在露西．羅麥斯本週過世時，她的處方藥物包含苯海拉明、左洛復、硫酸嗎啡及丙氯陪拉辛。也就是妳所檢驗的指甲碎片的物質組合，對嗎？」

班布里點點頭。

「爲了記錄，我們需要妳說出是或不是。」

「對，沒有錯。」

「妳也在她留給丈夫的信件裡讀到，她感謝丈夫對她的照顧，我直接引用內容，『我喜歡你在我生病時對我的照顧，你會替我按摩雙腳、替我洗澡、洗頭，甚至在我無法吞嚥時，將藥丸壓碎摻在優格裡。』妳所檢驗的指甲碎片根本不是受害者的指甲，對嗎？博士？妳檢驗的是羅麥斯警長的指甲。被告遭到打暈後，警長用自己的手指抓傷被告的皮膚。這樣才是合理的結論，對嗎？」

她滿臉通紅，說：「我替我進行的檢測作證，我並不是提取樣本的人。」

「妳先前說過指甲裡面的物質可以訴說自己的故事，就跟某人身上的抓痕一樣。在本案裡，留下抓痕的人是誰已經很清楚了，並不是受害人，對嗎？」

班布里博士看著地板，然後撥開頭髮，將肩上的頭髮甩開，彷彿是要擺脫她不想面對的結論一樣。

「收到樣本我就檢驗，根據警長提供給我的資訊，得出我的結論。」

「現在對羅麥斯警長來說已經來不及了，但，班布里博士，對妳來說還不遲。我再問妳一次，妳是否相信妳所檢驗的指甲來自受害人？或者，這其實是警長的指甲？」

班布里望向錢德勒法官。他用拳頭托著下巴，越過眼鏡上緣，直直盯著她。

「就我今天聽說的資訊，指甲樣本可能來自警長，而不是受害者。」班布里說。

法庭上的噪音相當重要。法庭上永遠不會是寂靜無聲的，雖然本該如此。人時時刻刻都會竊竊私語、咳嗽、發出不滿的嘖聲。這一刻，全場唯一的噪音來自陪審團。他們轉頭對望，有驚呼，也有人低聲咒罵起來。這是我所希望、期待的反應，也許我肩上的重擔此刻稍微減輕了一點。這是自從柏林來到我的事務所，向我介紹安迪．杜瓦一案後，我首度感覺能夠大口吸飽氣。

羅麥斯是因爲尋找救贖而死，這點我很確定。法官也看得出來。他大概還記得初出茅廬時的警長，也就是露西信裡描述的那位丈夫。那個年輕人想做好事，會帶著幸運符，想要做出一番抱負。也許錢德勒法官也在那封信裡看到了自己。

女性可以輕易切入狗屁之中，彷彿是切進櫻桃派的炙熱利刃。

我告訴法官，我沒有問題要問這位證人了。我不想弄巧成拙。效果比我預期得還要好，之後只可能走下坡。

我可以因爲警方及檢察官濫用職權，請法官引導陪審團駁回全案起訴。不過，我知道這樣還不夠，沒有辦法證明什麼。我決定將這個想法留到對陪審團的結案陳詞再說。

「法官大人，我們要求休庭，準備最後幾位證人。」孔恩說。

今天就這樣結束了。孔恩收拾文件時露出的笑容讓我毛骨悚然。他肚子挨了幾拳，他準備要反擊了。他的目光轉向安迪，然後唇邊露出微笑。

他還有招。

很可怕的招數。

孔恩手裡有王牌，某種保險政策，而他打算兌現了。

60

布洛克

布洛克坐在運動型多功能休旅車裡，沒開冷氣，車窗只開了一個小縫，她等著車輛停進她昨天闖入的兩層樓建築外頭。

她開車在鎮上及郊外轉了兩個小時，完全沒有見到法蘭西斯·愛德華茲。他的車沒有停在自家車道上，她一整天也都沒見到他的車。她結束打轉，決定來白茶花聚會的辦公室外頭守株待兔。

她在太陽下坐了四十五分鐘，汗流浹背，觀察街道。她昨天看到的車輛都沒有開過來，什麼插著美利堅聯盟國國旗的皮卡車，根本沒有車停在建築外頭的街道上。正午陽光下，整個鎮靜悄悄，可以說是很平靜。只不過呢，有東西埋伏在潮溼的空氣中。感覺很不對勁，布洛克無法擺脫這種感覺。這是美國這種小鎮的另一面，陰暗面，浸泡在血腥的歷史與仇恨之中。

她扭開在加油站買的冰冷瓶裝水，一口氣就喝了半瓶。她將水放進茶杯架時，餘光注意到了什麼。若是五秒前，她肯定會漏看的景象。

辦公室的門開了。一個男人走了出來，在身後帶上了門。男人戴著巴拿馬草帽，身穿淺灰色西裝，肩上還背著一個信差包。帽子將他的臉藏在陰影之中。這人不是丹佛、法蘭西斯·愛德華茲或葛魯柏。她之前沒在這棟建築裡見過這個人。

他沒有在街上逗留太久。一輛黑色運動型多功能休旅車從路邊開過來，他坐進副駕駛座。布洛克發動引擎，保持距離，跟在車後。貼黑的車窗讓她無法看進車內的景象，但她猜車上應該只有駕駛、草帽男，後座沒有別人。

車子穿越市區，開進人口較爲稠密的地區，也就是居民大多是白人的郊區。巴克斯鎮上上下下布洛克都去過了，實行種族隔離的吉姆·克勞法[1]在這裡還是留下了明顯的傷痕。她所見過的非裔美國人、拉丁裔美國人、幾戶亞洲人，統統住在鎮的另一邊，屋況沒那麼好的地方。主街西側的現代大住宅中，鮮少有他們的身影。

那輛運動型多功能休旅車左轉進入桃樹街，一陣電流感讓布洛克後頸汗毛直豎，車子放慢速度，停在四百九十一號前方。

也就是法蘭西斯·愛德華茲他家。

布洛克從副駕置物櫃中拿出相機，聚焦在運動型多功能休旅車上，拍下車牌號碼。她一有時間就會確認車主身分。布洛克調整焦距，準備好看清楚，從副駕駛座下車的人到底是誰。

1 吉姆·克勞法（Jim Crow laws），一八七六年到一九六五年間美國南部各州以及邊境各州對有色人種實行的種族隔離制度法律，剝奪其權利。吉姆·克勞為民粹音樂劇《蹦跳的吉姆·克勞》黑人主角，後來成為「黑人」的代名詞。

61 牧師

牧師解開西裝外套鈕扣，摘下帽子，放在檔案櫃上方。辦公室裡沒有空調，他又不想打開窗戶。他不想吸引來自街道的注意力。他從檔案櫃裡翻到他想要的資料，關上櫃子，然後找出州長官邸的平面圖，跟文件一起放進包包裡。

他花了點時間張望起來。

看著這個房間，他目光如炬。一切偉大的討論都是從這裡開始的，祕密對話，如今，兩個男人能夠讓他美夢成眞。他先前的一切努力都歸納成今天即將發生的事情。

他將包包甩上肩，拿起帽子戴回。毒辣的高溫威脅著要讓人行道裂開。這種天氣讓他想起關在箱子裡的日子。太陽就是燃燒的上帝，讓木箱的黑漆脫落，讓他在黑暗裡烤熟，他則哀求父親放他出去。

「孩子，祈禱。祈求寬恕，你就能因此得救。」對於他的哀求，父親總是這樣回答。

於是牧師乖乖祈禱。他祈禱父親能像母親一樣死去，給他一點平靜。

牧師的父親最終的確死了，還死得相當慘烈。牧師在上大學的第一個暑假回老家。全額獎學金讓他不用背學貸，但他也沒有多少餘裕可以生活。有人提議要買下農場，但牧師的父親拒絕出售，還說只要轉手給陌生人，他就會死在這片土地上。

警方在屋後找到牧師父親的屍體，在劈柴樁附近，那不過是寬一點的平面橡樹樹樁罷了。樹樁平面上坑坑疤疤，就是每次斧頭劈下去時留下的痕跡。牧師的父親倒在樹樁旁邊，左腳掌已經近乎斷裂。警長猜男人大概是滑倒，斧頭劃傷腳踝，在短時間內失血過多身亡。

牧師曉得事實並非如此。在他用斧頭劈裂父親的腳後，父親耗了好幾個小時才斷氣。他大可立刻結束這樣的痛苦，只要在脖子或頭顱來上一斧即可。結果呢？牧師用細細的鐵絲網纏在父親受傷的那條腿上，將另一端固定在樹樁上。他的父親可以爬出來，回屋裡打電話，甚至到大門門廊呼救，只是，他必須是在少了一隻腳掌的狀況下做這些事。

於是呢？他大聲求救，哭喊著要兒子放開他。

「拜託，請放開我！」父親哭著說。

「父親，祈禱，祈求寬恕。」牧師眼睜睜看著男人死去時只有說這句話。

那天天氣很熱，跟今天一樣，今天是第七天。

這天，他的天使會在人世間釋放烈焰，在第一戰中進行武裝出擊，他相信這會是一場聖戰。禱告救不了任何人，只有行動管用。

牧師一踏上灑滿陽光的人行道便張望起來，他在帽簷下用手擋著陽光。他看到遠處有輛深色的運動型多功能休旅車。太遠了，看不清楚車上有沒有人。他望向手錶，等了一會兒。然後黑色的運動型多功能休旅車開過來，他上了車。丹佛加速駛離，牧師則繫上安全帶，一邊扣，一邊從側面鏡觀察後方。

深色的運動型多功能休旅車開進他們後方的街道上。

「是跟蹤嗎？」丹佛問。

「也許吧。」牧師說。

「要我甩掉他們嗎？」

「不用，沒這個必要。我想我們該讓他們跟，或許派得上用場。」牧師說。

他們穿過市區，進入白人的中產郊區。轉進桃樹街，停在法蘭西斯．愛德華茲住宅外頭。

「在我給出暗號後，你知道今晚該怎麼做了？」牧師將他從辦公室拿的檔案交給丹佛。

「我想是吧。我的男孩都準備好了，他們高度警戒，早就穿好戰術盔甲，槍都裝上卡車了，蓄勢待發。我只要一聲令下，他們就會行動。」

「很好，再檢查一次檔案，確保不會失手。從猶太人開始，然後一路往下。」

說完，牧師將包包斜背起來，調整帽子，下車。他沿著小徑往上走，用鑰匙打開法蘭西斯的家門，進屋後穩穩地關上了門，他戴起手套。

他從包包裡拿出一台筆記型電腦，擺在客廳茶几上，攤開電腦，按下電源。接著，他又取出州長官邸的平面圖，以及一個塑膠檔案夾，統統攤在沙發上。

他前往後門時，瞥了廚房地板一眼。他還聽得到他掐死艾絲特時，她發出來的那種聲音。鑰匙插在門上鎖孔裡，他轉門，但在開門前，他看見有個身影翻過後院圍欄，落地時消失進長長的野草之中，看不見了。

他立刻往下蹲，然後伸手到後頭抽出手槍。他將格洛克手槍對準後門上半部的窗戶。一有人影接近窗口，他就開槍。

62

布洛克

她放大畫面，拍了幾張照片，但帽子還是遮住了男人的臉。人影一進屋，她就調轉車頭，開到街廓盡頭。布洛克將手機握在手裡，打給她的聯絡人，報上車牌號碼，要求對方立刻傳訊息回覆，然後掛斷電話。

直升機飛過上方，這是她今天見到的第二台了。

住宅後方是一排樹木，沿著這片開發區到下一區。布洛克穿越樹木，直到她找到愛德華茲家的屋後圍欄。圍欄有一點五公尺高，相當穩固。她爬上去，從圍牆翻進院子裡。草坪已經有陣子沒修了。幾張長椅散落擺放，有一座工具棚，後門有一塊鋪平的區域，這邊有一些室外的家具。她放低身子，保持低調，接近後門，她猜後門應該可以通往廚房。從客廳窗戶看進去，沒有見到任何人。

她俯低身子接近後門。

右手握著瑪姬。

她的左手舉了起來，準備要拉開門把。

她打住動作。思索她該不該冒險從後門上半部的玻璃窗戶往裡面看一眼。

不然，她根本不曉得她會闖進何種場景之中。說不定草帽男有槍。她得動作快，看一眼就好。

這是警方標準的不敲門進屋程序。如果可以從窗戶迅速看一眼，得到屋內人員配置的狀況，這樣最爲寶貴。

她的心跳開始加快。她沒有氣喘吁吁，但在她體內流竄的腎上腺素讓她呼吸困難。她瞄準，抓好手槍，讓槍不要晃動。她慢慢來，短暫閉上雙眼，控制好鼻息。

她怕了，這點相當正常。每個警察破門前都會害怕，每一個人都一樣。恐懼讓他們保持警覺，但恐懼也會讓人犯錯。沒有辦法止住恐懼，唯一的方式就是控制住恐懼。布洛克當差時中槍過，她的防彈背心派上用場，但她永遠不會忘記中槍的感覺。因此她隨身攜帶「大砲」，也曉得如何使用。她的訓練與本能讓她比屋裡的人稍微佔有一秒的優勢，這樣足以用瑪姬開上一槍。而她永遠不想遇到一顆子彈不夠的境地，再也不要遇到那種狀況。

特別是今天，她的防彈背心安然擺放在雞油菌旅社的行李箱之中。

在她抬頭之前，她輕輕轉動起後門的把手。門把會動，沒鎖。她不用打破玻璃或踢開後門。她可以偷溜進去，這樣她就可以在屋內男人注意到她之前，爭取到另外的兩秒鐘。此刻分秒必爭。

布洛克蹲好身子，隨即起身，望向屋內。

63 牧師

他看著後門的把手微微轉動。

此刻，門外有人。

沒時間等著對方從窗口探頭了。

他朝著門把右側開了兩槍。把手上方的窗戶玻璃出現小裂縫。他拉長耳朵仔細聽，軀體撞到門外木板地面的聲音，哀號聲，然後恢復平靜。牧師連忙起身，跑向屋子大門。他從前門奔跑出來，在身後甩上門，跳上運動型多功能休旅車，他還沒來得及叫丹佛開車，輪胎就已經冒出青煙。

「怎麼回事？」丹佛問。

「屋後有人，我開槍了。已經臨門一腳，不能讓任何事阻止我們。」

牧師望向手錶。

「找到屍體還需要點時間。如果對方還活著，急救人員跟警方回應大概還要花上十分鐘。對法蘭西斯發布通緝令也需要半小時。他們慢了一步，他已經上路了。」

「老天，時間眞緊迫。」丹佛說。

「聽著，現在鋒頭太健，我們不能冒險讓任何人出紕漏，在這個階段不行。我知道我們說好要讓雷恩．霍格出庭作證，但地方檢察官必須接受沒有他作證的事實了。我下車後，你去解決雷恩。傳訊息到他的拋棄式手機，叫他在酒吧等你。現在酒吧沒有營業，因為他本來要出庭的。叫他別開門，直到你抵達為止……」

「然後照計畫進行？」

「對，在他店裡開幾槍，拿走收銀機裡的錢，營造出搶劫的樣子。」

「了解。」

牧師摘下帽子，隨手扔向後座。

那是一頂鴨舌帽。

64

布洛克

她將後背從房子側牆移開，轉過身去，這樣才能面對後門。如果她看到屋內的人，她可以在視野的最大限度內準備好伏低身子，從地板位置開槍。

她再次伸手握向門把，卻停了下來。

從面對門板的這個角度看過去，她注意到木門上有兩個彈孔。彈孔上方的玻璃有小小的裂痕。艾絲特．愛德華茲遭到謀殺時，她在屋內檢查過廚房，那時候後門完好無損。這是最近的事。她望向陽檯地板，看到碎片。

這是最近開的槍，也許是幾小時前，也許是幾分鐘前。

她的手機收到訊息。

妳問的車牌隸屬於國土安全局。

布洛克開了門，廚房裡的男人摘下草帽，說：「還在想妳什麼時候要進來呢？」

布洛克還是用瑪姬指著男人，她走了進來。

然後她認得他了，她喘了一口大氣，整個人鬆懈下來。肩膀鬆弛，她放下手槍。

「柏林先生。」布洛克說。「我沒認出你來，少了——」

「雨衣？對，那都快變成我的招牌服裝了。」

「艾迪說你會通知聯邦調查局。我們沒料到你會來。」

「布洛克小姐，現在事情已經發展到我不得不介入的程度了。我猜妳是從白茶花用的那間辦公室一路追蹤我到這裡？」

「對，我——」

「我一直盯著這間房子。我看到一個戴著鴨舌帽的男人從前門進來，所以我繞到後頭去。他從廚房地面朝上對我開了兩槍。一槍打中防彈背心，另一槍差點轟掉我的頭。他從前門逃逸。我檢查過整間屋子，然後又回到他們的辦公室。過來，看看這個。」

布洛克跟著柏林走進客廳，看到茶几上的筆電打開，旁邊還有州長官邸的平面圖。前門開了，布洛克伸手要拔槍，但柏林示意要她輕鬆點。一名金髮男子走了進來，他身穿白襯衫、黑西裝，打了黑色的領帶。他戴著墨鏡，臉上沒有表情。

「這位是安德森先生。」柏林說。「國土安全局。他是我的司機。」

安德森點點頭。

布洛克也點頭示意，然後將注意力放回平面圖上。

「這是你從他們辦公室拿來的？」她問。

「不，戴鴨舌帽的男人留在這裡的。所以我才回辦公室查看狀況，那裡已經清空。平面圖是故意留在這裡的，還有這台筆電，妳看……」

他用手指輕撫觸控板，筆電亮了起來。布洛克靠上前，看著打開的聊天討論區。她迅速瀏覽起討論區的主題，和幾則留言。這是激進左翼的聊天室，討論抗議計畫、攻擊右派行動組織，還聊起安提法能進行何種協助。

「這是什麼？」她問。

「這是故意擺在這裡的，布洛克小姐，就是要讓法蘭西斯．愛德華茲看起來像是遭到共產激進分子鼓動。」

「鼓動？爲什麼？」

問題一出口，她就想通了。她連忙拿出手機，撥給艾迪。

「艾迪，我跟柏林在法蘭西斯．愛德華茲的家裡。」她說，然後將柏林的遭遇以及他的發現告訴艾迪。這位律師的反應總是很快，無需布洛克多說什麼。

「關於這起案件，我們提的問題都錯了。」他說。「我們一直在想，爲什麼會有人針對絲凱拉．愛德華茲？老天，目標根本不是絲凱拉，而是法蘭西斯，但爲什麼？爲什麼找上他？」

「因爲他的工作。」布洛克說。

「卡車司機？」艾迪問。

「不。」布洛克說。「他不是自由接單的司機，也沒有替運輸公司載貨。他是索能化學的員工。」

電話裡只剩靜默。

柏林向布洛克比起手勢，要求跟艾迪講電話。

「是我。」柏林說。「我聯絡了索能化學。法蘭西斯今天去上班了，幾個月來頭一遭，他也載了東西出門。我問他們此刻卡車在哪，他們說他拆了追蹤裝置。我不想發布通緝令，因爲我還不清楚有多少地方執法人員可以信任。我聯絡了州長辦公室，他們處於高度警戒狀態。我找了聯邦調查局跟國土安全部，他們用直升機從空中尋找卡車。」

艾迪說了什麼，但布洛克沒聽見，沒必要。她提出的是同一個問題。

卡車上載了什麼？

「丙烯。」柏林說。

布洛克咒罵一聲，閉上雙眼。要是一整車的丙烯爆炸，就會引發「沸騰液體膨脹蒸氣爆炸」。世界上每幾年就會有一起這種爆炸事件，多數人不會注意到，也鮮少登上新聞，但葛魯柏這種化學教授肯定會知道。一整槽丙烯造成的沸騰液體膨脹蒸氣爆炸可以將一個市區的街廓夷爲平地。

曼哈頓的街廓。那威力就是這麼強。

柏林將電話拿在耳邊，但開口時卻看著布洛克，彷彿是同時對他們兩人講話一樣。

「鼓動法蘭西斯的不是左翼分子，找上他的是白茶花。他們鎖定他，對他灌輸他們的觀念，然後有系統地摧毀他的生活。心有不滿、帶著使命，沒有活下去動力的人相當危險。法蘭西斯會成爲自殺炸彈客，這點毋庸置疑。唯一的問題在於，他會帶著誰陪葬。」

65 哈利

哈利．福特將空的波本玻璃杯放在吧檯上，要求再來一杯。艾迪出門去買三明治與瓶裝水，他要麼是慢慢來，不然就是巴克斯鎮的善良百姓又展現出平時「熱心」的一面了。雞油菌旅社的酒保是個年輕人，大概還沒到合法買酒的年紀，也不太樂意繼續倒酒。他替哈利斟起另一杯威士忌時，表現出來的神情就是週日早上八點坐在教堂前幾排教區居民臉上的表情，心裡曉得他們就是比身後那些會眾優秀。

「再來就一口氣喝六杯了。」酒保說。

哈利端詳起這孩子，說：「你幾歲？」

「大到可以替你倒酒了。」酒保說。

「非常好。只要你繼續倒，我們就能相處融洽。」

「你打算喝多少？」

「孩子，要喝多少就喝多少，爲什麼這麼問？」

「沒理由，只是，你知道，喝這麼醉對身體不好。」

哈利向後靠在高腳椅的椅背上，彷彿是跟酒保保持一段距離就能改善眼下的狀況。

「你是我遇過的第一個不喜歡灌醉人的酒保。孩子，我不想這麼對你說，但你可能不太適合這份工作。」

酒保倒了另一杯波本威士忌，推到哈利面前，然後繼續用布巾擦亮啤酒杯。

雞油菌旅社的小酒吧裡有一張圓桌，就在哈利後方，然後是通往接待櫃檯的雙扉推門。推門旁邊有一塊玻璃面板，這樣酒保就看得到接待人員。哈利左邊的牆壁上貼滿好萊塢明星的照片，法蘭克·辛納屈、迪安·馬丁、碧姬·芭杜、奧黛麗·赫本，以及其他人。哈利注意到上頭沒有黑人爵士樂手小山米·戴維斯的照片。他左邊則有一扇窗戶，可以看到外頭的街道。

哈利要盯的就是這扇窗。窗戶是開的，任何進出旅社或是停在外頭的車，哈利都聽得見。酒吧裡沒有電視也沒有放音樂，有點像機場休息室，只是氣氛沒那麼好。

一輛半掛式卡車忽然停在外頭。停靠時，引擎還高速運轉，空氣煞車發出刺耳的聲音。哈利扭著脖子，看了駕駛一眼。

外頭天色昏暗，但儀表板上的燈光讓哈利看到了熟悉的面容。

法蘭西斯·愛德華茲。

他的臉比平時還要紅，汗水讓他頭髮塌了，整個人氣喘吁吁。他手裡握著手機，螢幕亮了起來。他點開手機，看著旅社，又望向螢幕，多點了幾下。然後，他將手機拿到耳邊。

哈利聽到電話響。他旋轉吧檯高腳椅，喝了一口他的波本威士忌。櫃檯人員接起電話，鈴聲打住。哈利聽不到她的聲音，但推測她應該是用平常的態度打起招呼，也就是跟她從事其他行爲時一樣死氣沉沉的。

她表情變了，望向大門。

哈利沒有見過曬得比櫃檯中年女子更黑的人。她的臉跟胡桃差不多，也一樣硬，但這一刻，哈利發誓她臉色慘白。她猛力掛斷電話，左顧右盼，雙手高舉，掌心朝上。她喃喃自語起來。

哈利查看窗外，看到法蘭西斯放下手機，靠在方向盤上，想要看清楚旅社大門。

「她是在幹嘛？」酒保問。

他停下擦到一半的玻璃杯，從哈利肩頭的玻璃隔板望向接待櫃檯。哈利跟著他不解的眼神，看到櫃檯女子高舉雙手揮向酒保，要他過去，迫切的模樣彷彿是迫不及待要跳上飛機一樣。

「不好意思。」酒保說。他拉起上翻的櫃檯桌面，走出吧檯。櫃檯女子拉著他就急忙從前門跑出去。

法蘭西斯看著他們離去，然後吐出大氣，頭重重靠在頭枕上。接著，他拿出另一支手機，不是之前那支智慧型手機，這是舊型手機，也許是諾基亞，螢幕小小的。

哈利手機響起，是艾迪打來的。

「現在就帶凱特、安迪、派翠西亞離開旅社。我就在幾條街外。」

「怎麼了？」哈利問。

「是法蘭西斯．愛德華茲，他才是整個計畫的目標。他們殺了他的妻女，目的是為了讓她崩潰。然後給他敵人。他有一整車的丙烯，能夠炸掉半個鎮。我要他找不到目標，所以我們必須——」

「他此刻就在門口，卡車上。」哈利說。

「什麼？快帶凱特跟客戶離開那裡！」

「你打給凱特。」哈利說。「她在她房裡。」

「哈利，無論你打算做什麼，千萬別這麼做！快去找凱特跟——」

哈利掛斷電話。

他低頭了一會兒，想著他的外套，就掛在椅背上，還有外套口袋裡那把一九一一年開始生產的柯特手槍。

生命顯然有它的時時刻刻。某種程度來說，我們可以藉由每個心跳做出的抉擇來定義生命。哈利已經活得很夠本了。十五歲時，他造假文件，從軍入伍。聽從夜校老師的建議，在大學研讀法律學位，軍方出錢。以及在看著一名年輕騙子在車禍上替自己辯護後，決定請他吃頓午餐。

哈利喝完杯中物，起身，走到吧檯後方。他拿了那瓶波本威士忌，同一隻手順便帶走兩只玻璃杯，接著他走了出來。

他留下了外套，手槍也還在口袋裡，他就這樣走出酒吧，穿過空蕩蕩的接待櫃檯，來到街上。法蘭西斯似乎沒注意到哈利，他忙著盯著手上那支小小的黑色手機。哈利拉開卡車副駕駛座的車門，一言不發，直接爬了上去。

「你他媽的以爲你這是在幹嘛？」法蘭西斯問。

他臉上淚汗交加，雙眼又溼又紅。哈利看到小小的手機螢幕上有數字按鍵，這是有鍵盤的手機，還有綠色的通話鍵，紅色的掛斷鍵。法蘭西斯的拇指停在通話鍵上方。哈利曉得另一支拋棄式手機就在卡車某處，只要撥通電話，就會成爲引爆裝置。迴路接通，引發足以炸裂卡車車槽、引爆內容物的爆炸。

哈利關上車門，將一個杯子擺在大腿上，在另一個杯子裡倒酒。他至少倒了雙倍份量的威士忌。他將半杯威士忌擺在儀表板上，又倒起另一杯。這杯放在儀表板中央。

「一起嗎？」哈利問。

「你是其中一個來自紐約的該死律師，要來解救殺害我女兒的凶手。我才不跟你們這種人喝酒。」

「隨便你囉。」哈利一口氣就喝完兩指高的酒。

「你不曉得這是怎麼回事。」法蘭西斯說。「也許你跟我一起在這裡也不錯。」

「我知道這整輛卡車現在成了一枚炸彈。」哈利低下頭，瞥了眼駕駛座中央地板上的大大公事包。裡頭大概是爆裂物，不足以造成巨大爆炸，但足以炸裂車槽，引爆內容物，哈利不願去想這種爆炸會造成多少傷亡。

「我知道你只要按下通話鍵就會引爆我們腳下的裝置，我也知道我把我的手槍留在外套口袋，而現在外套還在酒吧裡。那是一把一九一一年開始生產的柯特手槍，我服役時的武器。我今晚做出了我的選擇，我知道你在做什麼，我大可從飯店酒吧朝著你的眼睛開槍，但我沒有。我反而帶著一瓶酒上門，而我不打算獨飲。」

從法蘭西斯的神情看來，他似乎不曉得該回什麼話。

哈利又倒了另一杯，說：「你知道，我看得出來你傷得很重。你女兒與妻子的遭遇，我實在非常遺憾。就我從文件上對令嬡的理解，我覺得她是個特別的女孩，善良的人。這種特質不會平白出現。我覺得你也是好人，你的太太也很善良。痛苦、哀傷、不公，這些都會改變一個人。」

法蘭西斯喘起大氣，說：「整個體制都對我們白人不利。我之前太盲目了，沒看清楚。」

「你很清楚事實並非如此。這種概念是某些人灌輸給你的。那些人給你這個手提箱，這支手機，他們才不在乎你。他們以仇恨爲生，他們只有仇恨。我相信絲凱拉童年時，你們家沒有仇恨。人不會莫名其妙憎恨彼此，那是學來的，要有人教。你沒有將這種狗屁理論灌輸給你的女兒。她跟安迪是朋友，安迪的膚色對她來說根本不重要，對你來說也不重要。」

「重要的是他殺了絲凱拉，而你在幫他脫罪。」他說。

哈利又倒了一杯酒。「那天你也在法庭上，我相信你也有從地方檢察官、報紙、電視新聞跟上最新消息。現在你知道絲凱拉命案當晚疑點重重，檢察官根本無法回答這些疑問。絲凱拉沒有死在那座停車場裡，不然就會有人聽到掙扎打鬥聲。安迪背上的抓痕是羅麥斯動的手。羅麥斯用自己的指甲送檢，所以才會分析出安迪的血，那不是絲凱拉的指——」

法蘭西斯打斷哈利，說：「羅麥斯曉得杜瓦有罪，他只是確保凶手不會逍遙法外。」

哈利低下頭，說：「羅麥斯找到能夠輕鬆破案的目標，他才不在乎他有沒有將殺害絲凱拉的眞凶緝捕歸案，他只在乎罪名能否成立。羅麥斯有他自己的問題，他的太太，還有每天在他耳邊灌輸惡毒低語的人。他有自己的苦衷。你知道，受苦的人會做兩件事，要麼就是確保再也不會有人跟他遭受同樣的痛楚，要麼就是希望每個人都跟他們一樣受傷。你知道哪一個選項有未來。如果你讓別人受苦，你就永遠成爲這種行爲的囚徒。這你很清楚，所以你沒有下車，你大可離開，去一公里外再引爆，但你卻坐在這裡，希望一切結束。你難道不想知道絲凱拉到底發生了什麼事嗎？」

法蘭西斯一度望著儀表板上那杯波本，然後又望向手中的手機。

「我爲什麼要相信你？」他問，淚水又從他眼裡湧出，他的拇指碰觸通話鍵。

「我想你聽完就會明白眞相是怎麼回事。那晚很多狀況都說不通，更不符合檢察官的指控。絲凱拉臉上的傷痕來自警察的戒指，那不是律師華麗的說詞，痕跡清清楚楚在那裡，就在她的皮膚上。」

法蘭西斯的呼吸速度加快，他緊閉雙眼，捶打方向盤。

「那全是狗屁，你在騙我。」說著就用兩隻手握住手機。

「也許我是在騙你，也許沒有，你自己決定。如果我覺得你沒藥救，我也不會來到這裡。我會直接從酒吧窗戶朝你腦袋來一槍。好了，你可以選擇拿起那個杯子，跟我乾一杯，我會告訴你，令嫒究竟發生了什麼事。不然就直接按下按鈕吧，都看你。」

66

艾迪

哈利一掛我電話，我就打給凱特，叫她帶著安迪、派翠西亞快點離開旅社，如果勸得動哈利，那也帶他一起。然後我打電話給布洛克，抓著手機拔腿狂奔。

我的雙腳重擊街道，距離旅社還有五分鐘路程。一接到布洛克的電話，我就扔下三明治與飲料，直接朝著雞油菌旅社的方向直奔而去。

一輛大台的運動型多功能休旅車停在我旁邊，後門窗戶開了，是布洛克。

「上車。」她說。

車子停好，我跑到另一側上車。柏林坐在副駕駛座，開車的是我不認識的人。

「哈利打算勸法蘭西斯住手，我就知道。」我說。

「他幹嘛這麼做？」柏林問。

「因爲他又老又蠢，相信人性本善。」

運動型多功能休旅車轉進主街，我抓緊椅墊，輪胎在高速疾駛及轉彎的角度下發出刺耳的聲響，車子整個往右甩，迫使我的右肩撞上布洛克，我隨即轉頭，尋找卡車。

根本不用仔細找。

「就在前面。」柏林從前座開口。「放慢速度，從旁邊開過去，我們觀察一下。」駕駛座上的男人踩下煞車，放慢速度，我們慢慢駛過卡車旁邊。哈利與法蘭西斯都在駕駛艙裡，他在替自己倒酒。

「停車。」布洛克說。

柏林揮揮手，要駕駛繼續前進。

「停車！法蘭西斯還在車上，哈利也在。」她拉起車門開關，開不了。車門由駕駛座中控台控制，目前都鎖上了。

「讓我下車。」布洛克說。

我也拉動車門開關，毫無反應。

「等等，安德森，這邊掉頭。回去把車打直，我看看駕駛座裡什麼情形。」柏林說。

我猜名爲安德森的傢伙轉動方向盤，我們經過卡車旁，差不多又開了一百公尺，然後他將運動型多功能休旅車橫跨在街上，阻擋其他車輛接近卡車。

安德森從黑色西裝外套裡抽出手槍。

「不准開槍。」柏林說。「可能會打破卡車的化學槽。」

「從旁邊包夾他，讓我出去。」布洛克說。

她很激動，聲音比平常還大。這就是焦急的布洛克。

「布洛克，冷靜點。」柏林說。「不許開槍。就算妳從旁邊對這傢伙腦袋開兩槍，子彈也可能會反彈。妳可能會擊中哈利，或者子彈從愛德華茲頭殼彈開，打穿駕駛艙跟後面的化學槽。」

「讓我下車。我會在開槍前將法蘭西斯從駕駛座拖出來。」她說。

我仔細看了看車內。哈利手裡拿著一杯波本威士忌。法蘭西斯握著一支手機。

哈利的嘴動個不停，法蘭西斯在聽他講話。

「哈利想要勸他住手，我們必須給他這個機會。」我說。

「讓我下車，我可以解決法蘭西斯，我們浪費太多時間了。」布洛克說。

柏林的聲音傳了過來。「不行！他一看到妳過去就會炸毀整個鎮。」

布洛克發出怒吼，重鎚起座椅靠背。

柏林說得對，我們此刻的確無計可施。若是以任何方式嚇到法蘭西斯，那一切就完了。

我在嘴裡嚐到膽汁，我想吐。我看不下去，但同時我又無法將目光從駕駛艙上移開。哈利還在講話，他看起來神態自若，一瓶波本威士忌出現，他替自己斟酒，喝了一小口。哈利跟法蘭西斯之間的儀表板上還有另一個玻璃杯。杯了裡有酒，但沒有人碰那個杯子。

我嚥了嚥口水，聽著心臟在胸腔裡狂跳。

「我不該扔下他。」布洛克說。

法蘭西斯．愛德華茲還握著手機，老式的手機，拋棄式手機。用完即丟那種，那就是引爆器。他眼睛睜得老大。他在座位上前後搖動身子。手裡握著手機，抹去淚水，然後死死盯著手機。

哈利繼續講他的。

法蘭西斯忽然開口仰頭。我依稀聽到吶喊。是他在喊。我想講話，卻發不出聲音來。我吸不到氣，我哀號起來，逼著自己把話說出來。

「我們得做點什麼！他要按下引爆器了！」

67 凱特

凱特忽然驚醒。她趴在梳妝檯上睡著了，頭壓在手臂上，面前是一片文件鋪成的海洋。她身上的套裝還沒換下。

手機在響。

她接起電話，是艾迪。

「喂？」凱特說，她的聲音還是充滿睡意。

「旅社外面有輛卡車，上頭有炸彈。快帶安迪、派翠西亞離開那裡，現在就走，清空大樓。別走前門！如果看到哈利，帶著他一起，如果沒有就直接離開！」

他掛電話時，凱特還沒消化這項資訊，更別說開口了。凱特環視房間，檔案夾卷宗文件散落在床鋪與桌上。她需要這些東西，安迪的案子就靠這些了。她起身，要自己振作起來。她想深呼吸，但不管用。她胸腔緊鎖，胃跟打結了一樣。恐慌佔了上風。

她拋下文件，跑下樓，開始狂捶安迪母子的房門。安迪立刻前來應門，他跟他媽正在看電視。

凱特一開始口齒不清，她一手壓在門框上，穩住自己，然後說：「我們現在就得離開，這裡不安全。」

安迪回到房裡，凱特扶著門，他開始打包。

「沒時間了，現在就得離開。現在。」凱特說。

派翠西亞想要從床上起身，但當重心移到她那隻腫脹的腳踝時，她慘叫一聲。今天就跟任何一個日子一樣，派翠西亞．杜瓦都不怎麼好過。安迪扶她起來。她穿著睡袍與拖鞋。安迪穿了運動褲跟T恤。

他扶著派翠西亞走，撐著她無力的那一側，他一手拉著媽媽的手臂，另一隻手攬著她，保持平衡。

每走一步，派翠西亞都更有力一點，那隻腳踝逐漸習慣了她的重量。他們離開房間，凱特放開房門，帶領他們從走廊前往樓梯。雞油菌旅社沒有其他客人。他們就在二樓，沒有電梯。他們盡快走下樓梯，派翠西亞一手握著樓梯扶手，安迪攙扶她不方便的那一側。

他們抵達一樓。酒吧、會客室、接待櫃檯空空如也，大門敞開。凱特聽到巨大引擎空轉的聲音。

艾迪說別從前門走。

她張望起來，但沒有逃生門的標示，只有大門。

「我們得趁能走的時候，從大門走。」派翠西亞說。

「不，不能從那邊走。」凱特喘起大氣，這不是因爲短短跑了幾步。凱特呼吸急促是因爲她已經快要恐慌發作。這種情緒消耗她的精力，也讓她無法好好思考。

凱特緊閉雙眼，咒罵起來，然後用指甲猛戳掌心。她需要一點東西提振精神，從這掌控她身心的緊張、高漲情緒中清醒過來，不然一切好像都籠罩著迷霧一樣。

起作用了。

「去廚房。」凱特說。

雞油菌旅社一天只提供一餐，早餐，選擇是鬆餅與雞蛋，或是雞蛋與鬆餅，兩種選擇都有。禮拜四則提供格子鬆餅與培根，在會客室提供。

凱特沿著走廊朝著「員工專用」的牌子前進，這裡有扇門。她拉動門把，門開了，出現的是一處小小的廚房。牆上是白色的磁磚，因爲油垢而泛黃，中央是不鏽鋼中島，中島另一側則是烤架。烤架旁邊就是防火門。

「來吧。」她說。

安迪與派翠西亞跟著凱特走進廚房，繞過中島，凱特看到推開防火門的橫桿壞了。她推起橫桿，用肩膀的力氣往外推，門開了，通往室外。凱特拉著門，讓安迪、派翠西亞出去。幾節階梯就可以從廚房抵達後面的空地。

他們一出來，凱特也下來，在身後關上防火門。

安迪與派翠西亞站在原地，動也不動。

「我們必須離開建築，有……」

凱特走到母子檔旁邊，話都說不完。他們站在旅社的儲藏區，壞掉的會客室椅子、一張老舊的床墊，還有各種紙箱，統統霸佔起這個沒比樓上客房大多少的空間，整個空地圍了一整圈三公尺高的鐵絲網圍欄。

柵欄上有一扇門，由鋁條和鐵絲網製成，門栓穿過門框的金屬條。門栓上有一個掛鎖。

「我們出不去了。」派翠西亞喘起大氣。一部分是因爲剛剛費勁逃命，但她也害怕了起來。

掛鎖並不新，但看起來相當牢固。凱特開始尋找重物，可以撞壞掛鎖。有一個老舊生鏽的氣瓶，就擱在垃圾袋後方，但她覺得她抱不動。老舊的噴漆罐，但又不夠重。

圍欄門邊距離建築約莫三點六公尺，顯然不夠遠。要是炸彈爆炸，這裡不安全，一點也不。

安迪跑過她身邊，跳上圍欄。他爬了上去，從另一邊跳下來。圍欄外頭就是一條巷子，那邊有更多垃圾跟堆積的老舊紙箱。

「安迪，快走，離開這裡。我們會沒事的，但你必須離開。我們不能讓你出任何事。」凱特說。

「寶貝，快走，離開這裡。」派翠西亞說，月光照亮了她臉上的淚水。

安迪看了看凱特，又望向他媽。他轉身沿著巷子跑走。

凱特喘起大氣，一手攬著派翠西亞，轉頭望向旅社。這是歷史悠久的木造建築，會跟火柴屋一樣整個傾倒。

圍欄太高了，她爬不上去，她懷疑就算她爬得上去，她也不會拋下派翠西亞。

「走，妳也快走。我會沒事的。」派翠西亞說。

「我不會拋下妳。」凱特說。

她聽到巷子裡傳來動靜，腳步聲。有人在黑暗中快步朝他們跑來。

她扶著派翠西亞的肩膀，輕輕的，她們從圍欄邊上移開。說不定是白茶花的成員，過來確保沒有人從旅社活著離開。

隨著人影接近，凱特忽然顫抖喘起大氣。吐氣時，淚水也跟著滴落。

安迪肩上扛著一道又長又粗的金屬管。他把管子放在地上，塞進圍欄小門下方，用力推。門紋絲不動，安迪繼續推那根金屬管，用腿跟背的力量，金屬管擱在他肩上，另一端則插在門下方。

門的鋁柵開始發出刺耳的聲響，扭曲起來。鉸鏈部位出現了生鏽的碎片。

安迪使出吃奶的力氣，怒吼一聲，雙腿站起，每一次努力都希望金屬管能往上撬起。

但柵門就是不肯退讓。

68

哈利

哈利閉上雙眼，聽著法蘭西斯．愛德華茲撕心裂肺的悲鳴。哈利似乎聽過這種聲音。人可以從內在發出聲音，這種聲音也是這個人的一部分。哈利覺得這是來自靈魂深處的聲音。失去孩子的父母發得出這種聲音，其中蘊含了悲痛、傷痛，還有別的情緒，深刻到難以用言語解釋的東西。

法蘭西斯向前靠在方向盤上痛哭，他肩膀抽動，淚水直流，哭到不能自已。

「現在你知道眞相爲何了。」哈利一邊說，一邊將手機收起來。他剛剛讓法蘭西斯看繩索上的油漆碎片，讓他知道艾絲特是先被人勒死，才掛在半空中的。

「他們打算開戰。他們對絲凱拉遺體所做的行爲，對他們來說至關重要。他們對象徵與旗幟賦予重大意義，因爲如此，他們就不用去想背後眞正的意識形態。如果不是穿著同樣的制服，走在同樣的旗幟下，要恨其他人就容易得多。他們之前嘗試過炸毀幾座教堂，但都失敗，現在他們變聰明了，殺害無辜的人無法推進他們的使命。他們要的是合法性，要大眾簇擁他們。你們工廠出來的卡車本身就是災難現成品。一切只需一個不想活的人。葛魯柏應該是絲凱拉的老師，這也許就是他們接近你的方式。他可以在絲凱拉死後聯繫你，協助你與你的家人。然後毒害你，奪走你活下去的每一個理由。」

「他們的確是這麼做的。我竟然相信了他們那些鬼話。老天，我可憐的妻女。」

「筆電跟平面圖會讓你看起來像是他們的敵人。你就是個發瘋的共產左翼分子，他們會利用你成為理由，招募這個鎮上每一個不動大腦的人。他們已經印好傳單要示威遊行了。」

法蘭西斯的啜泣放慢了速度，他一手抹臉，另一隻手仍握著那支手機。他向後靠在椅背上，調整呼吸。

「你準備好要喝那杯酒了嗎？」哈利問。

他吐出大氣，再次抹臉，然後向前拿起酒杯。

「你在裡面摻了什麼嗎？讓我暈倒的東西？」法蘭西斯問。

「沒必要，多喝幾杯你就會自己倒地了。」

法蘭西斯一口飲完，甩甩頭，上氣不接下氣。

「你不會喝酒，我可以教你。」哈利說。

「不，謝了。」法蘭西斯說。這一刻，他臉上浮現了一個人徹底遭到生命、失落感、憤怒擊潰的神情。

「謝謝你。」法蘭西斯說。「謝謝你告訴我這一切。」

哈利看著法蘭西斯的胸腔開始劇烈起伏，恐慌又上來了。

「我也曉得一件事。」他說。「我不在乎之後他們怎麼說我。我只知道我這樣活不下去了，我不想活了。所以幫幫忙，下車吧。我給你五分鐘逃去別的地方。」

哈利伸出手，緩緩搭在法蘭西斯厚實的肩膀上。

「你不想這麼做。」哈利說。

法蘭西斯搖搖頭。「不，我想，我別無選擇。」

他的拇指又擺在通話鍵上，然後輕輕覆蓋上去。法蘭西斯抹臉，看著手機。

「你該下車，離這裡遠遠的。」法蘭西斯說。

「我哪兒也不去。」哈利說。「這裡有瓶還沒有付錢的酒，而我只有你這個酒伴。」

「我無法繼續……」法蘭西斯開口，但他咬起下唇。他氣喘吁吁，從他唇上滴落的汗水有如小小的陣雨。

他哀號呻吟，逼著自己把話講清楚。

「我不想活在沒有妻女的世界裡。」他說。

「這種痛楚是跨不過去的，現在感覺很龐大。每分每秒都出現在你面前，但這種痛苦不會一直如此。它會一直存在，但你不至於每天都注意得到。」

哈利沉默了一會兒，聽著這位大漢痛哭。哈利又替他斟酒。

法蘭西斯點點頭，開始理解了。他又喝了一杯，恢復呼吸，但他顯然不習慣喝波本威士忌。

「我覺得我要吐了。」法蘭西斯說。他手裡還握著那支手機，卻拉下門把，駕駛座的車門開了。

69

艾迪

我的嘴裡出現血腥味，我先是嚇到，然後驚覺我咬破了自己的嘴唇。這份體悟跟刺痛感一起出現。一開始，我以爲法蘭西斯要按下按鈕了，但他只是拿起儀表板上的酒杯，喝了一口，跟哈利繼續交談。

現在他看似又激動地恐慌了起來。

他的手穩穩地握住手機。他爲什麼還不放下？

我聽到警笛聲，轉過頭來，兩輛警車從運動型多功能休旅車旁硬擠過去。雪普利經過時，從車窗對我們喊：「到後面去！」

車輛在距離我們前方九公尺處上形成路障。萊納與其他兩名副警長下了車，用車子作爲掩護，立刻抽出武器，瞄準卡車。雪普利打開警車後車廂，拿出一支裝了狙擊鏡的半自動步槍。

「別開槍。」柏林朝他們走去，高舉識別證。他跟雪普利交談，但我聽不見他們說了什麼。

然後卡車的駕駛座車門開了。

雪普利推開柏林，將步槍的槍管抵在警車車頂上，瞄準目標。

70 哈利

哈利緊緊拉住法蘭西斯的手臂。他已經一腳踏出車外，這時他轉過身來。

「手機給我。」哈利說。

法蘭西斯低下頭，看著手裡小小的裝置，彷彿是有點不敢置信這小玩意兒居然能造成那麼大的傷亡。

哈利看著地區警方集結。大概是聯邦調查局或化學廠聯絡他們的。柏林正在與雪普利爭執。

法蘭西斯將手機放在儀表板上。哈利連忙拿起，對警方比劃起來。

「也許在車上等到他們過來比較好。」哈利說，這時雪普利將柏林推開，然後用步槍瞄準卡車。「他們不敢開槍，擔心會打中卡車。留在車上。」哈利說。

「謝謝你。」法蘭西斯說。「謝謝你告訴我絲凱拉跟艾絲特發生什麼事。」

四名副警長的武器都瞄準卡車。法蘭西斯雙腳著地，哈利感覺到腹部一緊。他也看到這幾位副警長了。哈利曉得法蘭西斯心意已決。卡車門開著，擋住了步槍瞄準法蘭西斯軀體的火線。

「法蘭西斯，回車上來，拜託。」哈利說。

法蘭西斯搖搖頭。

「是誰害你的？是誰讓你牽扯進這一切的？」哈利迫切地要他繼續對話。

法蘭西斯緊抓胸口，踏了一步出去。

「他自稱牧師……」法蘭西斯說，他打算繼續說下去，聲音卻遭到淹沒。

哈利用手捂著耳朵，轉過頭去。他不願意看。炙熱空氣裡的張力忽然被槍聲劃破。哈利雖然緊閉雙眼，卻還是無法逃過周遭所發生的一切。他的思緒幻想出聲音的畫面。他看著法蘭西斯胸膛與臉部的彈孔噴出鮮血。停火時，哈利依舊緊掩雙耳，因此他聽不到自己的尖叫聲。

下一秒，駕駛艙的門開了，哈利別無選擇，只能望過去。柏林將他從卡車上拖下來，布洛克立刻拉住哈利，用雙臂緊緊擁抱他。

「哎啊，我沒事啦。」哈利說。

艾迪掛斷電話，一分鐘不到，凱特從雞油菌旅社的的大門跑了出來，布洛克也擁抱起她。凱特露出意外的神色，她也伸手抱著這位朋友。

艾迪繞過半掛式卡車，走向哈利，朝他手臂搥了一下。

「這是幹什麼？」哈利問。

「因爲你差點害死你自己。下次別再闖進會害死你的狀況裡，那是我的工作。」

他們彼此對望了好一會兒，鬆了口氣的神情逐漸轉變成哀傷。

「他是故意走向槍火的。」哈利說。「他也是受害者。」

艾迪點點頭，但一開始沒說什麼。他的目光眺過哈利，望向柏林。柏林正低頭與負責開車的安德森壓低聲音交談。無論他們在討論什麼，哈利都不想知道。柏林是很危險的人，從安德森的外表看來，他也好不到哪裡去。哈利望著自己的左手，正在顫抖，他此刻只希望手可以不要抖。

「告訴柏林，我們需要談談。」哈利說。「凱特跟布洛克一起來。我問法蘭西斯是誰將他牽扯進來的，不是葛魯柏。他說了一個名字，我想應該是白茶花領袖的代號。他們假裝是基督教組織，聚會時還會布道。他稱那人爲『牧師』。他來不及說出那人的眞實姓名，我們得找到這個人。我的外套口袋裡有一把柯特手槍，迫不及待想開槍了呢。」

71

泰勒·艾弗瑞

泰勒·艾弗瑞睡不著。

他坐在門廊上，手裡拿著一杯茶，周遭則是阿拉巴馬州夜晚的聲音。已經過了午夜，他覺得累。半小時前，他打起瞌睡，《梅岡城故事》從手中滑落，泛黃的書頁在門廊木片地板上呼喚著他。

過往這本書帶來的慰藉，此刻已經不復存在。這已經是人竟皆知的故事，書中的背景再也不陌生，簡直就是此時此地。他還是其中一位陪審員。他曉得自己該怎麼做。對杜瓦男孩不利的證據聞起來就像胡謅的馬糞，他很清楚那是什麼味道。你無需成爲律師就能聞到那種味道，農人也能輕易聞到。

他在看到車子開進來前，就先聽到了引擎聲。汽車轉進來停靠時，車燈橫掃過農舍的壁板。引擎熄火，車門打開又關上。

他沒有聽見孔恩的腳步聲。這個男人移動的方式彷彿他也是黑暗的一部分。他踏上門廊，細長的手指握著一疊文件。

「晚安。」孔恩說。

泰勒點點頭，但沒有起身向孔恩握手。

孔恩拿出文件。泰勒接下，他的手一度碰觸到孔恩的手指，感覺冰冰涼涼的。

「這是強制徵收土地的申請書，包括這座農場。」孔恩說。

泰勒翻起內容，一間名爲麥斯開發的公司想買一千公頃的地，提供的價格是土地價值的一半。

最後一頁有簽名欄。

「麥斯開發想要你的農地，艾弗瑞先生，我會確保他們得不到。」

「謝謝你。」泰勒說。「但很奇怪。」

「奇怪？」

「他們竟然現在提出標案申請，就在我擔任陪審員的時候。」

孔恩靠向前，雙手搭在泰勒椅子的兩邊扶手上，他們的臉只距離幾公分。

「我是麥斯開發的股東。」孔恩說。「我說服股東會這是筆好投資，而烈日郡歡迎這項投資。我隨時可以叫停這件事。只要你在官司投下有罪裁決，這次收購就會煙消雲散。你可以恢復平靜的生活，土地也保住了，但別存有幻想，如果你抵抗，下個月你就準備流落街頭。」

孔恩站直身子，泰勒捕捉到一絲什麼氣味，不是狗屁，而是不好聞的味道，腐爛的東西。

他看著檢察官離去，一言不發。不用繼續浪費唇舌，泰勒相信這個人的威脅。他說的是眞的。泰勒曉得自己抵抗跟配合的結果會截然不同。

他喝起他的茶，低頭看著門廊上的書。

他從沒想過自己得做出這種抉擇，原則是有代價的。雖然泰勒欣然付出代價，他卻不希望家人因爲他做了正確的事情而失去遮風避雨的家。如果正確的事會傷及他的家人，那這樣還算對的事嗎？

他搓揉起額頭，覺得自己別無選擇。

案件的其他陪審員他都認識，他們是他社區的一分子，顯然會聽他的話。他可以說服每一位陪審員都投下「有罪」，這點毋庸置疑。

孔恩選對人做這件事了。如果他投下有罪判決，其他人不會跟他唱反調。

泰勒撿起書本，沿著門廊階梯下來，走到垃圾桶旁，將書扔在垃圾袋最上方，然後蓋上蓋子。

那充其量只是一本書而已。

這是眞實人生。他看著兒子臥房的窗口。燈還亮著，孩子就在那裡讀他的書。

艾弗瑞咒罵一聲，抓起垃圾桶的蓋子，將書撿回來。

72

艾迪

凱特準備好要面對萊納副警長了。她很確定孔恩會在早上十點傳他出庭。她伸展後背，翻開筆記本新的一頁，準備要記錄下萊納證詞的每一句話。他會證明羅麥斯警長是忠實記錄安迪的認罪自白。

萊納眼前的問題有如一整列貨車。顯然羅麥斯先將安迪屈打成招，然後才看到法醫報告。安迪的認罪書內容如下：

我午夜十二點下班，跟著另一位同事絲凱拉．愛德華茲進入停車場。我認識絲凱拉，我們共事了一段時間。她很漂亮，我喜歡她。我想吻她，但她將我推開。我用力掐住她。她掙扎，我要確保她安靜下來。我不是有意傷害她。她不再掙扎，我下手更重了。之後我覺得很過意不去。停車場後方有一片沼澤地，我將她埋在那裡，這樣才不會有人發現她。

法醫說絲凱拉．愛德華茲的遺體遭到太陽曬傷。如果安迪說他是在午夜殺害她，然後埋屍，那屍體上根本不可能出現曬傷。另一種可能就是安迪的認罪自白根本就是鬼扯。凱特準備妥當，她寫下幾個會讓萊納遭到自己謊言埋沒的提問。老天，她真是等不及讓萊納站上證人席了。

哈利看起來沒什麼精神，布洛克也是。他們昨晚沒怎麼睡，但凱特已經習慣通宵準備案件。我換了身乾淨的西裝，打了新領帶，雞油菌旅社的管理人員早上替我泡了咖啡。我在想，如果他們知道哈利順手牽走一整箱波本威士忌，他們還會不會這麼熱心。

我猜是不會。

派翠西亞與安迪也沒好到哪裡去，他們都沒睡多久，在那身鬆垮西裝裡，安迪看起來更顯削瘦。他們跟平常一樣手牽著手，只不過這一次，他們的手在顫抖。我看不出來發抖的是母親還是兒子。

孔恩起身向法官開口。他扣起外套，抬頭挺胸，彷彿是即將得勝的人。好像我們之前所做的努力對他來說都無所謂一樣。我看到他的證人萊納在旁聽席前排坐立難安，他前面就是孔恩跟溫菲爾德。對一位即將站上證人席的人來說，這位副警長散發著激動興奮的能量。萊納梳過頭髮，修整鬍子，穿了一件沒有那麼緊繃的襯衫，看起來不會有異形即將從他胸膛爆發出來。

「法官大人，傳萊納副警——」

但他話沒說完，沒有人打斷他。他只是把話拖得長長的，目光移到陪審團身上。

我望過去，看到一位陪審員站了起來。

「法官大人，我有話要說。」陪審員開口。是泰勒．艾弗瑞，我們仰賴的其中一個冷靜、理性思考的人。

「好的，有什麼問題嗎？」法官問。

「這個嘛，大人。」艾弗瑞伸手到後方，從藍色牛仔褲口袋裡取出一份折疊的文件，把文件理平。「這件事我認眞考慮過很久，我不喜歡在公眾場合開口，我不確定該怎麼說這種——」

「艾弗瑞先生，陪審團是不允許發表聲明的。在你繼續下去之前，我想在此打住。你明白嗎？」

「我什麼都不能說？」

「不行，陪審員不能在法庭上開口。如果有任何問題，陪審團可以提出問題，但通常是寫在紙上交給我的。」

艾弗瑞從襯衫口袋拿出一支筆，在紙張上寫了什麼，然後交給法警。法警看著這位陪審員，然後望向法官。錢德勒法官說沒問題，他會讀寫下來的內容。

法警將那幾張紙交給法官。

「法官大人，這實在太不合常規了。」孔恩說。

他似乎沒那麼有把握了，我不懂這是怎麼回事。錢德勒法官完全不理睬孔恩的意見，一開始對他沒反應。他讀著文字，翻起那幾張文件，然後將紙張放回桌面上。他轉頭面向泰勒．艾弗瑞，他們之間似乎有種心照不宣的交流。

「孔恩先生。」錢德勒法官開口。「你說的沒錯，這的確很不合常規。這位陪審員提出了一個問題，他是這麼問的：『爲什麼若我不說服其他陪審員投下有罪裁定，孔恩先生就威脅要奪走我家土地？』」

我這輩子在法庭見過的怪事太多了，但沒見過這種場景。旁聽席集體發出驚嘆聲。

孔恩面露微笑，揮著一隻手，彷彿能夠撇開荒謬的含沙射影一樣。法官的注意力從孔恩身上移開，望向艾弗瑞，然後又回到地方檢察官身上。

「這種指控也太荒謬了，他的證據在哪？」

「我的話語就是證據，除了我的好名聲，我沒有其他證據。」艾弗瑞說。「我字字屬實，這是正確的事。」

錢德勒法官點點頭。我覺得法官大概相信艾弗瑞，但沒有證據。就是一介農民與地方檢察官唱反調而已，這樣的說詞根本沒有施展的空間。

「法官大人。」孔恩說。「萊納副警長跟我提了一件事，引發我的關注。我之前擱置是因爲我剛剛得知，想要建立出完整的事實。現在似乎是爲此做出反應的恰當時機。我要求法院宣布審判無效，且請法警逮捕弗林先生。」

這是孔恩的備用計畫。

他原本自信滿滿，因爲以爲他能收買陪審團，但艾弗瑞先生拒絕了他。我猜孔恩大概很少遭人拒絕，而這種如此公開也羞辱的挫敗其實已經醞釀了一陣子。人的容忍是有限度的。到了某一刻就必須表明立場。艾弗瑞看起來相當不自在，他怕死了，他也有權害怕。只不過，他還是站出來發聲，不是爲了他自己，而是爲了安迪。

現在孔恩計畫的有罪判決威脅失效了，他因此想要阻止整場審判。而且還衝著我來。

「法官大人。」孔恩開口。「本案唯一一起妨礙陪審團的情事是由弗林先生所爲，且與艾弗瑞陪審員子虛烏有的指控不同，我手中掌握了證據，還有一位證人，也就是弗林先生收買的那位陪審員。」

錢德勒法官看起來彷彿有火車撞進他的法庭一樣。

「孔恩先生，這是相當嚴重的刑事指控，哪一位陪審員？」

「珊蒂．波耶。」孔恩說。

錢德勒法官轉頭面向陪審團。珊蒂低頭坐在原位，法官對她則沒有什麼好口氣。

「波耶小姐，請起立！妳對此有何解釋？妳有收取賄款作爲本案裁決的交換嗎？」

珊蒂起身，抬起頭，看了看我。淚水在她眼中打轉，她望向法官。她嚥了嚥口水，爭取時間，思索該怎麼回答。

「如何？是眞的嗎？妳遭到賄賂嗎？」法官提高了嗓門。

「法官大人，對。」珊蒂說。

「法警，逮捕弗林。」錢德勒高喊。

73

艾迪

兩名法警朝我走來。

「法官大人，請等一等，我想其中肯定有什麼誤會。」我說。

「怎麼可能會有誤會？」錢德勒說。

「法官大人。」孔恩打斷我們，從口袋裡掏出一紙信封，打開來。「我有弗林先生與陪審員在鎮外燒烤店見面交談的照片，這是由我的助理檢察官溫菲爾德先生所拍攝。爲了澄清任何疑慮，這裡還有手提包的照片，裡面裝滿了錢，就出現在陪審員的公寓之中，五萬現金。這張照片由萊納副警長拍攝。」

書記將照片交給錢德勒。他一一檢視起來。

凱特將一部手機交給我。我交給書記，請她轉告法官，照片跟影片都要看。他從書記手中接下，開始用手指滑起螢幕。他看著手機，我聽到手機喇叭傳出來的模糊聲音。

「這是什麼意思？」他問。

「法官，請問陪審員。」我說。

「我可以向大人解釋這是怎麼回事。」珊蒂說。「孔恩先生私底下來找我，說想跟我討論庭審。他說我們可以互相幫助。我很害怕，不知所措，所以向弗林先生請教，他說我該保護自己，提防要給我錢的人。他的調查員給我一件米妮老鼠的睡衣，兩顆鈕釦其實是針孔攝影機。她也用那支手機拍下了大人看到的那些照片。畫面上是孔恩先生親手提著一袋錢走進我的公寓。萊納副警長也在場。法官大人，我不想要錢，我只是想盡我的義務。我在公寓裡拍下我與孔恩先生的對話影片，交給弗林先生，他說我不該管這一切，只要提出正直的裁決即可，如果有人問起，我才該通知法庭，且同意證明孔恩先生的不當行爲。」

錢德勒端詳起我給他的照片，拍得有夠清楚。布洛克親自拍的。孔恩出現在珊蒂公寓外頭，手裡提著裝滿現金的皮革包。影片也相當完美，孔恩在珊蒂公寓裡向她提議怎麼陷害我。在凱特的離婚官司裡，布洛克的米妮睡衣能夠提供許多坐實罪名的關鍵證據。

我們扭轉了局勢。

「孔恩先生——」錢德勒開口，但地方檢察官開始掙扎求生。

「法官大人，我的助理湯姆．溫菲爾德可以證實我的說詞。」

孔恩旁邊的溫菲爾德起身對法官開口。

「法官大人，恐怕我不曉得孔恩先生指的是什麼。這是我首度聽說這件事。」

孔恩看起來彷彿遭到利器捅傷。他張大了嘴。溫菲爾德沒有出現在珊蒂公寓的影片裡，他這是在跟孔恩保持距離，因爲他很清楚接下來會發生什麼事。

「法官大人，我……」但孔恩的話語卡在他的喉頭。

珊蒂太完美了。孔恩想要栽贓我，卻上了我們的當。我都要同情起他來了呢。

「孔恩先生，我不想繼續聽你的狡辯了。法警，逮捕孔恩先生及萊納副警長。」

孔恩先是退後，但隨即配合起來。萊納抵抗起法警，但隨著一拳打在肋骨上，他也不再扭動。

「孔恩先生，在你走之前。」錢德勒法官開口。「我要你聽到這段話。因爲明顯的檢調濫用職權，我要駁回本案對安迪．杜瓦的指控。杜瓦先生，你無罪釋放了。請接受我的歉意。你面對的是相當不公的審判，爲此我眞的非常抱歉。」

法警押著上銬的孔恩穿過法庭，朝前往拘留室的側門前進。他拖著腳步跛行，經過我旁邊時，我這才看到他眞正的嘴臉。

他露出牙齒，一臉憤怒扭曲，雙眼充滿怒火。我又聞到了他的氣味，爛肉的味道。

我反感地別過頭，看著凱特、哈利、安迪、派翠西亞統統消失進擁抱裡，這個擁抱能夠抱上一輩子。

74

布洛克

安德森先生將車停在卡拉巴薩斯路兩百二十四號外頭。這是一座破敗的灰泥房舍，牆面油漆脫落，窗框朽爛。草坪長得很高，長長的雜草間有小朋友的玩具，太陽將玩具曬到褪色，彷彿已經很久沒有人玩過。如果一張海報描繪的是離婚後，太太得到孩子，丈夫得到房子，那房子就會是這副光景。

地區電台一直播報昨晚法蘭西斯·愛德華茲企圖引發的爆炸案。新聞證實他當場中槍身亡，當地執法人員正在調查。還有另一件重大新聞，只是埋沒在爆炸未果的消息之中。昨晚霍格酒吧遭到搶劫，老闆雷恩·霍格遭到劫匪槍擊身亡，據說有人看到劫匪帶著自動武器離開。

大概是阿瑪萊特十五型步槍。

就柏林與布洛克看來，牧師這是在清理門戶。葛魯柏教授的母親報案，說他已經失蹤兩天了。

柏林帶頭走上前門的碎石小徑。他站在大門左側，安德森站在右側，布洛克站在後方。柏林敲起門來。

布萊恩．丹佛肯定看著他們走上來，因爲他立刻大喊。

「你們這是私闖民宅。我有槍，我會以致命手段捍衛我及我的住宅。現在就離開！」

「他聽起來不是太客氣。」柏林說，然後吼回去：「丹佛先生，我們是國土安全局的人。請放下任何槍枝，走出屋外。」

一陣靜默。

「你們私闖民宅！離開我的土地。我數到三，然後就開槍。」

「丹佛先生，你跟我還是談談比較好。我很想跟你談談。你沒有遭到逮捕。」

「一！」丹佛高呼。

「回答我的問題，我們就放過你。我們不在乎霍格或其他死在你手裡的人。提供我們想要的資訊，你就是個自由人。」

丹佛要麼是忘記「一」後面是多少，要麼就是他聊夠了，因爲自動步槍開始掃射大門。他們三人全都趴平在地上。

柏林對安德森點點頭。

安德森沒有說話，直接爬到前門右側的窗戶，快快望了裡頭一眼，然後恢復俯低的姿態，搖搖頭。

布洛克爬向前門左側的窗戶，迅速抬頭，然後又放低身子。她立刻明白了安德森的問題所在。房子的布局讓正攻變得危險。寬敞的走道，右側是開放式的客廳，左邊是飯廳，意味著丹佛可以站在室內梯旁橫掃整個屋子的正面。

他穿了克拉維纖維的身軀盔甲，手臂跟腿上也有保護。還戴著戰鬥頭盔。

他們聽到狗叫聲，大狗的聲音。

屋外柵門上有「當心惡犬」的牌子，屋子旁邊有兩百一十公尺高的鐵絲網圍欄防護。繞去後方不容易，狗也會讓丹佛提前預警，減少了從旁突襲的可能，因此又少了一個選項。

安德森從邊窗迅速開了四槍。每一槍的開槍速度都在一秒半之內，然後趴回地上。自動步槍朝著安德森的方向掃射一波就是回應。布洛克從她那一側查看窗戶。

布洛克覺得一語不發的安德森不像是會失手的人。從他握格洛克手槍的姿態看來，他曉得自己在做什麼。那種槍射擊出去的子彈肯定會擊中目標。

安德森再次開槍。布洛克從她的窗戶望過去，看到一發子彈從丹佛的頭盔上彈開。其他子彈雖然命中，但也徒勞無功，他的保護太全面了。

布洛克掏出手機，點選相機功能，放在窗戶角落，手機底部立在窗沿上，角度足以讓她在螢幕上看到丹佛。她只需要幾秒鐘，手機只有露出幾公分的高度。布洛克單膝下跪，抽出武器。

她看著手機，望向窗戶。她從丹佛站著的位置，抓好她要瞄準的角度。

手裡的瑪姬感覺很沉。她不過一週沒練靶，現在感覺相當明顯。她故意挑選這把槍，因為這樣只要朝目標開一槍即可，布洛克猜測今天她需要開三槍。

一槍校準。

一槍調整。

一槍命中目標。

她扣下板機，一團籃球大小的火焰煙流從麥格農手槍槍管噴射出去。安德森跟柏林都詫異轉頭看她。槍聲震耳欲聾。布洛克只有用餘光注意到柏林和安德森。她還緊盯著手機螢幕，丹佛身後九公尺噴飛出灰塵、木頭與地毯纖維。房子的牆板上有一個大洞，丹佛左腿右邊的階梯三十公分處也有一個大窟窿。

布洛克調整手臂，扣下板機。

校準。

這次牆上的洞位置更低，但很接近第一個彈孔的左側位置。

丹佛尖叫起來。

兩槍就搞定了。

布洛克望向手機螢幕。丹佛仰躺著，突擊步槍掉落在旁邊地板上。她聽到玻璃破碎的聲音，然後安德森站在丹佛面前。

布洛克收起手機，跟著柏林從安德森打破的窗戶進屋。

在走廊裡，丹佛躺在地上，痛苦尖叫。他的右腿在地上亂踢，鞋跟踏進地板之中，雙手胡亂揮舞。

他的左腳則在三公尺外的客廳之中，靴子還穿得好好的。

門邊有好幾把突擊步槍以及兩袋滿滿的彈藥。她看到安德森將丹佛的武器踢開，還從他的腰帶皮套裡抽出手槍後，布洛克就把槍收起來。鮮血已經沿著地板流出。安德森抓起一個窗簾綁帶，繞在丹佛的左小腿上，固定得很緊。

柏林站在丹佛面前。

「救援人員可以在兩分鐘或二十分鐘後抵達，端看你的選擇。丹佛先生，我覺得你沒有二十分鐘。就算有止血帶，撐得了五分鐘都算你走運。這個部位有幾條重要動脈。你時間不多了，所以告訴我牧師的真實身分，你也許能夠撐過去。」

「這是犯法的！深層政府陰謀！」丹佛大喊。

「合不合法，我說了算。丹佛先生，準備這麼多槍枝，你打算去哪？我在那個包包裡看到了一份名單，是你們的攻擊目標？」柏林問。

「去你的。」丹佛說。

「安德森先生，剪斷止血帶。丹佛先生不配合——」

「不！」他高喊。

安德森彎腰，打開窄窄長長的折疊小刀，擱在窗簾綁帶上。他還沒失血過多都是因爲這條束帶。

「丹佛先生，最後一次機會，牧師的眞實身分？」

「如果我說了，他會殺了我。」丹佛咬牙切齒地說。

「如果你不說，安德森先生會殺了你，你考慮哪個是迫在眉睫的威脅。」

「我啥屁也不告訴你。我不在乎你是誰。」

柏林轉頭朝大門走去。他一邊走，一邊說：「丹佛先生蠢到活不了了，安德森先生，請協助他『登出』。」

布洛克別過頭，跟著柏林穿過大門，一到室外，她就聽到警笛聲。

「去法院吧。」柏林說。

安德森先生在身後帶上大門，用感應鑰匙打開車門。走向車子的途中，他順手將窗簾綁帶扔進長長的雜草之中。

75

艾迪

「我覺得你喜歡上這裡了。」柏林說。

「你跟哈利總是這麼說。」我說。

我們走下巴克斯鎮法院的拘留室階梯，距離法警將孔恩上銬關押至此已經過去一個小時。凱特、哈利帶安迪、派翠西亞回旅社，遠離法院的群眾與記者，還有大批湧入巴克斯鎮的聯邦調查局探員，因爲有人試圖引爆炸彈未遂的消息不脛而走。他們在鎮上與郊外布下許多臨檢站點。

柏林領頭走下石階，沉默寡言的安德森在他身後。我跟著安德森，布洛克殿後。

「丹佛開口了嗎？」我問。

「恐怕沒有，若時間充裕、地方隱密，也許狀況就會不一樣。」

「聽起來不太妙。」我說。

値班的看門警員是個彪形大漢，看起來像是吞了一個小個子的人。

「弗林先生，又回來啦？」

「戒不了這個地方。」我說。「如果可以的話，我們想跟孔恩談談。」

「你是他的律師？」他問。

「看狀況，他得先雇用我才行。讓我們進去吧。」

警員保管布洛克與安德森的武器，替我們搜身，然後帶領我們走進熟悉的走道，打開牢門。今天拘留區只有孔恩一人，也只有一位警員值班。

「好了就跟我說一聲。」他將我們跟孔恩一起鎖在牢房裡。

他坐在長椅上，手肘頂在膝蓋上，雙手抱頭。他坐直身子時，我看到他大腿上有一圈積血。

「孔恩先生，我是亞歷山大．柏林，這位是安德森先生。我猜你已經很熟弗林先生與布洛克小姐了。」

「柏林先生，請教你是哪根蔥？」孔恩問。

「這個嘛，今天我假裝是國土安全局的人，因爲他們借我們車。我在政府裡擔任的確切職務不關你的事。你該關切的是我來這裡提供的選項。」柏林腋下夾著一台平板電腦。他拿起平板，喚醒螢幕，打開一份文件，然後交給孔恩，讓他看個仔細。

「上頭說如果我全面承認檢調濫用職權，就要坐五年牢。恐怕我不能簽這個東西。我沒有做錯什麼。再說，我不認識你。你有什麼權利跟我談條件？」

柏林撥打手機裡存儲的一支號碼。電話那一端的人接起，柏林說：「告訴這個人，我有權利跟他談條件。」然後將手機交給孔恩。

「這是哪位？」孔恩問。

「檢察長。」柏林說。

孔恩睜大雙眼，說：「阿拉巴馬州檢察長在你的速撥鍵裡？」

「不，是美國的檢察總長。」柏林說。

孔恩將手機拿到耳邊，仔細聆聽。一分鐘後，他將手機交還給柏林。

「眞是抱歉，我必須確定你有權利能夠跟我談條件。」

「我明白，你該好好考慮考慮。」

「我已經想好了。我說了，我沒有做錯什麼。」

「哎啊，是這樣的，你上次地方檢察官選舉的競爭對手準備要東山再起了。我已經安排了有權有勢的支持者，確保他這次會贏。你別想著連任。好消息是，這個人也支持死刑。壞消息是，溫菲爾德先生很可能會跟我合作，換取豁免，這意味著你將會面對詐欺、危害司法公正，以及謀殺柯特．羅麥斯的罪名。」

柏林讓最後一句話在空中發酵。

「致命的一槍後，有證人看到你的車駛出羅麥斯住所。」

「什麼證人？」孔恩問。

「這位證人。」柏林比了比布洛克。

她向孔恩揮揮手。

「你不會以爲我帶布洛克小姐與她的律師過來只是做做樣子吧？」

太不可思議了，孔恩的臉色居然還能變得更加慘白。他的喉結上下移動，他正在盤算。謀殺警長一定會受到某種程度的懲罰。

「孔恩先生，不需要我多說吧？想像新任地方檢察官接下你的職務，五年後將你綁上霍爾曼的黃色大媽。」

孔恩有多重身分，懦夫？肯定的，但他並不蠢。我看到他抬頭挺胸，還有最後一張王牌可以打。

「我絕對不會承認濫用職權，那些官司我都贏了，那些人在我面前行刑，我的紀錄我很自豪。我絕對不會承認任何有損我名聲與影響力的罪名。不過，我也可以跟你們談條件，我手邊有證據說明殺害絲凱拉．愛德華茲的眞凶究竟是誰。他是一個小規模白人優越團體的領袖，他們稱呼他爲牧師。我知道他的眞實身分，我有證據可以出庭作證。」

柏林看了看我，這是他的主場，但他知道我在乎的是十幾名遭判死刑、等著行刑的人，全是因爲孔恩耍手段、撒謊才害他們落得如此下場。

「你有什麼證明？」柏林問。

「我有一段影片，加油站的監視器畫面，拍到了牧師殺害絲凱拉．愛德華茲。」

小小混凝土牢房的空氣似乎瞬間消失。

「你要以此交換什麼？」柏林問。

「全面豁免。我們現在就起草豁免同意書，請法官見證。柏林先生，我不信任你，我信任錢德勒法官。這樣才有正式手續，然後我就告訴你牧師的眞實身分，你還我自由。」

我想要開口，但柏林已經做出決定。

「同意。」他說。

柏林花了半小時起草同意書，請錢德勒法官來拘留室。他對我、孔恩、布洛克都沒有交談。他只對柏林開口，用數位筆在豁免同意書上簽名，就簽在孔恩名字下方。

錢德勒要離開前，轉頭對我說：「雖然你們不是教徒，但你跟布魯克斯小姐是很優秀的律師。」

「我當這是恭維了。」

他身後的牢門就此關上。

我們陷入沉默，柏林催促起孔恩。

「所以影片在哪？」柏林問。

「在我公事包的隨身碟裡，公事包在外頭警員的保管袋中。」

布洛克敲起牢門，請警員將孔恩的私人物品拿來。柏林平板電腦的鍵盤上有隨身碟接口，他將隨身碟插上去，我們一起看起影片。

「所以我什麼時候可以走？」孔恩問。

在他企圖起訴安迪．杜瓦時，這段影片一直在他手中。我就知道。不只如此，他還想讓死刑定讞。我再也無法正眼看孔恩。我與布洛克、柏林一起離開牢房。

「嘿，我們說好的！」孔恩說。

「的確，你提供牧師的身分訊息，交換你的自由。」柏林望向安德森。

柏林關上牢門，讓安德森與孔恩獨處，說：「一言既出，駟馬難追。安德森先生，請讓孔恩先生『自由』。」

布洛克不願看柏林，那一刻，我不明白原因。不過，從布洛克黯淡的神情看來，我大概心裡有底。當下我懷疑孔恩是不是以屍袋的形式離開拘留室。

「所以你會搞定這傢伙？」我問。

「當然。」柏林說。「安德森先生這邊結束後，我們就要去警局一趟。」

76 牧師

巴克斯鎮的景象從牧師的車窗飛掠而過。他的司機開到時速六十公里，但警方不會攔下他們。

警察不會攔州長座車。

再說，雪普利警長就坐在後座牧師旁邊。當然啦，他稱呼這個男人爲州長，不曉得他就是牧師。州長要求雪普利在記者會上擔任楷模人物，而且他能提供額外的保護。派契特精心策劃的一切現在即將看到成果。他望向手錶，快四點了。

記者會六點在蒙哥馬利舉行。

過去還有餘裕，但州長想早點到。他穿了他最好的西裝，由莫比爾裁縫量身定做的深藍色素面西裝。衣服相當合身，布料讓他在高溫中還能呼吸。搭配上白襯衫及淺藍色的領帶。整體打扮以翻領上的花朵作結。

白色山茶花。

法蘭西斯・愛德華茲沒有引爆那輛卡車並不重要，他依舊成了小鎮的威脅，還是恐怖分子。如今成了對政治資本最有利的恐怖分子——死掉的恐怖分子。他讓阿拉巴馬州居民敬畏起上帝，派契特對他的要求不過如此。

車子在聯合公路開得很慢。

「爲什麼放慢速度？」派契特問。

「看來聯邦調查局正在進行車輛臨檢。」司機說。

派契特轉頭面向雪普利，說：「感覺如何？」

「什麼意思？」

「你很清楚我是什麼意思。成爲拯救巴克斯鎭免於成爲一團火球的救星，感覺如何？」

雪普利尷尬地笑了起來，說：「感覺不錯。」

「我猜這樣穩住了你成爲咱們新任警長的機會。」派契特說。

「也許還要過幾個月才知道。我是說，我跟這個職位之間還是要選舉的。」

「別擔心這個，我知道孔恩幫了羅麥斯一把，現在地方檢察官身陷困境，任何優秀人才都不能放過。我可以保證，應該不會有人跟你競選，至少不是認真的。也許會有對手，但只是爲了做做樣子，選舉前幾天，就會讓他們宣布退選，這樣看起來比較公平。好啦，等等記者會上我要你微笑站在我身邊，但別回答任何媒體提問，那是我的工作，懂嗎？」

「懂。」

派契特從車窗望出去，沒有前進多少，緩行的速度差不多都要停下來了。他扭轉起手指上的警察兄弟會戒指。他只要緊張，就習慣把玩戒指。

「嘿，怎麼不開警笛呢？」他問。

司機說：「沒問題，州長。」然後打開州長運動型多功能休旅車的警笛與警示燈，驅車插入車隊之中。

「好了，現在給我一分鐘，我想再檢查一下我的演講稿。」派契特說。他將講稿放在大腿上。這是他這輩子最重要的一場演講，草稿改過很多次。現在，講稿可謂完美。六點鐘一到，他會在電視上現場演講，他希望自己一點錯誤都不要犯。他戴上眼鏡，開始閱讀。

一九六一年五月二十一日，阿拉巴馬州州長約翰．派特森在WSB-TV新聞台進行演說轉播。這是他對外州策動者進入阿拉巴馬州造成公民不服從與暴力行為的回應。這些策動者中包含了馬丁．路德．金恩牧師，以及約翰．路易斯。路易斯是自由乘車者[1]的一分子，該組織成員有男有女，有黑有白，最高法院將跨州運輸種族隔離政策視為非法行為，這些人濫用該項裁定。與此同時，阿拉巴馬州依舊實施吉姆．克勞法，這些男女一起乘車前往蒙哥馬利，唯一的目的就是在我們平靜的城市裡鼓吹暴力。他們遭到抵抗。派特森州長出現在電視上，對煽動問題的馬丁．路德．金恩及所謂的自由乘車者出言反擊。

如各位所知，昨晚正有一位煽動者試圖對巴克斯鎮發起攻擊，他叫法蘭西斯．愛德華茲，執法人員通知我，他有進一步的計畫，包含全面攻擊州長官邸。多虧了這位英勇的當地警長，他在凶嫌執行計畫前就出手阻止，不然這個計畫將會摧毀家園、生意，就算沒有造成幾千人，也會釀成幾百人的喪生的悲劇。愛德華茲是激進左翼團體的一分子，這個團體與恐怖組織安提法[2]合作，他們的目標就是要摧毀這個國家。

我當過五年警察，我很清楚執法人員承受著何等壓力。因此，為了面臨這些團體施加的前所未有的威脅，我將秉持派特森州長在一九六一年那日行動的精神。今晚，我宣布列日郡戒嚴，除了有國民警衛隊支援我們的執法員警外，我也招募了一支武裝戰術民兵小隊，他們都是我們阿拉巴馬州的平民百姓，他們會破門揪出我們之中的鼓動者與叛徒，絕不手軟。他們是阿拉巴馬州的天使，會如天使加百列一樣守護我們的家園。

我身為各位的州長，請你們放心，我會採取必要手段確保本州的安全，讓其再次偉大。

車子減速，派契特從稿子上抬頭。

「他們在檢查點這邊攔停車輛。」駕駛說。

車子排成一列，身穿聯邦調查局戰術背心的人堵住道路，檢查起每一輛車。駕駛放慢速度，一位探員揮手要他們停車。

在探員開口前，兩個男人接近車輛。身穿黑西裝、白襯衫的人很高，另一個人稍微嬌小一點。這個人拉開副駕車門，坐上車時，摘下了巴拿馬草帽。

「州長午安，我是國土安全局的亞歷山大．柏林。」他說。

「怎麼回事？」派契特問。

「我們收到刺殺威脅的可靠情資，我們會從這裡護送州長繼續前進。我的同事安德森先

---

1 自由乘車者（Freedom Riders）：美國最高法院允許跨州旅客可無視當地種族隔離政策，自由乘車者正是一九六一年起乘坐跨州巴士前往種族隔離現象嚴重南部地區的民權運動人士。

2 安提法（Antifa），全名為反法西斯主義運動，是一場高度去中心化的左派反法西斯主義、反種族主義的政治運動，特色為無領袖領導。多數行動不具備暴力成分，主張打擊新納粹主義、白人優越主義、極右派支持者，還會發起網路攻擊、人肉搜索。

生會驅車送你前往蒙哥馬利。」

駕駛座車門開了，黑西裝男等著派契特困惑的司機乖乖下車。安德森坐了進來，關上車門，握起方向盤。前方道路清空，州長座車允許通過時，聯邦調查局的車輛挪了開來。

「這實在沒必要……」派契特開口，卻又打住。他不能表現出威脅沒有那麼高的樣子，那是他仰賴的氛圍。

「我的司機沒問題，這裡還有警長能夠保護我，我不需要——」

「你需要。」柏林望向後座。雪普利在他後方，派契特則在安德森後方。

「警長，你好嗎？」柏林問。

雪普利咬牙切齒地說：「柏林先生，你在這裡沒有管轄權。」

名爲柏林的男人稍微張望了一下，發現他們到了空蕩蕩的高速公路上，旁邊沒有其他車輛。聯邦調查局的檢查站將車子都滯留住了，半小時內不會放行任何車輛，這是柏林特別要求的。

他在座位上調整坐姿，面對雪普利，說：「就我所知，我們已經跨越了郡際線。在此只有一件事是肯定的，那就是你沒有管轄權。現在慢慢地將配槍交給我。」

派契特看著柏林伸手來後座，另一隻手還握著槍，州長的背脊成了冰磚。

「你不是認眞的。」雪普利說。

「雪普利，威脅可能來自任何人，你也可能是刺客。現在把槍給我。」

雪普利因爲執法單位間的繁文縟節而不滿，垂頭喪氣起來，而且他在權利遊戲中輸給了柏林。他從皮套裡抽出配槍，交給柏林。柏林一拿到槍，就指著雪普利，直接朝著車尾擋風玻璃轟掉了這位代理警長的腦袋。

「老天啊！」派契特驚呼。

「派契特，冷靜點。」柏林一邊說，一邊收起自己的槍，用雪普利的武器瞄準派契特。柏林這時看到了一個東西，副駕駛座上的他沒有面朝前方，他是扭著雙腿，背對擋風玻璃，面對後座。從這個角度，他看到了一件物品。

柏林用沒有持槍的那隻手摸索起座椅與中控台之間的縫隙，抽出一支粉紅色的iPhone。這是絲凱拉．愛德華茲的手機，在派契特毆打且勒斃她後，在她包包及衣物裡一直沒有找到的手機。

「你差點就能逍遙法外了，對不對？」柏林說。「我只是想跟你說一聲，丹佛死了。你刺殺名單上的人目前都很安全。事情接下來會有以下發展，我們去過巴克斯鎮警局，取走了在法蘭西斯．愛德華茲家中找到的證物。你或其他人都沒有辦法用他的死亡達成你的使命。媒體會將他的死歸納於悲傷引發的精神崩潰悲劇，就這麼簡單。不會有任何政治因素。至於這位雪普利就不一樣了。聯邦調查局在他家找到很多白人至上的相關物品，還有刺殺名單，你也在名單上。差不多三分鐘後，這輛車就會翻覆進洛思哈奇橋，落入河中。別擔心溺水，你那時早就死在白人種族優越者雪普利手中。州長，你會成爲民權烈士，感覺如何？」

派契特撲向前，雙手抓向柏林的臉。

一聲槍響，兩聲槍響，三聲。

然後是寂靜，接著是黑暗。

77

翌日上午

艾迪

我跟哈利走進時，主街上的簡餐店幾乎是空的。我們一進去，櫃檯後面的壯漢葛斯就注意到了。

葛斯對我們沒有敵意，但也沒有歡迎我們。他根本不肯望來我們的方向，從他的神情看來，他對我們沒有惡意。地方媒體報導了錢德勒法官撤銷對安迪．杜瓦的指控。錢德勒法官是一等一的混蛋，這點無庸置疑，但他的道歉讓整個社區都對安迪改觀。

他們不再認爲他是殺人凶手，但葛斯這種人是不會道歉的。他羞恥難耐，對他來說，這種事太難接受了。

我們坐在窗邊有四張椅子的位置上。

我向女服務生點了鬆餅與咖啡，哈利也是。

「我開始喜歡這個鎮了。」哈利說。

「想搬來這裡嗎？請自便，你也該正式退休了。」

「我還沒有要退休，還早哩。這個鎭還有很多進步空間，但我覺得他們自己就能搞定。」

門上的鈴鐺響了起來，布洛克與凱特走進，坐進我們這一桌。一名看起來面善的女服務生拿著一壺咖啡與四只杯子過來。珊蒂替我們倒咖啡，問布洛克與凱特要吃什麼。

「妳收到我們說的那筆費用了嗎？」我問。

「有的，謝謝你，對我來說意義重大。」珊蒂說。

柏林授權了五十萬作爲安迪的保釋金，還另外撥了五萬給珊蒂。

報紙上都是對官司的報導，還有州長死在雪普利手裡、蘭道．孔恩自殺的消息。他被人發現死在拘留牢房裡，矯正署的聲明中表示，孔恩隨身攜帶一條皮帶，發現時，皮帶緊緊勒在他的脖子上。他昨天下午自己窒息而死。

我很清楚那是幾點的事。

柏林授權給安迪的保釋金五十萬，我們其實只領出十二萬五千交往保釋辦公室，但我們營造出那筆錢有五十萬的假象。

戶頭裡剩下的三十七萬五，我昨晚轉出去了。布洛克安排的。這筆錢捐贈給協助死刑犯上訴的慈善組織，副主席是一位叫做珍的善心女士。他們清單上第一筆洗刷死後污名的上訴案件正是達瑞斯．羅賓森一案。

我們靜靜用餐，然後離開簡餐店。咖啡跟鬆餅眞是人間美味。

我們驅車前往法院，與安迪、派翠西亞會面。他們看起來都很緊張。

「艾迪，我以爲官司已經結束了。」派翠西亞說。

「的確，只是還有一些文件要處理。」我說。

我們走進法院辦公室，哈利正與負責保釋的書記官交談。回來時，他手上拿著兩張紙。

「保釋書記說她接到銀行電話。」哈利說。「雖然她存進五十萬現金的保釋金，但銀行只有點到十二萬五千。」

「眞是怪了，書記肯定不會漏點三十幾萬吧？」凱特說。

「我也是這麼說的。」哈利炫耀起其中一張紙。「因爲我們有五十萬保釋金的收據。」

「就是說。」布洛克說。

「另一張是什麼？」我問。

「她的電話號碼，她喜歡我。她已經跟法官談過，將我對遺失金額的看法轉告給法官了。我告訴她，前地方檢察官蘭道．孔恩需要足夠的錢威脅多位陪審員，他很可能動用了法院辦公室保險箱裡的錢，也就是安迪的保釋金。這三十七萬五法官直接沖消了，說大概是孔恩偷走了。」

「我們去銀行吧。」我說。

我們驅車前往銀行，停好車，走進室內。

我帶著派翠西亞、安迪去櫃檯，告訴櫃員：「這對母子想要以杜瓦的名字開一個聯合帳戶。」

櫃員登記了他們的資料，同時派翠西亞用不解的眼神看我，她不明白這是怎麼回事。

「開設帳戶需要一筆存款。」櫃員說。

哈利將收據交給我，我遞給櫃員。

「這是法庭命令，要求從法院儲備金中撥出五十萬給安迪．杜瓦，這是他的保釋金，現在要還給他。這樣應該就差不多了。」

離開銀行路上，安迪必須扶著派翠西亞。她沒有跛著腳，但她在出納員面前暈倒了。回到車上，她才感覺好一點。

前往紐約甘迺迪機場的航班上，我想起過去幾天發生的一切。我們多麼驚險又多麼幸運。柏林會唸起沒有歸還的五十萬保釋金，但他會想辦法在帳本上隱藏這筆錢。掩蓋事實本來就是他的強項。

上機前，凱特確保代理地方檢察官溫菲爾德會撤銷對加油站員工戴米恩．格林的持有毒品一案。她也跟泰勒．艾弗瑞聊過，替他與地產律師牽線，確保他能守住他的農場。泰勒．艾弗瑞啊。

到了最後，我們的法庭手段都不重要了。我們說出真相，多虧了泰勒．艾弗瑞，安迪才能恢復自由。他用心聆聽，挺身而出，表明立場。他替他人發聲，因爲這是正確的事情。無關政治，無關金錢。

無論他需要付出何種代價，他都做出正確的選擇。

倘若有一天，他需要我的協助，我也不會缺席。

我會替他發聲。

作者後記

二〇一八年一月到二〇二〇年八月間，全美共有五十七人執行死刑。

五人死在電椅上。

同一時期，十名死刑犯洗刷污名。

依舊實施死刑的州會將死刑保留給最嚴重的罪行。只有地方檢察官有權裁決該案是否陳報爲死刑案。通常除了最駭人聽聞的犯罪事件，一般不會上升死刑。某些地方檢察官卻一有機會就訴諸死刑。撰寫本書的過程中，我巧遇公平懲罰計畫的研究（全美手下死刑犯最多的五名檢察官：過度狂熱的人格特質如何推動死刑），發現五名檢察官定罪了死百四十七名死囚犯，這個數字佔全美死刑犯人口的百分之十五。這幾位地方檢察官對死刑如此執著，有時會打破他們誓言維護的司法制度，只爲了送某人進行刑室。

撰寫本書的同時，聯邦調查局與國土安全局將白人優越恐怖組織列爲美國本土最大的威脅。

白茶花騎士團是眞實存在的組織，於一八六七到一八七〇年間犯下無數暴行。約翰．派特森州長在阿拉巴馬州蒙哥馬利宣布戒嚴時，他明確指出自由乘車者與馬丁．路德．金恩博士造成了暴力行爲。三K黨與阿拉巴馬州百姓用鐵鎚與鐵管攻擊年輕黑白男女民權人士時，蒙哥馬利警方袖手旁觀。民權運動家、最初十三名前往南部抗議種族隔離制度的自由乘車者之一約翰·路易斯在二〇一九年十二月時說：

「當你看到不公不義不正確的景象時，出言發聲就是你的道德義務。」

一九六一年五月二十一日，阿拉巴馬州的約翰·派特森州長在電視上宣布戒嚴時，他的西裝翻領上插了一朵白花。

致謝

一如既往，我要感謝我的妻子崔西，因爲若沒有她，本書與其他作品都不會存在。這些書籍能夠成功，很大一部分都要歸功於她，如果你喜歡這本或是我的其他著作，那我知道你也會想要感謝她。

感謝夏恩·薩雷諾（Shane Salerno）與故事工廠的全體同仁，感謝他們的苦心與指導。我可以很有自信地說夏恩是全天下最優秀的經紀人，認識他、請他代理我的作品、成爲我的朋友，完全是我走運。我全家人每天都感謝他。

感謝法蘭切絲卡·帕沙克（Francesca Pathak）及獵戶座的團隊，謝謝他們的耐心、編校與出版。

感謝阿里·卡林（Ali Karim）提供對「沸騰液體膨脹蒸氣爆炸」的技術資訊。他在全球犯罪小說社群相當知名，多年來格外支持我。我很慶幸能夠認識他，且得到他的專長與友誼。阿里，謝了。

我也要感謝讀者你，能夠遇上你眞是我三生有幸，你的貢獻不容小覷。艾迪·弗林之所以能夠存活下來統統都是因爲你。能得到你的支持，他跟我一樣感恩。

謝謝你讀我的書，眞心感謝。

希望精采的還在後面。

THE ACCOMPLICE

艾迪・弗林

EDDIE FLYNN BOOK 7

【史上最囂張的騙子律師——艾迪・弗林系列7】

當連環殺手是你同床共枕的親密愛人，
你還能逃出「共犯」之嫌嗎？

艾迪試圖相信無辜，卻沒有想到
最狡猾、最殘忍的兇手正拉他們進入一場遊戲之中……

——2024年春・敬請期待！

【Mystery World】MY0025

國家圖書館出版品預行編目(CIP)資料

魔鬼的代言人 / 史蒂夫・卡瓦納（Steve Cavanagh）著；楊沐希譯. -- 初版. -- 台北市 : 馬可孛羅文化出版 : 英屬蓋曼群島商家庭傳媒股份有限公司城邦分公司發行,2023.11
面；　公分. --（Mystery World；MY0025）（艾迪.弗林系列；6）
譯自：The devil's advocate
ISBN 978-626-7356-17-3（平裝）
873.57　　112015527

魔鬼的代言人【艾迪・弗林系列6】
The Devil's Advocate

作　　者❖史蒂夫・卡瓦納（Steve Cavanagh）
譯　　者❖楊沐希
美術設計❖Ancy Pi
內頁排版❖HAMI
總 編 輯❖郭寶秀
責任編輯❖江品萱
行銷企劃❖許弼善

發 行 人❖何飛鵬
事業群總經理❖謝至平
出　　版❖馬可孛羅文化
115台北市南港區昆陽街16號4樓
電話：(886)2-25000888
發　　行❖英屬蓋曼群島商家庭傳媒股份有限公司城邦分公司
115台北市南港區昆陽街16號8樓
客服服務專線：(886)2-25007718；25007719
24小時傳眞專線：(886)2-25001990；25001991
服務時間：週一至週五9:00～12:00；13:00～17:00
劃撥帳號：19863813　戶名：書虫股份有限公司
讀者服務信箱：service@readingclub.com.tw
香港發行所城邦（香港）出版集團有限公司
香港九龍土瓜灣土瓜灣道86號順聯工業大廈6樓A室
電話：(852)25086231　傳眞：(852)25789337
E-mail：hkcite@biznetvigator.com
馬新發行所城邦（馬新）出版集團【Cite (M) Sdn. Bhd.(458372U)】
41, Jalan Radin Anum, Bandar Baru Seri Petaling,
57000 Kuala Lumpur, Malaysia
電話：(603)90563833　傳眞：(603)90576622
E-mail：services@cite.my
輸出印刷❖前進彩藝有限公司
初版一刷❖2023年11月
初版二刷❖2024年8月
定　　價❖480元
定　　價❖336元（電子書）

The Devil's Advocate by Steve Cavanagh
Copyright © Steve Cavanagh 2021
Published by arrangement with Rogers, Coleridge and White Ltd
through Big Apple Agency, INC.
Complex Chinese edition copyright © 2023 by Marco Polo Press, A Division of Cité Publishing Ltd.
All Rights Reserved.

ISBN：978-626-7356-17-3（平裝）
EISBN：978-626-7356-16-6（EPUB）
城邦讀書花園
www.cite.com.tw

版權所有　翻印必究（如有缺頁或破損請寄回更換）